Luna roja

LUNA ROJA

NIEVES HERRERO

Papel certificado por el Forest Stewardship Council®

MIXTO
Papel | Apoyando la silvicultura responsable
FSC® C117695

Penguin Random House Grupo Editorial

Primera edición: noviembre de 2024

Printed in Spain – Impreso en España

ISBN: 978-84-666-7996-1
Depósito legal: B-14.559-2024

Compuesto en Llibresimes, S. L.

Impreso en Liberdúplex
Sant Llorenç d'Hortons (Barcelona)

BS 7 9 9 6 1

*A Nico y a Olivia, por enseñarnos que la vida
tiene colores que los adultos no somos capaces de ver*

Cuando la luna tiene un halo rojo, ten por seguro que algo terrible va a suceder.

MARGARITA LANDI

Siempre he sostenido el axioma de que los pequeños detalles son, con mucho, lo más importante.

ARTHUR CONAN DOYLE

Sospecho de todo el mundo hasta el último minuto.

AGATHA CHRISTIE

Si uno quiere sobrevivir en la jungla de una ciudad debe aprender a no fiarse de nadie.

PACO PÉREZ ABELLÁN

Querido lector:

Si conoces mis anteriores obras, sabrás que en varias ocasiones he escogido a mujeres reales de nuestra historia para novelar sus vidas o una parte de ellas. Así lo hice, por citar solamente a tres de ellas, con Sonsoles de Icaza en *Lo que escondían sus ojos*, con Guiomar, musa de Antonio Machado, en *Esos días azules* y con Tita Cervera en *La Baronesa*.

En esta novela, sin embargo, presento a una protagonista salida de mi imaginación, la inspectora Margot Sanz Peters, que, sin embargo, vivirá su historia dentro de un universo que sí fue real, el fascinante Madrid de los años cincuenta, rodeada de numerosos personajes verdaderos que sin duda los lectores van a reconocer. Es el caso de Cayetana Fitz-James Stuart, que tras morir su padre hereda el ducado de Alba, en el comienzo de la novela. Será ella quien ayude a Margot a introducirse en la alta sociedad de la época y le proporcione las primeras noticias para sus artículos.

Margot Sanz Peters no existió; sin embargo, debo reconocer que para crearla me inspiré en algunas mujeres reales de la época dorada de la crónica negra. Me refiero a la mítica Margarita Landi, a quien tuve la suerte de conocer y que, al igual que Peters, en sus inicios aunaba el mundo del periodismo de moda con el de sucesos, en el semanario *El Caso*. Acudía a los talleres de los grandes modistos y, a la vez, entraba y salía de la Brigada Criminal con todo el respeto de la policía, que utilizaba su intuición para resolver algunos casos. He recordado igualmente a Aline Griffith —también tuve la suerte de entrevistarla en muchas ocasiones—, la condesa de Romanones, que llegó a España como espía, miembro de la OSS (Oficina de Servicios Estratégicos) de Estados Unidos, y terminó convertida en uno de los personajes más relevantes de la vida social española en el siglo XX. Y, por supuesto, he disfrutado repasando algunos de los casos más fascinantes de la crónica negra de la época, como el de la aristócrata Margarita Ruiz de Lihory, protegida de Franco, corresponsal de guerra y protagonista de una de las historias más truculentas de las muchas que destapó la prensa de la época.

He situado la novela en los años cincuenta, en plena dictadura, cuando España poco a poco salía de su aislamiento tras la Guerra Civil. Los pactos de Madrid firmados con Eisenhower permitieron la instalación de bases americanas en España. Fue el momento en el que comenzaron a llegar a Madrid personajes relevantes como Ernest Hemingway, Orson Welles y las estrellas más rutilantes de Hollywood. Rodar en España resultaba económico para las grandes producciones norteamericanas. Era el despertar de una sociedad que se dividía entre el lujo y la pobreza, entre las fiestas de las clases altas y el trabajo duro de las clases bajas. En ese punto sitúo la trama, en la que van a sucederse una serie de crímenes que pondrán a toda la sociedad en alerta.

Todo arranca en la Navidad de 1953, en la embajada española en Inglaterra...

NIEVES HERRERO

1

La cena de Navidad

«Cuando la luna esté llena y observen un halo rojo en su interior, tengan por seguro que esa noche se va a cometer un terrible crimen», comentó el jefe de seguridad de la embajada española en Londres mientras celebraban la cena previa a la Navidad. Era tradición que todos los trabajadores, diplomáticos y el personal cualificado de la oficina compartieran mesa y mantel en el número 39 de Chesham Place.

La joven Margot Sanz Peters, sobrina del que era mano derecha del embajador, escuchaba con mucha atención a su compañero de mesa, Harry Parker. Le gustaban las historias que contaba relacionadas con crímenes misteriosos y con las conductas más oscuras de los seres humanos. De hecho, su tiempo libre lo dedicaba por entero a los libros de misterio y a algo que tenía que ver con el negocio familiar: escribir de moda. Esto último fue una salida natural después de las inversiones de su tía Frances en las nuevas revistas femeninas.

Parker parecía que se crecía ante ese auditorio improvisado. Se trataba de una persona más joven de lo que aparentaba.

Había cumplido los treinta y ocho, pero por su barba, su forma de vestir y de expresarse parecía mayor. A su vez, la rubia y delgada Margot, ante los relatos que escuchaba, unos ciertos y otros inventados por Harry, ni pestañeaba. Ese mundo turbio y tenebroso que describía el jefe de seguridad la atraía como un imán. Podía estar horas escuchándolo. Cuando habló con tanta certeza de que en la noche que observaran en el firmamento una luna roja se cometería un crimen, sintió un escalofrío. ¿Por qué ese efecto de la luna en la gente?, se planteaba insistentemente en su cabeza. En un determinado momento, se atrevió a verbalizarlo interrumpiendo a su compañero de mesa.

—Señor Parker, ¿cree que la luna influye tanto en la conducta de las personas?

—Sí. La historia del crimen está muy relacionada con la luna. Tenga por seguro, señorita Peters, que todos somos capaces de matar. La muerte es una fiel compañera desde que nacemos, y la luna llena, como si fuéramos licántropos, nos incita a jugar con ella —afirmó categórico el jefe de seguridad.

—Pero ahí está el hombre para decidir si traspasa la línea roja o no —replicó Margot—. Desde pequeños nos enseñan a controlar la ira. No hay motivos que justifiquen quitar la vida a nadie.

—La avaricia, la venganza, el odio, las pasiones... están detrás de la mayoría de los crímenes. Pero no todos tienen una explicación, hay a quien se le ocurre matar dos minutos antes de cometer el asesinato. Esos suelen ser los peores, los que no se esclarecen nunca.

—Señor Parker, es tanto como asegurar que el crimen perfecto existe, y eso me resulta muy inquietante. Prefiero pensar que al malhechor se le atrapa y acaba pagando su fechoría en la cárcel.

—Siempre he estado en el otro lado de la línea roja, como usted afirma, y le puedo asegurar que el crimen perfecto existe. También le comento que hay investigadores que tienen una perspicacia especial. Está feo decirlo, pero, en mi caso, resulta difícil que se me escape algo de lo que ocurre en esta embajada —presumió Harry sin pudor.

Margot pensó, al oír al jefe de seguridad, que lo que decía era verdad. Se sabía la vida de todos. La propia Margot, que conocía a la mayoría de las personas sentadas a esa mesa, no poseía la información tan exhaustiva que Harry Parker sí tenía. Todos estaban al tanto de su habilidad para averiguar los detalles más íntimos del personal de la embajada y sus familias, así como de los nobles que la visitaban.

En la cena salieron a relucir temas de la actualidad política, cultural y, cómo no, lo que más aterraba a las señoras: los sucesos. Pero Margot era diferente a todas las mujeres y, desde su adolescencia, se había convertido en fiel seguidora de los relatos de Arthur Conan Doyle y las inteligentes deducciones que practicaba uno de sus personajes fetiche: Sherlock Holmes. Por eso, podría estar toda la noche oyendo hablar a Parker del asesino más famoso de todos los tiempos: Jack el Destripador.

—Fue el asesino múltiple más terrorífico que tuvimos en Londres a finales del siglo pasado, y todavía seguimos sin saber su identidad. Un día dejó de matar o simplemente se murió. El caso es que no volvieron a cometerse crímenes tan terribles como esos cinco, que tuvieran su sello.

—Alguno más, mi querido amigo —replicó Julián Martín-

Briz, tío de Margot—. Cinco canónicos con su firma, cierto, pero hubo otros muchos que se cree que pudieron ser obra suya; no se le atribuyen porque cambió el *modus operandi*. Se cometieron en el mismo sitio, el East End de Londres.

—Algunos criminales pudieron aprovecharse de la fama de Jack el Destripador y matar amparados en su estela —siguió explicando el jefe de seguridad.

—De todas formas, señor Parker, convendrá conmigo en que la investigación policial fue un auténtico desastre —añadió Martín-Briz—. Y los ciudadanos tomaron la iniciativa de montar patrullas de seguridad para que las mujeres pudieran regresar a sus casas sanas y salvas por las calles de Whitechapel.

—Efectivamente, la investigación fue un verdadero fiasco. Esas muertes se producían siempre por la noche, generalmente durante el fin de semana y a final de mes. Con más vigilancia podrían haberlas evitado.

La tía Frances Peters se removía en el asiento escuchando a su marido y al jefe de seguridad. Pero todavía le ponía más nerviosa que su sobrina estuviera prestándoles tanta atención. Decidió cortar la conversación sin ningún tipo de remordimiento y hablar del tema que tanto le ocupaba, puesto que su familia había invertido en la principal revista británica dedicada a la mujer: *Woman*.

—Hablemos de algo más agradable, ¿les parece? Estamos a punto de iniciar un nuevo año, un momento en que se supone que debemos sacar nuestro espíritu más noble. Margarita —se dirigió a la esposa del embajador—, ¿tu marido tendrá mucha actividad en la embajada durante estas fiestas?

—Sí. Iremos al palacio de Buckingham. Me hace especial

ilusión ver a la reina Isabel sin protocolo alguno, ya sabes que se lleva muy bien con Miguel. Le gusta que le hable de España y de los avatares de la política.

—Lo sé. Está especialmente bien informada. Creo que ha asumido muy bien la responsabilidad de llevar la corona tras la muerte de su padre. Ha sido un año muy importante para ella y para todo el Reino Unido.

—Hablando de la reina, he observado que, desde que ha asumido la responsabilidad de la Corona, viste mejor, ¿no crees? —preguntó Margarita.

—Bueno, Norman Hartnell tiene una gran amistad con ella. Fue el encargado de diseñar los trajes de todos los miembros de la familia real y, sobre todo, el vestido que ella se puso en la coronación.

—Hartnell le hizo nueve propuestas y el vestido elegido fue el resultado de sus muchas conversaciones con la reina. Era muy clásico, pero iba muy guapa —comentó Margot.

—A mí me pareció precioso —decía la mujer del embajador—. Un vestido de seda blanca bordado con los emblemas florales de los países de la Commonwealth: la rosa Tudor de Inglaterra, el cardo de Escocia, el puerro de Gales, el trébol de Irlanda del Norte, la acacia de Australia, la hoja de arce de Canadá... Me dejo alguna. ¡Ah, sí! El helecho plateado de Nueva Zelanda, la protea de Sudáfrica, dos flores de loto de la India y Ceilán y el trigo, el algodón y el yute de Pakistán.

—¡Madre mía! ¿Cómo te acuerdas de todo lo que llevaba bordado en su traje la reina?

—No lo sé. Me dio por ahí.

—Lo que está claro es el poder que tiene bajo su cetro esta mujer tan joven —comentó Julián Martín-Briz—, independientemente de su vestido y de la ceremonia de su entronización.

Margarita quería preguntar a la joven Margot por las tendencias de moda y se dirigió a ella directamente:

—¿Quién marca hoy en día el camino de la moda?

—Mi sobrina sabe muchísimo de este tema —afirmó Frances con orgullo—. De hecho, escribe en *Woman* desde hace un par de años.

Margot apoyó el tenedor en su plato y contestó:

—Christian Dior, sin duda. Ha revolucionado el mundo de la moda. Vestir bien ya no solo es exclusivo de una élite. Ha apostado por devolvernos a las mujeres el glamour y la belleza que los años de la guerra y la posguerra nos habían arrebatado. Iremos marcando más nuestra silueta, subidas a tacones muy altos, muy ceñidas en el cuerpo y con faldas acampanadas. Pero mucha atención, porque viene muy fuerte una tendencia que todavía no ha cuajado.

—¿A qué te refieres? —preguntó curiosa la mujer del embajador.

—A los pantalones.

—¿Nos vais a quitar los pantalones a los hombres? —inquirió Parker, que hasta entonces no había prestado mucha atención al tema.

—Sí. Las mujeres llevaremos pantalones. Ya no serán exclusivos de los hombres. Están empezando a verse en los ateliers de diferentes modistos. Yo me apuntaré a esa moda. Será como el voto femenino, que hubo que conquistarlo en la calle.

Se hizo un silencio incómodo en la mesa y Martín-Briz alzó su copa para brindar por el nuevo año 1954. Todos le siguieron y el comentario feminista de su sobrina se olvidó.

Margot Sanz Peters era una joven con mucho carácter. Comenzó a escribir al cumplir los veinte años. Ahora, cuatro años después, se conocía Londres y la alta sociedad británica como la palma de la mano. Había nacido en Madrid, pero, tras morir sus padres en un accidente de coche, sus tíos se hicieron cargo de ella. Con cinco años de edad, cambió Madrid por la capital británica. Su tío, Julián Martín-Briz, diplomático español, llevaba muchos años trabajando en Gran Bretaña. Llegó a Londres siendo hombre de confianza de Jacobo Fitz-James Stuart, duque de Alba, y se mantuvo en la embajada con los sucesivos representantes diplomáticos que sustituyeron al aristócrata, superando todo tipo de crisis en la embajada derivadas de la victoria aliada en la Segunda Guerra Mundial.

En 1953, el embajador era un hombre cuyo apellido estaba muy ligado a la historia reciente de España por su padre, Miguel Primo de Rivera, y por su hermano mayor, José Antonio. Se trataba de Miguel Primo de Rivera y Sáenz de Heredia. En ese diciembre había cumplido dos años en el cargo. Estaba casado con Margarita Larios, que se había hecho amiga íntima de Frances Peters, la tía de Margot.

La cena fue un éxito. Algunos bebieron más de la cuenta, pero al día siguiente todo regresó a su rutina.

La vida de la embajada transcurrió con normalidad ese final de año. Al menos hasta que Harry Parker descubrió que el embajador se veía a escondidas con la joven Helen Scott-Duff, prometida de Anthony Greville-Bell, héroe de la Segunda Guerra Mundial y miembro activo del Ejército del Aire.

El jefe de seguridad recomendó al embajador que abandonara esa «amistad». Si la noticia llegaba a oídos de Franco, tendría serios problemas personales y diplomáticos. No era el mejor momento para tener una aventura como aquella, justo cuando España se abría al mundo gracias a los pactos con Estados Unidos.

El Mayor Greville-Bell debía casarse sin ningún impedimento con la joven a la que había pedido en matrimonio y el embajador definitivamente tenía que interrumpir esa relación inapropiada.

Fue entonces cuando Martín-Briz consideró que había llegado el momento de que su sobrina regresara a España y se alejara así de la tormenta diplomática que intentaban parar entre todos. Margot debía volver.

Los Peters se habían convertido, además de en accionistas de *Woman* en Inglaterra, en inversores de la revista *Siluetas*, dedicada a la moda y la información femeninas en España. Sabiendo que a Margot le gustaba escribir, pensaron que podría labrarse un futuro como redactora de moda y de eventos de la sociedad madrileña.

—Te necesitamos en España —comentó Frances—. Serás la que custodie nuestras inversiones allí, trabajando para la revista. ¿Qué te parece?

—¿Me voy sin vosotros?

—Se irá contigo Camila. En realidad, ella te ha cuidado desde niña como si fuera tu madre —la tranquilizó su tía—. Hemos pensado que sería bueno que vivieras cerca de Cayetana, la hija de Jacobo, el duque de Alba, con la que tanta relación tenías cuando erais pequeñas. Nos han hablado de un bonito piso en la Gran Vía. Ella vive a dos pasos, en el 22 de la calle Princesa. Será quien te introduzca en la sociedad madrileña.

—Veo que lo tenéis todo pensado y meditado. Imagino que yo no tengo nada que decir.

—Bueno, si no te parece bien, puedes quedarte aquí en Londres con nosotros —dijo Frances a su sobrina—. Esta es tu casa. Pero hemos meditado mucho sobre lo que sería mejor para tu futuro.

—No, no... Quiero intentarlo. Siempre me ha gustado la aventura —aseguró Margot.

—Lo sabemos. Además, tu tío piensa comprarte un descapotable para que te muevas por Madrid. Deberás tener mucho cuidado con los jóvenes que se acerquen a ti: soltera, rubia, delgada, bien vestida y conduciendo un cochazo... Ten por seguro que no pasarás desapercibida.

—Por eso no te preocupes. No tengo intención de enamorarme, y menos de casarme. ¿Lo del coche es verdad?

Su tío se lo confirmó con un gesto y Margot lo abrazó por el extraordinario regalo que le iba a hacer y por la oportunidad de ser dueña de sus propios actos regresando a España. Desde que se fue a Londres, tenía flashes de algunos rincones y calles que visitó con sus padres, aunque, con el paso del tiempo, fue borrando de su mente los primeros cinco años de su vida. Tampoco lograba recordar sus caras y, menos aún, el sonido de sus voces y su olor. Afortunadamente, Frances siempre ejerció de madre, junto con Camila. Esta última era la persona que siempre había estado encima de sus estudios y quien más la comprendía. Su baja estatura no le impedía imponerse cuando hacía falta, e incluso poseía una inteligencia especial para adelantarse a los problemas. Solía decir en su defensa que «los mejores perfumes siempre se sirven en frascos pequeños».

Días después de haber tomado la decisión de que Margot regresara a España, su tía la llevó a diferentes modistos para que vistiera acorde con su nueva actividad social y laboral.

Julián y Frances pensaban viajar a España con frecuencia para comprobar *in situ* cómo se organizaba su sobrina y, de paso, activar sus contactos políticos.

Para Margot todo aquel giro inesperado en su vida, fuera de inquietarla, le resultaba emocionante.

2

El traslado

A la semana de comenzar el año 1954, Margot inició su viaje de regreso a España. Primero se embarcó junto con Camila en el avión monoplano de pasajeros DH.114 Heron, de la compañía británica De Havilland, que aterrizó en el aeropuerto de Le Bourget, en Francia. Hicieron noche en París y al día siguiente se subieron a un tren que las llevó hasta Hendaya. Tras cruzar a España, montaron en otro tren, de la línea Imperial, que hacía el recorrido San Sebastián, Vitoria, Burgos, Valladolid, Ávila y finalmente llegaba a la estación del Norte, en Madrid. Allí las recogió un conductor inglés que tenía relación con la embajada española en el Reino Unido.

—*Have you ever been to Spain?* —Les preguntó en inglés si habían venido a España en otra ocasión.

—Yo nací aquí —contestó Margot en español—, pero me fui cuando era una niña. Sinceramente, no tengo ningún recuerdo. Casi es como si viniera por primera vez.

—Habla un español perfecto.

—Gracias. En casa hemos hablado indistintamente en inglés y en español.

El traslado que hicieron en coche desde la estación hasta la Gran Vía madrileña las mantuvo entretenidas mirando a través de las ventanillas. Madrid comenzaba a abrirse al turismo con más hoteles y más locales de ocio. Se notaba la llegada de la industria del séptimo arte. España se convertía en un lugar económico para las grandes superproducciones de Hollywood. Y había locales, como el famoso Pedro Chicote, que estaban repletos de estrellas del cine europeo y estadounidense. El nuevo hogar de Margot se encontraba muy cerca de ese local de moda y justo enfrente del rascacielos más alto de Madrid, el edificio de Telefónica. Sin embargo, en el mes de octubre de 1953 le arrebataría el récord de altura el edificio España, construido a escasos quinientos metros, en la plaza de España.

El coche paró en el número 27 de la Gran Vía. Era un edificio muy señorial con grandes ventanales, diseñado por el arquitecto Antonio Palacios. La escalera de entrada daba a un gran recibidor con luz natural que, a su vez, conducía hacia unas escaleras majestuosas que llamaron la atención de Margot y su fiel Camila.

Entre el conductor y el portero subieron el equipaje. Al ver la gran cantidad de maletas, saltaba a la vista que se trataba, más que de un traslado, de un cambio de vida. Las esperaba Saturnina, la señora del servicio, que a partir de ese momento se encargaría de facilitar las cosas a las dos recién llegadas.

En un par de días, todo estuvo colocado en los armarios y Margot pudo presentarse en su nuevo trabajo. El director de la revista, Justino Ochoa, la estaba esperando. Le asignó como primer cometido los ecos de sociedad en Madrid. La sede de la revista se encontraba en Barcelona, pero en Madrid tenía una amplia delegación. Margot se encargaría de los nacimientos, las bodas y los funerales. También de las puestas de largo de las jóvenes aristócratas y de las fiestas en casas de nobles madrileñas.

—Nosotros salimos a los quioscos cada quince días, pero sería bueno que con frecuencia te pusieras en contacto conmigo para comentarte las novedades. Si te haces con una máquina de escribir, puedes organizarte en casa como quieras. Yo lo que necesito es que tengas el reportaje al día siguiente de hacerlo. Ven a la sede de la revista con el artículo ya escrito y así tendrás contacto con tus compañeras.

—Está bien. No le he comentado que me gusta mucho la moda, por si quiere que entreviste a algún modisto o acuda a alguna presentación de sus colecciones.

—Sé que la moda se te da bien. Lo tendré en cuenta. No te preocupes, trabajo no te va a faltar.

Cuando salió de la revista, se fue a ver a Cayetana Fitz-James Stuart. Había dado la triste casualidad de que su padre acababa de fallecer. Su muerte había ocurrido en Suiza, horas antes de la última Nochebuena. Fue un shock para todos en Londres, ya que le tenían en alta estima. Su paso por la embajada en un periodo muy difícil había dejado mucha huella. Cuando se vieron las dos, se fundieron en un prolongado abrazo.

—Cuánto siento el momento por el que estás pasando.

—¡Terrible! Ahora tendré que hacer frente a todo lo que conlleva el ducado y la casa de Alba.

—¡Claro! Y ahora vengo yo, cuando tienes que sacar adelante la herencia de tu padre. ¡Una carga más!

—Al revés, estoy contenta de verte. ¿Ya te has instalado aquí?

—Sí, llegué hace dos días. ¡Qué locura este cambio de vida! ¡Que no se me olvide! He traído unos regalos para tus dos hijos.

La duquesa llamó al servicio y pidió que trajeran a Carlos y a Alfonso. Cuando aparecieron, se quedaron de pie muy formales al lado de la institutriz.

—Venid y saludad a Margot.

La joven se acercó a ellos. Tenían cinco y tres años, respectivamente. Los besó y les dio dos cochecitos que los niños le agradecieron mucho. A los pocos minutos volvieron a salir de la estancia de la mano de la institutriz.

—¡Pero qué mayores están! ¡Es increíble!

—Tengo que darte una noticia. Todavía no la sabe nadie. ¡Estoy embarazada! —confesó Cayetana en tono cómplice.

—¿Sí? ¿Para cuándo esperas que nazca el bebé?

—Para julio. Tengo claro que, si es niño, se llamará como mi padre, Jacobo.

—Pues si me das permiso, será mi primera noticia en los ecos de sociedad que me han encargado en la revista.

—¡Adelante! —dijo sonriente la duquesa—. Por cierto, ¿qué tal tu tío en la embajada?

—Bien. Bueno, ya sabes que nunca falta el trabajo duro en una legación como esa, sobre todo el que no se ve. Siempre existe algún lío diplomático.

—Parece que Franco se ha abierto a que los americanos

instalen varias bases en España. Eso va a desbloquear mucho las relaciones diplomáticas con otros países, incluida Inglaterra.

—Bueno, con el Reino Unido nunca han ido especialmente bien las cuestiones diplomáticas, y eso que la reina tiene buena relación con algunos políticos. ¿Sigues en contacto con ella?

—Sí, cuando voy allí me acerco a saludarla. Lo está haciendo muy bien. Seis meses como reina y, sinceramente, ha demostrado una enorme madurez y responsabilidad.

—Bueno, fue educada para asumir un día ese papel. Pero si hablamos de responsabilidad, tú también lo vas a hacer muy bien con la casa de Alba. Las dos estabais muy preparadas para tomar las riendas de vuestro legado.

—Tengo que terminar las obras del palacio de Liria que empezó mi padre. Luis, mi marido, se está encargando personalmente de llevarlas a término. En cuanto concluyan, dejaremos esta casa y nos iremos allí. Será nuestro hogar.

—Me encantará ver el palacio restaurado... Ahora te tengo que dejar. Camila se ha venido conmigo a España, pero, como sabes, no habla nada de español e imagino que estará perdida con la señora que hemos contratado, que, a su vez, no sabe nada de inglés.

Ambas amigas rieron al imaginar la escena. Cayetana era la primera vez que se relajaba tras la muerte de su padre, al que estaba tan unida. Le hizo mucha ilusión ver a Margot y le propuso que asistiera con ella a las muchas actividades sociales a las que era requerida. Margot aceptó y se despidieron con el compromiso de quedar pronto para comer.

La joven regresó caminando de la calle Princesa a la plaza de España, y de ahí a la Gran Vía, hasta alcanzar el número 27. No lo podía evitar y se quedaba mirando a los niños que se cruzaban a su paso y se ofrecían a limpiarle los zapatos. Otra persona se le acercó a pedirle alguna moneda para que el niño que llevaba en brazos pudiera comer. Rebuscó en el bolso y se la dio. Había gente bien vestida que iba caminando con mucha prisa y otros que se subían a la parte trasera de los autobuses para no pagar el trayecto. Pensó en el contraste que había entre unas personas y otras.

Al llegar a casa, llamó al director de *Siluetas* y le dio la noticia del embarazo de Cayetana. Como premio a su exclusiva sobre la nueva duquesa de Alba, le pidió que entrevistara a uno de los modistos a los que acudía la nobleza, aunque su nombre todavía no tenía la proyección que merecía.

—Se trata de un hombre muy interesante, hecho a sí mismo. Se llama Pedro Casares —explicó Justino Ochoa—. Su historia es un ejemplo de éxito y esfuerzo. Su madre un día se fue de casa con un amante y no volvió a saber de ella; aun así, él siempre luchó para salir adelante. Se ha formado entre sastres, gracias a la ayuda de un sacerdote que ejerció de tutor. No hay nadie como él con la tijera y los patrones. Ve a verle a su taller y haz un reportaje de cómo trabaja. Da mucha importancia a las telas que trae de los lugares más recónditos del planeta.

—Nunca había oído hablar de él. Pues hagamos que todo el mundo sepa de su existencia. Si me da su contacto, le haré una visita. Tengo curiosidad por conocerlo.

—No le preguntes por su infancia, no le gusta hablar de ello. La información que te he dado es solo para ti. En cambio, puedes preguntarle por sus clientas. Una de las más afamadas es Aline Griffith, precisamente muy amiga de Cayetana.

—Sé quién es, pero no la conozco.

—Una de las mujeres más elegantes. Cuando no viste de Balenciaga, lo hace de Dior, Balmain o Pedro Casares. Está casada con Luis Figueroa y Pérez de Guzmán el Bueno, conde de Quintanilla.

—Mi tío habla mucho de su suegro, el conde de Romanones. En realidad, Luis es hijo de su primera mujer.

—Todo un personaje. Sí, al morir María de la Concepción Pérez de Guzmán el Bueno, se casó con Blanca María de Borbón y León. Al principio, al conde no le gustaba que una americana entrara en la familia, pero ahora son uña y carne. Aline ha irrumpido con mucha fuerza en la alta sociedad española. Va a la contra del resto de los nobles. Ella siempre tiene una gran actividad. Aunque sabe que las damas se levantan tarde, ella no. ¡Ha sido modelo, periodista, escritora! Si quieres, podrías entrevistarla también. Lleva casada seis años, igual que Cayetana. Su compromiso de boda se anunció en el *The New York Times*. Su sentido del humor hace que la sociedad le perdone todas sus transgresiones. ¡Te ayudará mucho con sus contactos! Poco a poco irás conociendo a todos los que mueven los hilos de la nobleza.

El director conocía la vida y los movimientos de todos los miembros de la alta sociedad. Era la persona adecuada para dirigir los pasos de la recién llegada.

Margot estaba ilusionada ante el nuevo reto de la revista *Siluetas*. Antes de hablar con Pedro Casares, localizó a Aline en su casa, en la exclusiva colonia de El Viso. Quedaron a tomar el té ese mismo día y, en cuanto se conocieron, congeniaron.

Aline vestía un pantalón palazzo negro y jersey blanco de cuello barco. Fumaba cigarrillos en boquilla larga y llevaba el pelo recogido en un moño alto. Tan pronto la vio, Margot comprendió que la anfitriona estaba muy bien informada de lo último en la moda.

—Encantada de conocerla.

—El gusto es mío. Por favor, llámame de tú. Yo me he adaptado rápido a España, pero, como ves, el acento me delata, me resulta imposible quitármelo.

—Lo de menos es el acento. Lo importante es hacerse entender.

—¡Exacto! Sé que eres amiga de Cayetana y que escribes en la revista *Siluetas*. ¿Sabes? Yo también ejercí como periodista. Sigo en contacto con las instituciones de mi país. De alguna manera, recibo en mi casa a todo americano ilustre que pisa España. Si no es aquí, en mi finca Pascualete, que está en Extremadura.

—No conozco Extremadura —confesó Margot.

—Es la gran desconocida y la gran abandonada. Cuando celebremos allí un acto social, te invitaré.

—Muchas gracias, Aline. Quería quedar contigo, si es posible, en el atelier de Pedro Casares. Tengo que escribir un artículo sobre los dos. Sería bonito hacer las fotografías allí, vestida del modisto.

—¡Encantada! Pedro es divino. Es el paño de lágrimas de todas las mujeres de la alta sociedad. Conoce todos nuestros problemas y todos nuestros secretos. Ya verás, tiene manos de pianista y la filosofía de Balenciaga: arquitecto para los patrones, escultor para la forma, pintor para los dibujos y músico para la armonía.

—Maravillosa frase.

—Es de Cristóbal, pero la aplico para Pedro. Sus trajes son especiales. Los distingues por muchas cosas; entre otras, por lo maravillosas que son sus telas. Las trae de países no frecuentados por otros modistos. ¡Cuando quieras te lo presento!

—Aline, sería estupendo quedar la semana que viene.

La condesa de Quintanilla cogió el teléfono y marcó el número del atelier de Casares. Contestó alguien que le explicó que en ese momento el modisto no podía atenderla. Aline asentía con la cabeza y decía una y otra vez: «¡Qué barbaridad!». Al colgar, le explicó a Margot lo que estaba pasando.

—Me ha contestado su pareja y mano derecha, Juan Palomeque. No podía atenderme Pedro porque está consolando a la marquesa de Manzanedo. Al parecer, le han robado un collar de perlas y brillantes que era de su familia y está con un disgusto tremendo. Hay que tener mucho cuidado dónde y con quién uno expone sus joyas. Hablaré con él en otro momento y quedamos para el reportaje.

—¡Menudo robo! Debe ser un collar muy costoso. Comprendo cómo se tiene que sentir. Bueno, no te molesto más. Espero tu llamada.

—¡Perfecto! ¿Quieres que te lleve a casa? Me encanta conducir —se ofreció la condesa.

A Aline le gustaba coger el coche con cualquier excusa. Le preguntó a Margot hacia dónde iba y la llevó hasta su domicilio, conduciendo a toda velocidad por las calles de Madrid. A la aristócrata le encantaba pisar el acelerador. Finalmente la dejó en la acera del edificio de Telefónica, frente a su casa en la Gran Vía.

Margot cruzó caminando entre la gente mientras pensaba

en lo acertados que habían estado sus tíos al tomar la decisión de su regreso a España. Los echaba de menos, pero Camila seguía ofreciéndole todo el afecto que la vida le había robado tras el accidente de sus padres, y también sería un gran apoyo para ella en esta nueva etapa. Madrid le resultaba una ciudad acogedora. Estaba entusiasmada con Aline, la última persona que había conocido. Tenía una educación más abierta que el resto de la alta sociedad española. El hecho de hablar con naturalidad de la pareja del modisto, ir con pantalones y estar a la última en moda le llamó gratamente la atención. Al llegar a casa, se lo contó a Camila.

—He conocido a alguien muy interesante. —Se lo dijo en inglés, ya que no había mostrado su fiel y cercana Camila el más mínimo interés por aprender el nuevo idioma.

—*I'm happy, but be careful. Go slowly until you know this society.* —Le decía que se alegraba, pero que tuviera cuidado, y le aconsejaba que fuera cauta.

—Ya soy adulta. No te preocupes. Puedo defenderme sola. Me recuerdas a Parker, que siempre ve el peligro cerca.

Después de un rato en casa, Margot marcó el teléfono del director de la revista, Justino Ochoa. Le comentó que había quedado con Aline para conocer al famoso modisto.

—No hemos fijado una fecha porque Casares estaba ocupado atendiendo a la marquesa de Manzanedo, a la que le han robado un valiosísimo collar de perlas y diamantes.

—Margot, esa es una noticia muy buena para nosotros. Si puedes, averigua más de ese robo —sugirió Justino Ochoa.

—Pero eso se sale de lo que es la moda. ¡Se trata de un suceso!

—Pero tiene que ver con las noticias de sociedad que publicamos.

A la joven le entusiasmó la idea de tirar del hilo de las pocas pistas que existían en torno al hurto. Era como jugar a ser Sherlock Holmes, su personaje favorito de las novelas de Conan Doyle. Por primera vez, sintió mariposas en el estómago. Investigar y averiguar la verdad a través de la deducción le encantaba.

Era el momento de pedir ayuda a Harry Parker. Margot admiraba al jefe de seguridad de la embajada española, un gran investigador con el que siempre había congeniado. Pensó que seguramente tendría algún contacto en España que pudiera ayudarla. Los hilos que manejaba Parker no tenían fronteras.

3

Explorar otro mundo

Al día siguiente, Margot le pidió a Camila uno de sus desayunos. Saturnina no se podía creer que un cuerpo tan delgado como el de aquella joven pudiera ingerir esa cantidad de comida: dos huevos fritos, un tomate y champiñones a la plancha, dos salchichas y un pequeño recipiente lleno de alubias. Sin olvidar un té especial inglés sin el que no podría empezar a caminar.

—Señorita, no sé dónde mete tanta comida... A mí por las mañanas solo me entra una taza con malta y poco más.

—Eso es como un café, ¿verdad? —se interesó Margot.

—Bueno, es un derivado de la cebada. El precio del café es prohibitivo. Los pobres tomamos malta.

—¡No diga eso! Si quiere café, usted en esta casa tomará café, pero debería aficionarse al té. ¡Es una maravilla! Después ya ve que la comida la hago muy ligera. Es una forma de empezar el día con energía.

—Yo no podría, señorita. Mi estómago no soporta esos despertares.

Saturnina era muy trabajadora. Miraba a Margot con verdadera admiración. Todas las mañanas la encontraba hablando con Camila en la cocina. Se entendían perfectamente por señas.

—¡La mímica nunca falla! —le dijo a Sátur al oído cuando terminó de desayunar.

La joven pasó a su despacho y descolgó el teléfono. Le pidió a la telefonista una conferencia con la embajada española en Londres y a los cinco minutos ya tenía a Parker al teléfono.

—*What a nice call! Since you left, the embassy hasn't been the same.* —Parker le decía que su llamada le era grata y que, desde que se había ido, la embajada no era la misma. Sus palabras sonaban tristes, con nostalgia, desde el otro lado del teléfono.

—*I also miss our long talks about crimes!* —Margot le contestó que también echaba de menos sus largas parrafadas sobre crímenes. Entre los dos había crecido una gran amistad, a pesar de los catorce años que había de diferencia entre ellos. También le pidió que hablara en español, una lengua que conocía a la perfección, ya que su madre era española.

Parker solo vivía por y para la seguridad. Su entrega total había hecho imposible que mantuviera una relación larga con nadie. Estaba día y noche pendiente del trabajo. Había descuidado su faceta más íntima y personal.

—¿Qué puedo hacer por usted, querida Margot? —dijo en un español muy académico, pero sin perder su marcado acento inglés. Había heredado los rasgos y forma de ser de su padre, nacido en Londres.

—Me han encargado investigar el robo de un collar muy valioso a una marquesa. No sé por dónde empezar.

—Los robos de esas características suelen ser cometidos por personas del entorno o por profesionales del robo que han recibido información de primera mano de alguien que está dentro de la casa o que estuvo en el servicio. Mire, tengo un buen amigo que acaba de jubilarse de la Brigada de Investigación Criminal en Madrid. Ha sido el comisario jefe más respetado de todos los tiempos. Un policía muy eficiente e incorruptible que sigue formando a policías.

—¿Le importa ponerme en contacto con él? —preguntó Margot.

—En absoluto. Aunque antes le voy a llamar yo.

—Muchas gracias.

A los diez minutos, Parker le devolvía la llamada. Se le notaba eufórico.

—Margot, me he puesto en contacto con Eugenio Benito Poveda, que así se llama, y me ha dicho que se acerque por el número 2 de la calle del Correo, pegado a la Puerta del Sol, mañana por la noche. Sigue yendo por allí a echar una mano a sus antiguos compañeros.

—¿Mañana ya?

—Sí, ¿para qué esperar más? Por cierto, para que se tomara más interés le he dicho que somos novios. Espero que no le parezca mal. Así pienso que la atenderá mejor.

—¿Novios?

—Sí, novios. Tampoco me parece tan increíble. ¡Cuántas parejas se llevan catorce años! No será la primera ni la última.

—No, no, señor Parker. No lo digo por eso. —Se echó a reír—. Será divertido. Ni usted ni yo somos personas para vivir en pareja. Nos gusta ser independientes y no rendir cuentas a nadie.

—Ahí me ha pillado. Tiene razón, somos muy parecidos. Le vendrá bien que en la policía sepan que está comprometida. Piense que no hay allí ni una sola mujer. Va a entrar en un mundo completamente masculino. Si creen que está prometida con el jefe de seguridad de la embajada española en Londres, la respetarán y protegerán más.

—¡Nunca he necesitado protección! —objetó Margot.

—Pues ahora sí. Creo que no es consciente de dónde se va a meter.

—Será momentáneamente. Ya sabe que yo seguiré en la moda.

—Cuando uno prueba ese mundo, ya no quiere salir de él. ¡Ya me contará!

Cuando colgó a Parker, se quedó pensativa. ¿Por qué diría eso? A ella solo le habían encargado investigar el robo de un collar. Nada más. Era imposible seguir en ese mundo, ya que su camino profesional iba por otros derroteros.

Esa misma tarde, Margot salió con Camila a comprarse una máquina de escribir. Le habían hablado de una tienda especializada en pleno centro de Madrid. Cuando entraron, su vista se fue a una que tenía una funda de cuero marrón que parecía una cartera. En su interior había una máquina pequeña de color gris plata. Se trataba de una Princess 200. Se quedó prendada de ella nada más verla. Sin embargo, el empleado que las atendió le enseñaba otras mucho más grandes y de más precio.

—Por favor, quiero la Princess 200 —insistió.

—Es la primera que ha visto, pero hay otras que le pueden durar más…

—Quiero esa. No se moleste en enseñarme más, no me va a convencer.

Aunque Camila no entendía el diálogo que sostenía Margot con el empleado, sabía que había tomado una decisión y que de ahí nadie la podría apear. Sonreía al observarla, desde niña era así. Resultaba imposible hacerla razonar cuando tenía claro lo que quería. Pero, a la vez, se sentía orgullosa de ver la mujer en la que se había convertido. Muy segura de sí misma y con un carácter endemoniado cuando se enfadaba. Sentía que repitiera las mismas frases una y otra vez: «El amor no está hecho para mí», «no hay nadie que aguante mi carácter». No entraba en los planes de Margot enamorarse. Sin embargo, Camila estaba convencida de que el futuro le iba a deparar grandes éxitos a nivel profesional, y ansiaba que alguno también a nivel personal.

Salieron del local con la máquina Princess 200 y se fueron a tomar un chocolate con churros a un local tradicional de Madrid, San Ginés. Tuvieron que pasar por la Puerta del Sol y Margot le hizo un comentario a Camila sobre el lugar en el que estaban.

—Mañana vendré aquí para entrevistar a un comisario sobre el robo del collar de la marquesa de Manzanedo. Parker me ha ayudado a concertar esta cita de mañana.

—¿Llamaste a Parker?

—Sí. Sabía que sus contactos son infinitos y aquí lo tienes.

Margot omitió que se tendría que hacer pasar por su novia ante el comisario. Pensó que Camila no tenía por qué saberlo todo. Quería evitar que su cabeza elucubrara más de la cuenta.

Continuaron caminando por la calle Arenal y entraron en el pasadizo que terminaba en la plazuela dedicada al santo que daba el nombre a la iglesia y a esa chocolatería que adquiría tanto protagonismo. Más que fieles, había una gran cantidad de personas haciendo cola para pasar al local que visitaba todo el que pisaba Madrid: la chocolatería de San Ginés.

Al entrar y oírlas hablar en inglés, las confundieron con unas turistas. Les explicaron que el local fue un mesón y hospedería a finales del siglo XIX y que posteriormente se convirtió en un establecimiento de elaboración de churros y chocolate. El local lo habían rebautizado como La Escondida durante la Segunda República por su ubicación entre pasadizos. A Margot le encantó la combinación de aquellas historias con la tradición de los churros con chocolate, que estaban deliciosos.

Regresaron a casa andando, atravesaron de nuevo la Puerta del sol y subieron hacia la Gran Vía por la calle Preciados. Había un gran trasiego de personas caminando a toda prisa. Las únicas que iban despacio eran tres muchachas de servicio, perfectamente uniformadas, que caminaban con niños asidos a sus manos. Iban hablando de sus asuntos mientras los pequeños intentaban tocar todo lo que veían a su paso. Dos militares de bajo rango las seguían e intentaban entablar conversación con ellas. Un poco más adelante, salió a su encuentro un señor vestido con un traje sin planchar y algo raído que les ofrecía unos cuchillos con un filo especial. «Son de Toledo. ¡Una ganga!», decía en voz alta. Había que ir sorteando también a lecheros, comerciantes y panaderos que iban con sus mercancías a la vista de todos. Las dos coincidían en lo mucho que les gustaba precisamente ese ajetreo de gente y la alegría que se percibía en las calles. Además, si te perdías, siempre había alguien dispuesto a acompañarte al destino. Finalmente y sin ayuda, llegaron a casa. El día soleado había contribuido también a que el paseo fuera mucho más agradable.

En las siguientes horas, Margot no salió de su despacho, preparando la entrevista al comisario. Se acostó nerviosa y apenas pudo conciliar el sueño. Al día siguiente, no paró de mirar el reloj. Parecía que las manecillas no querían avanzar. Por fin, en cuanto cayó la noche, se despidió de Camila y Saturnina con la seguridad de que iba a conocer a alguien realmente interesante.

Fue caminando hasta la Puerta del Sol. Había bastantes peatones moviéndose de un lugar a otro, algún que otro taxi y pocas mujeres como ella solas por la calle.

Llegó a la Dirección General de Seguridad. La pararon en la entrada y le preguntaron qué quería. Tan pronto como dio el nombre del comisario Eugenio Benito Poveda, la dejaron pasar. Un policía vestido de gris con gorra de plato la llevó hasta la BIC, la Brigada de Investigación Criminal. Allí, de pie, se encontró a un hombre no muy alto de sesenta y cuatro años, vestido con traje y chaleco negros, camisa blanca y corbata a rayas, esperándola con un cigarrillo en la mano.

El comisario miró su reloj de bolsillo al verla y corroboró la exactitud con la que había llegado.

—La puntualidad es una virtud, señorita… —dudó el comisario Benito—. ¿Cómo se llama? Me lo dijo el señor Parker, su novio…

—Margot Sanz Peters.

—Para mí, será Peters. ¿Le parece bien?

—¡Por supuesto!

—Mire, me acabo de jubilar y a todos estos policías que ve en sus mesas los he formado yo. Afortunadamente, el nuevo comisario ve con buenos ojos que siga pasándome por aquí para ayudarlos a esclarecer algunos casos. Esto, o se lleva en la sangre, o no se lleva.

Todos miraban por el rabillo del ojo a aquella mujer menuda, vestida con jersey y falda acampanada. Llevaba en la cabeza un sombrero negro haciendo juego con su abrigo de cheviot blanco y negro. Estaban los inspectores que formaban la brigada sentados en sus mesas, a punto de salir a la calle. Dos se quedarían junto al comisario de retén, por si había que tomar declaración a algún detenido.

—¿En qué la puedo servir? La novia de mi gran amigo Parker merece lo mejor de este brigada.

—Muchas gracias. Pertenezco a la revista *Siluetas* y me han encargado el caso del robo del collar de la marquesa de Manzanedo. Me han pedido que lo investigue. La verdad es que no sé por dónde empezar y desconozco si usted me puede ayudar.

—¡Gutiérrez! —alzó la voz—. ¡Tráigame el expediente del robo de la marquesa de Manzanedo! Pero pase y siéntese, señorita Peters. No siga de pie.

El comisario había entrado a un despacho que se encontraba en un lateral de aquella estancia rectangular y se había sentado detrás de una mesa que estaba llena de expedientes y papeles amontonados unos encima de otros. Había varios vasos con café sin terminar y un cenicero lleno de colillas; también una biblioteca con escasos libros y un teléfono con una pequeña bombillita roja, que en esos momentos estaba apagada.

—¿Cuántas personas ha visto usted al entrar en la brigada?

Margot estaba desconcertada ante la pregunta del comisario. Se quedó pensando y finalmente contestó:

—¿Seis?

—¡Bien! Eso dice mucho de usted. Uno tiene que estar mirando lo que ve a su alrededor con ojos de notario. No se le pueden escapar los detalles. Eso se lo digo siempre a mis alumnos.

—¿Dónde da clase?

—En la Escuela de la Policía, en el número 5 de la calle Miguel Ángel. Le voy a hacer otra pregunta: ¿cuántos estaban fumando?

—Cinco.

—¡Bravo! Estoy realmente impresionado. ¡Me gustaría que hubiera alguna mujer en este departamento, pero solo tengo hombres! Más de una vez he pensado que hay interrogatorios que solo podría hacerlos una mujer.

—Si algún día le puedo ser útil…

—Bueno, bueno…, usted venía por el robo del collar de la marquesa de Manzanedo. A ver, que mire el expediente…

Mientras lo hacía, Margot vio colgados en la pared todos los reconocimientos que tenía el comisario jubilado. Se fijó en un título que figuraba enmarcado en dorado. Decía «Gran Cruz de la Orden del Mérito Civil por sus muchos servicios a España».

—¡Gutiérrez! —volvió a gritar el nombre del subinspector.

Enseguida apareció de nuevo por allí el más joven de la brigada. También iba vestido con traje y corbata.

—¡Dígame la forma en la que el ladrón se llevó lo *colorao*!

El subinspector se retiró y tardó en regresar. Mientras tanto, el comisario Eugenio Benito Poveda le dio la primera lección de las muchas que recibiría esa noche, al pensar que no estaría entendiendo nada del lenguaje policial.

—Señorita Peters, lo primero que tiene usted que aprender es el argot de los delincuentes. «Lo *colorao*» son las joyas y el dinero robado. Cada ladrón, dependiendo del sistema que utilice, deja su sello particular. Alguien que entra en la cárcel es muy raro que no repita. Y como los tenemos a todos fichados, es fácil descubrir de quién se trata. Los robos son los delitos más fáciles de averiguar. Por su forma de cometerlos, sabemos quién está detrás.

El subinspector Gutiérrez volvió a entrar para informar al comisario.

—La cerradura de la puerta de servicio estaba con cuatro agujeros y afianzada con esparadrapo al otro lado.

—¿Me hace el favor de averiguar si Pepe el Trilero sigue en la cárcel? Lo detuvimos hace tiempo.

Gutiérrez se fue de nuevo del despacho. El comisario, después de un rato pensativo, volvió a dirigirse a Margot:

—El Trilero es un especialista que no usa la palanca para abrir las puertas. Se vale de un berbiquí, un manubrio en forma de doble codo que sirve para taladrar. Este ladrón hace cuatro agujeros en la cerradura inferior de la puerta y entra por ahí. Lo hace con una gran maestría. Luego pone por detrás un esparadrapo y, cuando tiene que huir, simplemente abre la puerta y se va.

De nuevo regresó el joven subinspector y le dijo lo que esperaba oír.

—El Trilero salió de la cárcel hace cuatro días.

—¡Ahí lo tienes! Fue él. No hay duda. Pues emite una orden para su detención. Yo la firmo —ordenó el comisario—. ¿Se da cuenta, señorita Peters, de lo poco que sirve la cárcel? Seguramente recibió la información de que la marquesa tenía joyas familiares importantes y allá que se fue el día que supo que libraba el servicio.

Margot anotaba en un cuadernillo todo lo que decía el comisario.

—Cuando uno traspasa los límites de lo legal, es muy difícil regresar. El riesgo genera en los ladrones una adrenalina que no tiene la vida de un trabajador que sabe lo que va a hacer mañana, al otro y al otro. Viven al límite y con el riesgo permanente de ser descubiertos y detenidos. Si quiere, vuelva mañana y le comento si lo hemos detenido o no.

—Se lo agradezco mucho. Le confesaré que me parece más fascinante este mundo que el de los ecos de sociedad.

—Venga de nuevo a verme. Me gusta mucho enseñar a los jóvenes. ¿Se ha fijado qué corbata llevaba el subinspector Gutiérrez?

—Oscura, diría..., pero lo cierto es que no me he fijado mucho.

—No puede perder un solo detalle ni cuando va por la calle. Piense que puede ser requerida como testigo de algo que ha pasado cerca de usted. Haga el ejercicio de memorizar todo lo que vea. Así tendrá la mente lista para cuando lo precise. Nuestro cerebro necesita gimnasia. Hay que activarlo.

—Así lo haré.

Salió de la Dirección General de Seguridad con el corazón acelerado. Tuvo que aminorar la marcha para poder pensar en todo lo que acababa de vivir. Le gustó aquel ambiente y deseaba volver. Era tan tarde que los pocos transeúntes que había ya por la calle se la quedaban mirando. Al llegar a la Gran Vía se encontró con el sereno, que chocaba la porra con las paredes de las casas para que la gente supiera que estaba pasando por allí. Margot le pidió que la acompañara y este se prestó gustosamente a hacerlo.

—Muy tarde es para una joven como usted.

—Vengo de hacer un reportaje con la Brigada Criminal.

—¿A qué se dedica usted?

—A escribir sobre ecos de sociedad y sobre moda. Pero he ido a averiguar qué sabían del robo de un collar y me ha impresionado que, por la forma en que el caco hizo los agujeros para entrar en la casa, el comisario ya sabía de quién se trataba.

—¡Los tienen a todos fichados! Hay otra brigada que detiene a las personas por su pensamiento político o por su conducta, la Brigada Político-Social. A los serenos nos preguntan mucho por las personas que viven en nuestra zona. Somos los ojos que todo lo ven.

A Margot no le gustó escuchar aquello. Era tanto como saber que ese señor iba a espiar sus movimientos y a juzgarla por las horas en las que entraba y salía de casa. Intentaría alejarse tanto de él como de la brigada que detenía a las personas dependiendo de su pensamiento político. Fue escueta y antipática. Cuando quería, sabía hacerlo.

—Buenas noches.

—Buenas noches. Y déjeme darle un consejo: no son horas para una señorita, aunque venga de hacer un reportaje. ¡Hágame caso!

—Le pido que, a partir de ahora, los consejos, se los ahorre. ¿Me ha entendido bien? Yo entraré y saldré de mi casa a la hora que desee. Solo me faltaría que en España me fiscalice usted y se convierta en el guardián de la moral.

El sereno no supo qué contestar. Era la primera vez que le hablaban así.

4

El comisario don Benito

Margot comenzó a escribir su reportaje sobre el robo del collar de perlas y diamantes a la una de la madrugada. Se acostó muy tarde, por lo que no pudo ponerse en pie hasta la hora de la comida del día siguiente. Tampoco consiguió descansar más de dos horas seguidas, ya que repasó una y otra vez en su mente la experiencia de estar en la Brigada Criminal. Aquel ambiente le pareció novelesco. Se sintió, por unas horas, cercana a Holmes, como si estuviera dentro de una de las historias de su autor favorito.

«Nada mejor para estrenar la máquina de escribir», se dijo a sí misma. La mente la tenía ocupada en aquel caso desde que se lo había propuesto el director de *Siluetas*. Le faltaba el final, que esperaba conocer por boca del comisario esa misma noche. Estaba nerviosa. Camila y Saturnina lo notaban porque de vez en cuando se levantaba de la silla y daba paseos de un lado a otro del despacho. Por la tarde, cenó temprano, algo ligero para poder pasar el mayor tiempo posible junto al comisario. Nunca nadie le había interesado tanto como él. Tenía el don de la palabra, además de un conocimiento extremo de la condición humana. «La mayoría de los delincuentes que cometen robos están fichados por la policía —le había comentado—. Y los que no lo están son los que protagonizan los delitos más graves, los más difíciles de resolver».

Llegó la hora y Margot regresó a la Dirección General de Seguridad caminando desde la Gran Vía hasta la Puerta del Sol. En cuanto divisó el edificio del siglo XVIII, que ocupaba toda la manzana, volvió a sentir la adrenalina del día anterior. Era una sensación que solo había experimentado entre esas cuatro paredes. El reloj que se erigía con majestuosidad en la parte superior del inmueble daba implacable las horas. Justo al llegar, marcó sonoramente las ocho de la tarde. Coincidió al entrar con una joven embarazada que había sido detenida e iba esposada. Un inspector al que no conocía la custodiaba.

—¡Ayúdeme! No he hecho nada. Trabajo en una fábrica textil —gritó la detenida al ver a Margot.

—¿A dónde la llevan? —preguntó al policía.

—A la Brigada Político-Social.

—Señorita, no he hecho nada. ¡Lo juro por el hijo que crece en mi vientre!

¿Qué habría pasado con esa joven para ser detenida? No tenía cara de delincuente, reflexionaba en su interior mientras recordaba las palabras del sereno la noche anterior. Debía ser alguien que no comulgaba con las ideas del régimen.

Cuando entró en la Brigada Criminal, don Eugenio Benito Poveda no la estaba esperando. El secretario le dijo que estaba reunido con el comisario que lo había sustituido en el cargo. El subinspector Gutiérrez le ofreció sentarse en una de las sillas que tenía al otro lado de su mesa.

—¿Un café?

—No, muchas gracias.

Mientras se quitaba el abrigo y el sombrero, Margot se fijó en todos los detalles de la vestimenta del policía, tal y como le había aconsejado el día anterior el comisario jubilado. Por el aspecto de su camisa diría que vivía solo, y por el número de cigarrillos que había en el cenicero pensó que el joven subinspector debía de llevar allí muchas horas.

—Han detenido a una chica embarazada que dice que no había hecho nada. Se la han llevado a la Político-Social.

—Seguramente la pondrán en libertad esta misma noche. Muchas veces detienen a la gente por sus contactos para sacar información. Desde la huelga que paralizó Barcelona y se extendió por Vizcaya, Guipúzcoa, Pamplona y Madrid, se vigila a las personas más conflictivas a nivel laboral —explicó el subinspector Gutiérrez.

—¿No podría interesarse por ella? Parecía decir la verdad.

—No soy yo la persona adecuada..., pero será mejor que no se meta en esos asuntos. ¡Es un consejo! —Esto último lo dijo en voz baja—. ¡No tenemos muy buena relación con los inspectores ni con los mandos de esa brigada!

—De acuerdo.

Desde ese momento, Margot guardó silencio y repasó las notas del día anterior. De vez en cuando echaba un vistazo a lo que ocurría en aquella oficina, que, según llegaba la noche, iba cobrando vida. Los inspectores trabajaban cada uno a lo suyo, enterrados entre papeles. Pocos minutos después apareció el comisario Eugenio Benito, muy sonriente.

—Perdóneme, señorita Peters, me ha llamado mi colega para un asunto importante. Estoy retirado, pero me permiten sentirme todavía útil ayudándolos —Miró su reloj—. Ya sabe que me gusta la puntualidad, y yo me he retrasado quince minutos. ¡Es imperdonable!

—No se preocupe por mí, he estado muy bien atendida. —Dirigió sus ojos al subinspector Gutiérrez—. Gracias por recibirme de nuevo. Una curiosidad: ¿finalmente detuvieron al Trilero?

—Lo cierto es que no. Cuando llegamos a su casa, ya se había ido. Sus ropas aún estaban calientes. Es como si alguien le hubiera avisado de forma precipitada de que íbamos —dijo el comisario.

—¡Vaya! ¿Quién podría saber que iban a detenerlo?

—¿Usted qué cree? Volvamos a las deducciones.

—Alguien de la propia policía podría haberle avisado —sugirió Margot.

—Buena deducción. Eso mismo pienso yo.

—¿Huyó con el collar?

—No, aquí lo tengo.

Abrió un cajón cerrado con llave y sacó un espectacular collar de perlas y diamantes de una bolsa de tela.

—¡Qué bonito es! —alcanzó a decir Margot, mirándolo de cerca—. ¿Dónde estaba?

—El ladrón dejó escondido lo *colorao* bajo unas frutas. ¡Gran escondite! ¡Es donde mejor podía ocultarlas, en medio de su cocina y a la vista de todos! Si no es por la pericia del subinspector Gutiérrez, todavía estaríamos buscándolas.

—¿Y qué va a pasar ahora?

—Pues que le perseguiremos y cada vez nos lo irá poniendo más difícil. Sabemos que ya ha pasado a Francia conduciendo un camión. Lo localizaremos tarde o temprano. De momento, el caso está resuelto y la marquesa de Manzanedo está muy agradecida por nuestra labor. En unos días le devolveremos las joyas. Hay que comprobar si son las auténticas y que no nos haya dado el cambiazo.

Margot sonreía mientras anotaba el argot que utilizaba el comisario. Aunque no hubieran atrapado al ladrón, la historia del robo tenía un final feliz. ¡Habían sido recuperadas todas las joyas robadas! Antes de irse, quiso saber algo más de la vida del propio Eugenio Benito Poveda.

—Comisario, ¿usted desde niño quiso ser policía? —preguntó con curiosidad.

—¡Sí! Mi infancia me marcó mucho, como a casi todo el mundo. Crecí en una familia muy modesta y muy numerosa. Mis padres lucharon mucho por sacar adelante a sus hijos y yo les ayudé en todo lo que pude.

—¿Siempre trabajó como policía?

—No. Mi primer empleo fue como administrativo en la compañía de seguros El Fénix Agrícola. Sin embargo, al poco tiempo decidí dar un cambio radical a mi vida y perseguir mi sueño. Me presenté a unas oposiciones para ingresar en el Cuerpo de Vigilancia. Así se llamaba antes a la policía gubernativa. Aprobé sin plaza. Y en la siguiente convocatoria logré entrar en el Cuerpo de Policía. De la calle me lo sé todo; piense que me tocó bregar con borrachos, camorristas, chulos, prostitutas y otros personajes de la noche. Por eso intento que los que se inician en este loable camino entiendan que el trabajo no va exento de sacrificio. Y que nadie se lleve a engaño: ¡muy mal pagados! ¡Debe ser vocacional! Siempre hay algún garbanzo negro, como el que avisó al Trilero. Pero le aseguro que también daremos con él. Al final, se delatan ellos solos.

En ese momento, el secretario de la brigada, Jesús Moreno, se acercó a informar al comisario de la llegada de un ciudadano al que acababan de robar. Sus gritos se oían desde el despacho.

—¡Me lo han robado todo! ¡Detengan al ladrón! ¡Estoy arruinado!

—Señor —insistió el secretario Moreno—, el ciudadano está reclamando la presencia de un superior.

—¡Voy ahora mismo! Pero dígale que deje de gritar. Usted venga conmigo y anótelo todo —se dirigió a Margot—. Es bueno que conozca de cerca el lado oscuro de la vida.

—Como quiera.

Ese día, Margot había acertado al ponerse un sobrio traje de chaqueta gris oscuro. No quiso ir tan a la última en moda como el día anterior. Se acercó a la mesa donde tomaban declaración a aquel señor que no cesaba de llorar y de gritar indistintamente.

—¡Tranquilícese! Soy el comisario Eugenio Benito. ¿Qué le ha ocurrido?

El hombre de mediana edad y bien vestido apenas podía explicarse. Le acercaron un vaso de agua y sacó fuerzas.

—Mire usted, me han engañado. Hace unos días conocí a una persona que me propuso un negocio y caí en la trampa. Todo ha resultado ser una farsa.

—¿En qué consistió el engaño? —prosiguió el comisario Benito.

El hombre apoyó sobre las piernas un voluminoso paquete mientras intentaba contar lo que le había ocurrido.

—Me han estafado cincuenta mil pesetas. Mis ahorros. Y esto es lo que me ha vendido —precisó señalando el paquete.

—¡Haga el favor de abrirlo! Señorita Peters, tome nota de lo que va a suceder. Se dará cuenta de que no es oro todo lo que reluce. Me entenderá enseguida.

El secretario Moreno le ayudó a desenvolver el voluminoso paquete y quedó a la vista una caja metálica con una especie de troquel en su interior.

—¡No hace falta que nos diga mucho más! Ese aparato lo utilizan los timadores para dar el timo de la guitarra. A usted le vendieron este aparato para fabricar monedas de plata. ¿No es así?

—¡Justo! Ese sinvergüenza me demostró que, echando por un agujero plata líquida, se formaban dentro los duros y salían por este otro orificio. Eran redondos y brillantes. Vi con mis propios ojos cómo lo hacía. Hasta me hizo ensayar a mí y salían los duros preciosos. ¡Por favor, deténganlo cuanto antes!

—Sí, sí, lo detendremos. No se inquiete usted —dijo con cierta ironía—. Durante un tiempo no tendrá que preocuparse por pagar casa y comida, las tendrá gratis. Todo gracias al Estado.

—¿Sí? ¡No sabe cómo se lo agradezco! —Miraba incrédulo hacia un lado y hacia otro, a todos los que estaban allí presentes. Por primera vez esbozaba una sonrisa.

Margot se temió que no iba a acabar ese episodio como pensaba el denunciante. Anotaba en su libreta y callaba. La cara del comisario era todo un poema.

—En cuanto lo ordene el juez, usted ingresará en la cárcel de Carabanchel.

—¿Yo? Don Benito, ¡si soy la víctima! —solían confundir su apellido con su nombre.

—¿Usted no es consciente de lo que ha hecho todavía? Ha venido a la comisaría a confesar que compró la guitarra para hacer monedas falsas, y eso es un delito muy grave contra el Estado. Más grave que el que cometió ese delincuente contra usted. Le ha perdido la codicia, amigo. ¡Tomen declaración a este primo! De ahí al calabozo hasta que declare ante el juez. ¡No puedo hacer nada más por usted!

El comisario se levantó de la silla y se fue de allí muy enfadado por la situación que acababan de vivir. Margot lo siguió.

—Como ve, señorita Peters, son peores los primos, como se llama a los timados en el argot del hampa, que los timadores. Al final se creen más listos que el resto de la humanidad y, aunque hasta ese momento hayan llevado una vida decente, les pierde la codicia. ¡La condición humana!

—Me interesa mucho todo lo que me cuenta. Al final, aquí tienen ustedes una escuela de vida. Acaba una comprobando cómo el ser humano se deja seducir por el mal.

—Yo que usted vendría por aquí más, aunque no haya ningún robo de por medio. Con que me avise el día antes de hacerlo, será suficiente. Si hay algo que me atrae de esta profesión es enseñar a los más jóvenes. Por cierto, hay un periódico en el que usted podría plasmar lo que vea por aquí —sugirió.

—¿Cuál? —preguntó ella con curiosidad.

—*El Caso*. Conozco mucho a su director. Baja todos los días al bar que hay cerca del periódico y allí lo veo cuando salgo de la Escuela de la Policía. Venga mañana sobre las dos de la tarde y se lo presento.

El comisario anotó la dirección en un papel y se lo dio a la joven Margot.

—Muchísimas gracias. Creo que este mundo del delito me atrae más que el de la moda.

—Pues poco a poco vaya introduciéndose en él. Primero asista a la cita, para que yo le presente a Eugenio Suárez. ¡Usted tiene cualidades! ¡Salta a la vista! ¡Es muy observadora! Y sabe hacer las preguntas adecuadas.

Margot le dio las gracias y se fue de allí al comprobar que se le había hecho ya muy tarde. La historia del timo de la guitarra lo había trastocado todo, pero ya tenía el final de su reportaje sobre el robo del collar. ¡Había aparecido! Para los lectores sería la mejor de las conclusiones.

Justo al salir por la puerta de la Dirección General de Seguridad, coincidió otra vez con la joven embarazada que había visto entrar esposada. Salía extenuada, pero la habían puesto en libertad. Margot se ofreció a llevarla en taxi hasta su casa. Se subieron al primero que encontraron en la parada y charlaron en el interior durante unos minutos.

—¿A dónde va? —preguntó Margot a la embarazada.

—¡A Carabanchel!

—La acompaño. Me desvío un poco, pero no me importa. Me quedé muy preocupada cuando la vi. ¿Qué le ha pasado? —se interesó Margot.

—Mi marido participó en una huelga y querían información sobre sus amistades. Me han estado interrogando, pero se han dado cuenta de que no tengo ni idea de sus correrías. Le tengo dicho que no se meta en jaleos, pero no me hace caso. ¡En el estado en que estoy y toda la noche en comisaría!

—¡Tranquila! Tiene que descansar. Su marido seguramente esté cercano a algún sindicato u organización clandestina.

—¡Shhh! Mejor no hablar de eso. ¡Usted no es de aquí!

—Nací aquí, pero he vivido en Inglaterra. ¿Tanto se me nota? Me llamo Margot Sanz Peters. Me puede localizar en la revista *Siluetas*. Por si algún día le puedo ser útil.

—Muchas gracias. Yo soy Juana Martín Gómez, para servirla. Trabajo en la fábrica textil Los Telares. Cualquier cosa que necesite sobre telas o hilos, me encantará ayudarla. Tiene que aprender a no hablar de determinados asuntos en un lugar público —señaló al taxista.

—Tiene razón. Me dedico al mundo de la moda. Lo de verme por comisaría ha sido una casualidad. Estaba haciendo un reportaje sobre el robo de un collar que afortunadamente se ha resuelto.

El taxi se paró al llegar al destino. La despedida fue rápida.

—Gracias una vez más. ¡Acuérdese de no hablar a la ligera en cualquier sitio! —aconsejó nuevamente la mujer.

—Lo tendré en cuenta.

Una vez que se apeó del taxi la joven embarazada, Margot pidió al conductor que la llevara a la Gran Vía. Afortunadamente no había coches circulando a esas horas y el trayecto se le hizo corto. Cuando llegó a su destino, pagó y, antes de bajarse del coche, ya estaba el sereno esperándola.

—¿Otra nochecita en comisaría? —preguntó con cierta ironía.

—Pues sí, aunque a usted le cueste creerlo —dijo en un tono agrio.

Cerró la puerta del coche y se fue hasta el portal. Quiso el sereno abrirla, pero ella se lo impidió.

—Afortunadamente puedo hacerlo sola. ¡Muchas gracias!

Dio un portazo a la puerta de cristal de su nuevo domicilio. El sereno se fue de allí refunfuñando.

Al entrar en casa, respiró hondo. Se quitó los zapatos intentando no hacer ruido, pero en el salón la estaba esperando Camila medio adormilada.

—No son horas de volver, Margot —reprochó en inglés—. Me tenías muy preocupada.

—Lo siento, de verdad. Me entretuve con las historias que me contaba el comisario y al salir me he encontrado con una joven a la que he acompañado en taxi hasta su barrio. Lo que me ha puesto de mal humor ha sido un comentario del sereno. Me ha dicho: «¿Qué, otra nochecita en comisaria?». No me ha gustado su tono.

—No son horas para que una joven como tú ande por la calle sola.

—¡Por favor!

—¡Anda, acuéstate!

Margot besó a Camila y se fue a su cuarto. En su cabeza seguía dando vueltas a las últimas palabras del comisario, invitándola a conocer al director del periódico *El Caso*. No perdería nada por presentarse en el bar donde habitualmente quedaba con Eugenio Suárez. Se preguntaba si estaba preparada para cambiar tanto de registro y pasar de los ecos de sociedad a los sucesos. ¿Y si intentaba compaginar ambos mundos? Volvían las dudas a su cabeza. Al menos hasta estar convencida de lo que quería hacer con su futuro no dejaría ningún trabajo. Apagó la luz. Necesitaba dormir. La noche anterior no había pegado ojo. El sueño finalmente la venció.

5

Un nuevo mundo ante sus ojos

Saturnina tuvo que despertar a Margot precipitadamente. Estaba al teléfono el director de la revista *Siluetas*. Era la segunda vez que llamaba en esa mañana. Parecía impaciente, como si tuviera que comunicarle algo importante. La joven, sobresaltada, se tiró de la cama en camisón y se fue descalza hasta el teléfono.

—Buenos días, don Justino. ¿Ocurre algo?

—Sí, por fin te localizo. Aline Griffith ha quedado hoy con Pedro Casares para tomar el té en el atelier del modisto, a las cinco de la tarde. Tenía urgencia por decírtelo, no fueras a hacer otros planes.

—¡Allí estaré! Por cierto, han aparecido el collar y las joyas robadas de la marquesa de Manzanedo. Tengo la historia al completo, incluido el autor del robo.

—¡Bien hecho! Estoy muy contento con tu trabajo. Para lo de esta tarde enviaré también a un fotógrafo. Sería estupendo que Aline posara para nosotros con la ropa de Casares.

—En su día, Aline me dijo que lo haría. Otra cosa será que

se cambie de ropa varias veces. De todas formas, no creo que haya ningún problema.

—¡Seguro que harás una buena entrevista!

Tras colgar, se fue a la cocina. Allí estaban Camila y Saturnina, empeñadas en hablarse por señas. Margot estaba pensativa y las dos mujeres se lo notaron. Daba vueltas con la cucharilla a su té sin abrir la boca.

—¡Decía mi abuela que «gente parada, mal pensamiento»! —comentó Saturnina—. Lleva usted ahí sentada un rato sin pronunciar palabra.

Sátur tenía razón. Llevaba desde la noche anterior dándole vueltas en la cabeza al mismo tema. Le parecía apasionante el mundo con el que se había topado por casualidad. Había puesto su vida ordenada y predecible del revés.

—Es que no sé qué hacer. No les puedo fallar a mis tíos, pero me atrae el mundo de los sucesos, aunque no sea nada apropiado para una mujer. —Al fin se atrevió a decirlo en voz alta—. Sé que eso es lo que piensan. Sin embargo, a mí me gusta abrir caminos inexplorados. Tampoco hay muchas mujeres en las universidades estudiando carreras más propias de hombres. Eso no quiere decir que no estemos capacitadas para hacerlo.

El teléfono sonó de nuevo. Esa mañana parecía que todos se habían puesto de acuerdo en llamar temprano. Esta vez se trataba de su tía Frances. Camila habló con ella largo rato. Quería saber cómo les iba a las dos en España y le contestaba que todo iba sobre ruedas. Comentaba que poco a poco iba comprendiendo el español, aunque no lo hablaba. Por otro lado, no quiso preocuparla y omitió lo de las dos largas noches de Margot en comisaría.

Tía Frances pidió hablar con su sobrina. Camila le rogó al

oído a Margot que no dijera nada de sus nuevos gustos periodísticos. Finalmente, la joven se puso al teléfono.

—¡Tía! ¿Cómo estáis?

—Con mucho revuelo en la embajada —contestó Frances desde el otro lado del teléfono.

—Y ahora ¿por qué? —preguntó curiosa Margot.

—Por la reina. Va a ir a Gibraltar con su marido, Felipe de Edimburgo, y sus hijos Carlos y Ana. Será la última parada del viaje que está realizando por algunos países de la Commonwealth. El embajador y tu tío intentan parar esta nueva crisis.

—¿Qué pretenden hacer?

—Que no viaje allí. Consideran que sería una provocación para España. Miguel Primo de Rivera ha mandado una carta al secretario del Foreign Office, Anthony Eden, en la que muestra su disconformidad. No van a otros destinos conflictivos, como Chipre y Guyana, y, sin embargo, sí tienen proyectado ir al Peñón.

—Me temo que acabará yendo a Gibraltar y volveremos a los desencuentros tan habituales con Inglaterra.

—Eso nos tememos también. Si definitivamente viaja allí, se están planteando cerrar el consulado español en el Peñón. España no piensa rendir pleitesía a una reina que viaja a Gibraltar como si fuera de ellos.

—Tía, sigue siendo una colonia británica desde el Tratado de Utrecht. Eso lo he estudiado de niña. Fue cedido por el rey Felipe V a la Corona inglesa a perpetuidad. En ese momento, perdimos Gibraltar.

—Ahí tropiezan siempre las relaciones diplomáticas con el Reino Unido. Parecía que Isabel II lo estaba haciendo muy bien hasta que, en su primer viaje como reina, planifica ir allí. Ni se te ocurra hablar de Gibraltar en el entorno en el que te mueves. ¡Menudos están los ánimos en el gobierno de Franco con este tema!

—¡Tranquila! La moda puede resultar un oasis en mitad de la tormenta.

—Me gusta oír eso. Viajaremos allí en febrero. ¡Estamos deseando verte!

—¡Y yo a vosotros!

Después de colgar, Margot se fue a su cuarto a vestirse, una excusa en realidad, porque necesitaba respirar hondo. Le hubiera gustado comentar a Frances la otra tormenta que estaba viviendo en su interior, pero siguió el consejo de Camila: mejor no decir nada y dejar que el tiempo pase. Aunque era consciente de que no todo lo arreglaba el paso del tiempo.

Había algo en los sucesos que la atraía de una manera incontrolable. Nada que ver con los tranquilos y cursis ecos de sociedad, en los que solo se exaltaban las virtudes de los protagonistas de la noticia. Su cabeza había hecho un clic que lo había puesto todo del revés. Ahora deseaba investigar y contar hasta qué punto los seres humanos eran capaces de perseguir el mal. Regresó al despacho para concluir el reportaje del robo y, cuando estuvo listo, metió los folios en un sobre. Cogió su bolso y se despidió de sus «guardianas», como las llamaba.

—Camila, Sátur, me voy a llevar el artículo a la revista. ¡No me esperéis a comer! Me van a presentar al director de un periódico en el que me gustaría colaborar.

—Usted solo piensa en trabajar, y eso es malo —sentenció Saturnina.

No quiso decirles que de nuevo se iba con el comisario, esta vez a conocer al director de un periódico de sucesos. Comprendía que era mucho cambio para todos. Difícil de digerir para ella y difícil de asimilar para los demás.

Primero dejó su artículo en la revista. Saludó a otras compañeras que, como ella, también habían ido a la redacción a entregar sus colaboraciones para el número que se estaba cerrando y maquetando. Al rato se fue de allí para comprar y leer de arriba abajo el semanario en el que pretendía colaborar. *El Caso* salía a la calle los domingos desde hacía un año. Costaba dos pesetas y, aunque tuvo una difusión de diez mil ejemplares en su primer número, unos meses después sobrepasaba los cien mil. Su sede estaba en el número 1 de la calle Jordán. A Margot le llamó la atención la portada en rojo y negro y el gran titular: «El caso de la mano cortada». El contenido tenía muchas fotos, dibujos y temas insólitos sobre robos, timos, rescates de los bomberos y un asesinato del que se hacía un gran seguimiento. Cuando Margot llegó al local donde había quedado con el comisario, se había aprendido el contenido del periódico.

Al abrir la puerta de aquel bar pequeñito, pegado a la redacción, se hizo un silencio, hasta que el comisario se percató de que aquella chica rubia que acababa de entrar en realidad era Margot.

—¡Por aquí, señorita Peters!

La joven se acercó hasta donde estaba el comisario, junto a un hombre corpulento vestido con traje oscuro y corbata. Fue ella quien le extendió la mano sin esperar a que la presentaran.

—¡Un placer conocerlo!

Eugenio Suárez sonrió. Le gustó la determinación de esa mujer decidida y atractiva que llevaba el semanario debajo del brazo.

—El placer es mío. De modo que a usted le gustan los sucesos, viniendo del mundo de la moda.

—Sí, desde niña me apasionan las historias relacionadas con las investigaciones criminales. Más por la deducción, a través de las pistas para dar con el malhechor, que por otra cosa.

—No es un mundo fácil, y menos para mujeres. Mire lo que llevo aquí. —Se abrió la chaqueta y enseñó una pistola—. Si uno va a trabajar entre delincuentes, debe ir protegido. No estaría de más, si quiere moverse en nuestro mundo, que aprendiera a disparar y llevara un arma.

—¿Yo? No sabría donde esconder un arma como la suya.

—Señorita Peters, nos haríamos con una pistola pequeña que podría llevar en el bolso, incluso sujeta en la liga. Una bala es una bala en todas las pistolas, las de mayor y las de menor calibre —replicó el comisario.

—¿Pero es estrictamente necesario? —repreguntó.

—¡Sí! —dijo escuetamente Eugenio Suárez.

—¡Hay mucho malhechor suelto, señorita Peters! Usted tiene una cualidad imprescindible para el oficio de periodista y el oficio de policía: la observación. A usted no se le escapa una y eso es relevante. Puede darse el caso de que, entre aquellas personas a las que pregunte, encuentre alguna que sea culpable del delito que esté investigando. ¡Nunca debe confiar en nadie! Todos los que se mueven cerca de una víctima, en principio, son sospechosos. Uno tiene que desconfiar del que más llore. ¡No lo olvide! —le aconsejó el comisario Benito.

—Bueno, no siempre será así. Imagino que la familia será la más afectada.

—¡La familia también debe entrar en sus sospechas! Todo cuenta. Fíjese, como le digo siempre, en los detalles. Por ejemplo, cuando entre en el lugar donde se ha cometido un robo, resultará importante observar si el desorden es grande o escaso. Deberá cerciorarse de si el dinero, las alhajas o los efectos de valor estaban fácilmente al alcance de los ladrones, o si estos llegaron sin titubear hasta donde se guardaban.

—Señorita Peters, le está dando una clase magistral el mejor comisario que he conocido, y sin asistir a la Escuela de la Policía.

—Es importante lo que le estoy diciendo, porque podrá descartar si el robo lo cometieron con ayuda de un santero. Es decir, si recibieron previamente datos concretos de personas conocedoras de la casa —siguió explicando el comisario—. También, si hay desorden, puede ser para disimular y dar la impresión de que no intervino santero alguno. Igualmente, la forma en la que entra un ladrón, es decir, si es espadista o topero, da muchas pistas.

Margot sacó su cuaderno y se puso a anotar más palabras dentro del argot de la policía y de los periodistas de sucesos.

—«Espadista» significa que es un delincuente que utiliza una llave falsa para entrar —añadió Suárez.

—Y «topero» es el ladrón más vulgar, el que sale a robar al azar, a topar o a la aventura, con palanqueta generalmente. Sin previa preparación. Lo contrario del espadista —continuó el comisario.

Margot abría mucho los ojos. No quería perder ni un solo detalle de todo lo que le estaban contando.

—Le he dicho a la señorita Peters que pase por la comisaría cuando quiera. Eso sí, que previamente me llame, por si no estamos allí. Yo estoy jubilado, pero me siguen dejando ejercer por la noche.

—Comisario, usted jamás se va a jubilar *de facto*. Le ocurre como a mí. Nuestra profesión es nuestra vida.

—Eso es cierto. No sabría vivir sin pensar en cómo resolver un crimen.

—Si quiere, podría enseñarle la redacción —se dirigió a Margot.

—Me encantaría.

Salieron del bar y subieron al primer piso del inmueble que pegaba al local, donde se ubicaba la redacción. Margot procuraba no perderse detalle. Entró en aquel espacio abierto, lleno de mesas salvo dos despachos al final, con cristaleras grandes. A la secretaria que se encontraba cerca del despacho de Suárez, le preguntó por el baño. Le indicó dónde estaba con una sonrisa.

—Al fondo a la derecha. Señorita, tenga cuidado con...

—Con nada —interrumpió Suárez—. La señorita Peters sabrá arreglárselas sola.

La secretaria no siguió hablando y se puso a teclear en su máquina.

Cuando Margot abrió la puerta del baño, no se percató de que en la bañera había un «inquilino». Fue al tirar de la cadena del váter cuando sintió que algo se movía. Miró y encontró una especie de lagarto grande. No chilló. Procuró aguantar el susto. Al salir no hizo ningún comentario, y eso que tanto los periodistas que había en la redacción como Suárez y el comisario Benito Poveda no perdían de vista su reacción. Ella no les dijo nada.

—¿No ha visto a Leopoldo, nuestra mascota? —preguntó el director.

—Sí. He visto un lagarto precioso.

—Se lo dije, la señorita Peters no es de las que se asustan así como así —afirmó el comisario.

—¡Gracias! —dijo al pasar cerca de la secretaria—. Usted intentó prevenirme.

La secretaria sonrió. Y con la mirada le agradeció que no hubiera chillado.

—Se trata de un cocodrilo que le tocó a una señora en una rifa benéfica, pero rechazó llevárselo a casa. De modo que aquí está Leopoldo. A veces dejamos que se pasee entre las mesas. ¿Supone para usted algún inconveniente? —preguntó el director.

—No, en absoluto. ¿Por qué le han puesto el nombre de Leopoldo?

—Por Leopoldo Eijo y Garay, el obispo de Madrid que autorizó que publicáramos el semanario.

Margot sonrió. Todo aquel entorno parecía una locura, pero tenía mucho atractivo. Le hablaron de la censura y de cómo había que sortearla a la hora de escribir.

—Nunca nadie está semidesnudo, sino semivestido. ¿Comprende el matiz? Tampoco podemos dar más de un asesinato a la semana. Dimos dos durante algún tiempo y nos lo prohibieron. No pueden suceder tantos hechos graves a la vez. ¡Pero aquí estamos!

Le hablaron de las condiciones por artículo, y pagaban mucho mejor que en la revista *Siluetas*. Pero para Margot no era cuestión de dinero, se trataba de seguir un camino para el que quería prepararse. Quedaron en llamarse los próximos días. Mientras tanto, el comisario la volvió a citar para el jueves de esa semana, ya que volvería a estar de guardia.

—Me haré con una pistola —comentó el comisario— y le enseñaré personalmente a tirar. ¡No se preocupe!

—Gracias.

Salió Margot de allí eufórica. Todo aquel mundo para ella era nuevo. Le sonaba a aventura y eso es lo que ella quería en su vida. Cogió un taxi y se fue a casa. Tenía que vestirse para acudir a la cita con Aline y el modisto Casares. Debía cambiar de registro. Dejó el traje de chaqueta sencillo que se había puesto para esa ocasión y se transformó en una mujer a la moda con un vestido ceñido en la cintura de falda acampanada. Se puso un sombrero sofisticado y un abrigo de astracán. No se olvidó de los tacones ni de los guantes.

—*Have you had anything to eat?* —Camila le preguntaba si había comido algo.

—Lo cierto es que no me ha dado tiempo, pero tampoco tengo hambre. De verdad. Estoy contenta de haber conocido al director de un semanario que me ha dicho que podría colaborar con ellos si aceptaba las condiciones. Son mejores que las de *Siluetas*.

—*You can't leave your aunt's publication; she is a major shareholder.* —Le decía que no podía dejar la publicación de su tía, ya que era una de las principales accionistas.

—No, no, descuida. No pensaba dejarla, sino compaginar ambos trabajos.

Camila le preguntó en inglés si no supondría mucho esfuerzo y si no tendría problemas por tratar temas parecidos.

—No. Una es de moda y la otra... de sucesos. Ya sé lo que

me vas a decir, pero me entusiasma la idea. No me impidas hacerlo. ¡Por favor!

—*Margot, you're going to have a real problem...* —Estaba segura de que tendría un verdadero problema, sobre todo cuando se enteraran tus tíos.

—No tienen por qué enterarse. En una firmaré como Margot Sanz y en la otra como Peters. No me relacionarán. Ellos solo vendrán aquí una vez al mes. Al ser un semanario, me permitirá vivir ambos mundos sin que colisionen.

Camila, con muy buenas palabras, le dijo que no saldría nada bueno de su doble trabajo. También le comentó que nada podría hacer para impedir que viviera su aventura. Reconoció que, en el fondo, a ella le hubiera gustado hacer lo mismo.

Se abrazaron. Margot cogió las llaves de su descapotable rojo y salió de casa. ¡Estaba eufórica!

6

El atelier de Pedro Casares

Cuando Margot se subió a su descapotable rojo, llamó la atención de los transeúntes, que se quedaron mirándola hasta que desapareció de la calle. Lo aparcaba durante el día en un garaje de una de las calles adyacentes a la Gran Vía. No era frecuente ver a una mujer al volante, y menos con un coche descapotable. Le costó adaptarse a las miradas de la gente y a conducir sentada en el asiento izquierdo, así como seguir el sentido de la circulación por la derecha, cuando en Londres estaba acostumbrada a hacerlo por la izquierda. Fue su gran reto.

No había demasiado tráfico. Por un lado, los viejos tranvías Westinghouse y, por otro, los taxis negros con una franja roja que recogían pasajeros en las paradas. Los vehículos con los que se cruzaba eran de las marcas Ford y Citroën, que convivían con los nacionales Seat 1400. También se topaba con cocheros que llevaban un carruaje de dos ruedas tirado por un caballo. La gente coloquialmente los denominaba «simones». Tenían los días contados, ya que la ciudad se estaba motorizando a un ritmo vertiginoso.

Al llegar a la calle Ayala, donde tenía Casares su taller, Margot pudo aparcar con facilidad. Unos niños, que jugaban en la calzada al fútbol con una pelota rudimentaria hecha con papel y goma, se acercaron a mirar aquel coche que se podía descapotar. Se imaginaron que quien iba dentro debería ser una actriz y no le quitaban ojo.

—Os daré dos pesetas si me lo cuidáis —les dijo, y los niños se pusieron a aplaudirla.

La joven, como la acostumbraron sus tíos, quiso llegar con tiempo suficiente al atelier del modisto, situado en el número 27 de esa misma calle. Se miró al espejito del bolso antes de entrar al portal y se repasó los labios con una barra de color rojo. También se atusó el pelo y se recolocó el sombrero. Los niños seguían sin perder detalle de los pasos de aquella joven que andaba con tacones de salón muy altos. Se les unieron un par de ancianos que caminaban por allí y deseaban observar con descaro a aquella joven tan elegante.

Margot sonrió a aquel público improvisado y se metió en el portal. El portero del inmueble, al verla, le preguntó si iba a visitar al modisto Pedro Casares. Ella movió la cabeza en sentido afirmativo y subió andando al primer piso. En cuanto llamó al timbre, una señora vestida de negro le abrió la puerta y la llevó hasta el salón de la casa, situado en el extremo contrario al taller. Allí la estaban esperando Aline Griffith y un hombre vestido con esmoquin y pajarita.

—*Darling*, te presento a Pedro Casares —dijo la condesa de Quintanilla.

Margot extendió la mano y el modisto hizo ademán de besarla. El hombre, con un gesto serio, la invitó a sentarse. La primera impresión que recibió fue de frialdad. A decir verdad, el modisto no había movido un solo músculo de la cara. Jamás había conocido a nadie tan inexpresivo.

—Imagino que Aline ya le ha explicado que vengo de parte de la revista *Siluetas* —comentó, nerviosa—. En un momento llegará el fotógrafo para tomar unas fotos junto a la condesa, si no tiene inconveniente.

—Ninguno. Solo espero que la sesión no se prolongue toda la tarde, porque me viene a ver la marquesa de Torquemada para un asunto personal. Tenemos aproximadamente dos horas.

—Descuide, para entonces habremos terminado.

A los pocos minutos, sonó el timbre de la puerta y la misma persona de confianza del modisto acompañó al fotógrafo hasta donde estaban ellos. Margot presentó a su compañero, Luis Lequerica, que pidió disculpas por el retraso. Llevaba un traje gris con poca plancha y una corbata estrecha de color burdeos. Se quitó el sombrero y, en cuanto desenfundó su cámara, le pidió a Aline que posara en aquel salón. Primero sola y después junto al modisto. La condesa había elegido un traje negro ceñido al cuerpo y un broche de brillantes que llamaba la atención.

Al terminar, en tanto Aline se cambiaba de ropa, el fotógrafo se quedó junto a Casares y le solicitó que posara de cara al gran ventanal, sorteando un gran visillo blanco que impedía ver el exterior. Casares posaba con su esmoquin negro mientras fumaba un cigarrillo con la mano derecha y metía la otra en el bolsillo izquierdo del pantalón. Llevaba el pelo engominado hacia atrás y resultaba atractivo a sus cuarenta años.

Al poco apareció su pareja y mano derecha, Juan Palomeque, un hombre muy delgado de la edad de Margot. Sonrió a todos y preguntó si hacía falta algo.

—Yo necesito un café —comentó Casares.

—Muy bien. ¿Alguien quiere otro café o un té?

Margot y Lequerica dijeron que no y continuaron con su trabajo.

—Señor Casares, entre foto y foto, si le parece bien, voy a ir haciéndole algunas preguntas —comentó la joven.

Dijo que sí con un movimiento de cabeza y continuó fumando. La entrevista comenzaba.

—¿Qué le atrae de la moda?

—Favorecer a las mujeres, embellecerlas y mostrar la personalidad que tiene cada una. Un traje para cada mujer y para cada momento, ese es mi lema.

Posaba para el fotógrafo mientras contestaba a las preguntas de Margot. Se le veía muy concentrado en lo que hacía y en lo que decía. Palomeque apareció con el café y Casares se lo tomó antes de continuar. Cogió el metro del que se había desprendido para la foto y se lo puso sobre los hombros, sujetando los extremos con sus manos de pianista. Lequerica le hizo otra foto.

—¿Sigue las pautas de algún modisto nacional o internacional?

—Hago mi propia ropa con las telas que traigo de países tan distintos como Italia, Francia o incluso la India. Yo soy yo y procuro no fijarme en nadie. Tengo mi propio concepto de la moda. No obstante, estoy al corriente de lo que hace Balenciaga, sin apenas cortes ni costuras, creando volúmenes con unas mangas perfectas. Observo a Dior con una mirada muy atenta. Me gusta que conciba la moda no como algo único, sino que haya diversificado su negocio y se haya metido en el mundo de la cosmética. Es el que mejor ha entendido que la moda es un todo. Le daría muchos nombres nacionales, pero, si dejo a alguno fuera, luego me criticarán a mí —bromeó.

Aline apareció con un traje de noche blanco con lentejuelas negras en el cuerpo y escote palabra de honor.

—*Et voilà! Une robe à paillettes... merveilleuse* —comentó Aline en francés aludiendo a su vestido de lentejuelas, al que calificaba de maravilloso.

Margot aplaudió su repentina aparición. El traje era un verdadero sueño.

—¡Es realmente precioso! —comentó la joven.

Casares se acercó a Aline y se lo ajustó más al cuerpo. Hasta que no quedó conforme con la caída, no dio permiso para realizar otra fotografía.

—Esta vez me gustaría que la hicierais en el taller. Las costureras os ayudarán a desplegar telas por todas partes, incluido el suelo.

—Puede quedar muy bonita la foto —comentó el fotógrafo.

Una vez que todos entendieron la idea, Aline posó como una modelo profesional mientras las telas eran extendidas por las costureras del taller. Parecía un mar de colores en movimiento. El fotógrafo no paraba de disparar con su cámara unida a un flash de mano que acababa en una pantalla metálica con una bombilla incorporada. Primero sonaba un clic y luego la escena se iluminaba de golpe. Era muy difícil no cerrar los ojos ante ese fogonazo de luz.

—¡La tengo! —dijo el fotógrafo.

Aline se retiró para hacer un tercer cambio de ropa. Casares miraba el reloj, pero todavía no habían transcurrido las dos horas que les había prometido. Margot siguió preguntando.

—¿Qué le hizo dedicarse a la costura?

—Es complicado contar mi vida en tan poco tiempo.

Casares se quedó pensativo, sin decir nada. Margot recordó las palabras del director de la revista sobre la infancia del modisto y tuvo la seguridad de que estaría acordándose del abandono de su madre. Seguramente eso le llevó a coser, a tener un oficio. Su mirada pareció nublarse, pero de pronto continuó.

—Mi vida no fue fácil. Por resumir y sin entrar en detalles, le diré que me crie entre sastres. Fue algo natural que yo me acercara a un patrón, a unas tijeras y a una aguja e hilo. Era lo que veía a mi alrededor. He estado siempre rodeado de hombres que cosían. Las mujeres no han formado parte de mi vida salvo como clientas. Mi formación ha sido completamente masculina y, de hecho, las primeras personas a las que vestí eran hombres.

—Mi vida tampoco ha sido fácil. Con cinco años murieron mis padres en un accidente. Me criaron mis tíos en otra ciudad y en otro país, Inglaterra. —De alguna manera, Margot quiso que supiera que no había sido el único que había sufrido en su niñez.

—Son cicatrices lo que nos dejan esas infancias tan duras y difíciles.

Aline regresó con un traje de noche blanco con dos lazos negros a modo de tirantes y otro gran lazo negro central en el escote. Estaba guapísima. Casares volvió a encajar el vestido en el cuerpo de la condesa.

—Es muy importante que la tela no quede arrugada. Es la

diferencia entre un buen modisto y uno malo. Yo no doy por terminado un traje hasta que cae sin formar arrugas sobre el cuerpo de mi clienta. Igual que la obsesión de Balenciaga son las mangas y los ojales, en mi caso son las arrugas. No puedo verlas. Me obsesionan. Mi trabajo debe quedar perfecto.

Casares se hizo una foto más con Aline y finalmente se despidió de Margot y del fotógrafo. Acababa de llegar su clienta y debía atenderla.

—Si tiene alguna duda a la hora de escribir el reportaje, llame y mi asistente me comunicará sus necesidades.

—Gracias, don Pedro. Así lo haré.

—Pueden quedarse aquí el tiempo que deseen, Aline les atenderá.

Desapareció con el porte que le daba el esmoquin que llevaba. Tampoco le hacía ninguna arruga. No lo hubiera permitido.

—Aline, ¿qué me puedes decir de Casares?

—Que estamos ante uno de los grandes del diseño y la confección. Un gran experto también en joyas. Es espectacular el broche que me hizo poner con el traje negro. También los diseña. Hay un joyero que se los monta. Es muy completo. Lo descubrí entre los sastres y modistos que me gusta visitar. Es un diamante, pero le hace falta más nombre en los círculos de moda. Ya has visto que no es un hombre simpático, pero a un atelier no vienes a hacer amigos. Lo que ocurre es que sus silencios te incitan a contarle tu vida.

—¿Qué destacarías de él?

—Es un gran profesional que va con su cinta métrica a todas partes. Le da seguridad. Su vida está en estas cuatro paredes. La aristocracia viene aquí por el boca a boca. Nos encanta su trabajo. Yo le digo que debería ir a alguna reunión de sociedad, pero él solo está a gusto trabajando. Poco a poco, de todas formas, le vamos sacando de su aislamiento y acude a algunos eventos.

Aline bajó la voz y le habló confidencialmente.

—¡Qué daño hacemos las madres! Jamás ha perdonado a la suya. Primero, que engañara a su padre y, segundo, que un buen día se fuera de casa sin decir adiós. Cuando él quiera te lo contará, pero esa herida no la ha superado. Máxime cuando no sabe si su madre vive. Está el pobre muy atormentado. ¡Gracias por ayudarlo!

—Me ha gustado conocerlo. Gracias por todo, Aline. Debemos irnos. Por cierto, uno de estos días me van a enseñar a disparar con pistola —le dijo también en el tono confidencial que había utilizado la condesa—. Sé que eres la única persona que me puede entender. Me han dicho que perteneciste al servicio secreto de Estados Unidos. Tu vida me parece fascinante.

—Cariño, muchas gracias. Te diré que bienvenida al club. —Cogió su bolso y le enseñó una pistola de calibre corto. La volvió a ocultar—. Desde antes de llegar a España, siempre llevo una pistola en el bolso. Me ha salvado de alguna situación incómoda. El saber no ocupa lugar. Ya me dirás qué tal se te da.

—¡Por supuesto!

Luis y Margot se despidieron de la condesa de Quintanilla. Juan Palomeque los acompañó hasta la puerta en nombre de Pedro Casares, que seguía atendiendo a su aristocrática clienta. El fotógrafo le pidió el favor a su compañera de llevarlo hasta la redacción de *Siluetas*, y ella no lo dudó. Antes de montarse en el coche, vio a los niños sentados en la acera esperando a que saliera. Les dio las dos pesetas prometidas y se fue de allí a tal velocidad que el motor del coche sonó más de la cuenta. Una vez que dejó a Lequerica en la redacción, se acercó a casa a cambiarse. Acelerada, se puso un sencillo traje de chaqueta azul marino y cogió un sombrero de corte masculino. Dio un beso a Camila y volvió a ausentarse de casa sin pasar antes por la cocina a comer algo.

—*This girl is going to get sick from working so hard.* —Comentó en voz alta que se iba a poner mala de trabajar tanto.

Saturnina, aunque no sabía inglés, podía imaginarse lo que acababa de decir.

—Trabajar en demasía tampoco es bueno. No lo es.

Las dos se quedaron preocupadas por la deriva que iba tomando el trabajo de la joven. Camila pensó que, cuando llegaran sus tíos, debería bajar el ritmo si no quería enfadarlos. De no hacerlo, la que veía peligrar su trabajo era ella. Al fin y al cabo, cuidarla era responsabilidad suya.

Mientras tanto, cerca de la puerta de casa, Margot se subió a un taxi y pidió que la llevaran hasta la redacción del diario *El Caso*.

—Por favor, a la calle Jordán número 1. Todo lo deprisa que pueda.

El taxi voló y, afortunadamente, ningún guardia de tráfico los vio. En cuanto llegó al inmueble, pagó y subió las escaleras corriendo. Al entrar en la redacción, Clotilde Acisclo, la secretaria de Eugenio Suárez, le pidió que pasara al despacho. Dejó sus cosas sobre una mesa y entró inmediatamente.

—Buenas tardes, don Eugenio. He venido tan pronto como he podido. Siento el retraso.

—No sé hasta cuándo va a poder compaginar las dos vidas que usted tiene. En fin, esta noche tiene guardia el comisario Benito Poveda. Estamos faltos de temas. ¿Por qué no husmea si hay algún caso interesante?

—Está bien.

Cuando salió del despacho, el cocodrilo Leopoldo andaba suelto por el suelo de la redacción.

—¿Seguro que es un cocodrilo? —preguntó a Clotilde.

—Sí, pero todavía es pequeño. Veremos qué hacemos cuando empiece a crecer. Más de un susto nos va a dar Leopoldo.

Margot se despidió y se fue con la idea de subirse a otro taxi que la llevara hasta la Puerta del Sol. Clotilde le había dicho que los gastos de los traslados los pasara al día siguiente para que se los abonaran. Veinte minutos después, entraba en la Dirección General de Seguridad. Rápidamente la dejaron pasar. Su cara ya era familiar para el policía que flanqueaba la entrada. En cuanto llegó a la brigada, se dio cuenta de que algo sucedía por el revuelto que había de inspectores alrededor del comisario.

—Inspectora Peters, ¡pase, pase!

Le gustó que le llamara así. Era la primera vez que lo hacía. Los inspectores Suárez y Morales, que se encontraban junto a él, y el subinspector Gutiérrez se dieron la vuelta. Para el comisario, aquella joven ya era uno más de ellos.

—Mire, le estamos dando vueltas a este anónimo.

Margot lo leyó:

> Si quiere efectuar un buen servicio, preséntese mañana de madrugada en la calle de las Dalias número 10. Podrá capturar

a dos de los ladrones más hábiles. Seguramente tendrán joyas y objetos de valor de sus últimos robos. De día no vaya, porque no los encontrará.

Se quedó pensativa.

—¿Cree usted que es verdad o nos están tomando el pelo? Por otra parte, hay gente a la que le encanta marearnos —preguntó el comisario.

—Me da la impresión de que es verdad.

—Ya, pero la calle de las Dalias no existe —comentó Gutiérrez.

—Podría haberse confundido de flor el delator —dijo Margot.

Suárez se fue a por un callejero de Madrid y al rato regresó con los nombres de flores que tenían algunas calles de la capital.

—Lo más parecido a una dalia es una margarita. Si el anónimo nos ha llegado desde fuera de Madrid y no conoce bien la ciudad, a lo mejor se refiere a la calle de las margaritas.

—No perdemos nada por ir. ¿Nos acompañará mañana? Si es cierto, puede ser una operación peligrosa —le advirtió el comisario.

—Lo sé. Aun así, me gustaría ir.

—Mañana venga con ropa oscura. Estaremos al acecho hasta que las personas del inmueble estén dormidas. Así los pillaremos completamente desprevenidos. Si quiere, por la mañana estaré en la Escuela. Podremos empezar a hacer las prácticas de tiro.

—Me gustará mucho. Gracias.

—Pues primero nos veremos en la Escuela de la Policía,

donde se han formado todos estos que ve por aquí. Por la noche, siguiendo su intuición, iremos a comprobar si el anónimo es cierto o una tomadura de pelo. La gloria se obtiene siguiendo muchas pistas falsas. Hasta que de repente, un día, alguna resulta ser cierta. Nosotros lo vamos a intentar. Tengo ganas de que toquen el piano todos los pillos que hay en esta ciudad.

«Tocar el piano» era arrestarlos y que les tomaran las huellas digitales en un papel blanco especial, como quien aprieta las teclas, antes de pasar al calabozo y, de ahí, a la cárcel. Había cierta euforia con la posible detención, en ese piso, de varios malhechores que se dedicaban a apropiarse de lo ajeno.

—¿Quién ha podido denunciarlos? ¿Alguien que fue de la banda? —preguntó Margot.

—Lo averiguaremos mañana. Es alguien despechado. Eso está claro —contestó el comisario.

Afortunadamente, esa noche pudo regresar a casa pronto. Desde su despacho llamó a Eugenio Suárez y le dijo que había un posible chivatazo de dónde se podía encontrar una banda de ladrones.

—¡Gran tema, sí señor! Podría ser la portada del semanario. Ve y me cuentas. No aparezcas por la redacción. Tendrás que estar despierta de madrugada. Aprovecha para dormir —indicó el director del periódico.

—Eso haré.

Colgó el teléfono y Camila no fue capaz de decirle nada. Tenía tanta cara de cansada que decidió dejar que durmiera y repusiera fuerzas. Hablaría con ella al día siguiente.

7

Una llamada inesperada

Amaneció el día con una niebla espesa sobre Madrid. Camila miraba por el gran ventanal del salón y con dificultad veía a los transeúntes moverse por la Gran Vía. Pensó que aquella imagen era más típica de Londres que de la capital española. Sin embargo, había comenzado el día con la ciudad teñida de gris y bañada en una humedad que traspasaba los cristales. A las nueve de la mañana, sonó el teléfono en el despacho de Margot y Camila se acercó presurosa a descolgarlo. Al reconocer a su interlocutor, se mantuvo un buen rato en una animada conversación en inglés. Saturnina acudió rápidamente a la habitación de la joven Margot.

—¡Despierte! ¡Despierte! Alguien está llamando desde Inglaterra interesándose por usted, señorita. Vaya a su despacho sin tardar, que doña Camila lleva un buen rato de conversación.

—Está bien. ¿No sabes de quién se trata?

—No, pero la señora lleva hablando mucho tiempo.

Margot se puso una bata de satén blanca y se calzó unas

zapatillas del mismo color antes de dirigirse hasta su despacho. Al verla, Camila se despidió sonriente de quien estaba al otro lado del teléfono. Antes de cederle el auricular, lo tapó con una mano y le dijo al oído que se trataba del señor Parker, el jefe de seguridad de la embajada.

—¿Sí? —preguntó la joven.

—¿Margot? Soy Harry, Harry Parker —se esforzaba en hablar español con ella, pese a su marcado acento inglés.

—Buenos días. ¿Ocurre algo? —No dijo más, todavía estaba somnolienta.

—¿He llamado demasiado temprano?

—No, en absoluto. Simplemente, me he acostado tarde porque estoy yendo por la noche a ver al comisario.

—¿Sigue con lo del robo del collar? ¿Han detenido ya al ladrón?

—¡No! Todavía no, cruzó a Francia y sabemos que está trabajando allí de camionero. Yo sigo yendo por la Puerta del Sol. El mundo de los sucesos me está atrapando. Sinceramente, me gusta más que el de la moda. Quizá por eso continúo en contacto con don Eugenio Benito Poveda.

—¡Vaya, vaya, con mi amigo el comisario!

—Reconozco que mis encuentros se han prolongado más de lo que pensaba.

—Pues voy a viajar a España y me gustaría ir a verle. Por cierto, Margot, espero que vayamos juntos, ya que «somos novios» —dijo con ironía.

—¿Pero vamos a seguir con esa pantomima? Sería mejor decirle la verdad.

—No creo que le siente muy bien. Pensará que le hemos tomado el pelo los dos.

—Ya... Pues en estos momentos no me gustaría defraudarle.

—Fuera de bromas, tengo que ir a España. Parece que el «problema» del embajador se ha resuelto positivamente para todos. Por fin Anthony Greville-Bell se ha casado con Helen Scott-Duff. De momento, parece que todo está en orden.

—¿Definitivamente? —preguntó Margot.

—Los problemas derivados del amor no se resuelven nunca, y menos definitivamente.

—Esperemos que en este caso, sí. A veces, un tema que creemos que es exclusivamente amoroso puede derivar en un problema político. Hablando de otros asuntos, Parker. ¿Sabe?, voy a vivir la primera luna llena fuera de Inglaterra. Confío en que no tenga un halo rojo para que no se cumplan sus predicciones.

—¡El poderoso influjo de la luna! Ya sabe que, si está teñida de rojo, se cometerá un crimen —volvió a recordar Parker.

—Confío en que no sea una ciencia exacta. De todas formas, preferiría que no tuviera el halo rojo del que tantas veces me ha hablado. Por cierto, Parker, esta noche voy con su amigo de cacería. Quiere que le acompañe a la detención de unos ladrones. Han recibido un anónimo dando detalles de dónde se esconden.

—¡Usted no para! Ya me contará cómo acaba todo cuando esté allí. Perdone que insista, pero me gustaría que cenáramos juntos con el comisario Benito Poveda. ¿Qué le parece quedar a pesar de la luna llena?

—¡Cuente conmigo! Me parece un hombre tremendamente interesante y didáctico. ¿Sabe? También me va a enseñar a disparar con pistola.

—Vaya, vaya... ¡Sí que confía en usted!

Margot miró el reloj y se dio cuenta de que tenía que vestirse cuanto antes. Debía acudir a la Escuela de la Policía. Y por la tarde tendría que entregar la entrevista que le había hecho a Pedro Casares. De un momento a otro, el director de *Siluetas* se la iba a reclamar.

—Señor Parker, tengo que dejar esta conversación. No sé hasta cuándo podré compaginar ambos trabajos, pero lo voy a intentar. Nos veremos por aquí enseguida.

—¡Harry! Llámeme simplemente Harry. No se le escape un «señor Parker» delante del comisario. Deberíamos comenzar a tratarnos de tú.

—Está bien, Harry.

Nada más colgar, Margot se quedó pensativa. No le hacía gracia lo de tener que aparentar un noviazgo cuando ella no quería ennoviarse con nadie. Camila le preparó el desayuno y aprovechó para pedirle una vez más que recapacitara y se dedicara exclusivamente a la moda.

—*You must understand that you...* —Le decía que debía entender que no había venido a España a meterse entre delincuentes. Le insistía en que no era para ella el mundo de la noche y le solicitaba que lo abandonara.

—No me pidas que me aleje de mi aventura sin apenas haberla vivido —contestó en español. Sabía que la entendía, aunque Camila se resistía a hablarlo.

La dama inglesa se sinceró con ella. Le daba miedo dónde se estaba metiendo. No era más que eso, miedo.

—No temas por mí. Estoy más segura que nunca de lo que estoy haciendo.

—*Ohhh! What will you do when your uncles find out?*

—Le preguntaba por lo que iba hacer cuando sus tíos se enteraran.

—No tienen por qué saberlo.

Margot le dio un beso y se fue corriendo hacia su habitación. Media hora después, salía vestida con un traje de chaqueta y un sobrio sombrero en la cabeza.

—¡Espero venir a comer! —comentó a Saturnina.

—¡Por favor! Vuelva a sus hábitos de siempre. Doña Camila está muy preocupada por usted, señorita.

—Lo sé, lo sé, pero no puedo prometer algo que no voy a cumplir.

Se fue de allí a toda prisa y se quedaron Camila y Saturnina mirándose a los ojos con la seguridad de que hablar con ella no había servido para nada. Margot estaba persiguiendo un sueño y a todas luces parecía imposible frenarla.

Esa mañana iba a aprender a disparar con arma corta y decidió no contarlo en casa. No quería más preocupaciones. Cuando llegó a la Escuela de la Policía, Eugenio Benito Poveda la estaba esperando con su reloj en la mano. Deseaba llevarla al entrenamiento de tiro cuanto antes.

—¡No diga nada de que es periodista! A todos los efectos, estoy entrenando a una alumna. En unas semanas, cuando termine su entrenamiento, le daré un papel que acredite que pueda llevar armas.

—¿Lo cree necesario?

—Sí.

—Como usted diga.

Le pasó unos tapones para que la detonación y el ruido que iba a generar cada disparo no le dañaran los tímpanos. Igualmente le proporcionó unas gafas protectoras para los ojos. A los pocos minutos, le puso en las manos una pistola semiautomática.

—Antes de disparar a la diana, existe una regla en el mundo anglosajón que lo mismo le ha mencionado Harry Parker.

—¿De qué regla se trata?

—La de las tres erres. Se basa en tres conceptos: reciente, relevante y realista. La primera: no deberá dejar que transcurra mucho tiempo entre este entrenamiento y el siguiente. La segunda, relevante: dar prioridad a la práctica de tiro de acuerdo con el trabajo para el que se está preparando. Y por último, realista: hay que tratar de realizar el entrenamiento con los medios y en las situaciones más parecidos a la realidad. Por eso, aprenda a sujetar esta pistola. Se trata de un arma ligera, compacta y del calibre 9 corto que llevará siempre en el bolso. Las situaciones de tensión con las que se puede encontrar serán muchas. En ningún caso deberá quedarse paralizada. La inmensa mayoría de los enfrentamientos armados se producen en distancias inferiores a siete metros. No huya jamás, la podrían disparar por la espalda. Siempre al adversario de frente. Nunca lo pierda de vista, ¿me entiende?

—Sí, lo tendré en cuenta.

—Y algo más: en la repetición cogerá destreza para extraer la pistola, encarar, apuntar y disparar. Si entrena, estará preparada. No olvide, inspectora Peters, que no siempre podemos acceder a nuestra arma, máxime en su caso, que no la llevará a la vista. Tiene que aprender también a defenderse con objetos cotidianos: una pluma, incluso un periódico pueden servirle. Los malhechores esperarán que usted se amedrente. ¡Y eso nunca!

—De acuerdo. Aunque espero no verme en situaciones de tanto peligro.

Margot estaba realmente atenta a todo lo que le decía el comisario. No había más alumna que ella. Era evidente que tenía verdadero interés en que aprendiera rápido.

—Señor comisario, ¿por qué me dedica tanto de su valioso tiempo?

—Todo esto, señorita Peters, lo hago por puro egoísmo. Insisto en que no hay mujeres en la policía. Verdaderamente la necesitamos. Usted podrá llegar allí donde nosotros no llegaremos. Y estoy seguro de que mi intuición no me engaña.

El comisario pidió a los preparadores una diana y rápidamente le pusieron a la joven una delante. Tenía un gran círculo negro en el centro y otros círculos concéntricos en blanco de más tamaño. Cada uno tenía un número asignado del uno al diez, de fuera adentro. Por último, le señaló hacia dónde debía disparar.

—Quiero ver su destreza antes de enseñarle la técnica. Se trata de apuntar al círculo negro.

Margot miró la diana, apuntó y disparó cerrando un ojo y guiñando el otro.

—Jamás dispare con los ojos cerrados. ¡Jamás! ¿Me ha entendido? Se le puede desviar el tiro y matar a un inocente.

—Lo siento.

—Está manejando usted una semiautomática. Es decir, después de cada disparo se carga automáticamente. Tan solo es posible realizar el disparo de un cartucho cada vez que se acciona el disparador. ¿Le gusta esta arma? ¿Le resulta cómoda?

—Me encanta. La condesa de Quintanilla lleva una pistola de bolsillo similar a esta.

—La condesa tiene licencia para llevar pistola porque perteneció al servicio secreto americano. Bueno, ¡usted concéntrese en disparar!

Margot comenzó a hacerlo. Esta vez con los ojos bien abiertos. El comisario seguía intentando que absorbiera todos sus conocimientos.

—Disparar con los dos ojos abiertos le permite usar la visión periférica y estar más atenta a lo que sucede alrededor. Sé que al principio supone un reto. Su ojo dominante es el derecho; antes de disparar, fije la mirada y, después, dispare.

Apretó el gatillo y agujereó la diana en el número siete. Se disculpó.

—No estoy cómoda. ¿Cómo debo situar los pies?

—Las casas se construyen desde los cimientos y los pies son nuestros cimientos. Serán la base de su estabilidad. Deben estar alineados y separados con la referencia de la anchura de nuestros hombros. Ligeramente hacia atrás el pie derecho, ya que es diestra, para soportar el retroceso del arma tras el disparo. Nos inclinamos un poco, es decir, los hombros un poco por delante de nuestras caderas. Las rodillas deben estar algo flexionadas. El brazo que sujeta el arma también ligeramente flexionado, para que el arma permanezca estable. La mano izquierda va por encima de la mano que sujeta el arma, dejando libre el dedo índice.

Era mucha información de golpe. Aun así, la joven siguió disparando y poco a poco fue acercándose al círculo negro del centro de la diana.

—Genera mucha ansiedad disparar, pero usted debe permanecer siempre en calma y con la mente lúcida. ¡Continúe!

Margot disparó y disparó hasta coger cierta destreza con

la pistola. El comisario miró su reloj y a la hora dio por terminada la clase.

—¡Llegó el momento de descansar! Esta noche será muy larga. Procure llegar con tiempo a la comisaría. Hoy será uno de esos días que jamás podrá olvidar. Será su bautismo con la maldad en acción.

—Gracias por la oportunidad. ¡Llegaré antes de la media noche!

—Seguiremos practicando con la pistola. Eso sí, ¡tráigala esta noche!

Se despidieron y Margot se fue a casa nerviosa pensando que llevaba el arma en el bolso. El momento que acababa de vivir con el comisario había sido el más emocionante de toda su vida. Sabía que el camino que estaba recorriendo no tenía vuelta atrás. Se lo había advertido Parker. El mundo del delito —mirar al mal cara a cara— resultaba apasionante. A la vez, sintió un escalofrío y pensó que ojalá nunca tuviera que hacer uso de la pistola.

Al llegar a casa, se moría de ganas de compartir ese momento con sus «guardianas», pero no quiso preocuparlas. Después de comer se encerró en el despacho y comenzó a escribir la entrevista a Pedro Casares. «¡Menudo cambio radical!», se dijo. Era pasar del infierno a tocar el cielo con los dedos, de lo grotesco a lo glamuroso, del mundo oscuro al escaparate de los famosos. Durante un par de horas, estuvo ocupada transcribiendo las palabras del modisto y dándoles forma. Una vez terminado el artículo, lo llevó en mano a la revista *Siluetas*. No se entretuvo demasiado en la redacción porque esa noche tenía por delante la gran aventura de su vida.

8

Las margaritas

A las once y media de la noche, Margot ya había llegado a la brigada. Tuvieron que esperar un par de horas, atendiendo asuntos menores, hasta que, de madrugada, salieron de la Dirección General de Seguridad en dos coches patrulla. Por un lado, el comisario y el subinspector Gutiérrez junto con Margot; por otro, los inspectores Suárez y Morales. Este último no aprobaba que fuera una periodista con ellos, y menos aún que la llamaran inspectora Peters sin serlo. En ambos coches iban todos en silencio. Eran conscientes de que la operación podría resultar un éxito o un auténtico fiasco. Al llegar a la calle de las Margaritas, se bajaron todos para continuar a pie hasta llegar al número 10.

—No quiero que corráis ningún riesgo —dijo Eugenio Benito Poveda en voz baja—. La operación tiene que ser rápida y por sorpresa. Si el chivatazo es real, los pillaremos a todos in fraganti.

Suárez abrió el portal con la maestría de un profesional del robo. A los pocos minutos, estaban los cinco frente a la puerta de la casa. Nuevamente el inspector se comportó como un profesional de la espada y fue quien forzó la cerradura del domicilio sin hacer ruido. Una vez dentro, se distribuyeron las habitaciones para entrar de dos en dos. El comisario movió el brazo como si fuera un director de orquesta e irrumpieron a la vez en los cuartos. Margot apuntaba con su pistola tal y como hacía el subinspector.

—¡Policía! ¡No se muevan o disparamos! —dijo Gutiérrez a la vez que esposaba al primer ladrón, al que reconoció inmediatamente.

—¡Hombre, Telilla, tú por aquí! Estarás unos cuantos años a la sombra.

Margot habló con la mujer que dormía a su lado e intentó tranquilizarla, ya que se puso a chillar nada más despertarse y verse encañonada por ella.

—¡Tranquilícese! Si no hace tonterías, no le sucederá nada.

Los inspectores Suárez y Morales entraron en el dormitorio donde se encontraba otro viejo conocido de la policía, el Lorencín. Este no acababa de creerse lo que estaba sucediendo. Pensó que era una pesadilla. El comisario lo sacó de dudas.

—Sabíamos que estabas detrás de varios robos. Teníamos el convencimiento de que tarde o temprano regresarías a la trena. ¡Inspectores, no lo pierdan de vista! ¡Espósenlo!

En la otra habitación, mientras Gutiérrez esperaba órdenes, le hizo un gesto aprobatorio a Margot. Ella seguía sin quitar ojo a los dos delincuentes. Mientras tanto, el Telilla la miró con descaro y criticó a los policías por llevarla con ellos.

—¿No os valéis por vosotros mismos? ¿Os tiene que ayudar una mujer? ¡Menudos calzonazos! Y tú... —se dirigió a su pareja, que estaba como él con las manos esposadas—. El fuscabante seguro que ha sido tu antiguo amante, que quiere que le quede el campo libre para volver contigo. ¡Ha sido él! ¡Te juro que me las pagarás!

—¿Yo? Pero ¿qué tengo que ver con todo esto? —protestó la mujer.

—¡Silencio! —replicó el comisario al aparecer en la habitación—. El fuscabante, en el argot de los delincuentes, es el delator —dijo a Margot—. No ha habido chivatazo. Íbamos detrás de vosotros. No nos quites el mérito. —Se acercó hasta quedarse a un centímetro del ladrón.

—¡Alguien os ha dado el soplo! ¡No me chupo el dedo! —dijo el Telilla, desafiante.

—No tienes ni idea. ¡Cállate de una vez!

Mientras llegaban los refuerzos, buscaron piezas de valor por la casa. Detrás de una cómoda, Margot encontró un reloj Longines de oro.

—Bravo, Peters. Tiene número de serie, daremos con su dueño.

Siguieron registrando y localizaron joyas escondidas en uno de los colchones.

—¡Qué contentas se van a poner las personas a las que habéis robado! ¡Os hemos pillado con las manos en la masa! Al menos ganaremos en tranquilidad, porque no podréis robar en un tiempo bastante largo.

Cuando llegaron el resto de los agentes de policía, se llevaron a los detenidos. El Telilla siguió amenazando a su pareja.

—¡Te vas a enterar, esto no quedará así! ¡Aunque te vayas al fin del mundo, te encontraré!

—Pero ¿qué dices? Yo no he tenido nada que ver. ¿No me estás viendo esposada como tú?

Margot pensó que en realidad había sido ella la que les había mandado el anónimo. Hasta que no se los llevaron a todos esposados no se lo comentó al comisario.

—Creo que fue ella la que nos condujo hasta aquí.

—¡Bien visto! El Telilla no es tonto. Mira cómo la señalaba. Habrá que protegerla —advirtió—. Bueno, señores, ¡enhorabuena! Era verdad el anónimo, y Peters acertó con lo de la calle.

Margot sonreía. Esa adrenalina que había experimentado no la había sentido nunca.

—Mañana lo escribiré para *El Caso*. Gracias por dejarme entrar como si fuera una más.

—Eugenio Suárez estará contentísimo. ¡Te dará la portada, ya lo verás! Mañana no haremos guardia, de modo que ¡a descansar! Bueno, inspectora Peters, usted tendrá que seguir entrenando el manejo de la pistola.

—¡Por supuesto!

—Le ha echado mucho valor. ¡Estoy muy satisfecho! —comentó el comisario—. Ahora retire todas las balas de su arma. Tenga siempre esa precaución.

Margot se entretuvo en sacar la munición.

—Señor, parecía una inspectora más. La está adiestrando tal y como hizo con nosotros. —Gutiérrez sonrió a Margot después de hablar bien de ella.

—Ya veo que está haciendo equipo con Gutiérrez. ¡Eso está muy bien! Será usted la primera en felicitarle, porque ha aprobado la oposición a inspector.

—¡Enhorabuena! —dijo Margot con entusiasmo.

Gutiérrez se puso colorado mientras todos aplaudían la noticia que les acababa de transmitir el comisario.

—Llegar a inspector cuesta. Por eso, que a usted, recién llegada, la llamen inspectora, resulta un poco frustrante —protestó Morales.

—Todos sabemos que no lo es, pero no quiero que se sepa que alguien ajeno a la brigada nos acompaña. Sin embargo, necesitamos de su sexto sentido y perspicacia. Además, no descarto que algún día lo sea y se convierta en la primera mujer que acuda a la Escuela.

Margot lo miró y sonrió.

Cuando regresaron a la brigada, ya eran las siete de la mañana. Cumplimentaron los trámites de las detenciones y se fueron juntos a tomar chocolate con churros a San Ginés. Había que celebrar el momento que acababan de vivir. La prensa se haría eco gracias a Margot del nuevo éxito policial.

—Le pediré al dibujante que plasme el momento que hemos vivido en la casa de la calle de las Margaritas —dijo Margot sin ningún signo de cansancio.

—¡Cuantos menos datos dé sobre nosotros, mejor! —comentó Morales—. Yo no estoy muy de acuerdo con que venga con nosotros —insistió— una mujer sin ningún tipo de formación, por mucha intuición que tenga.

—¡Cuidado con lo que dice, no vaya a ser que en unos días sea ella quien nos saque de algún apuro! Tiene intuición y sentido común. ¿Qué más se le puede pedir a un novato? Nos vendrá muy bien que la inspectora, además de sus labores periodísticas, nos ayude con los detenidos a sacarles información. Le aseguro que tiene una habilidad fuera de lo común —reiteró el comisario.

—Si usted lo dice —comentó Morales sin mucho convencimiento.

—Lo digo. Puede sernos muy útil. ¡Insisto!

—¿No te has dado cuenta de cómo ha calmado a la fulana del Telilla? La dejamos unos minutos más y estoy seguro de que se pone a cantarlo todo —dijo Gutiérrez a su díscolo compañero mientras les servían los chocolates en el local que se encontraba tan cerca de la Dirección General de Seguridad.

Morales se encogió de hombros y Suárez le dio un golpe seco en la cabeza. Volvieron las sonrisas. Iban a vivir de ese éxito durante días.

A la salida, Gutiérrez acompañó a Margot a coger un taxi. Llegó a casa justo antes de que Camila y Saturnina se pusieran en pie. Se quitó los tacones y accedió a su cuarto caminando de puntillas. En cuanto cerró la puerta, se desvistió rápidamente y se metió en la cama en combinación y sin quitarse las medias. Al poco sintió cómo alguien entraba en la habitación. Era Camila, que comprobaba si estaba durmiendo. No movió ni un músculo y de nuevo la puerta se cerró. Margot se quedó inmediatamente dormida.

—¡Despierte, señorita! ¡Despierte! —De nuevo Saturnina la zarandeaba—. Le llama el director de *El Caso*.

—¡Ohhh! ¿Por qué me llamará tan temprano? —dijo somnolienta.

—No son horas de estar durmiendo, señorita Margot. Es normal que se llame por teléfono a media mañana.

—Vaya... ¿Qué hora es? —preguntó mientras se desperezaba.

—Las once.

—Está bien...

Se levantó tal y como estaba en la cama, aunque se quitó las medias, y se fue andando descalza hasta su despacho.

—¿Director?

—Perdona, Margot. Necesito saber si tenemos el tema de portada o no.

—¡Lo tenemos! Ha sido una operación brillante. La brigada ha detenido a dos de los ladrones más buscados por la policía. Había joyas y relojes en la casa. Si me llama el dibujante, le diré cómo fueron sus detenciones.

—¿Estuviste allí?

—Sí, fue como formar parte de una película de policías y ladrones. —Omitió dar más información porque sabía que Camila y Saturnina podrían estar escuchándola.

—¡Pues cuéntalo con todo lujo de detalles!

—¡Claro! Solo una cosa. Si no le importa, firmaré el artículo como «Inspectora Peters». A fin de cuentas, es como me llama el comisario.

—Me gusta. Imagino que así no te reconocerá tu familia.

—Puede ayudarme...

—¡Hecho!

Camila y Saturnina, que efectivamente estaban atentas a la conversación, se quedaron preocupadas. No quisieron decirle nada, pero supieron por lo que habían escuchado que ella había estado presente en la detención de unos malhechores.

Saturnina se santiguó y, mientras la joven desayunaba, se fue a hacer su cuarto repitiendo una y otra vez: «¡Esta chica! ¡Menudo disgusto!». En un momento determinado, haciendo la cama, tiró del colchón y dio sin querer a la mesita de noche, donde estaba apoyado el bolso de la joven. Antes de que cayera al suelo, lo pilló en el aire. Se abrió de forma repentina y, al ver la pistola, se asustó y lo soltó.

—¡Virgen santa! ¡Una pistola!

En ese momento entró Margot y se percató de que la mujer había visto el interior de su bolso.

—Sátur, no se te ocurra decirle nada a Camila. Estoy aprendiendo a disparar, nada más. No sufras; al revés, estoy recibiendo clases para aprender a defenderme.

—Yo no necesito armas y tengo más años que usted. Simplemente evito el peligro, con eso me doy por satisfecha. ¡A usted, querida niña, lo que le gusta es meterse en la boca del lobo!

—Por favor, te pido que me guardes el secreto.

—No me gustan los secretos.

—Te lo pido por favor.

—Está bien...

Saturnina se fue de la habitación santiguándose y mascullando algo ininteligible para Margot. Estaba muy asustada e iba a ser difícil poder calmarla. Mientras tanto, Camila estaba en el salón haciendo punto y no se percató de lo que acababa de suceder.

Después de sentarse ante la máquina de escribir y terminar el reportaje de la detención de los ladrones más buscados, Margot se quedó muy satisfecha. Había sido su gran aventura, la que la había expuesto a una situación de riesgo que, en lugar de amedrentarla, le había emocionado. Ahora, al menos, sabía que ese mundo era el que realmente la atraía. La moda, de momento, sería su tapadera de cara a sus tíos y a sus conocidos.

Al día siguiente, el semanario *El Caso* publicaba a cinco columnas su texto. A Margot le hizo mucha ilusión ver el artículo en portada, firmado con el seudónimo de Inspectora Peters. La exclusiva fue muy comentada en la radio e incluso en la revista *Siluetas*, aunque Margot no desveló en la redacción que ella era la autora del famoso reportaje. En cambio, todos en *El Caso* le dieron la enhorabuena. El dibujante había sabido plasmar varias escenas del momento de la detención, gracias a los datos que le proporcionó Margot.

Camila prefería no saber nada sobre esa faceta que no le gustaba de ella, pero Saturnina, que estaba más al corriente, se encargó de informarla. Había comprado el semanario y lo había leído con todo lujo de detalle.

—¡Esta chica tan aventurera! —En el fondo lo dijo con admiración.

La llegada de Harry Parker revolucionó la actividad de Margot y durante un par de días no acudió a entrenar sus habilidades con el arma. Acompañó al jefe de seguridad de la embajada a varias de sus visitas, entre ellas a la duquesa de Alba. Esta había pedido a Parker que supervisara la seguridad del palacio de Liria, una vez que habían concluido las obras.

La Guerra Civil se cebó con el palacio, que fue bombardeado y saqueado. Solo quedaron las cuatro fachadas; el interior hubo que reconstruirlo por completo, máxime cuando un incendio provocado por las bombas lo arrasó todo. Afortunadamente, las principales obras artísticas pudieron salir de España, junto con los cuadros del Museo del Prado, hacia la Sociedad de las Naciones, en Ginebra. Los muebles, libros, vitrinas, lámparas, tapices, alfombras y objetos de valor fueron custodiados por diferentes entidades, como el Banco de España y la Academia de Bellas Artes de San Fernando, e instancias oficiales, como la embajada inglesa. El padre de Cayetana, Jacobo Fitz-James Stuart, tras la contienda tomó la decisión de reconstruir el palacio y recuperar todas sus pertenencias. No vio la restauración terminada antes de morir, pero su hija, la decimoctava duquesa de Alba, junto con su marido, Luis Martínez de Irujo, se ocuparon de llevar a término tanto los trabajos como el regreso de los enseres y obras de arte para darle al palacio su esplendor de antaño.

Harry Parker revisaba tanto el acceso al recinto como la custodia de las joyas artísticas que había en su interior. El palacio, por lo tanto, no solo era una gran mansión del siglo XVIII, sino también la residencia, el hogar, de la actual duquesa de Alba. Estaba ubicado en el barrio que se conocía como de los Afligidos y se había convertido, con su rehabilitación, en el domicilio particular más grande de Madrid. Los amplios jardines rodeando el palacio también había que tenerlos en cuenta a la hora de establecer perímetros de seguridad.

Mientras Harry inspeccionaba el acceso al palacio desde todos los flancos, las dos amigas aprovecharon para hablar.

—Margot, se te ve poco en reuniones sociales.

—Lo sé. Estoy muy ocupada con algunos asuntos que nada tienen que ver con la moda. Primero, me encargaron lo del robo del collar de la marquesa, ¿te acuerdas? A raíz de eso, empecé a ir por la comisaría de la Puerta del Sol y me han ido atrapando las historias relacionadas con el mundo del suceso.

El culpable de esta atracción por los delitos es un comisario que he conocido gracias a Parker.

—Deberías visitarme con más frecuencia. Dentro de unos días se va a celebrar en el Ritz un baile de máscaras. ¿Podrías acompañarme? Luis no podrá venir conmigo. Me haría ilusión que fuéramos juntas.

—Está bien, pero tengo en Londres mis trajes de época.

—Yo tengo aquí muchos. Más o menos tenemos la misma talla.

—¡Está bien! Iré contigo.

Cayetana abrazó a Margot. Parker apareció para comentarle a la duquesa qué virtudes y defectos había visto a la seguridad del palacio. Después les preguntó la razón por la que estaban tan eufóricas.

—Vamos a ir a un baile de máscaras. ¿Te apetece acompañarnos? Estaremos más seguras contigo. Luis tiene varios trajes que te puede prestar —propuso la anfitriona.

—No estaba en mis planes, pero puede ser divertido.

A Margot no le gustó la idea, aunque no le dijo nada a Cayetana. Al final, Parker iba a estar demasiado presente en su vida durante su estancia en España. Eso la perturbaba. Primero, tenían pendiente la cena con el comisario y, después, el baile de máscaras. En el fondo, Margot no quería que Parker se hiciera ilusiones ni que tomara un camino equivocado con respecto a ella.

—Por cierto, estará Casares. Le ha invitado Aline. ¿No lo querías conocer? —preguntó la duquesa.

—Ya lo he conocido y le he podido hacer el reportaje. De hecho, debe de estar a punto de salir. Me pareció un hombre muy serio y muy frío.

—No es simpático, pero es una tumba guardando secretos. Todas nos abrimos en canal con él. Son demasiadas horas probándonos sus vestidos y, al final, es como si estuvieras ante un confesor.

—Eso me pasa a mí con Parker. Le cuento mi vida y me escucha muy atento. Por cierto, ya que hablamos de él, tiene la teoría de que, si la luna está roja, ocurrirá un crimen. Y dentro de dos días habrá una de esas lunas que llaman de sangre.

En ese momento entró Harry en el salón, después de haber supervisado los tres mil quinientos metros cuadrados del interior.

—Tendré que venir algún día más para hacer el croquis exacto de los puntos débiles del palacio y así reforzar la seguridad.

—¡Por supuesto! Luis estará encantado de ayudarte en todo lo que necesites.

—Estupendo. Me ha parecido escucharos que hablabais de la luna. Y sí, estoy convencido de que, si la luna nos muestra un halo rojo, algo terrible va a suceder.

—Ya me habéis dejado intrigada —afirmó la duquesa.

Cayetana invitó a su amiga al vestidor. Al cabo de veinte minutos, regresó con un traje de María Antonieta, muy ceñido en el cuerpo y con una amplia falda abullonada que dejaba a la vista las enaguas y los tobillos.

—Al menos no me arrastra y podré caminar fácilmente.

—Tendrás que recogerte el pelo y ponerte alguna pluma o adorno —comentó la duquesa—. Y tú, Parker, ¿de quién quieres vestirte?

—¡Ya lo tengo! Yo me vestiré de Luis XVI. Así iremos a la par la señorita Sanz Peters y yo.

—Ya sabéis cómo acabaron. ¡Mejor no pensarlo! —apuntó Cayetana y todos se echaron a reír.

—A mí ya me duele el cuello y todavía no me han guillotinado —bromeó Margot.

Al final, el baile de máscaras se fue convirtiendo en todo un aliciente para aquellos fríos días de mediados de marzo, en los que habían llegado a caer unos copos de nieve. Por un momento desapareció de la cabeza de Margot el miedo a que la luna llena tuviera un halo rojo atravesándola.

Camila y Saturnina respiraron más tranquilas y aplaudieron mucho la visita de Parker, que estaba devolviendo a Margot a sus antiguas costumbres. Volvía a ser la joven de siempre.

9

Mirando a la luna

Había llegado el momento que tanto temía Margot: la cena con el comisario. Se suponía que ella y Parker eran prometidos. Así es como se había presentado ante el hombre al que más admiraba en Madrid y con el que había aprendido tanto sobre cómo defenderse del mal. Hasta entonces había vivido en una burbuja, sobreprotegida por sus tíos y Camila, ahora había comenzado a caminar sola y por primera vez no se sentía vulnerable. Sin embargo, Margot se encontraba incómoda en la mentira y, desde que tomaron asiento en la discreta mesa del restaurante Lhardy, estuvo tentada de confesarle que todo había sido una estratagema para conocerlo. Pero no encontró el momento, ya que Harry Parker comenzó a hablar de su tema preferido.

—La luna está gibosa y en veinticuatro horas, cuando esté llena, coincidirá con un eclipse lunar total. Solo entonces podremos ver una luna de sangre, que llamará la atención, y no tardaremos en comprobar la incidencia que tendrá en el aumento de los crímenes que se produzcan ese día.

—Me llama la atención su teoría, señor Parker, porque le aseguro que he sido testigo de cómo se han producido crímenes en todas las fases lunares. De lo que estoy seguro es de que, en unas horas, presenciaremos este fenómeno de la naturaleza tan poco frecuente. ¡Los periódicos no dejan de hablar de ello! —afirmó convencido el comisario.

Margot estaba ensimismada mirando aquel reservado cuyas paredes habrían sido cómplices de negocios, amores secretos y grandes confidencias a todos los niveles, mientras Parker no dejaba de hablar.

—Se trata de todo un espectáculo que nos brinda la naturaleza, y que ha inspirado a escritores de todos los tiempos. Una luna que se tiñe de rojo al producirse un eclipse lunar total como consecuencia de un fenómeno conocido como la dispersión de Rayleigh. La tierra se interpone entre el sol y la luna. La sombra de la tierra se cierne sobre la luna total o parcialmente y en ese momento se produce la magia: el color rojo. Por cierto, el físico lord Rayleigh fue el primero en explicar este fenómeno, a finales del siglo pasado.

—Me interesa mucho ese mecanismo descrito por el lord inglés. ¿A qué se debe? —preguntó el comisario.

Parker estiró su chaqueta y pareció que renovaba fuerzas para tomar de nuevo la palabra y contestar a don Eugenio.

—Al ponerse el sol, este se encuentra en el cielo en una posición muy baja, por lo que el camino que tiene que recorrer su luz antes de alcanzarnos es más largo. En ese recorrido se dispersa una gran parte de luz azul y queda a la vista ese color rojizo tan misterioso.

—Parker, siempre me ha llamado la atención su conocimiento de la física.

—Es curiosidad por todo aquello que nos rodea.

—Su prometido, inspectora Peters, es de las mentes más ilustradas con las que me he topado en la vida.

Margot sonrió sin ganas al oír la palabra «prometido», pero pronto se le congeló la tímida sonrisa cuando Parker puso su mano sobre la suya. Fue un acto reflejo y la joven no dudó en darle un puntapié por debajo de la mesa. De manera totalmente instintiva: acción y reacción. Parker ahogó el dolor que le había ocasionado la patada en su rodilla con una tos repentina y quitó de inmediato su mano de la de la joven. Margot era poco dada a exteriorizar sus sentimientos, y menos aún si no existían. El comisario ahora hablaba de ella. La situación cada vez se volvía más incómoda.

—Le diré, querido Parker, que no me extrañaría nada que su novia le superara en poco tiempo en intuición y deducción, al más puro estilo Sherlock Holmes.

—No le diga eso a Margot —advirtió mientras se tocaba la rodilla—, que sir Arthur Conan Doyle es su autor favorito. Sus novelas ya las devoraba de adolescente, que es cuando la conocí. —Harry mantenía su marcado acento inglés.

—¿Sabían que Conan Doyle era escocés? —preguntó el comisario.

—¡Por supuesto! Nació en Edimburgo en 1859 y murió a los setenta y un años en la ciudad inglesa de Crowborough —contestó Margot.

El comisario se sorprendió de sus conocimientos. También se trataba de su escritor favorito. El creador del personaje de Sherlock Holmes.

—Debería presentarse a alguno de los concursos que hay en la radio —sugirió el comisario.

—Ni se me ocurriría hacerlo. Pero sí, me sé su vida y su obra al completo. Se trata del novelista que más he leído y, aún hoy, releo. Siempre hay algo en sus novelas que me atrae mucho: la deducción y el razonamiento. Desde entonces procuro fijarme en los pequeños detalles; en la observación intuyo que es donde se suele esconder lo importante. También tengo claro que no hay nada más engañoso que un hecho evidente. Me gustaría llegar a ser como Sherlock Holmes, encadenar los pensamientos con solo observar los hechos y llegar a un razonamiento final acertado.

—¡Cierto! Ahí está la clave para resolver el puzle de cualquier crimen. Solo le faltaría para parecerse a Holmes fumar en pipa —dijo el comisario con ironía.

—No lo había pensado. —La idea le pareció interesante.

Parker propuso un brindis, chocaron los tres sus copas y posteriormente se puso a hablar del cambio de estrategia en el régimen de Franco, al permitir instalar bases estadounidenses en España. Margot seguía pensando en lo de fumar en pipa. Parker, mientras tanto, seguía sin parar de hablar.

—Las muchas visitas del almirante Sherman a España han desembocado en la firma de un tratado que va a traer mucha ayuda militar y económica al país —comentó Benito Poveda.

—No le queda otra que abrirse al mundo, señor comisario. La época de aislamiento ha concluido. El apoyo de Estados Unidos lo va a cambiar todo. Y si no, tiempo al tiempo.

Parker había organizado la cena en el restaurante Lhardy, situado en la Carrera de San Jerónimo. Pidió la mesa en uno de sus reservados y los camareros se deshicieron en atenciones. Les sirvieron su famoso consomé y pusieron como aperitivo las croquetas que tanto gustaban al comisario. Siempre que aparecía por allí, se las servían como un detalle de la casa. Después el camarero sacó como plato principal un lenguado a la *meunière* para cada uno de los comensales. La comida, finalmente, concluyó con un sofisticado suflé como postre de la casa.

Según fueron pasando los minutos, la conversación derivó hacia la instrucción de Margot. Parker le pidió al comisario que insistiera en su enseñanza con las armas de fuego. Margot se iba incomodando en su asiento. Nada le parecía peor que intentaran decidir por ella qué le convenía más y qué menos, sin contar con su opinión.

—Tiene un instinto natural que le hace disparar con bastante precisión. Debe acudir a más clases de tiro, pero reconozco que lo hace francamente bien.

—Me alegra oír eso. Muchas gracias por el interés y el empeño que ha puesto en su formación. Significa mucho para mí.

Margot tenía ganas de vomitar y, de hecho, frenó una arcada con la mano tapándose con la servilleta. Si algo la sacaba de sus casillas era la mentira, y prolongarla en el tiempo la ponía mala.

—Señor Parker, somos amigos y para mí la amistad sería suficiente razón para volcarme en su enseñanza. Pero le diré que mi interés por la inspectora Peters no es tanto por usted como por mí. No hay mujeres en la policía y ella nos puede ser muy útil con su intuición innata y sus deducciones. Aunque hubo una mujer que ejerció como agente sin que nadie supiera su condición. Cierto es que se limitó a cocinar para los gobernadores civiles de Sevilla, pero durante treinta años pudo guardar su secreto. Hasta que se rompió una pierna y el médico descubrió que era una mujer.

El comisario hablaba de Fernando Marquenssen, al que conocían como Fernandito. Había nacido en París en el siglo XIX y a los nueve años se alistó en la Marina francesa vestida de chico, porque en ninguno de los cuerpos de seguridad y del ejército se permitía la presencia femenina. Sirvió en el ejército francés hasta que decidió venir a España. Entró en el Cuerpo de Vigilancia del Gobierno Civil, antecedente de la actual policía, sin pasar ningún reconocimiento médico. Al descubrirse la verdad, le abrieron un expediente y la expulsaron del cuerpo.

—¿Se da cuenta, comisario, de que nos hemos tenido que refigurar en otra identidad? —preguntó Margot de forma retórica—. Un siglo después nos resulta difícil ejercer una profesión para la que la sociedad no está preparada.

—Tiempo al tiempo, inspectora Peters. Estamos iniciando un camino que no tiene retorno.

—Me gusta que diga eso —comentó Parker—. También es una suerte para todos que su jubilación no sea un impedimento para seguir ejerciendo. Nadie quiere que se vaya de la brigada, ni tan siquiera quien le ha sustituido, el comisario Juan Bilbao. Pero hablemos de Margot y no de mí. Tiene con usted a una persona excepcional.

Margot no podía soportar la sobreprotección. Se consideraba una mujer hecha y derecha con la suerte de haber sido criada por sus tíos en ausencia de sus padres. No tenía la culpa de que ellos hubieran perdido la vida en un accidente del que nadie le hablaba. Lo había borrado de su mente. Un psicoanalista había dicho a sus tíos que era un bloqueo, una forma de autoprotección para poder seguir viviendo.

—Señores, ¿no les parece más interesante hablar de coches y no tanto de mí?

Los dos sonrieron ante su llamada de atención e hicieron intención de escucharla.

—¿Se han fijado en el nuevo vehículo que cada vez se ve más por las calles? Parece una moto con cuatro ruedas que se está comercializando como un coche pequeñito —intentó desviar la conversación hacia otros asuntos.

—¿Se refiere al Biscúter? —preguntó el comisario—. Dejaremos de ser los peatones perpetuos gracias a este vehículo de dos o tres plazas. Lo he visto y creo que va a ser muy útil para los que no pueden comprarse un descapotable como el suyo.

Margot abrió los ojos muy sorprendida y se quedó paralizada unos segundos al oír al comisario.

—Nunca he ido a la brigada en él, siempre voy en taxi. ¿Cómo sabe que tengo un descapotable?

—No hay tantas mujeres conduciendo uno por la Gran Vía. Soy policía.

—Mi querida Margot —contestó Parker—, antes de entrar por la puerta de la brigada ya sabían quién eras y qué ritmo de vida llevabas. Tus horarios e incluso tus *hobbies*.

—No podemos meter a cualquiera entre nosotros. Ni tan siquiera siendo novia de Parker —el comisario le guiñó un ojo.

Margot se preguntaba si con ese guiño le insinuaba que en realidad sabía que no eran novios. Le quedó la duda. Al final, el comisario conocía su vida y ella en cambio no había averiguado nada sobre él. Primera lección que había aprendido en esa cena: antes de ponerse a las órdenes de nadie, uno debe saber absolutamente todo sobre esa persona.

Concluyó la cena con la duda planeando sobre su cabeza: ¿sería el propio Parker el que había hablado de ella más de la cuenta? A medida que transcurrían los minutos, se fue convenciendo de ello. Salieron del local y Parker quedó con Benito Poveda en verse la próxima vez que regresara a España. Se dieron un apretón de manos y unas sonoras palmadas en la espalda a las puertas del restaurante. Ambos se apreciaban mucho después de haber colaborado en varios asuntos que afectaban a las relaciones diplomáticas entre España e Inglaterra. Margot acordó con el comisario que volvería a la brigada en un par de días. Se despidieron y, antes de emprender caminos distintos, Parker hizo intención de coger a la joven por el hombro, pero ella rápidamente apretó el paso.

—¡Hasta la vista, comisario! Margot, pero ¡qué prisa llevas! —gritó Harry.

Cuando llegó a su altura, bajó el tono y siguió hablando con ella.

—Estaba actuando como novios que hemos dicho que somos.

—No me ha gustado nada tu... actuación. —Margot estaba visiblemente molesta—. ¿Por qué me has tenido que coger de la mano y ahora pretendías apoyarte en mi hombro? No es necesario ser tan convincente. No todas las parejas son efusivas delante de sus jefes. Si me vuelves a coger la mano, le diré al comisario que te inventaste esta historia y que yo, tristemente, te seguí.

—¿Te arriesgarías a dejar el mundo del suceso? —preguntó sabiendo que ya sería imposible para ella renunciar.

—Evidentemente no quiero, pero no me pongas a prueba.

—Está bien...

El resto del camino hasta la casa de Margot lo hicieron andando y sin pronunciar una sola palabra. La noche era fría, pero ninguno de los dos dio importancia a las bajas temperaturas. Cuando la joven se enfadaba era mejor dejarla, ya que todo podía ir a peor. Parker lo tenía comprobado de cuando vivía en Londres. Sus enfados eran monumentales. Había que saber callar a tiempo. Por eso era mejor no decir nada y dejar que los malos humos se le pasaran. A punto de llegar a su casa, Parker rompió el hielo con su obsesión.

—Estoy deseando que llegue mañana por la noche. Algo tremendo va a suceder, ya lo verás.

—Me tienes intrigada con la luna de sangre, pero te aseguro que dormiré bien a pesar de tus malos augurios. Estoy muy cansada. No me gustan las mentiras. No puedo con ellas.

—Descansa. El día de mañana será muy largo.

Al llegar, el sereno hizo sonar su chuzo en la pared para advertir que estaba allí. Margot lo miró, pero no le hizo ningún comentario.

—Pareja, ¿necesitan que les abra?

—Sí —dijo Parker.

—¡No! —se adelantó ella a sacar las llaves del portal.

—¡Como ustedes quieran! ¡Buenas noches nos dé Dios!

Margot estaba segura de que el sereno también pasaba información de sus movimientos. Se despidió de Parker con un simple: «¡Hasta mañana!». Nada más meterse en el portal, subió a gran velocidad la majestuosa escalera que la separaba de su casa. Al llegar, abrió la puerta sigilosamente y fue caminando con cuidado para no despertar a nadie. Una vez dentro de su habitación, se dejó caer a plomo sobre su cama.

No pudo evitar soñar con Parker. Ambos aparecían en su sueño caminando cogidos de la mano por un lugar oscuro, lleno de sombras. Realmente el jefe de seguridad siempre le había resultado atractivo, pero su mente jamás se atrevió a reconocerlo. De hecho, en esa especie de pesadilla, el mundo que los envolvía era tan falto de luz que le parecía tenebroso. Harry tenía los ojos muy claros y el pelo negro, y ella el pelo rubio y los ojos oscuros. Parecían la cara A y la cara B de un disco de pizarra. A Parker lo imaginaba en su mente más corpulento de lo que en realidad era, y ella se veía a sí misma más bajita de la altura que tenía. No se parecían en nada, pero compartían la misma vocación por los temas más truculentos de la sociedad. Podrían estar horas hablando de crímenes, de pistas falsas y de sospechosos. De hecho, se podría decir que lo que más echaba de menos de su vida en Londres eran las largas conversaciones que mantenían. El sueño de esa noche se volvió tan oscuro que empezó a sudar en la cama. Todo aquello parecía estar viviéndolo realmente. Seguían caminando en mitad de la oscuridad, chocaban contra plantas y vegetación. Unos pájaros aparecían y volaban por encima de ellos.

Se despertó sobresaltada. Margot volvía a la realidad tras abrir los ojos. Habían transcurrido once horas.

—¡Ufff! ¡Qué tarde es! —se dijo a sí misma antes de ponerse en pie.

Se vistió todo lo rápido que pudo y salió de la habitación. Cuando vio a Sátur en la cocina, le preguntó por qué motivo la había dejado dormir tanto.

—¡Por salud, señorita! Nada más que por eso.

—Está bien... No pasa nada.

Estuvo el resto del día en el piso, sin intención de salir, y eso hizo feliz a Camila.

Después de la comida, se retiró a su cuarto y rebuscó entre los pocos recuerdos que tenía de su padre. Encontró la pipa que fumaba. Se miró al espejo con ella en la boca y le hizo gracia imitar a su admirado Sherlock.

—¿Por qué no puedo fumar en pipa, aunque no lo hagan las mujeres? —se preguntó mientras seguía mirando su reflejo desde todos los ángulos.

Salió de su cuarto y se puso delante de su tutora inglesa con la pipa en la boca, haciendo el ademán de fumar. Su actitud era un tanto desafiante.

—*Can't believe it! Is that your father's smoking pipe?* —Camila se sorprendía y le preguntaba si era la pipa de su padre.

—Sí. Me gustaría fumar en ella. Aunque tendré que comprar tabaco.

A Camila no le gustaba la idea y le preocupaba lo que pensara la gente al verla.

—Me da igual lo que piense la gente.

Tenía la determinación de hacerlo y esa tarde, antes de prepararse para el baile, estuvo paseándose por la casa con la pipa en la boca. Le daba seguridad que fuera la que había utilizado su padre en vida. Deseaba que llegara la noche, pero ese día parecía que las manecillas del reloj no corrían tanto como ella quisiera.

A las ocho de la tarde descorrió las cortinas del gran ventanal del salón y se estremeció al ver la luna de sangre más hermosa que había visto nunca. Parecía un gran globo de color rojo recién escapado de las manos de un niño. Pensó que tenía razón Parker al decir que era un fenómeno extraordinario de la naturaleza. Tanta belleza en una noche de eclipse en la que podían torcerse las cosas, si el mal augurio de Harry se hacía realidad. Camila se unió a la contemplación de la luna.

—Jamás había visto nada igual.

—Yo tampoco —alcanzó a decir Margot, pensando en todo lo que aún podía ocurrir.

La luna de sangre aparecía a lo lejos como si fuera parte del sueño del que había despertado sobresaltada. La luna de color rojo desafiaba todo y a todos. Parecía la verdadera protagonista de aquella noche tan llena de misterio.

10

La hora del baile

A Margot le divertía el hecho de disfrazarse y ser por unas horas otra persona. Se iba a convertir en María Antonieta de Austria, reina consorte de Francia y de Navarra. Investigó en su historia y descubrió que desde niña ya proyectaron quién sería su marido: el delfín y futuro rey Luis XVI. La casaron con catorce años en un intento de estrechar lazos entre dinastías. Lo que más le perturbó de su historia fueron su final, guillotinada, y el odio que le tenía el pueblo francés.

Cuando llegó la hora de arreglarse, Saturnina la acompañó para ayudarla con las enaguas y la colocación del corsé. Por último, el traje rosa y blanco abullonado en las mangas, ceñido a la cintura y muy escotado. Luego llegó el momento de esmerarse con el pelo. Le hizo un moño bajo y le echó talco para que pareciera gris. Le sacó algunos mechones y se los rizó en forma de tirabuzones. Finalmente, le colocó un tocado con dos plumas de marabú. Margot se reía sin parar y aplaudió el resultado. Saturnina concluyó su transformación con un toque suave de colorete en las mejillas.

Sonó el timbre y Camila acudió a abrir la puerta. Era Parker, ya caracterizado de Luis XVI, el último rey de Francia, antes de la caída de la monarquía por la Revolución francesa. Las carcajadas de la dama inglesa fueron tan sonoras que provocaron la curiosidad de Margot, que salió a toda prisa de su habitación. Cuando entró en el salón transformada en María Antonieta, dejó a todos impresionados.

Saturnina se sentía orgullosa de haber contribuido a que la joven luciera tan bella con aquel traje que la hacía parecer una auténtica reina.

—Muy guapa. Muy guapa —repetía una y otra vez la mujer.

Parker nunca había visto a Margot vestida tan escotada. Se quedó sorprendido ante la nueva imagen de la joven. De hecho, estuvo un buen rato sin decir nada. Cuando pudo hacerlo, fue para informarle de que en la calle les esperaba un conductor para llevarlos hasta el hotel Ritz. Mientras bajaban las escaleras, quiso halagarla.

—¡Estás deslumbrante! —carraspeó nervioso.

—Muchas gracias. Espero que lo pasemos bien en el que, sin duda, es el gran acto social del año.

—¿Has visto la luna? Está teñida maravillosamente de rojo.

—No me digas nada de tu teoría y disfruta de la belleza que tenemos la suerte de apreciar esta noche. Por cierto, Parker, no vayamos a repetir en el baile el papel que interpretamos ayer delante del comisario.

—Capto el mensaje.

No tardaron mucho en llegar a la plaza de la Lealtad, número 5. A las puertas del hotel había una gran cantidad de personas con los disfraces más dispares. Al bajarse del coche, un portero con abrigo y chistera les dio la bienvenida.

Nadie podía adivinar quién estaba detrás de aquellas máscaras con las que todos se tapaban la cara. Resultaba divertido no saber en realidad con quién estabas hablando, pero lo que era seguro es que se trataba de alguien de la alta sociedad.

Los dos esperaron en la entrada del salón Neptuno la llegada de la duquesa de Alba. Con extrema precisión, entró en el Ritz a las nueve en punto de la noche, ataviada con un vestido con el que rendía homenaje a su antepasada retratada para la posteridad por Goya. Los reconoció nada más verlos, ya que Margot llevaba su vestido de María Antonieta y Parker, el traje que pertenecía a su marido, Luis Martínez de Irujo.

—Por la ropa sé quiénes sois. A todas luces estáis irreconocibles.

—¡De eso se trata! —contestó Parker.

—¡Vamos adentro que ya suena la música! —comentó Margot.

La máscara se sujetaba con la mano y, tan solo cuando alguien la bajaba para comer algún canapé de los que servían, se descubría quién hablaba. Otros preferían llevar antifaces fijos, sujetos a la parte trasera de la cabeza con una goma. En esos casos, era casi imposible saber quién se escondía detrás de ellos. Margot pudo observar trajes de todo tipo: de emperatrices, de nobles de épocas pasadas, pero sobre todo de arlequín; dorados, cobrizos, amarillos, en diferentes texturas... Era el disfraz elegido por la mayoría de los jóvenes que asistían al baile.

La música de la pequeña orquesta no paraba de sonar en

aquel salón amplio repleto de sillas en los laterales, con una gran pista de baile central iluminada por dos grandes arañas de cristal de dos metros de altura. Cada una albergaba más de cien bombillas y dejaba a la vista un torrente de adornos de cristal tallado que, con la luz, se transformaban en miles de destellos de colores diferentes dependiendo desde donde uno mirara.

Los primeros invitados salieron con sus lujosos trajes a la pista de baile. Sonaban las sedas y los encajes de los trajes largos en su roce con el suelo. Los hombres desinhibidos sacaban a bailar a las mujeres. Las risas y la música se fundían. Margot y Parker se miraron mientras la duquesa de Alba estaba en animada conversación con los marqueses de Salvatierra.

—¿Le apetece que bailemos, María Antonieta? —dijo Harry Parker a Margot, ofreciéndole su mano.

El hecho de que nadie los reconociera le hacía gracia y, además, Margot se moría por salir a la pista.

—Por supuesto, alteza —respondió con una sonrisa.

Estuvieron bailando varias piezas seguidas. El inconfundible perfume de Margot envolvió a Parker por completo. El roce de su mejilla, la mano que sujetaba de ella con fuerza, su respiración entrecortada, toda aquella situación le hizo pensar que la joven realmente le gustaba. Margot lo miraba a los ojos, tan claros, y pensaba que era un hombre muy atractivo. Además, había una conexión evidente entre ellos, aunque ella frenaba constantemente la fascinación que sentía hacia él. Al tercer baile, ella se quejó de los zapatos que llevaba.

—Mis tacones son demasiado altos. ¿Qué tal si volvemos con Cayetana?

—Como usted quiera, María Antonieta —bromeó Parker.

—Muchas gracias, alteza.

Se gastaron bromas y se rieron mientras buscaban a la duquesa por todo el salón. Intentaban abrirse paso entre mosqueteros, sacerdotes, militares, princesas, hadas, magos, odaliscas, mujeres vestidas de charlestón... Algunas, por cierto, muy atrevidas. Pero sin duda el traje menos original, por repetido, era el de arlequín. Afortunadamente, ellos, que iban de María Antonieta y Luis XVI, eran únicos.

La música animaba a salir a la pista de baile, que estaba abarrotada. Unos a otros se robaban las parejas y eso hacía más hilarante la situación. Hubo un momento en que era difícil moverse por allí sin que alguien no parara a Margot para solicitarle un baile.

—¿Es que no ven que vas con Luis XVI? —Harry parecía molesto.

—La gente está completamente desinhibida —contestó Margot.

Lograron salir del gran tumulto, entre aquel mar de gente, y por fin vieron a la duquesa de Alba.

—¡Cayetana! ¿Dónde te habías metido? —preguntó Margot.

—He ido de aquí para allá, según reconocía a alguien tras la máscara. Algunos invitados han venido ya a despedirse de mí —comentó la duquesa.

—¿Tan pronto? Pues, sinceramente, no lo entiendo —respondió Margot—. Ya que haces el esfuerzo de vestirte, por lo menos disfruta de la noche. —Comprobó que, efectivamente, eran muchas las personas que salían del salón—. ¡Si la fiesta no ha hecho más que empezar!

—He adivinado algunas caras conocidas tras los disfraces

—añadió la duquesa—, pero me resulta divertido no saber a ciencia cierta con quién estás hablando. Aline Griffith es la más reconocible, va vestida de bailarina de charlestón. Ha venido con su marido y con la marquesa de Torquemada, que va de reina con un traje dorado precioso. El alcalde de Madrid está por aquí también y lleva un esmoquin con máscara. ¡Muy soso!

—¿El conde de Mayalde ha venido? —preguntó Margot. Lo he visto por la embajada alguna vez. Es muy amigo de la familia Primo de Rivera.

—Fue el que llegó a esbozar un plan para liberar a José Antonio de la cárcel —comentó Parker—. Presionó al conde de Romanones, suegro de Aline, para que hablara con las autoridades francesas y estas a su vez solicitaran al gobierno de la República su liberación. Me lo contó con todo lujo de detalle en una de sus visitas a Londres.

En mitad de aquel baile, con cientos de personas hablando a la vez, de pronto se escuchó un grito agudo y sonoro que procedía del exterior del salón. A continuación, se oyeron otros gritos que hicieron que se parara la música. Al principio todos pensaron que se podía tratar de una broma, hasta que un hombre vestido de esmoquin se quitó la máscara y dijo en voz alta: «¡Una mujer ha muerto!».

Margot y Parker se miraron y, sin decirse nada, se fueron corriendo a ver qué era lo que ocurría. Al llegar al tocador de mujeres, tuvieron que abrirse paso entre una multitud que se apiñaba a la puerta.

—¿Qué ocurre? —preguntó Margot.

—Una dama yace muerta ahí dentro —se oyó decir a alguien que salió de allí corriendo.

—¡Déjenme pasar! —La joven quiso entrar en el servicio de mujeres.

—Hemos llamado a la policía y nos han dicho que no debe entrar nadie —comentó un hombre vestido con la indumentaria del hotel.

Margot se quedó con las ganas de comprobar por ella misma todos los detalles. Harry Parker sacó su acreditación y se la enseñó al hombre que no dejaba pasar a nadie.

—Soy jefe de seguridad de la embajada española en el Reino Unido. Al menos debo echar un vistazo —comentó—. Tengo que comprobar si la persona que está dentro ha fallecido o se encuentra malherida.

—Está bien, usted sí. Pero nadie más —respondió el empleado del hotel.

Margot se acercó a la mujer que más lloraba. Imaginó que debía ser la persona que había encontrado a la dama sin vida.

—¿Qué ha visto usted? ¿Puede hablar? —la sujetó por los brazos intentando calmarla.

—A una señora de espaldas, apoyada sobre uno de los laterales del servicio que está al fondo. —Se echó a llorar—. ¡Terrible! Le he hablado, pero no me ha respondido.

—¿Me puede decir cómo la ha descubierto? —siguió interrogándola Margot.

—Entré en el servicio y me fui a la cabina del fondo. Allí vi que la puerta estaba entreabierta y comprobé que había una dama, con un vestido precioso de reina, así como usted. Estaba sentada de forma rara, como a horcajadas, de espaldas y sin moverse. Creía que estaba bebida y le hablé. La moví un poco y una de sus manos cayó a plomo. Me asusté mucho y fue cuando salí corriendo del lavabo y grité. Al rato entraron más mujeres, que también chillaron al ver que se trataba de alguien sin vida. Tengo mucho miedo. Me quiero ir a mi casa. —La testigo empezó a sollozar de nuevo.

Dentro del lavabo, Parker se fue hasta donde estaba el cuerpo de la mujer y comprobó la ausencia de pulso. Miró a su alrededor. Le extrañó que la muerte le sobreviniera de espaldas. Parecía como si hubiera entrado en el baño con alguien que conocía y que, finalmente, la había matado. Había unas manchas de sangre en el lateral derecho del vestido. No quiso tocar nada hasta que no llegara la policía.

Salió finalmente del lugar del crimen y certificó a todos los presentes que la mujer yacía muerta. Margot le miró y se acordó de su presagio: «Cuando la luna tiene un halo rojo, se va a cometer un crimen». Esta vez no era un halo rojo, era la luna cubierta de rojo por completo.

—¿Ha sido muerte natural? —preguntó la joven periodista, esperanzada de que le hubiera sobrevenido sin mediación de mano humana.

—No, Margot. Te aseguro, sin esperar al levantamiento del cadáver, que esta muerte no es natural. Alguien la ha provocado. El día, como sabes, se prestaba a ello. La luna roja ha empujado al criminal a hacerlo hoy. Me da igual que los científicos no encuentren lo que llaman pruebas sólidas para certificar lo que te estoy diciendo. El hecho es que la luna influye sobre nuestro comportamiento. ¡La han asesinado!

La mujer que la había encontrado y las otras que entraron después se echaron a llorar una vez más.

—¡Mantengan la serenidad! Ya no se puede hacer nada por ella —dijo Parker quitándose la peluca. El disfraz le hacía sentir incómodo, ridículo—. No esperaba que este baile acabara así.

—Yo tampoco.

Margot se recogió más el pelo y también se quitó las dos plumas de marabú. Todo había acabado de la peor manera posible. Ya no tenía sentido llevar los disfraces. Se acordó de la luna roja y sintió un escalofrío.

11

Se cumplió el mal presagio

El baile se suspendió y la mayoría de los invitados se fueron retirando poco a poco con el orden que imponía la recogida de sus prendas de abrigo del guardarropa. Los menos decidieron quedarse a la espera de noticias sobre la identidad de la mujer que yacía sin vida en el servicio de señoras. Entre los corrillos que permanecieron en el salón Neptuno buscaron al alcalde, pero alguien comentó que ya se había ido. Seguramente habría más autoridades entre los rezagados, pero, al estar parapetadas tras la máscara, pasaban desapercibidas.

El estado de nervios de quienes se agolpaban reclamando sus abrigos iba *in crescendo*. La gente quería irse de allí cuanto antes. Tuvieron que doblar el servicio de guardarropía. Aquella situación tan tensa logró dejar la educación de todas aquellas damas y caballeros a un lado. No se impidió salir a nadie ni tampoco se solicitaron las identidades de los asistentes. La única que no pudo moverse fue la testigo que se encontró con el cadáver. La custodiaban tanto Margot como Parker, a pesar de que el marido pedía insistentemente que la dejaran irse de allí.

—Ustedes no son policías. Mi esposa ya ha tenido bastante por hoy —les increpó.

—Podrá marcharse en cuanto llegue la policía y así lo decida —respondió Parker.

Margot respiró hondo al ver entrar por la puerta principal al comisario Benito Poveda y a los tres inspectores de la Brigada Criminal. Iban acompañados de un responsable del hotel.

—¡Inspectora Peters, señor Parker, entren con nosotros! —dijo don Eugenio al verlos.

El hombre del hotel que custodiaba la puerta franqueó la entrada a todo el grupo. Se quedó sorprendido de que el comisario dejara entrar a la mujer vestida de María Antonieta, que no se había identificado como policía.

—¡No deje que se vaya la testigo! —indicó el comisario al responsable del hotel—. Espero que acate esta orden tan a rajatabla como la anterior.

—Así lo haré.

Entraron en el baño y todas las puertas estaban cerradas excepto la última, que se encontraba entreabierta. La dama, que yacía muerta de espaldas a la puerta, estaba apoyada en la taza del váter con el cuerpo ligeramente inclinado hacia su lado derecho. La cabeza reposaba sobre la madera de una de las paredes del servicio. Era como si hubiera caído a plomo, sorprendida de espaldas por el asesino. El inspector Morales fue el encargado de fotografiar a la víctima y el escenario del crimen.

Al llegar el juez y permitir el levantamiento del cadáver, la tumbaron sobre una sábana que les proporcionó el hotel, y allí pudieron ver su rostro con más detalle. El comisario le cerró los ojos. Esos ojos sorprendidos que seguramente se encontraron con la muerte sin ver de frente a su asesino.

—A simple vista parece que fue estrangulada —comentó el juez.

—Sí, pero no lo han hecho con las manos, sino con algún cordel o algo similar —apuntó el comisario.

—La marca es demasiado plana para ser un cordel —señaló Margot, cuando pudo hablar después de reponerse de ver por primera vez el cadáver de una persona. Intentó disimular.

Parker daba vueltas en torno a la víctima.

—Señores, a esta dama le falta el dedo anular de la mano derecha. De ahí la mancha de sangre de su vestido.

—Ese dedo es donde llevan las mujeres casadas el anillo. ¿Sería para robárselo? —volvió a hablar Margot.

—No me convence que el móvil de este crimen sea un robo —contestó el comisario, mientras se tocaba una y otra vez la barbilla.

La mujer tenía la mano izquierda cerrada. No parecía a simple vista que le faltara ningún dedo en esa mano.

—Todavía no hay *rigor mortis*. Todo hace pensar que lleva muerta poco menos de una hora. —Le abrió la mano con suavidad y en la palma apareció una piedra tallada de color azul que había quedado oculta en su puño.

El comisario se agachó y, sin tocarla, la observó con detenimiento.

—Juraría que se trata de una piedra preciosa.

Margot se arrodilló y le dio la razón. La había visto muchas veces engarzada con brillantes en anillos de pedida de mano.

—Parece un zafiro, una piedra muy usada en joyería. ¿Por qué llevaría un zafiro en su mano izquierda? —añadió ella.

—Diría que quien la asesinó se lo puso en la mano con posterioridad. Lo normal, si te están estrangulando por la espalda, es que intentes zafarte del asesino —confirmó el comisario.

—Por lo tanto, lo del puño cerrado con la piedra es un mensaje que nos está enviando quien le quitó la vida. Habrá que saber interpretarlo —añadió Margot.

—No toquen nada. Que la policía científica haga su trabajo. ¡Nos vemos todos en la brigada cuando salgamos de aquí! Esto va por usted, señor Parker, y por usted, inspectora Peters.

—¡Muy bien! —respondió Parker.

—¡Allí estaremos! —confirmó Margot.

El jefe de seguridad de la embajada no cesaba de preguntarse por qué el asesino había actuado durante el baile de máscaras, rodeado de personas que podían ser posibles testigos.

Margot se fijó en el vestido, probablemente el más elegante de la fiesta. La tela era de color dorado y tenía un brillo especial.

—Diría que, por su grosor y su rigidez, es seda de mikado.

—Necesitamos que alguien identifique a esta mujer. ¿Queda alguna persona en el salón? —preguntó al inspector Gutiérrez.

—Supongo que sí. ¡Voy a cerciorarme! —dijo el más joven de la brigada, pero no le dio tiempo a hacerlo.

—No es necesario —se escuchó decir a Luis Figueroa, conde de Quintanilla, según entraba por la puerta acompañado del inspector Morales—. Se trata de la marquesa de Torquemada, muy amiga de mi mujer.

—¿Está usted seguro? —insistió el comisario.

—Segurísimo. Su marido y yo somos muy amigos —afirmó Luis Figueroa, esposo de Aline Griffith, uno de los impulsores del baile de máscaras.

—¿Está su marido en la fiesta? —preguntó el comisario.

—No, no se encuentra en España. Precisamente la convencimos para que viniera con nosotros. Estaba superando un momento anímicamente malo. ¡Qué desgracia! Tendré que comunicar la noticia a su marido —se lamentó el conde.

—No, no. Todavía no lo haga. Déjenos a nosotros —ordenó el inspector Suárez. Una máxima del comisario era que, en estos casos, los maridos siempre son sospechosos.

—Una cosa más. ¿Tiene hijos? —quiso saber el comisario Benito Poveda.

—No. Viven solos en una casa señorial de la calle Serrano.

—Muchas gracias. ¿Nos proporciona el teléfono en el que localizar al marqués? —pidió el comisario.

—¡Por supuesto! Está en el hotel Le Meurice, uno de los que más frecuentamos cuando vamos a París.

Luis Figueroa les proporcionó el teléfono. Finalmente, salió del servicio de señoras y se topó con la mirada de su mujer Aline, que estaba muy angustiada esperándolo. Margot iba detrás.

—¿Qué ha ocurrido? —preguntó la condesa.

—Genoveva, la marquesa de Torquemada, ha sido asesinada —contestó escuetamente su marido.

Aline se quedó sin habla. Habían acompañado a la marquesa hasta el Ritz y después la habían visto disfrutar bailando sin parar con todos los caballeros que se lo pedían. Parecía que estaba logrando superar su tristeza crónica. Se la veía risueña y feliz.

—Margot, ¿qué ha ocurrido? —preguntó Aline reclamándole información.

—Solo sé que la han encontrado muerta en uno de los servicios.

—Tenía una marca rara alrededor del cuello —añadió su marido—. No sé decirte.

—*Son of a bitch!* —insultó entre dientes al asesino—. ¿Quién ha podido cometer esta monstruosidad? —Su acento estadounidense parecía más marcado esa noche.

—Eso tendrá que averiguarlo la policía. Estoy con el comisario de la Brigada Criminal del que me hice muy amiga a raíz del robo del collar de la marquesa de Manzanedo. ¿Recuerdas?

Aline movió la cabeza afirmativamente. No podía hablar. Estaba furiosa. ¿Cómo había podido ocurrir?, se preguntaba. Habían estado juntas casi toda la noche. Cada vez que salía a bailar, la dejaban de ver un buen rato, pero luego volvía al mismo lugar donde se encontraban Aline y su marido.

—Tristemente ya no hacemos nada aquí. ¡Vámonos a casa! —dijo su marido.

—Está bien... Habrá que avisar a la familia —comentó Aline en voz baja.

—No, lo hará directamente la policía. Esas malas noticias mejor que las den los profesionales. El comisario me ha pedido que no llamemos nosotros.

—¡El asesino estaba entre nosotros! —le dijo Aline al oído a Margot—. Tal vez alguien que ha bailado con ella esta noche.

Margot recordó que, según el comisario, Aline había sido agente de los servicios de inteligencia de Estados Unidos.

—Se lo diré al comisario. Gracias, Aline.

El matrimonio se dirigió al guardarropa y la encargada le dio a ella su capa de terciopelo. La condesa se fue en compañía de su marido con una honda tristeza. Por el camino se le cayó la máscara, pero no hizo ademán de cogerla y tampoco fue nadie a rescatarla del suelo y entregársela.

Mientras tanto, el marido de la única testigo pidió por enésima vez que atendieran a su mujer, porque deseaban regresar a su casa. El comisario salió del servicio y comenzó a interrogarla. Margot estaba presente.

—¿A qué hora aproximada entró usted en el baño?

—Serían las doce y cinco, doce y diez —respondió la mujer, aún algo alterada.

—¿Había alguien más en el baño?

—No. Antes de entrar, vi salir a una mujer vestida de arlequín.

—Había muchos arlequines esta noche, señor comisario —comentó Margot.

—¿Le vio la cara? —continuó el comisario.

—Llevaba puesta una máscara.

—Descríbanos a la persona que vio salir —sugirió Margot.

—No era ni alta ni baja. Mediana estatura.

—¿Y por qué presupone que era una mujer? —inquirió Benito Poveda.

—¡Hombre, era el baño de señoras! Además llevaba el pelo de color.

—¿Podría ser una peluca? —El comisario empezaba a presionarla.

—No lo sé. De todas formas, con la máscara era imposible ver quién se ocultaba detrás.

—¿Salió con prisa? —intervino de nuevo Margot.

—No, normal.

—Está bien. Tomad sus datos por si tenemos que volver a interrogarla en comisaría —ordenó el comisario.

—Una cosa más, ¿por qué no se quedó en uno de los baños más cercanos, que estaban libres, y sin embargo se fue al último? —preguntó Margot.

—Porque tenía que quitarme mucha ropa y pensé que allí no molestaría a nadie si tardaba.

La respuesta de la testigo fue convincente.

—Lo mismo debió pensar la víctima —reflexionó Margot en voz alta.

—Pues lo dicho. Gracias por la espera. Puede llevarla a casa —dijo el comisario a su marido.

—Está bien. Mi mujer solo ha tenido la mala suerte de haberla descubierto. No la conocía.

—Señor, llévesela sin más. Volveremos a ponernos en contacto con ustedes, si es necesario —insistió el comisario.

Hasta que el cadáver de la marquesa no fue trasladado para realizarle la autopsia, los miembros de la brigada no regresaron a la Dirección General de Seguridad. Parker y Margot fueron hasta allí en un taxi, vestidos todavía de María Antonieta y Luis XVI.

—Scotland Yard tiene una Oficina de Patología Forense. Ahí, en la camilla de esos médicos, se resuelven muchos asesinatos —comentó Parker a Margot—. Sin embargo, este parece un crimen de odio. No se va a resolver así como así.

—¿Dices crimen de odio? —Margot recuperó el interés.

—En esta muerte hay algo más. Parece un ritual. ¿Por qué le ha cortado el dedo anular? ¿Por qué la piedra azul? —especuló Parker.

—Zafiro, es un zafiro. Es la piedra que se regala a las novias —aclaró Margot.

—También creo que es la piedra que llevan los obispos en sus anillos —añadió el jefe de seguridad de la embajada.

—No lo había pensado.

Ninguno de los dos dudó en acudir a la llamada del comisario. Se había cometido un crimen y Eugenio Benito Poveda les había pedido ayuda. «Varios ojos ven más que dos», les había dicho. Además, ellos habían asistido al baile de máscaras, igual que la víctima.

Cuando llegaron a la Puerta del Sol, Benito Poveda ya estaba reunido con su equipo. Les habían dejado dos sillas vacías para que se sentaran en cuanto aparecieran por allí.

—¡Rápido, rápido! ¡Tomen asiento! —dijo nada más verlos. Estamos repasando todo lo que hemos visto y oído para que no se nos pase nada por alto.

—Su marido estaba en Francia; por lo tanto, fue sola al baile invitada por los condes de Quintanilla —comenzó a decir Margot.

—El hecho de que su marido estuviera tan lejos no lo descarta como sospechoso. Tiene una buena coartada, pero nada más —dijo Parker.

—Puede ser el inductor del asesinato de su esposa, seguramente por un tema de celos. Hay que averiguar si la pareja tenía problemas —indicó el comisario.

—Bueno, el conde de Quintanilla ha mencionado que estaba superando un mal momento, no sé de qué tipo. Ahora parecía encontrarse mejor. Estuvo toda la noche bailando con unos y con otros. Estaba alegre, después de haber pasado por un periodo oscuro —recordó Margot.

Gutiérrez observaba a Margot, pero no cruzó con ella una sola palabra. Le resultaba especialmente incómodo que estuviera allí su prometido. Ella no había dicho nada, pero el comisario sí les había informado de quién era Parker.

—¿Por qué no averiguamos quiénes iban disfrazados de arlequín? —preguntó el inspector Gutiérrez, que simpatizaba con Margot.

—Estaría bien —afirmó Margot.

—Puede que tuviera algún amante —sugirió Gutiérrez—. Y que se pusiera celoso porque la vio bailar con otros.

—No hay que descartar nada —dijo el comisario—. Puede ser, efectivamente, un crimen pasional. Pero volvamos a la hipótesis del marido. ¡Vamos a llamarlo! —dijo Benito Poveda de forma imperativa.

—¿A estas horas? —preguntó Suárez.

—Sí. Tenemos que comprobar que está en Francia.

Marcaron el teléfono de Le Meurice que les había facilitado Luis Figueroa. Se trataba de uno de los hoteles donde solía alojarse la nobleza española. Y el que siempre escogía el marqués por estar situado frente a los jardines de las Tullerías, en el corazón del París histórico.

—¿Alguno de ustedes habla francés? —preguntó el comisario antes de marcar el número.

—Yo —comentó Margot.

—Pues entiéndase con el recepcionista. —Y le pasó directamente el auricular.

Preguntó en un francés fluido por el marqués de Torquemada y minutos después alguien descolgaba somnoliento al otro lado del teléfono. Margot le pasó el auricular al comisario.

—¿Dígame?

—¿Hablo con el marqués de Torquemada? —preguntó Benito Poveda.

—¿Quién voy a ser si no? ¿Por qué llaman a estas horas? ¿Qué ha ocurrido? —Se le notaba molesto.

—Su mujer ha sido asesinada en el baile de máscaras que se ha celebrado esta noche en el Ritz. —Estaba claro que la sutileza no era una de las virtudes del comisario.

—¿Se trata de una broma pesada?

—Soy el comisario Eugenio Benito Poveda. Le llamo de la Brigada Criminal. Tristemente, su mujer ha aparecido muerta en los baños del Ritz —explicó con un poco más de tacto.

—No puede ser. ¿Dígame que no es verdad lo que me está contando? —El hombre balbuceó.

—Siento darle esta información, pero debe regresar a España cuanto antes —indicó el comisario.

—¡Por supuesto! ¿Me puede decir, al menos, cómo ha muerto? —quiso saber el marqués.

—Estrangulada.

—¡Dios! ¡Qué terrible! Necesito aire, voy a abrir la ventana —se escuchó a través del auricular—. Lo siento, tengo que colgar.

—¡Me ha colgado! —comentó el comisario Benito Poveda, extrañado.

—Al menos, sabemos que está en París. De haber sido el autor intelectual, debemos encontrar a quien ciñó la cuerda, el collar o lo que fuera al cuello de la marquesa —reflexionó en voz alta Margot.

—Vayan a quitarse esos disfraces. Aquí ya no pueden hacer nada más —sugirió Benito Poveda—. Mañana, si les parece, volvemos a encontrarnos a las nueve de la noche, a ver cómo avanza todo.

—Estaré mañana en España, pero al día siguiente regreso a Gran Bretaña —informó Parker.

A Gutiérrez se le iluminaron los ojos. Cuanto antes se fuera el inglés, mejor para todos. Especialmente para él, pensó.

—¡Descansen, por favor! Mañana los necesito a todos en plenas facultades —dijo el comisario.

Parker acompañó a Margot hasta su casa. El sereno se acercó otra vez hasta ellos con sus comentarios desafortunados.

—¡Menuda juerga!

—Mejor que no le cuente de dónde venimos —comentó Margot.

—No, usted mal no lo pasa —dijo el sereno con socarronería.

—La señorita ha estado ayudando a esclarecer un crimen. ¿Qué insinúa? —le cortó Parker con tono serio.

—Nada, nada... ¡Las dos de la mañana y sereno! —Se fue remarcando la hora en voz alta.

Al llegar a casa, Margot tuvo que pedir ayuda a Sátur para quitarse el traje. La despertó y le contó lo que había ocurrido. Esta no paraba de santiguarse.

—¡Madre mía, el mundo está loco y lleno de gente mala!

—Hay más buenos que malos, pero a estos últimos se les nota mucho —añadió Margot.

—¡Ave María Purísima! —volvió a persignarse—. Dan ganas de no salir de casa.

—Fuera de estas cuatro paredes, hay una jungla de seres abominables. Me encantaría descubrirlos a todos —sentenció la joven Margot Sanz Peters.

12

El día después

Cuando Margot se despertó, después de la larga noche vivida, llegó a pensar que la muerte de la marquesa de Torquemada era más fruto de su imaginación que de la realidad. Una llamada de teléfono la situó de nuevo ante lo inevitable. El director de *El Caso*, Eugenio Suárez, le pedía un reportaje sobre esta noticia que había corrido como la pólvora y había conmocionado a la sociedad en general.

—¿Te has enterado del asesinato de la marquesa de Torquemada en el baile de máscaras del Ritz? —preguntó Suárez.

—Estuve allí. Y el comisario me dejó pasar a la escena del crimen.

—¡Fantástico! Necesito que escribas todo lo que tengas para la portada del semanario. Vuelve a ser tuya.

—Muchas gracias, aunque hubiera preferido no haber vivido esa experiencia —respondió Margot.

—¡Lo necesito ya! —apremió el director.

Las prisas de Suárez siempre le generaban una angustia indescriptible. Cuando colgó el teléfono, se fue a la cocina, donde estaban Camila y Saturnina, y les explicó el dilema moral que tenía.

—Por un lado, debo escribir lo que viví ayer para *El Caso* y, por otro, tengo que mantener la confidencialidad necesaria para la investigación.

Camila le sugirió que lo importante era no perjudicaran la investigación del caso. Se levantó de la silla y se acercó a besarla.

—Eso lo tengo claro. Otra cosa será cuando cojan al autor o autores del crimen —añadió Margot.

Sátur y Camila insistían en que no le diera pistas al asesino y se quedara con un as en la manga.

—Lo sé, lo sé. Obviaré que le han encontrado a la víctima una piedra preciosa en el puño izquierdo. Creo que es un zafiro. Tampoco contaré que al cadáver le faltaba el dedo anular de la mano derecha. Ambas cosas me parecen relevantes en la investigación. —De pronto le surgió una idea, aunque de momento no comentó nada a sus «guardianas».

Se levantó de la mesa y se fue a su despacho. Las dos mujeres se quedaron comentando el suceso. Una en inglés y la otra en español. Se entendían así desde hacía tiempo.

Margot empezó a teclear en su nueva máquina. Contaba que la víctima iba con el traje más bonito del baile. Daba detalles que solo podía conocer alguien que, como ella, había estado en el Ritz. Narró también que una testigo había visto salir del baño de señoras a una persona disfrazada de arlequín que podía ser la autora del crimen. Igualmente, dijo que la marquesa había acudido al baile invitada por los condes de Quintanilla, que se quedaron muy afectados con la noticia. Su marido, el marqués de Torquemada, se encontraba en París a la hora del asesinato. La noticia, que le había comunicado la policía por teléfono, lo había dejado en shock. Aun así, había sido citado a declarar en España. Finalmente, mencionó que la Brigada Criminal, con Benito Poveda al frente, llevaba la investigación. Antes de poner el punto final, firmó de nuevo como Inspectora Peters. Era su manera de salvaguardar sus dos identidades: una como periodista de moda y otra como redactora de sucesos.

Antes de llevarlo a la redacción, llamó por teléfono a una de las joyerías que tenían más renombre entre la nobleza: Ansorena. Sabía que Cayetana, la duquesa de Alba, había actualizado allí alguna de las joyas que había heredado de su madre. Preguntó por el dueño y se puso al teléfono Ramiro García Ansorena, joyero de la reina Victoria Eugenia, que vivía en el exilio.

—Don Ramiro, soy Margot Sanz Peters, amiga de Cayetana Fitz-James Stuart.

—Encantado de hablar con usted. Dígame en qué puedo ayudarla —se ofreció el joyero.

—Quisiera hacerle unas preguntas sobre piedras preciosas. Necesito saber si el zafiro tiene algún significado, puesto que se regala en las peticiones de mano. Es curiosidad. Estaba pensando en hacerme una sortija.

—Venga por nuestra joyería en la calle Alcalá y podremos hablar largo y tendido —se ofreció él.

—Sí, pero antes de ir quería esa información, por llevar las ideas más claras —se excusó Margot.

—El zafiro es una de las piedras más usadas en joyería. Se trata de la segunda gema perteneciente al grupo del corindón. Puede hallarse en diferentes colores. El azul es el más común, pero los hay verdes, amarillos, anaranjados y un larguísimo etcétera. Es una piedra muy bonita.

—Pero ¿por qué se regala a las novias? ¿Tiene algún significado? —Margot insistía.

—Hay mucha literatura en ese sentido. Hay quien dice que es una piedra amante de la castidad y salvaguarda la lealtad. —El joyero era un gran experto en piedras preciosas, en la historia de la joyería y en las propiedades de las gemas—. Al que la lleva, le da paz y luz. La Iglesia lo adoptó como anillo eclesiástico. Se cree que aplaca los apetitos desordenados, remodela el carácter ardoroso aportando templanza. Yo no creo en esas cosas, pero algunas personas afirman que es una de las gemas más puras del sexto rayo o Júpiter.

—¿Qué es eso del sexto rayo? —preguntó Margot, cada vez más interesada.

—Señorita, como ve, hablar del zafiro da para mucho —apuntilló Ansorena—. En los tratados tradicionales, me refiero a los no litúrgicos, se describe siempre un ordenamiento de las energías en la escala del siete, en justa correspondencia con los siete planetas conocidos desde la antigüedad. Aquellos que emiten luz y pueden ser observados a simple vista, incluyendo el Sol y la Luna.

—¿Es grande el impacto de esta escala del siete en nuestra vida?

—Totalmente. Es muy curioso conocer hasta dónde está arraigada esta escala en la percepción humana. Mire, la luz se descompone en siete colores, la música en siete notas, la semana en siete días —prosiguió el joyero con entusiasmo—. Pero resulta mucho más interesante saber que, en áreas como las de los sentidos, son siete los sabores genuinos; en el tacto ocurre igual, son siete sus características: caliente, frío, húmedo, blando, duro, suave y áspero. ¡Siete! Con el olfato sucede lo mismo, y son siete los olores primarios. Pues igual ocurre con las gemas, se las puede relacionar con siete colores o clasificar en base a diferentes notas de la escala vibratoria de las piedras preciosas. Son siete. Debo aclararle que este es un tema fronterizo entre la ciencia y la religión, pero yo soy un estudioso de todo lo que tiene que ver con las piedras.

—¿Y el zafiro tiene relación con el sexto rayo? —Margot estaba cada vez más fascinada con la información.

—Sexto rayo o Júpiter, por el astro que le corresponde. Sus colores son los azules y transparentes —precisó él—. Según esta teoría, las piedras como el zafiro mejoran las facultades creadoras y amplifican la conciencia moral y el sentido de la justicia. Como le comentaba antes, aplaca los apetitos desordenados.

—No sabe lo esclarecedor que me ha resultado hablar con usted, señor Ansorena. Gracias.

—¡Avíseme cuando se vaya a pasar! No siempre estoy en la joyería —advirtió él.

—Así lo haré.

Se quedó muy pensativa. Comió algo rápido y se vistió para llevar a la redacción de *El Caso* el reportaje del crimen. Fue todo el camino pensando en lo que le había dicho el joyero. ¿Qué podría significar esa piedra en la mano izquierda de la marquesa?

Una vez que aparcó su coche descapotable, subió a la redacción del semanario sin problema. A esas horas de la tarde tan solo estaban la secretaria de redacción y el incansable cocodrilo Leopoldo, paseándose entre las mesas.

—Muy sola te veo, Clotilde —dijo Margot a modo de saludo—. Aquí traigo el reportaje que me ha pedido el director.

Sacó los folios y se los entregó. Después se dirigió a su mesa.

Hizo algunas llamadas y, cuando se disponía a marcharse, apareció el dibujante, Josechu Pineda. Pudo contarle cara a cara lo que vio en el baño del hotel, cuando encontraron sin vida a la marquesa. También le habló del traje dorado que llevaba y de la marca roja que presentaba en el cuello. Nada más. Los detalles significativos para la investigación se los quedó para ella. Su preocupación era que había un asesino suelto y debían encontrarlo lo antes posible.

Al salir de la redacción, tuvo el tiempo para ir al garaje cerca de su casa, aparcar su coche y coger un taxi hasta la Dirección General de Seguridad. Cuando llegó a la brigada, ya estaban todos esperándola, incluido Parker. El comisario estaba con el reloj en la mano.

—¡En punto, sí, señora! —exclamó.

—Me hubiera gustado venir antes, pero he estado haciendo unas llamadas —Margot se disculpó—. Por cierto, Eugenio Suárez me ha pedido escribir lo vivido ayer y he omitido los detalles que me parecen relevantes para la investigación. No he contado ni lo del dedo de la mano ni lo de la piedra.

—¡Bien hecho! —añadió don Eugenio.

—Eso de trabajar con periodistas... no es bueno para nuestro trabajo —protestó Morales.

—O todo lo contrario, inspector. Bueno, vayamos a lo que hemos averiguado de ayer a hoy —expuso el comisario, y se dirigió al jefe de seguridad, que había llegado con mucho tiempo a la brigada.

Parker miró a Morales con cara de pocos amigos y luego habló.

—He mantenido una larga conversación con mi colega en la embajada de España en París —empezó a contar Parker—. Conocen al marqués de Torquemada y aseguran que viaja con asiduidad a la capital francesa. Al parecer, tiene negocios en la industria del acero. También apoya al que fue ministro francés de Asuntos Exteriores, Robert Schuman, en su idea de la creación de una Comunidad Europea del Carbón y del Acero. Por cierto, que Schuman está de nuevo bien posicionado para ocupar otro alto cargo. El marqués, como ven, mantiene muy buenas relaciones al más alto nivel. —La información del jefe de seguridad era escrupulosa—. También he podido saber que se llevaba mal con su mujer.

—He hablado con diferentes personas que constatan lo que usted dice. El matrimonio ya no disimulaba su poco entendimiento. Discutían mucho, incluso en público —corroboró el inspector Suárez.

—Yo también discuto con mi mujer —comentó el comisario—. Quiere verme más por casa. Pero de ahí a querer matarla va un trecho.

Todos se rieron, pero, inmediatamente después, el comisario se puso muy serio.

—El comisario jefe Juan Bilbao nos pide resultados. Y cuanto antes, mejor. El ministro de la Gobernación quiere que este tema sea prioritario a todas luces. Cualquier pequeño avance se puede convertir en la resolución del caso. Expongan en voz alta sus averiguaciones, por pequeñas que les parezcan —sugirió Benito Poveda.

—He averiguado que el zafiro que llevaba en la mano

izquierda es la piedra de las alianzas de pedida de mano. Representa la lealtad, la paz ante las bajas pasiones; es la piedra de la firmeza de carácter contra la deslealtad... —comentó Margot.

—Resulta interesante. Es posible que el asesino nos esté indicando que la víctima era infiel, predispuesta a las bajas pasiones. Eso cuadraría con que le falte el dedo anular, el dedo donde se lleva el anillo de casada —siguió Parker con las hipótesis.

—El marido está a punto de llegar. Haré yo solo el interrogatorio —puntualizó el comisario—. Gutiérrez, pase usted para levantar acta de las preguntas y las respuestas. Inspectora Peters, usted también quédese con nosotros. Necesito de su sexto sentido. Los demás, esperen a que termine su declaración. La comentaremos en cuanto se vaya.

—Aprovecharé para tomar un café —añadió Harry Parker. Los inspectores Suárez y Morales se retiraron a sus mesas, disconformes con la decisión de su jefe.

Diez minutos después, aparecía en la brigada Juan Romero, marqués de Torquemada y marido de la víctima. Era un hombre de mediana estatura, delgado y con un bigote fino alrededor de la boca. Iba con un traje negro de raya diplomática y un bastón que portaba en su mano izquierda, sin necesitarlo para andar.

—Pregunto por el comisario —se dirigió a Morales, que fue el primer inspector con el que se topó.

—Haga el favor de sentarse en esta silla y espere un momento —indicó.

El secretario Jesús Moreno apareció y le hizo pasar al despacho del comisario. Gutiérrez entró para dar fe de todo lo que allí iba a ocurrir y Margot se sentó discretamente al lado de don Eugenio Benito Poveda.

—Le acompaño en el sentimiento, señor marqués —añadió el comisario.

—Muchas gracias. Todavía no me creo lo que le ha ocurrido a mi mujer. Me gustaría verla. —El marqués se expresó con contundencia.

—Están realizándole la autopsia —explicó el comisario—. Todavía no puede. No se preocupe, le avisaremos. Querría saber si tiene usted enemigos.

—Que yo sepa, no. Aunque de lo que sí estoy seguro es de los buenos amigos que poseo.

—¿Y su mujer? ¿Podría tenerlos?

—Lo desconozco. Últimamente discutíamos mucho por sus amistades... Le gustaba salir al teatro y al cine con hombres jóvenes, lo que a mí me dejaba en muy mal lugar. —El marqués se mostraba realmente ofendido.

—¿Eso le enfurecía a usted? —sugirió Benito Poveda.

—Me ponía de mal humor. Yo ya no tengo edad para celos. Pero... ¿no pensarán que he sido yo? —Miró sorprendido al comisario—. Me encontraba en París, como saben.

—Lo sabemos... —comentó Gutiérrez.

—¿Su mujer llevaba el anillo de casada?

—Sí, ¿por qué lo dice? —El marqués cada vez entendía menos.

—No apareció el anillo por ninguna parte —comentó el comisario, ocultándole que también le faltaba el dedo anular.

—El anillo es lo de menos. Se lo habrá robado el asesino. ¿Qué pistas están siguiendo ustedes?

—Todas, señor marqués. Absolutamente todas las vías de

la investigación están abiertas en este momento. Le pediré que, hasta que no esté resuelto el crimen de su esposa, no salga fuera de España —indicó el policía.

—¿Cómo dice? Yo tengo negocios en Francia. —La indignación del marqués aumentaba.

—Pues los negocios tendrán que esperar. Por cierto, ¿qué significan para usted los zafiros?

—Pues no sé, una piedra preciosa. La verdad, no entiendo la pregunta.

—¿Y para su mujer tenían estas piedras una atracción especial?

—No tengo mucha idea de joyas, la verdad. He pagado mucho por ellas porque le gustaban. Desconozco si le atraían o no los zafiros. ¿Qué importancia puede tener esto en el caso? ¿Me han traído hasta aquí como sospechoso?

—No, en absoluto. Comprenda que no podemos decirle nada de nuestras pesquisas. Así pues, por el momento nada más —concluyó el comisario.

—¿Pero tienen alguna idea de quién ha podido asesinarla? ¿Quizá unos ladrones que iban a por sus joyas? —seguía preguntando el marqués.

—De momento, son solo hipótesis. Por cierto, observe si le falta algún collar. Muchas gracias por venir hasta aquí.

El comisario se levantó de la silla y estrechó la mano del viudo, que estaba perplejo por las preguntas que le habían hecho. Ni Margot ni Gutiérrez abrieron la boca. Los dos se limitaron a observar. Gutiérrez acompañó al marqués a la salida.

—¿Qué le ha parecido? —preguntó el comisario a Margot.

—No me ha gustado su reacción con respecto a los amigos jóvenes de su mujer —confesó ella.

—Deberíamos investigar precisamente a sus amistades —sugirió el comisario.

—¿Cree que la marca en el cuello la podría haber dejado una gargantilla o un collar? —especuló Margot.

—No lo sé, la verdad. ¿Por qué la marca es uniforme y plana? No tenemos respuestas claras.

Todos los inspectores volvieron a reunirse con el comisario, además de Harry Parker. El inspector Gutiérrez leyó toda la declaración a los presentes.

—Tenía un móvil para hacerlo —comentó Morales.

—Demasiado evidente —añadió Harry Parker—. Ningún asesinato de estas características se resuelve en un día. Hay que investigar a su entorno.

—Estoy de acuerdo —dijo el comisario.

—Yo iré a ver a Aline Griffith para preguntarle por la marquesa. Fueron juntas al baile, quizá sepa algo más —dijo Margot.

—Cada uno que haga su investigación. Nos veremos mañana a la misma hora.

—Yo me despido —señaló Parker—. No dude en consultarme todo lo que crea necesario.

—Eso haré. Muchas gracias por su colaboración —se despidió el comisario.

—Ya ha visto que Margot tiene muy buenas ideas y una gran intuición.

La joven se puso colorada con el inesperado comentario de Parker. El jefe de seguridad se levantó y se despidió de todos. Margot aprovechó para irse de allí también. Apretó el paso y cogió la delantera.

—¡Margot! ¡Margot! —la llamó Parker—. ¿He dicho algo que te haya molestado? —Alcanzó a cogerla.

—No soy una niña que necesite protección. ¡No vuelvas a hacerlo! —le recriminó.

Parker no podía evitarlo, le sacaba catorce años y siempre le salía el instinto de protección. Fueron hasta casa de Margot caminando; conversaban y cada uno daba sus impresiones sobre el caso. Al llegar al número 27 de la Gran Vía, se despidieron con un simple: «¡Hasta pronto!». Parecía que al día siguiente se iban a volver a ver.

—¡No dudes en llamarme! No te enfades, ya sabes que me puede el afán por cuidarte. ¡Lo siento! —arguyó—. Pasará un tiempo hasta que volvamos a vernos.

Margot se dio la vuelta y transformó su evidente enojo en una sonrisa. El responsable de seguridad se quedó impresionado de lo inaccesible que era la joven. Quiso hablar para que se le pasara el enfado.

—¿Vendrás a Londres a ver a tus tíos?

—No lo sé. Es más fácil que vengan ellos a verme a Madrid.

—¡Hasta la vista! —Levantó la mano a modo de despedida.

El diplomático inglés no apartó la vista hasta asegurarse de que Margot entraba en casa. Su instinto protector lo aplicaba, en el caso de la joven, hasta sus últimas consecuencias.

13

Intentando encontrar un motivo

Margot, desde casa, marcó el número de teléfono de Aline Griffith. Intentaba averiguar más detalles sobre la vida y la muerte de la marquesa de Torquemada, pero no podía abordar a la condesa directamente. Se le ocurrió la excusa de entregarle en persona un ejemplar de la revista *Siluetas*, en la que aparecía ella con Casares. Aline aceptó la invitación, pero puso una condición: comer juntas. La citó a la una y media de la tarde en su casa.

—Así podremos comentar a solas lo sucedido en el baile y con plena libertad —añadió la estadounidense.

Margot llegó antes de tiempo y esperó dando vueltas a la manzana a que el reloj marcara la hora convenida. Mientras caminaba de un lado al otro de la acera, aprovechó para pensar en el caso que investigaba y descartar que se tratara de un asesinato por dinero. Las joyas habían desaparecido del cadáver de la marquesa, pero el tipo de crimen dejaba en evidencia una *vendetta* o una cuenta pendiente entre ella y el asesino.

Sacó de su bolso la pipa de su padre y la cargó con el tabaco que había comprado hacía días en el estanco. Estaba cortado en hebras de distinto tamaño, unas más largas y otras más gruesas, fermentadas y prensadas. La mezcla que le habían vendido era dulce, aromatizada con vainilla. Le dijo el estanquero que se trataba de una preparación que imitaba la que se usaba en las tradicionales pipas francesas de Saint Claude. Cogió un fósforo y lo prendió dando caladas breves y no muy seguidas, sin inhalar el humo, manteniéndolo en la boca. Lo había visto hacer mil veces. De pronto, los dedos alcanzaron tanta temperatura que se quemó.

—¡Mierda! ¿Cómo lo hace la gente sin quemarse? —exclamó.

Se fue pasando la pipa de una mano a otra hasta que empezó a cogerla con apenas dos dedos y el calor se hizo más llevadero. No le gustó el sabor. Le pareció algo picante. Decidió abandonar el tabaco en este primer acercamiento y, en el banco de piedra que vio cerca de la casa, dio varios golpecitos a la pipa del revés y volcó el contenido. Se sintió frustrada, pero se dijo a sí misma que lo intentaría de nuevo en otro momento. La guardó en el bolso y continuó caminando y pensando... El marqués de Torquemada estaba en el punto de mira, pero, a la vez, no sabía nada del zafiro ni de la falta del dedo anular de su mujer. Su desconocimiento era total. ¿Y si se tratara de una mujer que se hubiera enterado de las andanzas de su marido con la marquesa o de un novio despechado después de verla en el baile con tantos hombres? A lo mejor, la rabia interior que había sentido le habría llevado a cometer ese asesinato. Andaba en estas disquisiciones cuando miró el reloj y, cinco minutos antes de la hora a la que habían quedado, llamó al timbre de la casa.

Una señora del servicio perfectamente uniformada le dio la bienvenida y la condujo hasta el salón. No había un solo rincón en el que no hubiera una foto de Aline con sus hijos o con actores o políticos norteamericanos. Apareció vestida con camisa blanca y unos pantalones palazzo negros.

—Querida, gracias por aceptar mi invitación. Hablaremos aquí con más tranquilidad. ¿No te parece? —El acento estadounidense parecía cada día más marcado.

—Al revés, un honor estar compartiendo mesa contigo —exclamó Margot.

Antes de pasar al comedor, otra mujer del servicio les sirvió una copa de jerez y unos taquitos de jamón y queso.

—Me encantan las costumbres españolas y las he hecho mías completamente. No hay nada más agradable que tomar el aperitivo —aseveró.

—Nosotros, a pesar de vivir en Inglaterra, también hemos conservado la costumbre de tomar un vino antes de comer —añadió Margot.

—¿Cómo están tus tíos? Me contó Cayetana que te han criado como a una hija.

—Sí, totalmente. Mis únicos recuerdos están ligados a ellos. Les estoy muy agradecida. Me criaron como la hija que no tuvieron. —Margot hablaba de sus tíos con verdadero sentimiento—. Vendrán a verme en unas semanas. Ya me han anunciado su visita. Ni se imaginan el lío de trabajo que tengo. Bueno, vayamos a lo que me ha traído de nuevo a tu lado —dijo cambiando el tono —. ¿Qué piensas que pudo pasar la noche del asesinato? ¿Sospechas del marido?

—Creo que su marido sería incapaz de encargar ese «trabajo» a nadie —afirmó Aline—. No me cuadra con su personalidad, pero no se le puede descartar. El matrimonio se llevaba muy mal, discutían delante de todos, pero no son los únicos que lo hacen. Es muy difícil que una relación sobreviva al paso del tiempo.

—Entonces ¿quién podría ser? —planteó Margot.

—Ella salía con hombres más jóvenes y a su marido ya le daba igual. Por ahí quizá deban centrarse las investigaciones.

—He pensado lo mismo que tú.

—El matrimonio estaba roto. La noche del crimen bailó con todos los que se acercaron a ella y se lo pidieron —confirmó Aline.

Margot se quedó un momento pensativa y volvió a tomar la palabra.

—No creo que se trate de alguien que bailara con ella de forma casual. Mi intuición me dice que se trata de una persona que la conocía bien. Lo del baile sería la gota que colmó el vaso. ¿Quizá uno de esos hombres que frecuentaba podría haberse enamorado de ella?

—Puede ser... Ella era muy joven cuando se casó con el marqués. Entre ambos había veinticinco años de diferencia. Él ya está cerca de los setenta y ella no hace mucho había cumplido cuarenta y cinco. Pienso que el amor no existió jamás entre ambos. En la alta sociedad muchos matrimonios son de conveniencia. Ellos, tienen sus amantes y ellas, también —apuntó Aline.

—Es algo que no acabo de entender. ¿Por qué te casas si se trata de una farsa? —reprobó Margot.

—Todavía eres muy joven. La vida es así. Además, las familias intervienen mucho. A veces, demasiado.

—Solo hay que mirar a la familia real en el exilio. Una vez que salieron de España, Alfonso XIII vivía en Roma y Victoria Eugenia entre Inglaterra y Suiza. El caso lo conocían bien mis tíos. Ahora que la reina está viuda, habla con admiración del rey y de su legado. Da la impresión de que ha olvidado los muchos feos e infidelidades que cometió. —Margot estaba bien informada sobre el tema.

—Es la reina y ahora solo piensa en sus hijos y nietos. Espero que las nuevas generaciones rompáis con la obligación de casaros con quien no amáis —observó su amiga.

—La reina fue de las pocas que se casaron por amor, según me ha contado Cayetana. Su padre fue el jefe de la Casa hasta que murió. Yo no pienso casarme nunca. No quiero sufrir de desengaño —afirmó.

—El amor no se elige, te atrapa sin pedir permiso y no te puedes escapar. Te lo digo con conocimiento de causa. —Aline sabía de lo que hablaba.

Apareció una de las empleadas del servicio y les indicó que la comida iba a ser servida. Aline se levantó y Margot la siguió. Le encantaba conversar con una mujer de mente tan abierta como ella. Se sentía muy cómoda en su casa. En cuanto pudo, volvió a hablarle del caso de la marquesa que le había llevado hasta allí.

—¿Sabes si le gustaban las piedras preciosas? Los zafiros, en concreto.

—Le gustaban las joyas en general, pero desconozco si, de todas las piedras preciosas, el zafiro era su preferida. ¿Por qué lo preguntas?

—Bueno, alguien lo insinuó. —No quiso decirle nada de la piedra que había aparecido en su mano izquierda.

—Quien sabe mucho de joyas es Casares. ¿Por qué no le preguntas a él?

—¡Es cierto! Lo había olvidado. Me lo dijiste cuando os hicimos el reportaje. Por cierto, te he traído la revista. Espero que te guste.

—¡Seguro!

Aplaudió mucho las fotos y los titulares, que leyó a simple vista.

Mientras comían, hablaron del otro gran evento que tendría lugar ese año. El marco sería la ciudad de San Sebastián. Aprovechando que todas las familias aristocráticas se trasladaban allí desde finales de junio, se iba a poner en marcha un festival de cine.

—Se trata del primer festival internacional que se va a celebrar allí, organizado por la Federación de Productores Asociados de Películas. Quieren que paseen por la playa de la Concha los grandes actores y directores de cine de fama mundial. ¡No te lo puedes perder escribiendo como lo haces en *Siluetas*! —manifestó Aline con entusiasmo.

—Me haría mucha ilusión. Pocas cosas me gustan tanto como el cine y la lectura —dijo emocionada.

Hablaron de temas triviales relacionados con la alta sociedad madrileña y disfrutaron de la deliciosa comida. Pero Margot tenía un propósito, que no era otro que averiguar todo lo posible sobre la víctima, la marquesa de Torquemada. Hasta que al fin desvió de nuevo la conversación al tema que le ocupaba.

—¿Te acuerdas de las joyas que llevaba Genoveva esa noche? —preguntó Margot, restándole importancia.

—Un collar espectacular de brillantes y zafiros. Ahora que lo pienso, se echaba la mano al cierre constantemente.

Tenía miedo de perderlo. Me dio la sensación de que se lo podrían haber prestado, aunque ella tenía unas joyas maravillosas.

—¿Quién se lo pudo prestar?

—No tengo ni idea. Pero se lo tocaba todo el rato para asegurarse de que lo llevaba.

—¡Qué extraño! —exclamó Margot.

Continuaron conversando hasta que a Margot se le hizo tarde. Antes de acudir a la Dirección General de Seguridad, debía ir a la redacción de *Siluetas*. Había descuidado sus colaboraciones, pero este tema de la marquesa volvería a activarlas. Tanto Aline como Margot se despidieron con el compromiso de contarse las novedades que fueran surgiendo.

—Adiós, querida. No tardes en volver a verme.

—¡Descuida!

Veinte minutos después entraba en la redacción de la revista. El director, Justino Ochoa, la estaba esperando. Le había comunicado telefónicamente que le llevaría datos de la marquesa asesinada para incluirlos en el número siguiente.

—¡Benditos los ojos que me permiten verla! —exclamó.

—Sí, don Justino. He tenido que atender al jefe de seguridad de la embajada española en Londres. Me ha sido imposible venir antes por aquí —se disculpó ella.

—¡Cuénteme eso que tiene para nosotros! —sugirió Ochoa.

—La muerte de la marquesa en el baile de máscaras del Ritz. Llevaba, al parecer, un collar de brillantes y zafiros que desapareció. No lo tenía puesto en la escena del crimen.

—Me interesa —confirmó Ochoa—, obviamente no para

portada, ya que vamos con temas más amables, pero sí para páginas interiores.

Mientras hablaba el director, a Margot se le ocurrió una idea que podría ser útil para la investigación: publicar en la revista de moda una pista falsa de la que hablara todo el mundo. Eso podría llevar al verdadero asesino a ponerse nervioso.

—¿Me está escuchando, Margot? —preguntó Justino al ver que no parecía atender a lo que le estaba diciendo.

—Perdón, sí, sí. Por supuesto —dijo volviendo en sí.

—Como le decía, me gustaría que contara quién era ella, a qué se dedicaba su marido. Desde cuándo estaban casados. Creo que no tenían hijos... —sugirió él.

—No, no tenían. —Margot seguía dándole vueltas a su idea.

—Todo lo que pueda interesar a nuestras lectoras. La parte criminal se la dejamos a *El Caso*. Nosotros somos otra cosa.

—¡Por supuesto! —No quiso comentarle que ella estaba también colaborando en el periódico de sucesos.

—Nosotros somos elegantes y nada truculentos. Solo quiero el aspecto humano que nos ayude a conocer al personaje. Algo emotivo, Margot. Sobre todo que haga emocionarse al lector.

—Al parecer, ella tenía amantes, no era la mujer perfecta, don Justino —apuntó Margot a modo de advertencia—. Lo digo por si espera que escriba un cuento de hadas mientras toda la sociedad conoce la verdad.

—Está bien —dijo resignado el director—, pero habrá cosas que será mejor que obvie. Lo de los amantes, ya me entiende. El marido se puede sentir ofendido.

—Haré lo que pueda, pero no le prometo la historia de la Cenicienta.

—¡Está bien!

Margot se fue de allí un tanto decepcionada. Los dos medios eran completamente distintos, pero la verdad solo tenía un camino, se dijo a sí misma. Se riñó por dentro por meterse en dos mundos que no coincidían en nada. Al cruzar la calle, se encontró con el fotógrafo Luis Lequerica, con el que había hecho el reportaje a Casares y Aline.

—¿Te han gustado las fotos?

—La portada de Casares mirando por el ventanal me ha encantado. Aquí llevo un ejemplar, y le he dado otro a la condesa. —Señaló su bolso—. Oye, Luis, ¿no tendrás alguna foto de la marquesa de Torquemada? Sola o con su marido.

—Te lo miro en el archivo. ¿La han asesinado, no? Por ahí apuntan que seguramente se trate de un robo.

—Sí, seguramente —dijo Margot.

No le pareció mal aquel argumento para ponerlo en la revista, junto con la diferencia de edad y la historia del supuesto amor que los llevó ante el altar.

Por otro lado, a Margot le convencía cada vez más la idea de intentar poner a prueba al asesino. Exasperar al autor o autora. Seguía sin descartar que pudiera tratarse de una mujer.

Después de haberse hecho andando el recorrido hasta la Gran Vía, llegó a su casa sudorosa. Tuvo poco tiempo para cambiarse, cenar algo rápido y volver a salir camino de la brigada. Camila y Saturnina no se atrevieron a decirle nada. Se la veía sobrepasada de trabajo.

Antes de las nueve de la noche ya había llegado a Sol. Todos los inspectores estaban sentados en el despacho del comisario Benito Poveda.

—¡Vamos, vamos, inspectora Peters! ¡Tome asiento! —apremió el comisario—. Expongamos las novedades. ¡Gutiérrez, empiece usted!

—El marido está muy nervioso, según cuentan sus empleados. Por lo visto había más de un joven que frecuentaba a la marquesa cuando él estaba ausente —explicó el agente.

En una gran pizarra, el comisario puso el nombre del marqués y escribió la palabra «amantes» en plural. Al lado dibujó una gran interrogación.

—¡Más! ¿Suárez?

—He vuelto a interrogar a la única testigo, la mujer que encontró el cadáver. Reconoce que los andares del arlequín que salía del baño parecían masculinos. Todo me hace pensar que pudiera ser un hombre el que salió del servicio de señoras.

El comisario abrió una tercera vía poniendo la palabra «asesino», y la remarcó con la tiza.

—¡Morales, vayamos con sus pesquisas!

—En el Banco de España me han dicho que el marido tiene pérdidas importantes en sus inversiones, y que su mujer gastaba a espuertas. Podríamos unir a los celos sus problemas económicos.

El comisario apuntó en grande las palabras «pérdidas monetarias».

—¡Inspectora Peters, su turno!

Margot carraspeó antes de tomar la palabra.

—Aline Griffith me ha constatado que el matrimonio ya no disimulaba ni en público lo mal que se llevaba. El día de su asesinato, la víctima lucía un collar de zafiros y brillantes que se tocaba constantemente para cerciorarse de que el cierre estaba bien ajustado. Tuvo la sensación de que se lo habían prestado. —Margot empezaba a adoptar el lenguaje policial.

—Pues el collar no estaba en el lugar del crimen.

—¿Por eso tendría esa marca roja plana sobre el cuello? —remarcó Margot.

—Dudo que sea la marca del collar, pero el asesino se lo llevó junto con la sortija y su dedo. Todo muy macabro —evidenció el comisario.

—Estoy segura de que se trata de alguien que la conocía bien —afirmó la joven.

—¡Coge fuerza el crimen pasional, a pesar del robo del collar! Podría ser para disimular —comentó Morales.

El comisario apuntó de nuevo algo en la pizarra. Finalmente todos vieron la palabra «collar» subrayada.

—Aquí están las claves del asesinato. —El comisario hizo un breve resumen—. Por un lado, el marido con problemas económicos y celos. Por otro, sus amantes esporádicos y quizá alguna mujer despechada. Y un collar desaparecido junto con su sortija de casada y su dedo. Este es el puzle que tenemos que resolver. ¡Sigamos preguntando! Pero mucho cuidado, porque a lo mejor estamos haciendo preguntas al asesino.

—Don Eugenio —interrumpió Margot—, he pensado que, como también colaboro en la revista *Siluetas*, podría escribir una historia que no tenga que ver cien por cien con la realidad y tender una trampa que provoque al asesino.

—¡Me parece una gran idea! Pero añada que la policía está tras la pista del asesino y que le están pisando los talones. Cuente que tenemos una huella. Como bien dice, ¡pongámosle nervioso!

14

Dios por una noche

Antes de que Margot se sentara ante la máquina de escribir, se quedó con la mirada perdida observando la Gran Vía madrileña desde el ventanal de su casa. El día era soleado y parecía que despertaba la ciudad con más ímpetu que otros días. La gente caminaba deprisa y los coches sorteaban a los viandantes que cruzaban por cualquier parte sin ningún temor a los vehículos, incluidos los tranvías. Estos últimos circulaban tan despacio que algunas personas se subían en ellos en marcha.

Pensaba que, entre toda aquella gente que deambulaba por la calle de una acera a otra, había un asesino suelto. Alguien que se sintió Dios por una noche para quitarle la vida a la marquesa. Una persona que probablemente se movía entre los peatones con total impunidad y que habría cometido el crimen por robarle el collar o porque reprobaba el comportamiento de la difunta Genoveva y había decidido que era el momento de poner fin a su existencia. Sin duda se trataba de alguien que se creía por encima del bien y del mal. Imaginaba el odio y el rencor que debía sentir.

Después de tomar un té, se fue a su despacho. Quitó la funda a su máquina de escribir y se sentó frente a ella. Puso dos folios y un papel carboncillo en el rodillo. Comenzó a escribir su artículo para la revista *Siluetas*:

> Genoveva Font llegó a Madrid para casarse con Juan Romero, marqués de Torquemada, cuando acababa de cumplir veintidós años. Se habían conocido pocos meses antes en San Sebastián, en una de las muchas fiestas que se organizaban en el hotel María Cristina. La ciudad costera, en el punto sur del golfo de Vizcaya, se había convertido en el destino favorito primero para la realeza y posteriormente para la aristocracia. Todo el que era alguien en aquella sociedad que se abría camino, todavía con los ecos de la Segunda Guerra Mundial, se daba cita allí. El tradicional recorrido por el paseo marítimo en las tardes de verano había propiciado encuentros entre ellos nada casuales. Las múltiples cafeterías y las mesas al aire libre hacían posible ser vistos y entablar conversaciones que finalmente ayudaron a formalizar una relación como la suya. Ella deseaba emanciparse de sus padres y él era un hombre maduro y libre, ya que años antes se había quedado viudo. Veinticinco años había de diferencia entre ambos. Pero la gran posición social del marqués hacía que la familia de ella viera con muy buenos ojos esa relación que desembocó en una boda precipitada.

Margot tecleaba con fuerza intentando explicar todo lo que le habían contado las personas que conocían bien a la marquesa, hasta llegar al fatal desenlace. Como pudo, coló en el texto que la policía había conseguido una huella —la pista falsa— que podía ser importante para la resolución del caso.

Por otro lado, los investigadores habían constatado el robo de la alhaja con la que había ido al baile: «Un collar de zafiros y diamantes de gran valor que había desaparecido de la escena del crimen».

Estaba intentando poner el punto final a su artículo cuando sonó el teléfono de su casa. Lo descolgó inmediatamente y se encontró con la voz de Parker al otro lado.

—¿Margot? Soy Harry.

—¿Qué tal estás? —se interesó.

—Muy bien. Gracias por preguntar. Te llamaba para saber si tenéis más datos sobre el asesino de la marquesa.

—No, seguimos igual. Ahora sabemos que llevaba puesto un collar de zafiros y diamantes que probablemente le habrían prestado para esa noche. ¿Crees que el asesino utilizó el collar para ahogarla? —preguntó Margot.

—No, la marca era uniforme y ancha. Sigo pensando en una soga o algo parecido. Te llamaba porque estoy convencido de que tenéis que buscar en su entorno —explicó—. Este tipo de crímenes están más cercanos de lo emocional que del robo. Piensa en ello. Puede ser clave.

—Gracias, Harry. Se lo trasladaré al comisario.

—Por cierto, tus tíos te van a dar la sorpresa de presentarse allí próximamente —informó a modo de advertencia.

—Sabía que tenían esa idea en la cabeza. Te agradezco que me avises. Ya sabes que ellos no verían con buenos ojos mis salidas nocturnas.

—Por eso te quería advertir.

—Muchas gracias, Parker.

Después de colgar y quedarse pensativa, decidió concluir su artículo. Añadió una coletilla que, estaba convencida, pondría nervioso al asesino: «La persona que asesinó a la marquesa de Torquemada pertenece a su círculo más cercano. La policía lo sabe y está esperando el momento oportuno para su detención. Este caso no tardará en resolverse».

Margot sonrió. Estaba segura de que el artículo llegaría a manos de quien quitó la vida a la marquesa. Y picaría el anzuelo, solo había que esperar. Era cuestión de tiempo, se convencía a sí misma.

Se arregló para salir de casa. Llevaría primero el artículo a la revista y después devolvería a Cayetana los trajes de fiesta que les había prestado a Parker y a ella. En esa ocasión fue en su descapotable hasta el palacio de Liria. Cayetana llevaba poco tiempo allí instalada con toda la familia, después de las largas obras de reconstrucción. Una persona del servicio la condujo hasta uno de los salones y allí esperó a la duquesa de Alba.

—¡Margot! ¡Qué alegría verte por aquí!

—Te he traído los trajes que nos prestaste para el infausto baile de máscaras —dijo alargando la bolsa que llevaba en la mano.

—No había prisa —dijo, y cambió de tema—: Voy a aprovechar para enseñarte cómo han quedado las habitaciones principales. Bueno, Luis te lo explicará mejor, que hoy está aquí.

Cayetana hizo que el servicio llamara a su marido y, a los cinco minutos, Luis Martínez de Irujo hizo su aparición ante ellas.

—Ya me contó Cayetana la tragedia de la que fuisteis testigos. ¡Terrible! ¡Qué muerte tan cruel! —exclamó mientras se acercaba a Margot para saludarla.

—No me quito el caso de la cabeza, pero hablemos de algo

más agradable. Tengo que darte la enhorabuena por el trabajo que has desarrollado aquí —afirmó Margot mientras recorría la estancia con la mirada.

—Muchas gracias, Margot. Al final, el arquitecto Manuel Cabanyes ha sido el encargado de construir el nuevo palacio. Ha utilizado los planos de reformas que hizo el arquitecto inglés sir Edwin Lutyens. Hemos hecho muchas modificaciones en el proyecto. Por ejemplo, en la escalera principal, en la capilla y en el zaguán. Tenías que haber visto cómo estaba todo. La guerra lo dejó completamente destrozado. Hubo varios incendios y prácticamente solo quedó la fachada. El padre de Cayetana hizo mucho hasta su muerte. —El marido de la duquesa se explicaba con total soltura.

—¿Se perdieron obras de arte en esos incendios? —quiso saber Margot.

—Dentro de la desgracia, la mayor parte de la colección fue salvada y protegida en diferentes lugares de la capital: la embajada británica, la Real Academia de Bellas Artes de San Fernando y el Banco de España, entre otros —aclaró Cayetana.

—Menos mal. No quiero imaginar qué hubiera pasado de perderse todo vuestro patrimonio.

—Hubiera sido una pérdida irreparable. Aquí hay obras de Goya, Velázquez, Murillo, Zurbarán, el Greco, Ribera, Rubens, Tiziano...

—Es un privilegio que me enseñéis estas joyas artísticas —confesó embelesada.

—Piensa que aquí conservamos más de quinientos años de coleccionismo: pinturas, esculturas, tapices, muebles, grabados, documentos importantes y primeras ediciones de libros. La responsabilidad de tener en mis manos ese patrimonio me ha quitado el sueño muchas noches. Pero el trabajo difícil ya está todo hecho.

—Ahora queda que lo podáis disfrutar. Luis, Cayetana, no me canso de daros la enhorabuena. Cuando mis tíos vengan a Madrid, me gustaría enseñarles la reconstrucción que habéis hecho.

—Están invitadísimos. Ya lo sabes —añadió Cayetana.

Margot miró el reloj, se estaba haciendo tarde para la clase de tiro que tenía en la Escuela de la Policía. El duque de Alba insistió en que tomara un vino de jerez antes de irse. Margot aceptó. Cayetana, como estaba embarazada, bebió un zumo de naranja.

—¡Salud! —dijo el duque levantando su copa.

—¡Salud! ¡Y que cojan pronto al asesino de la marquesa! —chocó su copa.

—Sigo sin reponerme —comentó Cayetana—. Ha sido algo horrible.

—¿Cómo se encuentra su marido? —preguntó Margot.

—Está muy mal. Una cosa es que ellos se llevasen regular y otra que su mujer apareciese muerta.

—¿Ha comentado el marqués si le ha desaparecido alguna pieza del joyero? —se interesó.

—No, que yo sepa. ¿Por qué lo dices? —preguntó Cayetana con curiosidad.

—En el baile llevaba puesto un collar de zafiros y diamantes que, cuando apareció en los servicios, ya no llevaba encima.

—Entonces ¿fue un robo el motivo del crimen? —sugirió Cayetana.

—No, no creemos que se trate de un ladrón. Aquí hay algo más. ¿Conocíais a los jóvenes con los que salía?

—Eran hijos de aristócratas. El que más la acompañaba a actos y eventos sociales era Juan Ignacio del Castillo, el hijo del conde de Tomares —afirmó Luis Martínez de Irujo.

—¿Crees que podría hablar con él?

—No creo que tenga ningún inconveniente. Te puedo dar el teléfono de sus padres.

—Me harías un gran favor. ¿Ellos dónde viven? —afirmó Margot.

—En la calle del Pintor Rosales. Creo que en el número 17 o 19.

El duque escribió el número de teléfono en un papel que Margot guardó en su bolso.

—Muchas gracias. Espero volver a veros muy pronto.

Miró de nuevo el reloj. Se le había hecho tarde. Se despidió precipitadamente y se fue en su coche a toda velocidad a la Escuela de la Policía.

Aunque el comisario Eusebio Benito Poveda ya no se encontraba allí, la dejaron pasar a la sala de tiro. Durante media hora no paró de disparar una y otra vez a la diana y realizó tres impactos certeros. Otros policías la felicitaron. Al terminar, volvió a guardar la pistola Astra 3000 en el bolso.

Regresó a casa con la satisfacción de ver que mejoraba la puntería.

Al abrir la puerta, escuchó unas voces que le resultaban familiares. Entró en el salón y se encontró con sus tíos, Julián y Frances. Mientras la esperaban con impaciencia, Saturnina había improvisado un almuerzo.

—¡Sorpresa! —dijeron los dos.

Margot sonrió al verlos. Parker le había advertido, pero no le había dicho que, en realidad, iban a viajar ese mismo día. Los abrazó y ellos enseguida le pidieron novedades sobre su vida en Madrid.

—¡Cuánto te hemos echado de menos! No hay día que no pensemos o hablemos de ti —confesó su tía.

—Parker nos puso al día de todas las novedades. Supimos por él que habían asesinado a la marquesa de Torquemada cuando tú estabas en el mismo baile de máscaras. ¡No nos dijiste nada! —le recriminó su tío.

—No quería preocuparos. En realidad no sé mucho.

—¡Pero ha tenido que ser horrible para ti! —insistía su tía Frances.

—Yo estaba con Parker acompañando a la duquesa de Alba. Imaginamos que quisieron robarle el valioso collar que llevaba. —Camila, para no delatarla, añadió que, en realidad, la joven estaba tan volcada en su mundo de la moda que no se enteraba de lo que pasaba a su alrededor.

—Ya veo —dijo su tío—. Bueno, estos días vamos a quedar con nuestras amistades y nos gustaría que nos acompañaras.

—Tengo mucho trabajo —pretendió excusarse—. Dependerá de la hora a la que quedéis. Si es por la noche, no contéis conmigo. Me estoy acostando muy pronto. Os lo puede decir Saturnina —dijo buscando la complicidad de la mujer.

—Prontísimo, sí, señor. Nos tiene preocupadas, porque trabaja mucho. ¡Muchísimo! —Margot le sonrió agradecida.

—Como quieras, pero mañana deberás sacar tiempo para ir al funeral y dar el pésame al marqués de Torquemada. El embajador me ha pedido que vaya ex profeso de su parte —la conminó su tío.

Margot abrió los ojos como platos. No supo responder. No le iba a decir a su tío que en realidad era una de las personas que habían estado presentes en el interrogatorio del marqués en la Dirección General de Seguridad.

—Preferiría no hacerlo. Son cosas vuestras... —se atrevió a decirles.

Camila, algo nerviosa, sugirió que no deberían llevar a Margot a algo tan desagradable. Se lo dijo medio en inglés medio en español.

—¡Ya veo tus avances! Has entendido lo que estábamos diciendo —exclamó Frances, antes de volver la vista hacia Margot—. Está bien, no te vamos a insistir, pero lo suyo sería que nos acompañaras —añadió, sin comprender exactamente lo que le ocurría a su sobrina.

—Piensa que yo estoy escribiendo en la revista *Siluetas* sobre el tema. No me parece bien verlo cara a cara —se excusó.

—Entiendo —dijo su tío, consciente de que, si Margot decía que no, no habría forma de convencerla—. Quizá mañana lo veas con otra perspectiva.

Margot no añadió nada más. Miró su reloj de muñeca y resopló. No sabía cómo escaparse a la Dirección General de Seguridad.

—Confío en que no os parezca mal, pero he quedado con Cayetana en acercarme al palacio de Liria. Espero que me podáis disculpar. No sabía que veníais. Mañana pasaré con vosotros todo el día. ¿De acuerdo?

—¡Claro! Me encanta que te veas tanto con ella. ¿Te arreglarás un poco, verdad? —recomendó Frances.

Se fue a su habitación y Saturnina siguió sus pasos. Pudieron hablar cuando se quedaron a solas.

—Señorita, ¡nos van a pillar sus tíos! Se atrapa antes a un mentiroso que a un cojo. Se lo digo yo.

—Llamaré a Cayetana mañana. Seguro que esta noche tiene algún compromiso. No hay ningún problema. He estado esta mañana con ella y tengo novedades que contarles.

—¡Dios mío! —Saturnina no dejaba de santiguarse.

—El problema va a ser que esta noche tendré que ir más arreglada de lo normal a la comisaría.

—¡En qué ambientes se mueve usted últimamente para llevar pistola! —recriminó Sátur.

—De eso, por favor, nada de nada a nadie, y menos a mis tíos. ¿Me oyes? Además, ¡dónde voy a estar más segura que con la policía!

—En eso tiene razón.

Se puso un traje de chaqueta negro con una blusa de seda de color blanco y un sombrero sofisticado, que pensaba quitarse nada más llegar a la Puerta del Sol. Pidió de nuevo discreción a Saturnina y se despidió de sus tíos oliendo a perfume con gotas orientales, como le gustaba a Frances.

—¡No vuelvas muy tarde!

—Tranquila, tía. Me traerá su chófer hasta aquí.

Se quedaron esa primera noche sin acudir a ninguno de los muchos compromisos que tenían. Se encontraban cansados de un viaje tan largo. Les gustó mucho el piso y cómo lo habían decorado, así como la ubicación. Julián miró a través del gran ventanal del salón y disfrutó al divisar a lo lejos la luna nueva.

—¿Has visto, Frances? La luna está preciosa. El cielo de Madrid es único.

—*Margot is like you.* —Camila le dijo a Julián que su sobrina era como él. Siempre mirando a la luna a través del gran ventanal.

—Es cierto, no sé qué atractivo especial tiene la luna para ambos—contestó Frances.

Al salir, Margot pudo coger un taxi y llegar puntual a la Puerta del Sol. Como tenía previsto, antes de entrar en la Dirección General de Seguridad, se quitó el sombrero. Aun así, Morales le dedicó unas palabras poco afortunadas.

—Estás en una comisaría. No vas a un acto de los tuyos. Esto de moda tiene poco —opinó de forma malintencionada.

—No tienes ni idea de dónde vengo. De modo que ¡cállate! —dijo en un tono de enfado que jamás habían visto antes en ella.

—¿No puedes ser un poco más amable con la inspectora Peters? —le recriminó Gutiérrez, que estaba a su lado.

—Ni es inspectora, ni tengo por qué ser amable.

—Personas como usted hacen la vida mucho más difícil a los demás —afirmó Margot.

Morales se quedó inquieto con lo que acababa de decirle Peters. ¿Era una persona que complicaba la vida a los demás? De momento, el comentario de Margot sirvió para que no volviera a abrir la boca.

El comisario salió de su despacho sin saber de qué estaban hablando y les pidió a todos que pasaran.

—Señores, necesito nombres. Alguien que nos ayude a tirar del hilo.

—Yo tengo uno —comentó Margot.

—¿De quién se trata? —preguntó el comisario con curiosidad.

—De uno de los más asiduos acompañantes de la marquesa. El hijo mayor del conde de Tomares, Juan Ignacio del Castillo.

—¿Sabe cómo localizarlo?

—Vive en la calle Pintor Rosales. Tengo también su teléfono. Yo creo que deberíamos esperarlo en la puerta de su casa para que no le dé tiempo a preparar una coartada —sugirió Margot—. Iría yo, pero me temo que tendré que asistir al funeral de la marquesa acompañando a mis tíos. No quiero que los marqueses de Tomares me vean rondando por su casa.

—Gutiérrez, irá usted mañana temprano, lo esperará a la salida y le preguntará por su relación con la marquesa —ordenó el comisario—. También necesitamos saber si estaba en el baile y si bailó con ella. Será interesante lo que nos vaya a decir. ¡Gracias inspectora! ¿Y ustedes han averiguado algo?

—El marido se veía frecuentemente con una dama en París. Podría tener un motivo más que suficiente para acabar con su mujer. Me lo han contado confidencialmente.

—Ya veo que el caso se va torciendo. La autopsia ha confirmado que su muerte fue por asfixia, lo que ya sabíamos. Hay algo más: entre sus uñas han encontrado restos de piel. Su asesino debe llevar un arañazo en algún lugar del cuerpo. No ha tenido tiempo de que le cicatricen las heridas —informó el comisario Poveda.

—Entonces deberíamos asistir al funeral —comentó Margot—. Allí estará toda la alta sociedad. Parker insiste en que el asesino se encuentra en su entorno.

—Nos mezclaremos entre la gente. Por mi experiencia, es de los que estén más compungidos, los que lloren más, de quien habrá que sospechar. Estaremos muy atentos. Opino como Parker, el asesino se encontrará allí seguro.

15

Un funeral con muchos sospechosos

Al día siguiente, los tíos de Margot se encontraron con la grata sorpresa de que su sobrina había decidido acompañarlos al funeral de la infortunada marquesa. Lo que no sabían era el motivo real que le había hecho cambiar de opinión. Ellos tampoco le pidieron explicaciones.

El oficio religioso estaba previsto para las siete de la tarde en la iglesia de Santa Bárbara, que siglos atrás había pertenecido al antiguo convento de las Salesas Reales. Lo que más destacaba era su elegante fachada con las estatuas de san Francisco de Sales y santa Juana Francisca Frémyot, que acogerían a toda la sociedad del momento, conmovida por el terrible asesinato.

Afortunadamente había dejado de llover, pero el día seguía desapacible y frío. Eso no impidió que los aledaños de la iglesia estuvieran atestados de curiosos que querían ver a los familiares de la marquesa asesinada.

Desde media hora antes, el viudo, Juan Romero, marqués de Torquemada, y los conocidos más allegados fueron los primeros en acceder al templo. Por lo tanto, los primeros también en subir una majestuosa escalinata que a los inspectores, apostados en la parte superior, les permitía observar a todos los nobles y aristócratas que deseaban acompañar al marqués.

Las mujeres lucían sus mejores pieles y los hombres, sus buenos abrigos de paño. Aquello más que un funeral parecía una exhibición de estatus social. Justo en la entrada, un grupo de niños con las ropas remendadas pedían unas monedas con las manos extendidas a la vez que sonreían.

Mientras tanto, la policía buscaba a alguien con arañazos en la cara o en las manos. Todos los miembros de la brigada daban por hecho que el asesino iba a estar allí presente y lo podrían cazar por esos signos externos que lo delatarían. Estaban convencidos de que se había producido una lucha previa a la muerte de la infeliz Genoveva.

Al llegar arriba junto con sus tíos, Margot divisó a sus compañeros de brigada, pero disimuló y pasó a su lado sin saludarlos. Vio, entre los niños harapientos que pedían en la entrada de la iglesia, a uno que andaba con ayuda de una pequeña muleta. Se acordó del anuncio que acababa de hacer el laboratorio Behring sobre el descubrimiento de la vacuna contra la polio. ¿Cuándo llegaría a todos?, se preguntaba sin poder dejar de mirarlos. Era el momento en el que los dos extremos se daban la mano. Los que vivían fuera de la realidad y los que estaban atrapados en ella.

Enfrascada en estos pensamientos, Margot accedió al interior de la iglesia, unos pasos por detrás de Frances y Julián. Observando hacia un lado y hacia otro, intentó evitar la mirada del marqués de Torquemada, que la había visto en comisaría.

Según caminaba por el interior de la iglesia, disimuló parándose a leer los nombres de los sepulcros que se encontraban a su paso: Fernando VI y su esposa, la reina Bárbara de Braganza, o el del primer duque de Tetuán, Leopoldo O'Donnell.

Cuando Frances y Julián tomaron asiento, Margot se apresuró a sentarse a su lado. Respiró hondo. Miró a su alrededor y pudo ver a un par de jóvenes muy compungidos dos bancos por delante de ella. Uno llevaba un guante en la mano izquierda; el de la mano derecha se lo había quitado. Se preguntaba si sería el autor del crimen. Era extraño que se tapara la mano izquierda sin hacer ademán de quitárselo. Pensó que debería avisar a sus compañeros. Observó que Gutiérrez estaba cerca.

—Voy a saludar a un amigo de la revista —dijo a su tía—. ¡Guárdame el sitio!

—¡El funeral está a punto de empezar!

—Será algo rápido.

Se fue hacia la parte de atrás del templo y, al llegar a la altura del inspector Gutiérrez, le extendió la mano. Mientras lo saludaba haciéndose la encontradiza, le habló en voz baja.

—Dos bancos delante de donde estoy sentada hay dos jóvenes. Uno de ellos va con un guante en la mano izquierda. Ni dentro del templo se lo ha quitado. Podría ser quien buscamos —le informó en un susurro.

—Está bien. Me encargaré de él.

Margot retrocedió sobre sus pasos y volvió a ocupar su sitio junto a sus tíos. La misa comenzó y el sacerdote tuvo unas duras palabras para el autor de un «crimen tan execrable». Posteriormente, en la homilía, habló de la dureza del momento para los familiares y amigos.

El comisario subió a donde estaba situado el órgano de la iglesia, en la parte superior del templo, y desde esa altura observó cada movimiento de los asistentes.

En las primeras filas, el viudo no derramaba una lágrima, parecía ausente. Algunas de las mujeres que cotilleaban en la puerta sobre la difunta lloraban amargamente. Más atrás, el comisario se fijó en un hombre que permaneció sentado durante el transcurso de la ceremonia, parecía abatido. De vez en cuando, le hablaba al oído otro asistente que estaba a su lado. Se preguntó quién sería. Y en los bancos del final, otro hombre despertó sus sospechas. Miraba hacia un lado y hacia otro. Parecía que buscaba a alguien. Era el más joven de todos los sospechosos. Pensó que podría ser Juan Ignacio del Castillo, el hijo de los condes de Tomares, al que no habían podido seguir ni interrogar al no haber salido de su casa en toda la mañana.

Bajó hacia donde estaban los inspectores y a cada uno le dijo a quién debía seguir. A Gutiérrez le indicó que estuviera atento al joven del guante, como había sugerido Margot. A Morales, que no perdiera de vista al viudo. A Suárez, que vigilara al joven que parecía tan nervioso. Y a Margot, que se acercara hasta el hombre que no se levantó del asiento en toda la ceremonia. Para comunicárselo, tuvo que aproximarse hasta donde estaba la joven con sus tíos.

—Por favor, es solo un momento —se disculpó Benito Poveda.

—¡Es el comisario! —le dijo a su tía—. Lo conocí con Parker el día del crimen. Me quiere decir algo.

Se salió del banco y se puso en un aparte a hablar con él.

—Inspectora Peters. Hay un hombre en las primeras filas

que parece abatido. Venga conmigo un segundo a observarlo desde la parte superior.

Subieron las escaleras que conducían al órgano de la iglesia y desde allí pudo señalarle de quién se trataba.

—Señor comisario, conozco bien a ese hombre. ¡Es el diseñador Pedro Casares! No creo que sea sospechoso. De todas formas, me acercaré a hablar con él. ¡Descuide!

—Nos vemos esta noche.

—¡De acuerdo! —confirmó ella.

Margot volvió a bajar las escaleras y se incorporó de nuevo al banco donde estaban sus tíos.

—¿Qué quería ese hombre? —preguntó Frances.

—Quiere que le eche una mano. Me ha pedido que vaya esta noche a la comisaría para decirle quién es quién de los asistentes al funeral. Están realizando fotos de los sospechosos y no tienen muy claro de quién se trata.

—¡Pero tú tampoco conoces a todo el mundo! —replicó su tía.

—Bueno, me ha pedido ayuda y no puedo negarme.

—No, claro.

Acabó el oficio religioso y sus tíos se acercaron a dar el pésame al viudo. Al rato, se formó una larga cola. Margot no los acompañó con la excusa de ir a saludar al modisto Pedro Casares. Se acercó poco a poco hasta su banco, mientras lo observaba de lejos. El modisto continuaba sentado, sin moverse. Margot le sacó de su estado al dirigirse a él.

—Señor Casares, no esperaba verlo aquí.

De pronto recordó que el mismo día que le hizo la entrevista recibió la visita de la marquesa. ¡Claro, la marquesa de Torquemada! ¡Era su clienta!

El modisto salió de su ensimismamiento y levantó la cabeza. No se había quitado la bufanda durante toda la ceremonia y tenía la cara congestionada.

—Buenas tardes —contestó muy serio—. La vida es muy complicada o más bien nos la complicamos. Todo esto se podría haber evitado.

—Ya... —Margot no sabía a qué se refería, pero le siguió en la conversación—. ¿Está convencido de que se podría haber evitado?

—Sí, pero ya es tarde para lamentarse. Lo hecho, hecho está. No hay vuelta atrás —se lamentó el modisto.

—Desconozco cómo se podría haber evitado... —insistió ella.

El modisto masculló algo ininteligible y se levantó del banco. Margot no supo si se había disculpado con ella por dejarla con la palabra en la boca o si la había contestado. Casares, acompañado de su pareja, se colocó al final de la cola para dar el pésame al viudo. Margot pensó en decirle al comisario que, más que abatimiento, lo que tenía el modisto era probablemente algo de agotamiento. Seguramente, habrían sido días de muchas citas con clientas conmocionadas con lo que había sucedido.

Cuando lo miró a los ojos, no vio nada. Ni pesar ni indiferencia. Era la persona menos expresiva que había conocido en su vida.

El inspector Gutiérrez siguió al joven del guante, que no se lo había quitado durante toda la ceremonia y había abandonado el templo sin dar el pésame al viudo. Cuando estuvo solo, alejado del resto de los asistentes, le cortó el paso y se identificó como policía.

—Inspector Gutiérrez —dijo a la vez que enseñaba la placa—. ¿Podría hacerle unas preguntas?

—¿A mí? ¿Por qué? —dijo evidentemente nervioso.

—Por su amistad con la marquesa.

—Muchas personas éramos amigos de la marquesa.

—Estamos hablando con todos —aclaró Gutiérrez.

El joven se quedó pensativo y, finalmente, accedió a ser preguntado en mitad de la calle.

—¿Qué desea saber? —Carraspeó.

—Lo primero, su nombre completo.

—Me llamo Mario Jiménez de las Heras.

—¿Estuvo en el baile del Ritz? ¿Bailó con la marquesa? —preguntó directamente el inspector.

—A la primera pregunta, sí, y a la segunda le respondo que no —contestó el joven igual de tajante.

—¿No bailó con ella? ¿Qué tipo de relación mantenía con la marquesa?

—Le gustaba que la acompañara, nada más.

—Y, sin embargo, usted no bailó con ella.

—Ya le he dicho que no.

El policía se quedó mirando su mano izquierda.

—¿Podría quitarse el guante?

—¿Por qué?

—Por curiosidad. Ha estado todo el funeral con el guante puesto.

—¿Sí? No me he dado cuenta, porque voy siempre con él —argumentó el joven.

—¿Me podría enseñar su mano sin el guante?

—Lo cierto es que no —se negó en rotundo—. ¿Qué tipo de pregunta es esa? He accedido a pararme, pero no estoy dispuesto a quitarme ni el guante ni la ropa.

—Está bien, le citaremos en comisaría. Deme un teléfono de contacto.

—Pues acudiré sin ningún problema siempre que no me coincida con mis compromisos. —El chico le dio el teléfono.

—¿A qué se dedica usted? —siguió preguntando Gutiérrez.

—A vivir. En mi familia no está bien visto trabajar. Vivimos de las rentas, aunque mi padre ha aceptado por un tiempo limitado ayudar a un ministro de Franco.

—¿Su padre quién es?

—¿No es usted policía? ¡Averígüelo! No quiero meter a mi padre en todo esto. Le pido que lo dejen al margen. Bueno, considero que ya tiene usted lo que quería de mí.

—Si me dejara ver su mano liberada del guante… —Gutiérrez insistía.

—No estoy dispuesto a dedicar a esta conversación ni un segundo más. Usted no sabe con quién está hablando. He tenido demasiada paciencia. —Hizo ademán de irse de allí—. En la policía no hay más que imbéciles.

—En ese caso, me veo obligado a detenerlo.

—¿Qué he hecho? Tengo cosas más interesantes que hacer esta noche. ¡Déjeme en paz!

—Queda detenido por desacato.

El inspector Gutiérrez le puso las esposas en mitad de la calle y le tapó las muñecas con la gabardina para que no le mirara nadie.

—¡Vamos a comisaria!

—No tiene ni idea de dónde se está metiendo —amenazó el detenido.

El inspector Suárez preguntó a varios asistentes si sabían quién era el joven que se veía tan nervioso durante el funeral. Todos coincidieron en que se trataba de Juan Ignacio del Castillo, hijo menor de los condes de Tomares. No había salido de su casa durante toda la mañana y su compañero Gutiérrez no pudo interrogarlo. Él esperó pacientemente a que saliera de la iglesia para abordarlo. Iba en compañía de otros jóvenes.

—¿Señor Del Castillo? —le interrumpió Suárez.

—Soy yo. ¿Qué desea?

—Necesito hablar con usted a solas. —Miró al resto del grupo.

—Puede hablarme delante de todos. No hay problema.

—Soy policía y estoy investigando la muerte de la marquesa.

—¿Y yo en qué puedo ayudarle? —dijo nervioso.

—Tengo entendido que usted bailó con ella en la noche del crimen.

—Sí, bailé con ella.

El resto del grupo que le acompañaba lo arropó.

—¡Nosotros también bailamos con ella! De hecho, no paró de bailar en toda la noche. Estaba eufórica —dijo el más descarado.

El inspector volvió a preguntar al hijo menor del conde de Tomares.

—¿Usted de qué iba vestido en el baile de disfraces?

—De arlequín —afirmó—. ¿Qué tiene que ver eso con lo que ha ocurrido?

De los cuatro amigos que le acompañaban, otros dos dijeron haber ido vestidos también de arlequín esa noche.

—Me van a dar todos sus datos, si no les importa. —Suárez anotó los nombres y apellidos de todos ellos, así como sus teléfonos.

—Dicen que usted —se dirigió a Juan Ignacio— mantenía una relación digamos que «cordial» con la marquesa. Se veían con mucha asiduidad.

—Éramos amigos, sí. No sé qué hay de malo en eso, cuando su marido no le hacía ni caso. Estaban casados, pero llevaban vidas separadas —confirmó el joven—. El marqués pasaba largas temporadas en Francia. Deberían investigar por ahí. Me temo que el que ha cometido el crimen ahora vendrá a por mí. Se muchas cosas que quizá no debería.

—Sería bueno que viniera a comisaría esta misma noche para que compartiera con nosotros eso que usted sabe... —sugirió el inspector

—De acuerdo.

—Le esperamos a partir de las diez en la Dirección General de Seguridad.

—¿No es muy tarde? —preguntó extrañado el joven.

—Para nosotros, no.

—Está bien. Allí estaré.

Morales fue el que tardó más en averiguar algo. Estuvo pendiente del marqués de Torquemada, el viudo. La larga cola con los asistentes dándole el pésame le dio una perspectiva que los demás no tenían. Vio pasar por allí a casi todos los que tenían algún título nobiliario y a los principales hombres de negocios del país. Comprobó que con unos era más efusivo que con otros. El comisario Eugenio Benito Poveda quiso ser el último en acercarse a darle el pésame.

—En nombre de la policía que investiga el caso, le doy nuestro más sentido pésame.

—Muchas gracias. Ustedes no descansan ni en un lugar sagrado como es este—dijo el marqués, molesto.

—Bueno, por eso conseguimos resolver los crímenes —le recriminó el comisario.

—¿Saben algo del asesino?

—Estamos cerca de él. —Se lo quedó mirando fijamente a los ojos.

El comisario se retiró, pero el inspector Morales no perdió de vista al viudo. Había algo en su comportamiento que le hacía sospechar de él. Aunque estuviera en París a la hora del asesinato de su mujer, podía haber contratado a un sicario que lo hiciera por dinero. Lo de contratar sicarios era tan antiguo como el Imperio romano, pensaba. No le parecía tan descabellada la idea.

Cuando el marqués se retiró en un coche con chófer, Morales regresó a la comisaría. A partir de las nueve, se iban a reunir todos. Habían conseguido pocos avances. El funeral no había dado los frutos que esperaban.

El comisario parecía muy serio cuando iban llegando uno a uno. No habían conseguido localizar a ningún asistente con arañazos en brazos o cuello. Solo tenían sospechosos, pero sin saber a ciencia cierta si tenían en su piel las señales de las uñas de Genoveva.

—¡Eso y nada es nada! —bramó el comisario.

—Bueno, en una hora vendrá a declarar Juan Ignacio del Castillo, el hijo menor del conde de Tomares. Dice saber algo que nos puede interesar —comentó Suárez.

—Algo es algo.

—Falta Gutiérrez. Es muy raro que ya no esté aquí —comentó el comisario.

Justo en ese momento, apareció el inspector en compañía de Mario Jiménez de las Heras. Aunque llevaba la gabardina encima de las manos, todos imaginaban que había llegado esposado a la brigada.

El comisario se levantó y le pidió que pasara a su despacho. Allí le harían el primer interrogatorio.

—Están cometiendo un gravísimo error. Ya les digo que les traerá consecuencias —dijo el detenido de muy malas formas.

—A estas alturas de mi vida las amenazas, no me hacen mella —contestó muy seco el comisario.

Se sentó al otro lado de la mesa y pidió a la inspectora Peters que entrara.

16

El interrogatorio

El detenido era un hombre de mediana estatura, delgado y con muy mal carácter. El comisario pidió que le quitaran las esposas para interrogarlo. El inspector Gutiérrez lo había llevado hasta allí por desacato a la autoridad, pero, en el fondo, lo que pretendía era saber algo más de él y de su relación con la marquesa. A pesar de quedar liberado de las esposas, seguía sin quitarse el guante de su mano izquierda. Eso los mantuvo a todos alerta durante el interrogatorio. Cabía la posibilidad de que fuera el autor del crimen y estaban deseando resolver esta cuestión de una vez por todas.

—Señor Jiménez de las Heras, no ha respetado a la autoridad y eso es un delito —comentó el comisario—. Ha llamado imbéciles a los policías.

—¿Y qué esperaba? Me he parado voluntariamente y me he sometido a las impertinentes preguntas del inspector —se intentaba justificar—. A lo que me he negado ha sido a quitarme el guante. No lo podía consentir.

—No comprendo que pedirle que se quite un guante suponga un problema —observó el comisario.

—Pues sí que lo es. Yo voy siempre con guante. Mis amigos saben que no me lo quito nunca.

—Pero ¿cuál es el motivo?

—No tengo por qué decirle a nadie el motivo que me lleva a no quitarme un guante —se defendió el detenido.

—Está bien. Díganos qué tipo de relación mantenía con la marquesa de Torquemada.

—Una relación normal entre una persona que maneja mucho dinero y no sabe en qué gastárselo y otra que no maneja nada, como es mi caso, y sí conoce sitios a dónde ir —afirmó sin titubeos—. Yo le daba buenas ideas a Genoveva sobre cómo divertirse y, a la vez, sobre cómo ampliar sus conocimientos. De vez en cuando, nos escapábamos al casino Barrière de Biarritz, aprovechando las largas estancias en Francia de su marido, o nos íbamos a ver un museo de cualquier ciudad europea.

El comisario estaba frente al tipo de persona que más odiaba: el vago de cuna entretenedor de señoras. Le miraba a los ojos intentando averiguar si un ser tan caradura sería capaz de matar. Por su experiencia cerca del mal, diría que no, pero su empecinamiento en no quitarse el guante lo elevaba a la categoría de principal sospechoso.

Debían averiguar por qué motivo habría cometido el asesinato, qué oscuro deseo ocultaban esa cara de vividor y esa mano enfundada en un guante negro que no quería quitarse bajo ningún concepto. El comisario siguió preguntando.

—¿Qué tipo de servicios le ofrecía a la marquesa?

—La acompañaba en su soledad y nos lo pasábamos bien juntos.

—¿Dejó de llamarle por alguna causa? —El comisario no dejaba de presionarle.

—¿Por qué dice eso?

Evidentemente se molestó con la pregunta y no contestó. Saltaba a la vista que las cosas no debían ir bien entre ellos últimamente. Margot, que había estado callada y observaba desde lejos el interrogatorio del comisario, escribió una nota que le acercó a Gutiérrez y este a su vez se la pasó a Benito Poveda: «Me temo que la razón de no querer mostrar la mano es un complejo por algún deterioro. ¡Alguna enfermedad!». El inspector leyó la nota y la metió en su cajón. Siguió preguntando.

—¿Estaba ofendido porque le había rechazado por otro joven?

—Eso no es verdad. Seguíamos siendo buenos amigos —protestó Mario.

El inspector Gutiérrez carraspeó y con la mirada le pidió permiso al comisario para hacer otra pregunta.

—¿Y por qué usted no bailó con ella esa noche?

Miró al inspector de forma desafiante y no contestó. Su actitud fue de desprecio hacia Gutiérrez. El comisario volvió a intentarlo.

—De modo que usted no bailó esa noche con ella.

—No.

—¿Por qué?

—Porque esa noche fue acompañada por... —dijo haciendo una pausa—... otras personas, y no quise importunarla.

—¿Acudió al baño de señoras para hablar con ella?

—No. Me limité a bailar con todas las damas que vi libres.

—Ya... Quiso darle celos —dijo el comisario de forma retórica.

—Yo no diría tanto..., pero me lo pasé muy bien bailando con todas las mujeres que me lo pedían con la mirada.

—¿La marquesa de Torquemada se lo pidió con la mirada?

—Lo cierto es que sí, pero no la saqué a bailar.

—¡La quiso castigar! —insistió Poveda.

—Digamos que... sí. Había muchos voluntarios para sacarla a la pista. Esa noche la vi moverse por todo el salón en brazos de distintos jóvenes, por lo que yo decidí no hacerlo.

De pronto, ese joven con vocación de gigoló confesaba que quería castigarla con su indiferencia en la noche en que fue asesinada. ¿Podían ser los celos motivo suficiente para acabar con ella? La respuesta era afirmativa para el comisario. Aun así, disimuló.

—¿Padeció de niño algún tipo de enfermedad? —continuó el interrogatorio cambiando de tema.

—¿Qué trascendencia tiene eso en su investigación? —preguntó sorprendido el interrogado.

—Puede ser importante, aunque no lo crea.

—¿Sufre alguna enfermedad en la piel? —repreguntó el inspector Gutiérrez.

Se quedó callado y miró hacia abajo. El comisario comprendió que se trataba de algún complejo que no tenía superado.

—¿Por qué no nos ha dicho que padece una enfermedad de la piel? —aventuró a decir el comisario.

—No... lo veo necesario —confesó—. No tengo que ir contando a todo el mundo mis problemas. ¡Es humillante!

—¿Se sintió despreciado por la marquesa? ¿Un desprecio más en su vida?

—¡No! ¡Le he dicho que no! —Elevó su tono de voz y la cara se le congestionó.

El comisario dio por terminado el interrogatorio y le dijo que podía irse. Sin embargo, le solicitó que no saliera de Madrid en los próximos días. El joven que llegó envalentonado a la brigada se había transformado en una persona taciturna y acomplejada. Salió del despacho y de la brigada todo lo rápido que pudo.

Cuando se quedaron solos, el comisario felicitó a Margot. Fue la única que dedujo que, detrás de su empecinamiento en no quitarse el guante, podría haber una enfermedad de la piel.

—Debe ser una enfermedad muy desagradable a la vista. Una ictiosis laminar o algo parecido. Seguro que le ha creado un profundo complejo. Pero no creo que con esa mano tenga fuerza suficiente como para asfixiar a nadie. Sin embargo, he de reconocer que no me gustan sus arranques de ira. Un hombre acomplejado sería capaz de cualquier cosa si se siente herido. ¡No le pierda de vista! —le dijo el comisario a Gutiérrez.

Seguían hablando del sospechoso Mario Jiménez de las Heras cuando apareció por la brigada Juan Ignacio del Castillo, el hijo menor de los condes de Tomares, que había sido citado por el inspector Suárez. No coincidieron ambos jóvenes por cuestión de minutos.

Era todo lo contrario al anterior. Parecía más tímido y a la vez más atractivo. Su aspecto era de buena persona y, por supuesto, más correcto en las formas.

—Aquí estoy para lo que ustedes quieran —dijo.

El inspector Suárez salió a su encuentro y le invitó a que pasara al despacho del comisario. A los lados de la mesa, se agolpaban montañas de expedientes. Le amedrentó, al entrar en él, su oscuridad. No ayudaba a relajarse el reflector que le iluminó la cara cuando lo encendieron. Tenía un efecto intimidatorio para todos los que se sometían a las preguntas de don Eugenio Benito Poveda. Antes de hablar con él, le pidió al inspector Suárez que hiciera pasar a la inspectora Peters. Cuando esta tomó asiento al fondo del despacho, comenzó a preguntar.

—De modo que usted iba vestido de arlequín el día del asesinato de la marquesa —fue lo primero que le espetó prácticamente sin mirarlo a los ojos. Se limitaba a leer el papel que le acababa de escribir el inspector sobre lo que le había dicho el joven tras el funeral.

—Sí, igual que dos de mis amigos. Nos diferenciábamos tan solo en el color del traje.

—¿El suyo de qué color era?

—Naranja con irisaciones doradas —respondió solícito.

—¿Cuántas veces bailó con la marquesa?

—Muchas. Cuando yo hacía una pausa para tomar una copa, ella bailaba con otros asistentes al baile. Entre todos, no la dejamos parar en toda la noche. En mi caso, deseaba que se olvidara de sus muchos problemas.

—¿Cuándo dejó de verla bailar?

—En un determinado momento, comentó que iba a descansar un rato y la vi con el grupo con el que había ido al baile, el conde de Quintanilla y su mujer, Aline Griffith. A partir de ahí, no volví a verla.

—¿Usted salió en algún momento del baile?

—Solo para ir al baño.

—¿Fue antes o después de perderla de vista?

—Antes.

—Usted le dijo al inspector Suárez que sabía cosas que temía que trajeran consecuencias nefastas para usted —recordó el inspector.

—Sí, así es.

—¿A qué cosas se refiere? ¿Qué tipo de problemas tenía la marquesa?

—El marqués de Torquemada llevaba una doble vida y su mujer lo sabía todo —afirmó el hijo del conde.

—¡Explíquese!

—Juan Romero mantenía una relación duradera en el tiempo con una francesa a la que frecuentaba cada vez que iba a Francia. Esa dama era el principal escollo entre la marquesa y su marido.

—Según usted, ¿quién mató a la marquesa? —El comisario intentaba ponerle nervioso.

—Es evidente que fue un encargo del marido a alguien que estaba dispuesto a matar por dinero. La marquesa y él no se entendían y ella no encontraba otra satisfacción en su vida que gastarse su fortuna. Viajaba constantemente, se hacía ropa y compraba joyas. Hacía tiempo que el marqués le había llamado la atención. A ella le gustaba dejarse ver con jóvenes como yo para darle celos.

—No le importaba lo que pensaran los demás.

—No. Era tan infeliz que solo quería divertirse.

—Entiendo... Usted cree que el marido es el principal culpable.

—¡Por supuesto! —afirmó categórico el chico.

—¿Y por qué no uno de los jóvenes que le proporcionaban diversión? ¿Por qué no usted? —El comisario fue directo al grano.

—¿Yo? Soy incapaz de matar una mosca. No tenía ni un solo motivo para..., para... poner fin a su vida. Eso solo lo pueden hacer seres despreciables.

Juan Ignacio del Castillo se tapó la cara con las manos y se echó a llorar desconsoladamente. Margot le dio su pañuelo y el joven, durante un rato, estuvo secándose las lágrimas con él. Suárez le acercó un vaso de agua y se repuso del mal rato que estaba pasando.

—¿Usted estaba enamorado de ella? —prosiguió el comisario.

—Creo que sí.

—Joven, o se está enamorado, o no se está. El término medio en el amor no existe —insistió el comisario.

—Me gustaba estar en su compañía, aunque me sacaba diez años. No es fácil relacionarse con las jóvenes de mi edad y ella siempre estaba dispuesta a hacerlo...

—¿El qué?

—Usted ya me entiende...

El interrogado miró a Margot. No quería ser más explícito delante de una dama.

—¡Ya!

—Genoveva tenía muchas carencias afectivas —añadió.

—De todos los jóvenes, ¿usted era el más asiduo?

—Digamos que últimamente sí. Estuvo saliendo mucho con Mario Jiménez de las Heras.

El comisario omitió que no hacía ni cinco minutos que había estado allí, en la misma silla en la que estaba él sentado.

—¿Se conocen ustedes? ¿Han coincidido alguna vez?

—Nos conocemos. Sí que hemos coincidido alguna vez. La última en el baile del Ritz. Digamos que no me puede ni ver.

—A pesar de esa enemistad entre ambos, ¿cree que el asesino fue su marido?

—Sí.

—Está bien. Hemos terminado por hoy. Procure no salir de Madrid sin avisarnos.

—¿Es que soy sospechoso?

—De momento, no. Nada más por nuestra parte. —El comisario dio por zanjada la conversación.

—Está bien...

Se levantó el joven y se despidió de todos. Salió de allí sin fuerzas para caminar. Parecía de más edad que cuando entró en el despacho. Su abatimiento manifestaba sus sospechas de que el siguiente en la lista del asesino sería él. Estaba convencido de que el marido estaba detrás de la muerte de su amiga la marquesa.

Una vez que el hijo de los condes de Tomares se marchó de la brigada, volvieron a reunirse todos con el comisario. Hubo unanimidad: Juan Ignacio del Castillo no tenía nada que ver con el asesinato.

—¡Señores! Sigamos al marido como principal sospechoso sin perder de vista la ira de Mario Jiménez de las Heras —ordenó—. Estamos pasando por alto algo en este crimen. Nunca en mi vida me había encontrado con un caso tan complicado de resolver.

—Sinceramente, el marido nunca me ha parecido trigo limpio —comentó Morales—. Todos los dedos lo señalan a él.

—Me parece demasiado obvio —comentó Margot, que hasta entonces había estado callada.

El teléfono sonó en el despacho del comisario. Al descolgarlo, comenzaron a oírse gritos ininteligibles a través del auricular. Los inspectores se miraban entre ellos. ¿Qué podía estar pasando?, se preguntaban. Cuando colgó, Benito Poveda lanzó varios exabruptos antes de hablar.

—¡Teníamos que interrogar al hijo del secretario del ministro de la Gobernación! —gritó indignado—. ¡Don Blas Pérez González ha llamado en persona al comisario jefe Juan Bilbao! Le ha echado una bronca descomunal por interrogar al hijo de su secretario y haber insistido en que se quitara el guante, cuando tiene una enfermedad de nacimiento que lo acompleja. ¡Lo que nos faltaba para el duro, que sintiéramos el aliento del gobierno a la hora de resolver este caso!

—¿Quién es su hijo? ¿Mario Jiménez de las Heras? —preguntó Margot.

—¡Exacto! ¡El del guante! —confirmó el comisario—. ¡También es mala suerte! ¡Esperemos que no haga ninguna tontería y tengamos que volver a interrogarlo! Aunque a mí me da igual sentir el aliento de nadie. Yo ya estoy en el tiempo de descuento... No me voy porque no quiero.

—Daremos con el asesino —llegó a decir Margot—. Es cuestión de tiempo.

—Justamente es lo que no tenemos. ¡Tiempo! —comentó Morales—. Todas las miradas se han vuelto contra el marido. Quizá deberíamos centrarnos en él.

Todos le dieron la razón, incluida Margot, con la que no conectaba especialmente bien.

—Nos centraremos en el marido, pero no perdamos de vista a los jóvenes que rodeaban a la marquesa —insistió el comisario.

Esa noche regresaron todos a sus casas apesadumbrados por no encontrar la clave para resolver el crimen. Por la mañana temprano, citarían al marqués de Torquemada. Volverían a interrogarlo por la tarde, ahora que tenían más información sobre él y sobre su doble vida.

Margot llegó a casa agotada. Sus tíos estaban esperándola. Se mostraron preocupados por la cita con el comisario a unas horas para ellos tan intempestivas. La joven intentó tranquilizarlos asegurándoles que era algo excepcional. Parker le había presentado a don Eugenio Benito Poveda, que justamente tiraba de ella para que le informara de los pormenores de la sociedad en la que ella se manejaba bien gracias a la revista *Siluetas*.

—En el tiempo que llevo en Madrid, me he puesto al día de quién es quién y simplemente me ha pedido ayuda en este enrevesado caso de la marquesa —trató de explicarles Margot.

—Pues que tire de otras personas. Tú te dedicas a la moda. No sé qué habrá visto en ti —le recriminó Frances.

Camila estaba presente y callaba. No quería pronunciar una sola palabra, pero pensó que había llegado el momento de ayudarla. La veía acorralada.

—*Your niece should have a good relationship with the police. It's important.* —Les dijo que era importante que su sobrina se llevara bien con la policía. No había nada malo en ello.

—No me gustan esos ambientes —afirmó su tía.

—No os preocupéis por mí. Me han tratado correctamente. Simplemente he visto fotos y he dicho quién es quién. Los conocía a todos.

—Tampoco es para tanto —comentó el tío, que encendió su pipa.

Margot se acercó a comprobar cómo lo hacía. Y poco a poco fueron cambiando de tema.

—¿Qué os parecería que fumara en la pipa de mi padre? —dijo en tono alegre.

—No conozco a ninguna mujer que lo haga —contestó Frances.

—Pues yo seré la primera.

—Mientras no sea en público —comentó su tío.

—Pues déjame que pruebe tu tabaco. ¡Voy a por la pipa!

Cuando salió del salón, sus tíos comentaron cómo a Margot le gustaba siempre salirse de la normalidad. Iba un paso más avanzada de lo que la sociedad permitía a las mujeres. Pantalones cuando pocas los llevaban, su carácter independiente y su firme propósito de no ennoviarse ni tener descendencia. Ahora deseaba fumar en pipa.

Camila les dijo que Margot era diferente a otras jóvenes. El hecho de que sus padres murieran cuando era tan niña la había hecho más fuerte y más independiente.

La joven regresó con la pipa que había pertenecido a su padre y junto a su tío intentó encenderla. Finalmente, lo consiguió y empezó a fumar tosiendo a cada calada, lo que provocó la risa de todos. Poco después, la tos se fue espaciando hasta desaparecer. Su tío comenzó a hacer figuras con el humo de la pipa y Margot intentó imitarle. Se estableció en aquel salón cierta competición entre los dos para saber quién hacía las volutas de humo más grandes.

—¿Sabes, Margot? El humo del tabaco tiene vida propia. Y diría más, tiene alma —explicaba su tío—. Uno no solo está fumando el tabaco de la pipa, está disfrutando de un momento de intimidad, ya que quizá el humo es el único partícipe de nuestros pensamientos. Fumando en pipa aprendemos también a saborear el tiempo. De alguna forma, lo detenemos y lo disfrutamos. Mis grandes ideas han surgido fumando a solas.

—¡Qué filósofo te has puesto! —dijo Frances.

—Me gusta mucho lo que dices. Cuando quiera reflexionar sobre algo que me torture en la cabeza, sacaré la pipa, haré que se detenga el tiempo y pensaré. ¡Un motivo más para fumar! ¡Una razón más para no olvidar a mi padre! ¡Sé tan poco de mi padre y de mi madre!

Todos se quedaron callados. Comprendían el sufrimiento de Margot al haberlos perdido con tan solo cinco años.

—Dicen —continuó hablando— que los recuerdos comienzan a las cinco años y yo, sin embargo, tengo ráfagas, instantes en los que me veo con ellos —confesó a sus tíos.

—¿Qué recuerdos tienes? —preguntó Frances, conmovida.

—Me veo de niña jugando en una playa y mi madre ayudándome a hacer castillos de arena. También puedo ver a mi padre saltando las olas cogido de mi mano. No sé si son sueños o recuerdos.

—Son recuerdos —contestó su tía, emocionada—. Antes del accidente estuvieron contigo en la playa, en Cádiz. Les gustaba mucho ir al sur. ¡Es increíble que te puedas acordar!

Todos contuvieron el aliento durante unos segundos. Su tío rompió ese momento tan cargado de emociones del pasado.

—¡Se ha hecho muy tarde! ¡Deberíamos acostarnos!

—¡Es cierto! —dijo Frances, aún afectada.

Margot les dio un beso a todos y se fue a dormir. Antes de

lavarse los dientes, dio una última bocanada a la pipa de su padre.

—¡Cada vez que quiera parar el tiempo, la utilizaré! —pensó para sí misma.

Se metió en la cama y volvieron las imágenes jugando con su madre en la arena de la playa. Se durmió con la imagen de ella saltando las olas del mar, cogida de la mano de su padre.

17

El triunfo de Pertegaz

Por la mañana, Frances acompañó a su sobrina a la revista *Siluetas*. Había quedado con el director, Justino Ochoa, ya que, en tanto que una de las principales inversoras, quería saber cómo iba la publicación. Mientras su tía estaba reunida en el despacho, Margot hablaba con el redactor jefe, quien le encargó realizar un reportaje sobre Manuel Pertegaz, el diseñador español que llevaba un año en Estados Unidos y había conseguido que la principal modelo del momento, Suzy Parker, luciera uno de sus modelos para la edición estadounidense de *Vogue*. Se trataba de un espectacular abrigo de noche confeccionado en tafetán verde esmeralda. Lucía unos grandes pendientes también verdes y el pelo muy corto de color pelirrojo. Unos guantes largos de seda rosa eran el complemento que acompañaba al abrigo. Suponía todo un hito para el diseñador español. Suzy era la mujer del momento en el mundo de la moda. Protagonizaba películas y programas de televisión, las mejores portadas eran suyas y, además, le gustaba arriesgar ante los mejores fotógrafos.

No había ninguna otra modelo que ganara cien mil dólares anuales como ella.

—Quiero un buen artículo. Que se entere la sociedad española de que nuestros modistos son reconocidos en todo el mundo —exclamó el redactor jefe—. Hasta ahora, el rostro insigne de la moda era Coco Chanel. Una mujer elegantemente femenina y segura de sí misma. Ahora, esta portada de *Vogue* ha inmortalizado a Pertegaz para siempre. Ya está en el Olimpo junto a Balenciaga.

—Siempre me ha gustado la cara de Suzy. Es natural y moderna. Todo lo que lleva le sienta bien. Me gustará mucho hablar sobre ella y sobre el diseñador español. ¿Para cuándo lo quieres? —preguntó Margot.

—Si te oye Justino, te dirá que para ayer —bromeó—. Yo te digo que lo antes posible.

—Está bien. —Margot sonrió.

Se quedó recopilando toda la información que pudo hasta que su tía salió del despacho del director y decidió acompañarla. Como tantas veces, escribiría el artículo en su casa, igual que la mayoría de los colaboradores.

Frances comentó a su sobrina que el director estaba muy satisfecho con las noticias y reportajes que daba en primicia gracias a su estrecho contacto con la nobleza. Por otro lado, estaban deseando que se resolviera el asesinato de la marquesa de Torquemada. Desde entonces no habían vuelto a ver a Margot por la redacción.

—Tienes que venir más por aquí —le recriminó su tía—. El director asegura que te has volcado en exceso en la muerte de la marquesa. Y que puede tardar meses en resolverse. Me temo que con este asunto te has despistado un poco.

—Sencillamente estoy recopilando datos para hacer un reportaje amplio. Y gracias a la ayuda que le presto al comisario, consigo información extra. —Margot no daba puntada sin hilo—. Además, ahora me han mandado otro tema sobre el modisto Pertegaz y una modelo internacional que ha posado con uno de sus trajes.

—Puede ser bonito —exclamó Frances.

En casa, estuvo trabajando con los datos que tenía del diseñador. Nacido en Olba, Teruel, en 1918, abandonó el colegio para dedicarse a la sastrería, una vez que sus padres se trasladaron con toda la familia a vivir a Barcelona. Tenía una carrera tan meteórica que con veinticinco años ya había abierto su primera casa de moda de alta costura en la avenida Diagonal y, poco después, inauguró su primera tienda cara al público en Madrid, en la esquina de la calle Hermosilla con Velázquez. De la modelo tenía los datos que había conseguido en la revista y estuvo trabajando en el artículo hasta que llegó la hora de la comida.

Fue en el almuerzo cuando sus tíos le comunicaron que en un par de días regresarían a Londres. Margot miró a Camila y ambas respiraron aliviadas, aunque no hicieron ningún comentario. Era muy difícil mantener el trabajo en *Siluetas* y en *El Caso* sin que sus tíos se dieran cuenta.

—Mañana iremos a Pedro Casares, a que te haga un par de trajes nuevos para ir a tanta fiesta como requiere tu trabajo —comentó su tía.

—¿A Casares? —preguntó extrañada.

—Sí, todas las damas van a él. Yo aprovecharé para hacerme también un vestido de fiesta nuevo.

—¡Perfecto! Muchas gracias. Me hace ilusión, la verdad —exclamó Margot.

En el fondo, lo que estaba deseando era no perder la ocasión para ver de nuevo a Casares. Esta vez no como periodista, sino como clienta. Se preguntaba si sería tan parco en palabras o se esforzaría en parecer un poco más cercano. Pronto saldría de dudas. La cita sería al día siguiente.

Por la tarde, escribió el artículo y en hora y media ya lo había terminado. Se fue a su habitación a tumbarse en la cama. Era el lugar donde le venían las mejores ideas. Se puso varios cojines en la espalda, mientras se apoyaba en el cabecero, y cargó de tabaco la pipa. Necesitaba parar el tiempo y pensar, como le había dicho su tío. ¿Qué excusa podría inventar esa tarde para lograr escaparse e ir al interrogatorio del viudo de la marquesa de Torquemada? Lanzaba bocanadas de humo contra el espejo de su coqueta. Al principio tosió, pero después se fue acostumbrando a tragar el humo y a hacer las volutas que le había enseñado su tío. Se le ocurrió, como excusa para salir, que tenía que hablar con varias modelos, maniquíes profesionales, para sacar alguna información más sobre la gran Suzy Parker. Habían citado al marqués a las siete de la tarde, así que no tendría que justificar su retraso ni dar más explicaciones a su familia. Llegaría a casa justo para la cena.

Sus tíos le pidieron que no regresara tarde. La esperarían para cenar. Camila la miró y supo a dónde iba, igual que Sátur, que intentaba cubrirle las espaldas. «¡Esta chica!», se repetía a sí misma. Menos mal que los tíos habían dicho que se volverían a Londres en dos días. Así, Margot volvería a ser dueña de su tiempo y a no tener que inventar excusas.

Cuando llegó a la brigada, el marqués de Torquemada todavía no había aparecido por allí. Respiró hondo. Estaba muy angustiada, tenía la sensación de no llegar a tiempo a nada.

Esta vez pudo quitarse el abrigo y el sombrero y sentarse en la mesa del inspector Gutiérrez sin prisas.

Cuando llegó el marqués, pocos minutos después, le hicieron pasar al despacho del comisario. Morales entró con él y Benito Poveda reclamó nuevamente la presencia de Margot, a pesar de que nada podía importunar más al inspector.

—Pase, pase, inspectora Peters —indicó el comisario.

Margot tomó asiento y comenzó a anotar todo lo que le llamaba la atención del interrogatorio. Morales la miraba por el rabillo del ojo. No acababa de fiarse de ella. El comisario fue directo al grano.

—Quiero que sepa, señor marqués, que algunas personas a las que hemos interrogado le señalan a usted como principal sospechoso.

—Tengo la tranquilidad de que yo no estaba en Madrid, ni tan siquiera en España. Es imposible relacionarme con la muerte de mi esposa —se defendió.

—Nos han informado de que usted pasa cada vez más tiempo en Francia, porque mantiene allí, digamos..., una relación estable. Su mujer, además, lo sabía. —El comisario le habló abiertamente.

—Tengo varias amistades. Eso no me convierte en asesino. Mi mujer y yo no manteníamos ningún tipo de convivencia. Como tantos matrimonios que se tienen que soportar. Sin embargo, sentí su muerte. Ese final no lo merecen ni los animales.

—El hecho de que disfrutara gastándose su fortuna con jóvenes le exasperaba. Usted ya no podía más. ¡Reconózcalo!

—Bueno, eso es lo único cierto que ha dicho usted. No sabía ya qué hacer para que el dinero no se nos fuera como el agua por el sumidero. Las cosas no me están yendo demasiado bien en los negocios —confesó el marqués.

—Ya...

Mientras el interrogatorio continuaba en el despacho del comisario, sonó el teléfono en la brigada. Contestó el inspector Gutiérrez y, tras escuchar a su interlocutor, comprendió que tenía que interrumpir al comisario.

—¡Es urgente! Le pido que conteste al teléfono.

—Estamos en pleno interrogatorio y...

—¡Es muy urgente! De no ser así, no se me ocurriría interrumpirle. Solo quiere hablar con usted.

Se disculpó con el marqués y descolgó el teléfono. La cara del comisario se fue transformando según escuchaba a su interlocutora. Solo se le oía responder con escuetos síes. Finalmente fue más explícito.

—Estaremos allí en breve. ¡Que nadie entre ni toque nada! Ha hecho lo correcto.

Cuando colgó, se dirigió de nuevo al marqués y le pidió disculpas.

—Siento mucho interrumpir su declaración. Por el momento, hemos terminado. No salga de Madrid sin avisarnos —lo despidió apresuradamente.

—¿Ya? Sin más explicaciones me invitan a irme después de hacerme venir... ¿para perder el tiempo? —dijo el marqués, molesto.

—De momento es todo. Muchas gracias. Acompáñelo hasta la puerta, inspector Morales.

El comisario estaba deseando que el marqués se fuera de

allí. Morales estaba perplejo. No entendía que el comisario interrumpiera de golpe un testimonio tan valioso. Benito Poveda estaba muy serio y muy pálido. Les pidió a todos que se reunieran con él en el despacho de forma urgente.

—Señores, debemos salir rápidamente hacia la casa del conde de Romelinos. Se acaba de cometer otro crimen.

Hubo un silencio entre todos los inspectores.

Margot se moría de ganas por saber más sobre aquel nuevo crimen, pero recordó la cena con sus tíos. Decidió inventar una mentira piadosa antes de acompañarlos.

—¿Puedo utilizar el teléfono? —pidió Margot al inspector Gutiérrez.

—Sí. Por supuesto.

Marcó el teléfono de su casa y afortunadamente lo cogió Saturnina.

—¿Sátur? Soy Margot. Di a mis tíos que no me esperen a cenar. Se me han complicado las cosas. Me llevará el fotógrafo hasta casa. Tranquilízalos, por favor.

—Imagino que se han torcido las cosas… mucho.

—¡Justo! Algo muy grave. No digas nada.

—Descuide, daré el recado.

Margot descolgó el abrigo del perchero y se fue corriendo tras los pasos de sus compañeros. Hizo todo lo posible por montarse en el coche en el que iba el comisario. Necesitaba saber qué nuevo crimen se había cometido.

—¿Qué ha ocurrido? —dijo casi antes de cerrar la puerta del vehículo.

—Un nuevo asesinato, inspectora. Otra mujer de la alta sociedad. La hija soltera de los condes de Romelinos —informó el comisario—. Se encontraba sola, había dado la tarde libre al servicio. Cuando ha regresado el ama de llaves a las ocho de la tarde, se la ha encontrado sin vida. He pedido que no toquen absolutamente nada.

No tardaron en llegar a la calle del Pintor Rosales. Allí, en uno de los pisos señoriales que había frente al parque del Oeste, se había producido el asesinato. Al llegar, acordonaron la zona y, a partir de ese momento, no dejaron pasar a nadie. Una colilla, una huella, un botón..., cualquier cosa podría ser importante para la investigación, les dijo el comisario.

Dos inspectores entraron en el domicilio: Gutiérrez y Morales. Suárez se quedó inspeccionando al detalle la escalera. Tomó huellas del pasamanos, del timbre, de la puerta... Margot permaneció al margen hasta que el comisario le permitió acceder al escenario del crimen.

El ama de llaves les indicó dónde estaba el cadáver. La encontraron boca abajo, tendida en su cama. Llevaba puesto el traje de novia que todavía no había estrenado. Daba la impresión de que el asesino se lo estaba abrochando, ya que no tenía terminados de cerrar los muchos botones que sujetaban el vestido en la espalda. Cuando el juez ordenó el levantamiento del cadáver y le dieron la vuelta, comprobaron que tenía una marca ancha y recta en el cuello. A Margot le impresionó ver la cara de aquella joven. No le había pasado lo mismo con la marquesa. Esa chica podía ser ella. Tuvo la sensación de que la vida se podía acabar en cualquier momento. No había pensado en ello hasta entonces. Le dio una arcada y la reprimió como pudo. Comenzó a toser para disimular y dio unos pasos hacia atrás. El comisario siguió inspeccionando el cadáver.

—La misma marca que la marquesa de Torquemada, de

unos dos centímetros de grosor. No es una cuerda. No consigo adivinar qué es lo que utiliza el asesino para matar.

Demasiadas coincidencias con el caso anterior, pensó el comisario.

En su mano derecha también faltaba el dedo anular.

Los agentes y el comisario se miraron entre sí. Debían empezar de cero nuevamente. Alguien estaba matando a mujeres de la alta sociedad sin ningún nexo de unión aparente entre ellas. Todos se percataron de que la víctima también se encontraba de espaldas a su asesino.

—¿Cuándo tenía pensado casarse? —preguntó el comisario al ama de llaves, que no cesaba de llorar.

—La boda era en dos semanas...

El comisario le pidió que saliera de la habitación para seguir interrogándola fuera de la escena del crimen. Margot observó que la mano izquierda de la víctima estaba cerrada y le comunicó a don Eugenio la conveniencia de que la abrieran. La sugerencia le pareció oportuna y le pidió al juez que procediera. Sonó un chasquido como a dedos rotos que a Margot le produjo un escalofrío. Era evidente que ya había aparecido el *rigor mortis*. El juez halló en su mano una piedra preciosa.

—¡Un rubí! —exclamó Margot.

—¡Señores! Alguien está matando por el placer de matar y debe encontrar excitante tener a la policía completamente despistada. Nos lleva la delantera y no tenemos hilo del que tirar. Nosotros seguiremos indagando y señalando a nuestros sospechosos. Evidentemente está en el entorno de estas mujeres —afirmó el comisario.

—¿Vivía sola? —preguntó Margot a la única persona que se encontraba en la casa.

—Gran parte del tiempo, sí. Sus padres realizan largos viajes por todo el mundo, pero iban a regresar de una cacería por África en un par de días. ¡Menudo disgusto! No me he atrevido a llamarles. Casilda se iba a casar en dos semanas. Hoy le habían traído el traje de novia —dijo la mujer del servicio.

—¿Quién lo trajo? —preguntó Margot.

—Del atelier de Pedro Casares.

—Está de moda entre la aristocracia —explicó Margot al comisario—. Yo mañana casualmente voy con mi tía a su atelier. Tenemos una cita con él.

—Intente averiguar todo lo que pueda. A lo mejor vio u oyó algo que le llamó la atención —sugirió el comisario—. ¿Cuándo viene el servicio? —preguntó al ama de llaves, que fue quien avisó a la policía.

—Mañana —contestó la afligida mujer.

—Pues no vamos a decir nada a la prensa y le pido —se dirigió al juez— que este atestado no lo haga público hasta mañana.

Interrogaron al ama de llaves y les dijo que el novio era un prestigioso cardiólogo de mediana edad, el doctor Ángel Biosca, compañero del yerno de Franco, el marqués de Villaverde. Ella había cumplido los treinta años y no había dado nunca el paso de casarse, a pesar de haber tenido novios con apellidos de la alta alcurnia. Ahora se había decidido, presionada por sus padres.

El comisario distribuyó trabajo a todos para investigar el entorno de la víctima, pero les pidió que se reunieran en la Puerta del Sol antes de dar por concluido el día. En el trayecto en coche, Margot soltaba ideas en voz alta por si alguna podía hacer encajar las piezas del puzle.

—Es como si el asesino utilizase un ritual para matar a sus víctimas —confesó Margot.

—Hablamos ya de una mente trastornada. ¿Por qué las mata? Esa es mi pregunta —dijo el comisario—. ¿Tenían algún tipo de conexión la marquesa de Torquemada y la hija de los condes de Romelinos?

—Demasiadas preguntas sin contestación —añadió el inspector Gutiérrez.

Al llegar a la brigada, Benito Poveda llamó al comisario jefe, Juan Bilbao, para comunicarle lo sucedido. Le pidió discreción hasta que la policía diera a la prensa la noticia. Este a su vez llamó al ministro de la Gobernación. El caso es que al día siguiente la noticia corría de boca en boca entre la alta sociedad. Tanto fue así que la muerte de la joven llegó a los oídos de sus padres antes de que los llamara la policía e interrumpieran su viaje.

A pesar de que los periódicos comentaban que el 11 de abril de ese año 1954 había sido el día en el que mundialmente se habían producido menos noticias, «el día amorfo» decían, el revuelo que había en la Dirección General de Seguridad contradecía esa información. Se había cometido un segundo crimen en la alta sociedad, lo que provocaría el pánico entre las mujeres de cierta posición social. La policía recababa datos y los inspectores intentaban comprobar dónde habían estado todas las personas cercanas a la víctima el día del crimen, y si alguna tenía algo que ver con la marquesa de Torquemada.

Había que desenmascarar a un asesino que había encontrado en el crimen el placer de matar. Como decía el comisario: «Sentirse Dios le hará repetir. Esto no acaba aquí».

18

Una cita con Pedro Casares

Al día siguiente, en el desayuno, los tíos de Margot no disimularon el enfado con su sobrina al no haber aparecido en la cena, tal y como habían quedado la noche anterior. Saturnina y Camila intentaban calmarlos. Les dijeron que no era habitual que no acudiera a las citas familiares, y menos aún no cenar con ellos cuando se había comprometido. Además, les aseguraron que la joven estaba deseando pasar el mayor tiempo posible con ellos.

—*There is likely a reason for her being absent.* —Camila les dijo que tendría una razón de peso.

Sátur también los intentó tranquilizar comentándoles que seguro que habría una explicación a su comportamiento.

—Trabaja mucho. No hay nada malo en ello. Además, es muy responsable.

Frances y Julián se tomaban un chocolate con churros recién traídos de San Ginés, la chocolatería con más fama de Madrid. Sátur había madrugado para que llegaran calientes a la mesa. Preguntaron si habían hablado con Margot por la noche, pero tanto Sátur como Camila reconocieron que se habían acostado antes de que llegara a casa. Los tíos mostraron su preocupación. No les parecía bien que regresara sola a casa más allá de las diez de la noche y ellas estuvieran tan tranquilas.

—Ayer nos avisó de que venía a casa acompañada por el fotógrafo de la revista —comentó Sátur.

Camila les aseguró que sabía con quién estaba y los lugares que frecuentaba.

Los tíos no se quedaron muy conformes, pero se fueron relajando un poco más con la conversación. Llegaron al convencimiento de que la sociedad española no era la sociedad inglesa. No era lo mismo pasear por Piccadilly Circus de noche que por la Gran Vía. Frances medió en la conversación y finalmente Julián fue cambiando de parecer.

—Por lo que se ve, esto no es Inglaterra, querida —indicó Julián a su mujer.

Cuando Margot entró en el comedor, las aguas ya estaban tranquilas. Se había vestido para visitar el atelier de Casares y deseaba irse cuanto antes con su tía. Se dio cuenta de que todos se quedaron callados cuando apareció. Sátur la ayudó lo que pudo.

—Sus tíos comentaban lo tarde que llegó ayer. Ya les dije que la traería hasta casa su compañero de la revista. —Sátur se adelantó a ella.

—Sí. Así fue. A veces, las modelos nos citan a horas intempestivas. Nada me hubiera gustado más que estar con vosotros. —Margot intentó parecer convincente.

Se acercó a sus tíos y les dio unos besos tan sonoros que provocaron la risa de Frances y la sonrisa de Julián. De pronto, el teléfono interrumpió aquella escena familiar. Saturnina acudió a cogerlo. A los pocos minutos, le dijo a Margot que la llamaban. Por la cara de Sátur supo que sería algo importante. Rápidamente fue hasta su despacho.

—¿Sí? ¿Con quién hablo? —contestó al teléfono.

—Soy Gutiérrez. Me ha pedido el comisario que te llame. Nuestro plan se ha venido abajo. Se ve que ayer las autoridades llamaron a sus conocidos y hoy todo Madrid está enterado de la muerte de la hija de los condes de Romelinos.

—¡Qué contrariedad! ¿Es que nadie sabe guardar un secreto?

—Se ve que no. Hoy nos requiere a todos a las cuatro de la tarde en comisaría.

—Allí estaré —dijo ella.

Colgó y tardó unos minutos en recomponerse. Antes de volver al salón, llamó al director de *El Caso*. Se puso la secretaria de redacción, Clotilde Acisclo. Tras conversar con ella sobre el cocodrilo Leopoldo, le pidió hablar con Eugenio Suárez. Tardó unos segundos en transferir la llamada.

—Margot, aquí estamos con un lío del carajo. ¿Te has enterado? Han asesinado a la hija de los condes de Romelinos —espetó el director sin mediar una conversación previa.

—Sí. Por eso le llamaba.

—Lo quiero todo sobre la joven. He puesto también en el caso a José María de Vega. Al final, espero que entre los dos tengáis toda la información cuanto antes —sugirió el director.

A Margot le dio un pellizco el estómago. No le gustaba ni su compañero ni compartir información. Podría tener un problema con el comisario. Ella sí sabía respetar los secretos necesarios para la resolución de los casos, pero José María tenía fama de no hacerlo. Iba siempre a por todas. Le importaba más una exclusiva que la resolución del propio crimen. Le habló con sinceridad al director.

—Don Eugenio, sabe que mi relación con el comisario Benito Poveda es estrecha. Si José María se mete entremedias, podríamos tener un problema. A la policía debo ir solo yo —le recordó.

Margot peleaba por el sitio que se había ganado a pulso. No estaba dispuesta a compartirlo. Lo dijo con tanta vehemencia que dejó sorprendido al director.

—Está bien. Él tocará otros hilos. Irá más por las relaciones de la hija de los condes —la tranquilizó Eugenio Suárez—. Tienes razón, no conviene marear al comisario, no vaya a ser que cierre la espita de la información para todos. Ahora bien, quiero algo importante lo más pronto posible.

—Lo tendrá —aseguró Margot.

Cuando colgó el teléfono, se quedó muy preocupada. No le gustaba redactar la información a medias con su compañero. Debía advertir a los inspectores que tuvieran cuidado con lo que contaran al periodista. Nadie en la prensa conocía tampoco a ciencia cierta qué hacía ella dentro de la brigada. El desconocimiento entre los periodistas de su participación en la investigación era total. No deseaba que nadie se enterara. Respiró hondo y entró de nuevo en el comedor.

—¿Ocurre algo? —comentó Frances al verla más pálida.

—Bueno, sí… Ha muerto en extrañas circunstancias la hija de los condes de Romelinos —dijo de pronto. No tenía sentido ocultarlo.

—¿En extrañas circunstancias? ¿No será otro asesinato? —preguntó a bocajarro su tío Julián.

—Sí. Eso parece.

Disimuló sentándose a la mesa para tomar el té que acababa de servirle Sátur. No quiso hacer ningún comentario más. Sus tíos y Camila estaban impactados con la noticia. Comentaban extrañados que ambos asesinatos se hubieran producido tan seguidos y en personas de la alta sociedad.

—¿Y no tendrán relación entre sí las dos muertes? —Julián se dirigió a su sobrina.

—No lo sé. No tengo ni idea —contestó Margot, haciéndose la ignorante.

Removía un azucarillo en su té sin levantar la mirada de la taza. Todos estaban deseando que les dijera algo más, pero no soltaba prenda.

—¡Qué fatalidad! —Julián encendió su pipa. Necesitaba pensar. Y comenzó a fumar—. Seguro que Parker tendrá su particular opinión a este respecto. Tiene un sexto sentido difícil de igualar.

Margot pensó que su tío tenía razón. Llamaría a su amigo Harry en cuanto pudiera quedarse a solas. Mientras tanto, Frances continuó la conversación.

—Conozco a la condesa. Es muy melómana y hemos coincidido en algún concierto benéfico cuando hemos venido a España.

—Yo, lógicamente, sé más de él —replicó Julián—. Le van bien las cosas con sus ganaderías. Sé que estaba de cacería con otros matrimonios en África. Siente pasión por cazar leones y elefantes. Tiene su finca en La Granja llena de trofeos. Parece más la casa de un taxidermista.

—Tienen más hijos, ¿verdad? —comentó Frances.

—Creo que la chica que han asesinado era la pequeña; los

mayores están casados y con hijos. Era la única mujer y soltera —dijo Julián.

Margot, que seguía callada como si no supiera nada, levantó la cabeza al escuchar el último comentario de su tío, pero decidió que era mejor no decir nada de momento. Camila la miraba y no articulaba tampoco una sola palabra. Estaba segura de que Margot tenía mucha más información. Sátur escuchaba desde lejos todo lo que se hablaba en la mesa. Le resultaba extraño que la joven no abriera la boca en una reunión familiar.

—Lo mejor sería que, hasta que se resuelva todo, volvieras con nosotros a Londres —sugirió su tío—. No me gusta lo que está ocurriendo.

—Pero ¿por qué? Yo solo trabajo y me veo con mis conocidas: Cayetana y Aline. No sé cuál es el peligro —replicó Margot—. Tampoco hay que preocuparse más de la cuenta. Siempre voy acompañada.

—Está bien, si te llama de nuevo el comisario, di que no vas a colaborar más con ellos. No quiero que corras riesgos —comentó su tío.

—Pero ¿cómo voy a decir eso? Habrá que ayudar a la policía a resolver este y cualquier caso. Además, de momento puedes estar tranquilo, porque no me ha llamado. —Margot intentaba tranquilizar a su tío—. Tía Frances, deberíamos ir pensando en acercarnos al taller de Casares. Se está haciendo tarde.

Miró su reloj. Estaba ansiosa por encontrarse con el modisto cara a cara.

—Tienes razón. Esta noticia me ha trastornado. La vida sigue. Voy a por mis cosas y salimos.

A los pocos minutos, se habían colocado ya el abrigo y un

sombrero a juego. Estaban listas para salir hacia la calle Ayala, donde tenía Casares el taller. Dejaron a Julián muy pensativo en el sofá del salón, mientras las volutas de humo del tabaco alcanzaban el techo y creaban un ambiente nebuloso. Pensaba en lo que acababa de acontecer. No sabía si debía regresar a Londres o retrasar el viaje. Al llamar al embajador, supo que debía seguir con el plan previsto. Le estaban esperando en la embajada y, además, parecía que iba a abrirse otra crisis y debía intentar pararla.

Margot condujo su descapotable con tanta rapidez que llegó a la calle Serrano en pocos minutos. A su tía le gustaba mirar los escaparates, sobre todo de las joyerías. La joven aparcó su coche rojo en la calle perpendicular, en Ayala. Tan solo tuvieron que andar unos pocos pasos hasta alcanzar el portal. El portero se apresuró a abrirles la puerta del ascensor y, a la hora convenida, tocaban el timbre del taller.

—¿A quién tengo el gusto de anunciar? —preguntó la antipática ama de llaves.

Iba uniformada con un traje negro y un mandil con puntillas blancas.

—A la señora de Martín-Briz y a su sobrina —contestó Frances.

Margot miró hacia abajo. No quería que la reconociera como la periodista que había entrevistado al modisto. Pero justo antes de entrar a la sala donde estaba Casares, salió a su encuentro Juan Palomeque, su pareja y mano derecha.

—¡Sean bienvenidas! —El joven les tendió la mano.

Juan Palomeque la reconoció nada más verla.

—¿Margot Sanz Peters? —preguntó extrañado.

—Sí, estuve aquí para entrevistar a Casares. Hoy vengo

como clienta con la intención de hacerme unos trajes —dijo con timidez.

—Me acuerdo de usted. Estuvo en el funeral de Genoveva, ¿verdad? Le diré a don Pedro que están aquí.

A los pocos minutos, las hicieron pasar. Casares estaba de espaldas, mirando por el gran ventanal que daba a la calle. Le recordó a la portada de la revista *Siluetas*, que recogió la misma escena. El fotógrafo lo había capturado en una situación idéntica. Se dio la vuelta y, al verlas, siguió con su rictus serio.

—Señoras, bienvenidas.

Estaba tranquilo, frío, como siempre. Sin un gesto que lo humanizara. Nada. Otra vez la expresión marmórea con la que lo había conocido la joven periodista.

—La última vez que nos vimos, me lo ha recordado Palomeque, fue en el funeral de la marquesa de Torquemada —comentó la joven.

—Sí. Es cierto. ¡Ya me dirán qué es lo que desean de mis servicios! —preguntó con sequedad. Continuaba con la bufanda alrededor del cuello, incluso en el taller.

Casares no hizo ningún comentario más, y eso que la muerte de la marquesa había sido el tema central de las conversaciones en la alta sociedad.

—Quería que le hiciera varios trajes de chaqueta a mi sobrina, y a mí un vestido de noche —indicó Frances—. Mañana me iré a Londres, pero regresaré aproximadamente en un mes y medio. Por lo que no me podré hacer la primera prueba.

—No se preocupe. Le cogeré las medidas y pasaremos directamente a la segunda prueba cuando usted esté aquí —confirmó el modisto—. Si quiere, señorita, puede ir escogiendo algún figurín con mi ayudante.

—Está bien —declaró Margot, algo incómoda.

Casares se quedó a solas con Frances y Margot pasó a la sala contigua, donde tenían los figurines de la nueva colección. Fue allí donde intentó averiguar algo de lo sucedido.

—¡Qué terrible lo que ha pasado con la hija de los condes de Romelinos!

—No sabemos nada. ¿Qué ha ocurrido? —dijo sin más.

—Al parecer, ha sido asesinada. Era clienta de esta casa, ¿verdad? —Margot intentaba sonsacarle.

—Puede que sí. ¡Son tantas clientas! ¡Vayamos a su traje! —Y le mostró los figurines.

Le extrañó su reacción. El vestido de novia de Casilda lo había entregado el día anterior. No hizo ningún comentario al respecto. Dos asesinatos de mujeres que conocían y no salía nada por su boca. Le pareció que tanto Casares como el joven eran dos seres sin sentimientos.

Margot miró los bocetos y seleccionó varios. Con ellos en la mano, fue de nuevo al encuentro del modisto.

—¡Don Pedro, la señorita ya ha escogido! —dijo su ayudante.

Casares le pedía a su amante que delante de las clientas le llamara de usted. Resultaba ridículo cuando todo el mundo conocía su relación, al menos, entre la clientela. La tía le pidió opinión a su sobrina.

—Mira, Margot. Me gustan estas dos telas. ¿Cuál debería escoger?

Una era de tafetán lila a juego con una organza del mismo tono y la otra era de seda adamascada de color guinda.

—Las dos me parecen preciosas. Quizá la de color guinda me guste más para ti —sugirió.

Casares no dijo si le parecía bien o mal. Simplemente se dispuso a tomarle medidas. Llevaba al cuello la cinta métrica y comenzó a utilizarla con maestría. Primero le sugirió a Frances que se pusiera en posición erguida. Después tomó la medida del contorno de cuello, de pecho, de cintura y, finalmente, de cadera. Por último, le cogió el largo de manga y de falda. Después se acercó a mirar la tela elegida; la acarició con sus manos grandes y estilizadas.

—Opino como Balenciaga: las telas hablan y nos dicen a los modistos qué es lo que debemos hacer con ellas —expuso Casares.

El diseñador cogió la tela, se la echó por el brazo y la dejó caer hasta el suelo.

—Uno no puede ir en contra de la tela, sino a favor de ella. Es la única manera de que el vestido no se deforme ni se arrugue —declaró de forma casi solemne—. Dior añade algo más: «Balenciaga hace lo que quiere con las telas y los demás lo que podemos». Pues eso. Vamos a intentar hacer algo bello.

—Admira muchísimo a Balenciaga.

—No lo puedo negar. Le he visto hacer un vestido de novia con tan solo una costura. Minimalismo puro. Además, está constantemente innovando. Ahora le debemos el gazar aplicado a la alta costura.

—¿Qué es el gazar? —preguntó Margot—. Lo desconozco por completo.

—Se trata de una tela tejida en seda. De traza uniforme y urdimbre regular, semitransparente y con cuerpo. Algo parecido a la organza, pero más tupida y un poco más rígida. —No contestó Casares, sino Palomeque.

Frances escuchaba la explicación del modisto sobre la idea que tenía del vestido de noche con la tela elegida. Siguió sus consejos y no tardó en decidirse. Cuando todo estuvo claro, Casares empezó con Margot. Esta aprovechó que se encontraba a escasos centímetros, tomándole medidas, para hablar del último crimen, a pesar de que ya había tanteado a su ayudante unos minutos antes.

—¿Se ha enterado de la muerte de la hija de los condes de Romelinos? —preguntó a bocajarro.

Ante su silencio, Frances habló por él.

—¡Es horrible! Dos muertes tan seguidas y de personas de nuestro entorno.

—No sabíamos nada. —Palomeque salió al paso.

Casares, impasible, seguía a lo suyo. Margot volvió a intentarlo.

—¡Clienta suya! —insistió.

Después de un silencio, el modisto se decidió a hablar.

—Sí, como muchas damas de la alta sociedad que son clientas mías.

Margot no soportaba su prepotencia, pero disimuló.

—¿Dicen que usted le había hecho el traje de novia que iba a utilizar en unos días? —La joven subió la apuesta.

—Justamente se lo entregamos ayer. —Volvió a anticiparse Juan Palomeque, que minutos antes no había querido hablar.

—No lo pudo lucir —habló Casares—. Una pena para ella y una pena para mí. Nos esforzamos mucho en hacer una verdadera obra de arte que jamás verá nadie.

Lo dijo sin transmitir ningún tipo de emoción. Parecía de mármol, en vez de carne y hueso.

—¿Estará preocupado ante lo que está sucediendo? —Margot insistía.

—No entiendo su pregunta. —Al fin había despertado su interés.

—Me refiero a que si está afectado por el hecho de que hayan asesinado a dos de sus clientas.

—¡Claro! Ahora debería ser la policía la que nos diga qué está pasando. Por cierto, no parece ser muy eficaz, ¿no cree? No salimos de una muerte y ya estamos en otra. Yo solo hago vestidos e intento que todas mis clientas se sientan bellas cuando llevan mi ropa —sentenció el modisto, impasible.

Casares acabó de anotar las medidas y salió un momento de la estancia. Juan Palomeque le acercó a Margot diferentes telas y ella fue escogiendo unas y desechando otras. Casares regresó con un cigarrillo en la mano.

—¿Usted le llevó el vestido a la joven infortunada? —Margot dirigió la pregunta a Palomeque.

—No. Tenemos varios recaderos para entregar los encargos. Es muy raro que yo me mueva de aquí.

Su tía, que no se enteraba de nada, sonreía. Estaba contenta con la elección de su sobrina. La antipática ama de llaves les ofreció tomar un té o un jerez, pero rechazaron ambas cosas.

Palomeque le indicó a Frances la señal que debía dejar para iniciar el trabajo. Esta pagó al contado y le pidió a Casares que se dieran prisa en hacerle a Margot la primera prueba.

—Tiene que acudir a muchos actos y necesita cambiar muy a menudo de traje —insistió la tía.

—La llamaremos pronto para la primera prueba. Ya sabe, sobre una *toile*. Ahí haremos todos los ajustes.

Ahora Margot era quien se sentía ofendida. La trataba de ignorante. Como si jamás le hubieran hecho un traje de chaqueta a medida. Tragó saliva y continuó.

—Gracias. Una cosa más. ¿Qué joya le pegaría a mi tía con ese traje color guinda que ha escogido? —Encontró la excusa perfecta para hablar del rubí.

—Los diamantes siempre son una buena elección —comentó Casares, que seguía fumando impasible.

—¿Y los rubíes? —repreguntó.

—Nada más bonito que un collar de rubíes birmanos sangre de paloma, que son los más caros pero también los más bellos. Es la piedra de los elegidos.

—Ya veo que es un gran conocedor de las piedras preciosas —dijo Frances—. Sabe usted de todo.

—¿Y el rubí tiene algún significado más allá de su hermosura? —perseveró Margot simulando una pregunta inocente.

—Veo que tiene usted mucha curiosidad. Pues le diré que sí. El rubí es fuego. Se asocia al poder, a los reyes, a los nobles... Y como todas las piedras, repercute y tiene efectos sobre quien lo lleva. Por ejemplo, aleja las energías malignas. —El modisto se explayó en la información.

—¿Las energías malignas?

—Sí. Son piedras adecuadas para hacer el viaje al más allá.

—¿Cómo los egipcios? —dijo Frances con interés—. En Londres hay mucha curiosidad por las excavaciones y las tumbas de los faraones. Allí es donde he oído que se hacían enterrar con oro y piedras de gran valor.

—Algo parecido. Las joyas son escudos en vida y en la muerte —afirmó él.

Margot se quedó pensativa. Ahora ya tenía la información sobre el significado del rubí, al igual que Ansorena le había hablado de los zafiros. Sabía que las piedras tenían un componente ritual en los crímenes, solo necesitaba averiguar cuál era. Frances y Margot se despidieron de Casares. A la joven le dijeron que la llamarían en un par de semanas. Juan Palomeque las acompañó hasta la puerta.

Hasta que no bajaron las escaleras y salieron del portal, tía y sobrina permanecieron calladas.

—¿Qué te ha parecido el modisto? —preguntó Margot a Frances.

—Bien..., peculiar. Muy serio para mi gusto, una persona sin expresión. Lo importante es que cose de maravilla —precisó.

—Sí, cose muy bien. Eso es innegable. No acabo de entender su frialdad. Parece que ni siente ni padece. Y su ayudante, igual. Su infancia debió ser terrible.

—Al final, somos producto de nuestra infancia —admitió su tía.

—Nunca te agradeceré lo suficiente lo que tú y el tío hicisteis por mí.

Frances la abrazó.

19

La noticia corrió como la espuma

La radio ya informaba del asesinato de la hija de los condes de Romelinos. Sátur se lo dijo a Margot nada más entrar por la puerta. El locutor aseguraba que el cuerpo sin vida de la joven había sido descubierto en su casa. También daban la noticia de que la policía encontró a la víctima con el traje de novia puesto. El dato de que llevara el suntuoso vestido blanco que pensaba lucir el día de su boda añadía más tragedia a su muerte. Afortunadamente para la policía, no facilitaron datos sobre la marca que había en su cuello, señal de que había sido estrangulada. Tampoco hablaban del rubí hallado en su mano izquierda, ni del dedo anular de su mano derecha seccionado.

Sátur estaba muy afectada por los nuevos detalles que había escuchado en la radio. El aparato se encontraba en un lugar preferente de la cocina, en la estantería frente a los fogones, compartiendo el mismo espacio que los tarros con legumbres, harina y diferentes especias. A ratos lo ponía y a ratos lo quitaba para canturrear alguna copla antigua e intentar amortiguar las noticias que la impactaban. Sin embargo, desde el último asesinato, no lo apagaba nunca. Igualmente, Camila no se alejaba de la cocina como muestra de su preocupación ante la muerte de dos mujeres de la alta sociedad. Sátur le trasmitía las novedades y ella intentaba asimilar las informaciones que tocaban tan de cerca a Margot. A fuerza de escuchar las voces que salían por el transistor, el español le iba resultando más inteligible.

Ese día, durante el almuerzo, no se habló de otra cosa. Julián había estado conversando con algunos amigos cercanos a los condes de Romelinos. Al parecer, los padres de la víctima estaban teniendo verdaderas dificultades para regresar a España desde el corazón de África. Lógicamente se quedaron muy impactados con la noticia de la muerte de su hija pequeña, Casilda. El hijo mayor de los condes, Juan, y su hermano Gonzalo se estaban haciendo cargo de todo en ausencia de sus padres.

Margot se limitó a escuchar. No quiso que se le escapasen datos de la investigación. Sátur la miraba sin pestañear mientras servía la sopa juliana. Intuía que manejaba información que todavía no había salido a la luz. Solo hacía falta observarla y ver lo extrañamente callada que estaba. Camila, por su parte, disimulaba hablando y dando la razón a Julián sobre lo ocurrido.

El segundo plato fue un pastel de carne al estilo inglés, elaborado por Camila, que gustó mucho en la mesa. Margot comía y callaba. Frances, al ver lo incómoda que parecía su sobrina, cambió de conversación. Les dijo a todos que iba a estar muy guapa con los trajes que Casares iba a confeccionar para ella.

—Como todos los artistas, es un hombre muy interesante y reservado.

—Es una forma muy elegante de calificar a la persona más rara que he conocido en mi vida —sentenció Margot.

Se apresuró a hablar para no dar opción a que regresara la conversación sobre el asesinato. Sin embargo, su tía fue la responsable de que el tema volviera a la mesa.

—Te diría que su mano derecha, aún más raro. No sé por qué no hicieron ningún comentario sobre el asesinato y sobre el traje de novia que llevaba puesto la hija de los condes. Lo habían confeccionado en el taller, ¿no, Margot?

—Sí. Estos crímenes los ha cometido alguien despechado. Tal vez un antiguo novio de la joven o su prometido. Incluso puede que estemos hablando de la misma persona que mató a la marquesa de Torquemada —insinuó Julián.

Margot miraba el plato y comía sin hacer comentarios. En los postres pidió permiso a su tío para levantarse.

—¿No tomas nada más? Sátur ha aprendido a hacer el *syllabub*. Le ha salido muy bueno —insistió su tía—. ¡Con lo que te gusta la crema!

—Tengo que ir a *Siluetas*. Se me está haciendo tarde. —Miró su reloj—. ¡Dejadme un poquito!

Se despidió de sus tíos y de Camila con un beso. También se acercó a la cocina y le guiñó un ojo a Sátur. Le susurró al oído un «¡gracias!» que solo ella escuchó. Era su cómplice y la fiel guardiana de sus secretos.

Frances y Julián se quedaron conversando con Camila en una sobremesa que se prolongó una hora más. Se dejaron esa tarde sin compromisos, mientras apuraban sus últimas horas en España. Necesitaban hablar de Margot y de cómo la dama inglesa debía exigirle más en sus horarios de regreso a casa.

—*She's working very hard, only going out for work. You should be proud of her.* —Les decía que solo tenían motivos para estar orgullosos de Margot, una joven muy trabajadora cuyas salidas de casa eran solo de trabajo.

—Pero nos preocupa que, tanto usted como Sátur, se acuesten sin esperarla —comentó Frances.

—Esto pienso que deben corregirlo —observó Julián antes de dar una calada a su pipa.

—*This will not happen again. Keep calm. I'll be waiting for her every day.* —Camila respondió que no volvería a ocurrir y que se encargaría ella personalmente de esperarla para su tranquilidad.

—Por favor, Margot lo es todo para nosotros —insistió Frances.

Su sobrina era como una hija desde que murió su hermana. Ya no dijo nada más. Se levantó de la mesa y se fue a su cuarto. Quería tener preparadas las maletas. Le costaba dejar a su sobrina sola con lo que estaba pasando. Desde el fallecimiento de su hermana y su cuñado en el accidente de coche del que nunca se hablaba, se convirtió en la tutora y responsable de Margot. La consideraba su niña, la hija que nunca había podido alumbrar. A todos los efectos ejercía de madre. No la había parido, pero la sentía como suya. Su conexión con la joven era total.

Esa tarde, Margot no fue a la revista *Siluetas*. Mintió a sus tíos por no disgustarlos. Dirigió sus pasos a la Puerta del Sol para acudir a su encuentro con el comisario. Mientras caminaba por la calle del Carmen, ensimismada en sus pensamientos, se iba encontrando con gente visiblemente eufórica. No sabía qué era lo que sucedía y se dirigió a un corrillo en el que hablaban a voces.

—¿Qué es lo que pasa? —preguntó con curiosidad.

—¡Que vuelven! ¡Están vivos!

—¿Quiénes?

—¡Los voluntarios de la División Azul que cayeron en manos de los rusos!

Se quedó perpleja. Se trataba de la noticia del regreso de los más de doscientos voluntarios de la División Azul que partieron a Rusia en 1941 para combatir en la Segunda Guerra Mundial. Por fin eran repatriados, tras haber sido prisioneros de las autoridades soviéticas durante más de una década. En el mismo barco iban otras diecinueve personas que habían desertado y cuatro adolescentes que en su día partieron como «niños de la guerra», en 1937, y ahora regresaban como hombres y mujeres hechos y derechos. También volvían diecinueve marinos mercantes y quince alumnos de aviación de la República. Todos regresaban a casa ante la incredulidad de sus familias. Y lo hacían a bordo de un buque con nombre de reina asiria, Semíramis. Habían partido de Odessa en marzo y un mes después atracaban en el puerto de Barcelona.

Margot pensó que esa noticia les iba a dar un respiro para la resolución del asesinato de la marquesa de Torquemada y de la hija menor de los condes de Romelinos. El hecho de que el interés informativo se trasladara a la llegada de cientos de personas dadas por muertas o desaparecidas, en el mejor de los casos, la tranquilizó. España se preparaba para uno de los momentos más emotivos de los últimos años.

Sin embargo, al llegar a la brigada, los inspectores seguían con cara de pocos amigos. No había euforia, sino todo lo contrario. Debían encontrar al asesino o asesinos de las dos mujeres y no tenían ninguna pista firme. Margot les pidió que pusieran la radio. Probablemente, la noticia del regreso de cientos de personas en el Semíramis iba a desviar la atención de los dos asesinatos.

—Hay una explosión de alegría en la calle. ¿Os habéis dado cuenta? —dijo a los agentes.

—Sí, lo sabemos. Compañeros de la Político-Social se trasladaron al puerto de Estambul hace unos días para saber quiénes eran en realidad los que regresaban y qué ideología abrazaban después de tanto tiempo. Tras la muerte de Stalin, la Cruz Roja francesa ha ayudado para que este regreso fuera posible —explicó Gutiérrez.

—Imagino que muchas familias ya los daban por muertos —siguió comentando Margot.

—Incluso muchas madres iban de luto, y algunas mujeres habían rehecho sus vidas y se habían casado de nuevo —añadió comentando Gutiérrez.

—Vaya. Lo de las mujeres que han rehecho sus vidas puede ser un problema.

El comisario entró y escuchó el final de la conversación.

—Esta noticia nos dará un margen frente a las autoridades. Durante varios días, nuestros asesinatos estarán oscurecidos por el Semíramis. Nos dará un respiro. ¡Aprovechémoslo! —El comisario venía a dar la razón a Margot.

—Esta mañana, las radios contaban al detalle el último asesinato. No sé de dónde ha salido la información —señaló Margot.

—Alguna de las autoridades habrá hablado con directores de periódicos, y de ahí a la radio hay un paso muy corto. —El comisario sabía cómo funcionaban las fugas de información.

—Mi compañero de *El Caso*, José María de Vega, también llevará este tema por su cuenta. ¡Cuidado con lo que se le dice desde la brigada! Contará hasta el detalle más pequeño sin valorar que la investigación se pueda resentir.

—Si llama a la brigada, me lo pasáis a mí —ordenó el comisario.

—Está bien —respondió Gutiérrez—. El director me ha asegurado que no llamará aquí, pero no me fío de que respete mi parcela. —Margot insistía en avisar.

—Estamos advertidos —dijo Morales con malos modos—. Volvamos a lo importante.

—Debemos interrogar de nuevo a los sospechosos del primer crimen y añadir al antiguo novio de la última víctima y a su prometido. Ahí están las claves —comentó el comisario.

Sonó el teléfono de la brigada y, mientras Benito Poveda continuaba hablando, Gutiérrez atendió la llamada. Al rato, tocó el hombro de Margot para decirle que era Parker desde Londres.

—¿Parker? —preguntó extrañada.

—Sí.

Pidió permiso al comisario y fue a atender la insólita llamada de Harry.

—¿Sí?

—Margot, ¡por fin te localizo!

—¿Es tan urgente para llamarme a la brigada?

—Sí. Me ha dicho tu tío lo del segundo asesinato —exclamó—. He estado reunido estos días con expertos italianos y americanos. Todos hablan entusiasmados de un aparato que detecta las mentiras. Puedo hacerme con uno para que podáis usarlo con vuestros sospechosos. Se trata de una técnica que lleva cincuenta años utilizándose en Italia. Cesare Lombroso fue el pionero, el que utilizó estímulos del cuerpo, como la sudoración, el ritmo cardiaco y la respiración, para saber si un detenido dice la verdad. Iba a llamar al comisario, pero quedaría muy raro que tú, mi novia, no supieras nada —apuntilló Parker.

—Gracias. Sí, se notaría demasiado nuestra propia mentira —dijo susurrando para que nadie la escuchara.

—Esta técnica desarrollada en Italia también tiene mucha fuerza en Estados Unidos —continuó explicando—. En la Universidad de Berkeley la han bautizado como «detector de mentiras». Un tal Larson, relacionado con la Escuela de Policía de esta ciudad, ha sido el primero en aplicarlo y registrar simultáneamente la respiración y la respuesta cardiovascular con el propósito de detectar el engaño. ¿Por qué no utilizarlo en España?

—Espera. ¿Cuándo podríamos tener una de esas máquinas? —preguntó con interés.

—Viajaré a España en breve y la llevaré conmigo. ¡Coméntaselo al comisario!

—Muchas gracias. Creo que puede ser de mucha utilidad.

Margot colgó y esbozó algo parecido a una sonrisa. Le gustó que la llamase para hablarle de esa novedad. Podría dar luz a estos casos que se les estaban resistiendo y enquistando.

La joven se unió de nuevo al grupo y, cuando el comisario le dio la palabra para preguntarle sobre sus últimas pesquisas, habló de su encuentro con Casares.

—He estado con él y reconoce que ese traje de novia que llevaba Casilda era suyo. Pero poco más, no suelta prenda. No muestra emoción alguna cuando le comento que las dos víctimas eran clientas suyas. Asegura que, en realidad, no hay nadie entre la nobleza y la alta sociedad que no sea su clienta, —Margot se mostraba resignada.

—Que sean sus clientas no le convierte en sospechoso —añadió Morales—. Yo, sin embargo, he citado al novio, el doctor Ángel Biosca. Vendrá al salir del hospital, sobre las seis de la tarde.

—¡Está bien! —Al comisario se le notaban las ojeras. No había dormido en toda la noche—. No descartemos que el asesino vuelva a actuar en un tiempo récord. Le gusta tenernos en jaque. El ritual de los dedos seccionados, las piedras preciosas en el puño izquierdo... ¿Qué nos querrá decir?

Como nadie se atrevió a hacer una reflexión en voz alta, Margot habló de nuevo.

—Las está señalando por algún motivo —comentó—. La marquesa tenía relaciones con otros hombres. Y esta joven a punto de casarse a lo mejor no quería a su futuro esposo. Era una boda de conveniencia y el asesino lo sabía. Casares me comentó que el rubí rojo tiene un significado muy curioso. Es la piedra de los elegidos y, por otro lado, ayuda a alejar las energías malignas. Pero dijo más: «Son piedras adecuadas para hacer el viaje al más allá».

—Está claro que Casares está como una chota —comentó Morales.

—Dejemos hablar a la inspectora Peters —le increpó el comisario—. ¡Siga adelante con su reflexión!

—Creo que eso que ha dicho Casares y lo que me contó el joyero de Ansorena en su día, dan sentido a todo. Con el zafiro parece que el asesino acusaba a la marquesa de infiel. Hubo algo moral en ese asesinato. Y ahora, con el rubí nos dice que había energías malignas que debían eliminarse, porque seguramente se iba a casar con quien no amaba. Vuelve a erigirse en Dios de la moral.

Hubo un silencio que rompió el comisario.

—Lo que dice tiene sentido, inspectora. Esas dos mujeres no querían ni a su marido ni, tal vez, a su novio. Lo podremos corroborar al interrogar a su prometido. Pero la pregunta es: ¿quién lo hizo? Es evidente que las conocía a las dos.

—Ahora resulta que es un asesino con moral —señaló Morales—. Las mató porque una era mala esposa y la otra, una mala novia. Sabemos que las cosas no son así de sencillas. A veces, se mata por contagio. Un asesino ha despertado a otro asesino. Sin más.

—Sin embargo, pienso que la teoría de Peters de un asesino que se cree en posesión del bien y del mal resulta coherente —añadió Gutiérrez—. Además, si no fue el mismo asesino, ¿por qué les seccionó el dedo anular y les puso la piedra en la mano izquierda? ¿Uno tenía información del otro?

Margot continuó seria, pero por dentro agradeció el apoyo del inspector que más la había ayudado hasta el momento.

—Suárez, está usted muy callado —dijo el comisario.

—No acabo de ver esa teoría, ni la de Morales. Pienso que el que mata lo hace cuando puede, sin más. Por el placer de matar. Un *tarao*, alguien que ha visto que no lo hemos pillado a la primera y nos está poniendo en jaque. Sinceramente, si no lo atrapamos pronto, seguirá matando. Es la misma persona en los dos casos.

—Interesante su reflexión. De modo que cree que seguirá matando al sentirse impune. —El comisario escuchaba a Suárez con interés.

—Eso es —contestó el inspector.

—Por cierto, comisario —tomó la palabra de nuevo Margot—. Me ha llamado Parker para decirme que tiene en su poder una máquina muy útil para detectar mentiras. Viene con ella en su próximo viaje, por si queremos utilizarla.

—¡Hombre! Llevo años oyendo pros y contras sobre esa máquina. Me gustará verla. Si los sospechosos se ofrecen de forma voluntaria, podríamos utilizarla, aunque sin ninguna validez judicial. ¿Cuándo dice que viene Parker? —quiso saber el comisario.

—En breve, me dijo.

—Está bien.

La reunión terminó y cada uno se fue a su mesa. Margot se sentó frente al inspector Gutiérrez. A la espera de que llegara el prometido de Casilda, la joven siguió elucubrando en silencio sobre el nexo entre ambos asesinatos. Pensó en los jóvenes a los que había interrogado. Mario Jiménez de las Heras, el joven que no se quitó el guante, hijo del secretario del ministro de la Gobernación, demostró ser violento. Sin embargo, su mano izquierda lo invalidaba para asfixiar a nadie. Y Juan Ignacio del Castillo, el hijo de los condes de Tomares, el que afirmó estar enamorado de la marquesa a pesar de la diferencia de edad, lo que tenía era miedo. Estaba convencido de que el marido de Genoveva era el asesino y ahora iría a por él. Aunque a los dos los descartaba, había que averiguar si conocían a la joven, a la segunda víctima. Y el marido de la marquesa, al que todos señalaban, quedaba excluido, al menos de momento. No había una ligazón entre un asesinato y otro. Ni tan siquiera los negocios del marqués y los del conde de Romelinos tenían nada en común. Uno había invertido en acero y el otro, en cabezas de ganado. ¡Nada! Lo único que tenía claro Margot es que el asesino se codeaba con la alta sociedad o pertenecía a ella.

Diez minutos después, apareció un hombre bien vestido, con un traje gris y un sombrero del mismo color. Tenía un pequeño bigote alrededor de la boca y el pelo engominado. Sus manos eran tan largas que parecían de pianista.

—¡Doctor Biosca! El comisario le está esperando. Pase a su despacho. —Gutiérrez salió a su encuentro.

Al rato, el inspector le pidió a Margot que pasara también.

—El comisario quiere que estés presente en el interrogatorio.

Cogió su cuaderno de notas, una pluma y entró en el despacho de Eusebio Benito Poveda. Tenía curiosidad por saber cómo se expresaba el médico y cómo había recibido la noticia de la muerte de su prometida.

20

El novio de Casilda

El despacho no estuvo a oscuras durante el interrogatorio al doctor Ángel Biosca. El flexo de la mesa tampoco iluminaba su rostro. Había luz en toda la habitación y el comisario le dio un trato distinto al de los otros interrogados. Margot imaginó que se trataba de una estrategia diferente, aunque el fin fuera el mismo: llegar a la verdad. O simplemente que, por evidente, lo habría descartado incluso antes de comenzar a hablar.

—Doctor, le acompaño en el sentimiento. Ha tenido que ser muy doloroso para usted conocer la noticia del asesinato de su novia. —El comisario se levantó y le dio la mano.

—La peor de las noticias. Teníamos todo preparado para contraer matrimonio en dos semanas.

El médico se tragó las lágrimas y continuó mirando al comisario fijamente a los ojos, esperando sus preguntas. Parecía tranquilo, pero el movimiento constante de su pie derecho evidenciaba que no estaba cómodo.

—Imagino que no habrá ido a trabajar —supuso el comisario.

—Sí, he ido. Los pacientes no tienen por qué saber que su médico ha perdido a su prometida en tan horribles circunstancias. La noticia está en la radio, pero no ha trascendido mi nombre ligado a la crónica de sucesos. Yo soy médico por encima de todo.

—¿Qué es lo que sabe sobre lo ocurrido? —comenzó a preguntar el comisario.

—Lo que están diciendo..., que murió por asfixia. Parece ser que llevaba puesto el traje de novia. Imagino que se lo estaría probando. Yo sabía que se lo entregaban ayer.

Hizo un silencio y bajó la cara. El comisario no habló hasta que transcurrieron unos segundos. Antes, se encendió un cigarrillo.

—Doctor, ¿quién cree que pudo hacerlo?

—No se me ocurre. No tenía enemigos. Al menos, eso creía.

—¿Estaba ilusionada con la boda o la vio preocupada estos últimos días?

—Imagino que todas las novias están preocupadas antes de la boda por que todo salga bien. No hubo nada que me pareciera anormal —declaró.

—¿Estaba enamorada?

Se produjo un silencio incómodo que duró solo unos instantes. Después volvió a responder:

—¡No me esperaba esa pregunta! Creo que uno no se casa si no está enamorado. Yo sí lo estaba. Imagino que ella también. Nunca podemos saber qué piensa la otra persona por mucho que creamos conocerla. Ella tampoco es..., bueno, era... muy expresiva. —Biosca se sinceró con el comisario.

—Es decir, ¿no la veía con la ilusión que uno espera de una novia?

—A veces tenía la impresión de que sus padres la empujaban a este matrimonio. Y otras, tenía la certeza de que me quería.

—Digamos que usted tenía la duda.

—Si hubiera tenido dudas, no hubiera dado el paso de ir al altar. No entiendo que cuestione nuestra intención de casarnos —recriminó.

El comisario dejó de fumar y aplastó la colilla con energía sobre el cenicero que tenía en la mesa.

—Las preguntas son incómodas, pero tanto usted como yo queremos acercarnos a la verdad de este crimen. ¿Llegó a conocer usted a su anterior novio?

—Sí. Al final, nos movemos en un círculo pequeño.

—¿Le cree capaz de asesinarla? —preguntó directo el comisario.

—Solo puedo poner la mano en el fuego por mí y por nadie más. No sabría decirle. Tiene un carácter muy fuerte. Hemos tenido algún que otro encontronazo en lugares públicos. Aparecía cuando menos lo esperábamos.

—¿Él a qué se dedica? ¿Lo sabe?

—Trabaja en el negocio de su padre: compra y vende coches extranjeros.

—Por lo tanto, viaja mucho a otros países.

—Sí, sobre todo a Alemania e Inglaterra.

—¿Era una persona celosa? ¿Cómo llevaba el que ustedes se fueran a casar?

—Bueno, es un tipo que no sabe estar en su sitio. Cuando la veía en alguna reunión o acto en el que coincidíamos, se acercaba a ella con cualquier excusa, aunque yo estuviera delante. ¡Un caradura! ¡Un sinvergüenza!

—Usted no lo traga.

—No. Si ahora mismo le veo, me daría la vuelta. No quiero que se me acerque a dar el pésame. Tampoco creo que tenga la poca vergüenza de hacerlo —afirmó sincero el médico.

Cerró el puño derecho y lo envolvió con la mano izquierda.

—Veo que hay animadversión entre ustedes dos.

—¡Espero no verlo estos días, porque no sería dueño de mis actos! —dijo casi a modo de amenaza.

—¿Está convencido de que fue él? —Al comisario parecía que no se le acababan las preguntas.

—Su nombre aparece constantemente en mi cabeza.

—¿Qué le podría haber llevado a asesinarla?

—El hecho de pensar que Casilda se iba a casar conmigo. Imagino que él eso no lo podía soportar. Debió de llegar a la conclusión de que, o con él, o con nadie. ¡Un monstruo! Goya lo retrató como ninguno en la figura de Saturno devorando a uno de sus hijos. ¡Terrible!

Margot le pasó un papel al comisario donde se podía leer: «¿Puede preguntarle si conocía a la marquesa de Torquemada y si su novia llevaba un anillo en el dedo anular?». El comisario encendió otro cigarrillo y continuó:

—¿Tuvo conocimiento del asesinato de la marquesa de Torquemada?

—Sí, ¡y quién no! Además, su viudo es paciente mío. Anualmente viene a mi consulta.

—De modo que conocía más a su marido que a ella.

—De ella tenía referencias por el marqués. La pareja no

estaba atravesando un buen momento, como imagino que sabrán. ¿Cree que ambas muertes pueden estar relacionadas? —El interés de Biosca parecía sincero.

—Me interesa más saber qué piensa usted.

—No lo sé, la verdad. Dos muertes tan seguidas... Pero ¿por qué iban a tener relación una con otra? El caso de la marquesa fue un robo, ¿no? Al menos eso es lo que dicen.

—Doctor, soy yo el que formula las preguntas. ¿Usted le regaló a su novia algún anillo? ¿Uno de los que las novias llevan siempre en el dedo?

—Una alianza, sí. ¿Por qué me lo pregunta? Podrán comprobar que tiene una inscripción con mi nombre, Ángel. Igual que yo llevo otra con el suyo.

Mostró su anillo al comisario, sin quitárselo del dedo. Era una alianza sencilla de oro que seguía en su mano como promesa del casamiento que jamás se llevaría a cabo. Bajó la cabeza y ocultó sus lágrimas durante un largo rato. El comisario observó lo afectado que estaba y decidió no continuar con el interrogatorio.

—Por mi parte no hay más preguntas. Le pido que no salga de viaje sin avisarme —le informó.

—No tengo pensado ir a ningún lado. Cuando hoy he terminado de trabajar y de ver a mis pacientes, se me ha venido el mundo encima. He pensado en Casilda y en cómo han tenido que ser sus minutos finales. Confío en que no haya sido una agonía prolongada.

—No le puedo decir. Todo pertenece al secreto del sumario. Confíe en nosotros. Lo dicho, le acompaño en el sentimiento.

El comisario se levantó y le tendió la mano de nuevo. El médico salió de allí más compungido de lo que había entrado. Gutiérrez lo acompañó a la salida y Margot se quedó a solas con don Eugenio.

—¿Qué piensa, inspectora? —Benito Poveda volvió a encender un cigarrillo.

—A mí me ha convencido. Me he creído por completo su versión.

—Estoy de acuerdo, no creo que tenga nada que ver con el asesinato —aseveró el comisario. Habrá que escuchar al novio ese al que odia tanto.

Margot y el comisario salieron del despacho. Este le pidió a Morales que localizase al antiguo novio y lo citara. Se trataba de Juan Pérez de las Casas, hijo único de una familia adinerada. Desde adolescente tenía fama de bala perdida, aunque no dejaba de ser un buen partido para cualquier joven casadera.

—Señores —comentó el comisario—, busquemos en este río. Creo que podremos pescar al asesino. Tengo esa intuición.

Margot se sentó en la mesa de Gutiérrez, intentando encontrar un nexo entre el antiguo novio y las dos mujeres.

—¡Suárez! —habló el comisario en voz alta—. Monte una vigilancia discreta en torno al domicilio del antiguo novio de la joven. Mañana, tarde y noche. Quiero saber qué hace, qué lee, qué come, con quién se relaciona... ¡Todo!

—Está bien. Me centro en ello, pero Morales lo quería citar.

—Sí, lo sé. Usted, inspector, procure que no le vean durante el interrogatorio. Necesito que lo pueda vigilar de cerca sin que intuya que es policía.

—¡Está bien!

Margot sacó su agenda de teléfonos y llamó a Aline Griffith. Después de preguntarle por su familia, fue al grano. Sabía que entre las familias aristocráticas no se hablaba de otra cosa: la muerte de la hija de los condes de Romelinos. Con su acento norteamericano, le informó del temor entre las mujeres de la alta sociedad. Creía que las dos muertes podrían estar relacionadas entre sí. Aline no era una dama al uso, se trataba de alguien que ayudó a su país en la Segunda Guerra Mundial y trabajó para la OSS, la Oficina de Servicios Estratégicos de Estados Unidos.

—Margot, hay que saber muy bien con quién nos relacionamos, porque desconocemos si estamos haciéndolo con el mismísimo diablo —advirtió la estadounidense.

—Está claro que el asesino conocía a las dos víctimas. Pienso como tú —confirmó Margot.

—¡Por supuesto! Yo tengo cargada mi pistola y no me separo de ella —confesó, cómplice—. Te aconsejo que hagas lo mismo. El asesino forma parte de nuestro círculo.

—¿Conoces a Juan Pérez de las Casas? ¿El antiguo novio de la hija de los condes?

—Me lo presentaron el día de la fiesta de máscaras. Estuvo allí hasta que…, bueno, ya sabes.

—¿Recuerdas de qué iba disfrazado?

—Creo que de arlequín, pero no me hagas mucho caso. Había muchos arlequines esa noche.

—¡De arlequín! ¡Cómo no! Fue al baile del Ritz y llevaba mal que Casilda se casara.

—¿Es importante este dato? ¿Sospechas de él? —se interesó Aline.

—No sé, cualquier dato es importante en estos momentos. ¿Recuerdas si bailó con la marquesa?

—Fue uno de los que la sacaron a bailar, sí. Ya veo, intentas encontrar un punto de conexión.

—¿Sabes por qué motivo lo dejaron Casilda y él? —Margot se refería a la segunda víctima.

—Me temo que por los celos. Casilda se vio forzada a dejarlo por sus padres. No les gustaba el chico. Sin embargo, veían con muy buenos ojos al doctor Biosca. Pero no parecía muy enamorada, la verdad. Hablabas con ella y daba la impresión de que iba al patíbulo en lugar de al altar. —Aline le proporcionó todos los detalles que conocía.

—No sé, la policía está muy despistada —habló como si ella no estuviera colaborando en el caso.

—Hay crímenes que jamás se resuelven, querida. Me da la impresión de que se trata de una *vendetta* del asesino contra ambas. Si rebuscamos en el pasado, casi todo tiene explicación. La policía debería indagar en el pasado de ambas.

Margot reflexionó un momento sobre lo que le acababa de decir Aline. Su amiga la sacó de nuevo del ensimismamiento.

—No te he dado la enhorabuena por el artículo de *Siluetas*. Ha quedado estupendo —exclamó con entusiasmo la estadounidense.

—Gracias, pero con tanto jaleo ni siquiera he tenido tiempo de verlo —confesó Margot.

—Y Pedro está fantástico, tan elegante, con ese aire ausente... Una tragedia para él que dos de sus mejores clientas hayan sido asesinadas. Eso no es buena publicidad para su negocio. Además, fui yo quien le presentó a la marquesa de Torquemada —se lamentó Aline.

—Estuve ayer en su taller con mi tía, y lo cierto es que no me pareció que estuviera afectado.

—Es poco expresivo, pero se había convertido en el confidente de la marquesa —señaló Aline—. Bueno, Casares es un poco el confidente de todas, pero jamás contaría a nadie nuestros secretos. Se trata de un modisto medio confesor que se cree con los mismos deberes que un páter de no revelar secretos.

—Sí, no me ha contado absolutamente nada de la marquesa ni de Casilda.

Margot se quedó pensando unos instantes mientras su amiga seguía hablando al otro lado del teléfono.

—¿El traje que llevaba Genoveva en el baile se lo hizo él? —preguntó de nuevo por la primera víctima.

—¡Por supuesto! La marquesa solo vestía de él. Por la mañana, por la tarde y por la noche. Estaba permanentemente renovando su vestuario.

—¿Sabes si los zafiros tenían para ella un significado especial?

—Le gustaban las joyas en general, pero desconozco si, de todas las piedras preciosas, el zafiro era su preferida. ¿Por qué lo preguntas?

—Bueno, alguien lo insinuó. —No quiso decirle nada de la piedra que había aparecido en su mano izquierda.

—Quien sabe mucho de joyas es Casares —sugirió Aline.

—Lo sé. Me asesoró ayer sobre qué piedra era la más adecuada para según qué vestido —afirmó Margot, pero no le dio más información.

Aline confesó a su interlocutora que hablar de estos sucesos le estaba poniendo mal cuerpo. Intentó desviar la atención hacia otro evento que iba a concentrar a gran número de personas conocidas. Chicote, el barman más famoso del momento, había sido condecorado por el Consejo de Ministros de Franco. Precisamente, agradecido por este reconocimiento, iba a dar una fiesta en su local y le había pedido ayuda para convocar a personas de su entorno. Todavía quedaba tiempo, pero le pidió que anotara la fecha en su agenda. Margot le dijo que contara con ella.

En cuanto colgó a la condesa de Quintanilla, se fue directa al despacho del comisario. Le contó la conversación que había mantenido con ella y se reafirmó en que el antiguo novio de Casilda, la segunda víctima, tenía muchas papeletas de ser el sospechoso que buscaban. También había estado en el Ritz, en la fiesta de máscaras, y había bailado con la marquesa. A lo mejor no tenían que buscar más, le dijo.

—¡Suárez! —gritó el comisario desde dentro del despacho—. ¡Vaya con un coche de la brigada a los aledaños del domicilio de Pérez de las Casas! Le ha tocado pasar la noche en vela.

El inspector se acercó para saber exactamente qué es lo que quería que hiciera.

—Vigile toda la noche. No vaya a ser que salga inesperadamente de viaje. Mañana por la mañana le relevará Morales. Por la tarde será Gutiérrez. No le demos tregua desde por la mañana. ¡Que sienta el aliento de la policía! —ordenó el comisario.

La joven miró su reloj y le pidió permiso para irse de allí. Iba a ser la última noche de sus tíos en España. Su cara de preocupación era evidente.

—Sí, vaya. No sea que se enteren de que pasa usted por aquí más tiempo que en ningún otro sitio —apuntó el hombre.

—¡Gracias!

Según salía de la brigada, se quedó pensativa. ¿Por qué había dicho esas palabras? ¿Cómo sabía el comisario que sus tíos no aprobarían que colaborase con la policía? A veces, su jefe la sorprendía. Era como si conociera las conversaciones que sostenía con ellos en privado.

De regreso a casa, andando por Madrid ya con las farolas encendidas, siguió encontrándose con grupos de personas que aplaudían el regreso de los voluntarios de la División Azul. Imaginaba cómo estaría Barcelona ante la llegada de más de doscientos antiguos combatientes. La emoción se podía palpar en el ambiente a cientos de kilómetros.

Precisamente, al llegar a casa, la conversación de sus tíos había derivado hacia esa otra gran noticia: el retorno de tantas personas que se daban por muertas.

Se cambió de ropa y enseguida se juntaron todos para aprovechar la que sería la última cena en familia. Sátur había preparado un puré de verduras con picatostes y, de segundo, rosbif. El asado de buey era lo que más le gustaba al tío Julián. De postre, flan de huevo. Una vez que terminaron, pasaron al salón para hacer la sobremesa. Julián y su sobrina fumaron en pipa y compitieron por las volutas más grandes. Hubo risas y, sobre todo, muchos consejos antes de irse a la cama.

—¡Prométeme que no vas a quedarte a solas con ningún joven que no conozcas sobradamente! —pidió su tío.

—Tío, no voy con jóvenes. Solo con compañeros de trabajo que son mayores que yo. Mis salidas son para ir a trabajar. Nada más —afirmó Margot.

—Pues no estaría de más que salieras con Cayetana y su círculo —apuntó su tía—. Me gustaría que te enamoraras de un joven bien establecido.

—Lo que está claro es que el asesino pertenece a ese círculo, a ese ambiente. La seguridad absoluta no existe.

—Pues hasta que no se resuelva, procura salir lo menos posible —recomendó su tía.

—Lo sé. ¡Tranquilos!

Se despidió de ellos y se fue a dormir. En la cama comenzó a escribir en tarjetones los nombres de los jóvenes a los que habían interrogado. Al lado anotó sus impresiones. Los extendió encima de la colcha e hizo una especie de mapa con ellos. Observó los nombres una y otra vez. Algo se le estaba pasando por alto. Finalmente, el sueño la venció.

21

La despedida

La tía Frances no pudo reprimir las lágrimas al despedirse de su sobrina. Pasaría mucho tiempo antes de verla de nuevo. Le dio un abrazo fuerte y prolongado. El tío Julián ironizó con su mujer: «¡Suéltala, que la vas a romper!».

El día anterior le compraron a Margot una pequeña caja fuerte y le dieron dinero suficiente para que se administrase y no pasara ningún apuro hasta que regresaran. El matrimonio le dejó a Camila la responsabilidad de vigilarla más de cerca, y a Sátur la de alimentarla bien. Sobre todo porque, en este viaje, la habían encontrado «más flacucha».

Llegó el momento de salir de casa y Julián apremió a su mujer por miedo a perder el vuelo. Frances miró a su sobrina una última vez y volvió a abrazarla. Margot lo pasó muy mal. Detestaba las despedidas.

—¡Cuidaos vosotros! Sabéis que sois lo más importante para mí —declaró con cariño.

Aunque deseaba recuperar su autonomía, ciertamente sentía la marcha de sus tíos. Eran el único nexo con su familia materna. Al mirar a Frances, de alguna manera veía a su madre. Se parecían mucho, incluso en la forma de expresarse. Cuando su tía la abrazaba, era como si lo hiciera su madre también. Se apretaron mucho al despedirse. Margot tenía muy presente el último abrazo que le dio su madre antes de emprender el viaje del que no volvió. Por eso, en el momento de las despedidas se le hacía un nudo en el estómago. Sentía miedo a la pérdida. No lo podía evitar. Temía que la vida volviera a golpearla como ya lo había hecho por partida doble. Eso la hacía vulnerable ante los viajes de sus tíos y ante cualquier adiós.

—Llamadme en cuanto lleguéis a la embajada, por favor —pidió.

—Sí, sí. Descuida —dijo su tío. Y tú ¡no trabajes tanto!

—Soy adulta y sé cuidarme. No sufráis por mí. Por cierto, imagino que lo sabéis: Parker va a venir pronto.

—Que venía a España, sí. Lo que no imaginaba es que se pusiera en contacto contigo. Me parece que a Parker le gustas... —comentó la tía con complicidad.

—No digas esas cosas... Solo es un amigo. Yo no me quiero ennoviar ni nada por el estilo —recordó Margot.

—¡Deja a la chica! No necesita de nadie para salir adelante. Te diría más, a nosotros tampoco.

—Eso no es verdad. Os necesito más de lo que pensáis. ¡Cuidaos! —fue lo último que les dijo mientras sus tíos bajaban las escaleras.

Sátur y Camila observaron desde la puerta toda la escena. Nunca habían visto a Margot con tanto sentimiento. Camila sabía perfectamente lo que estaba pasando por su mente. La ausencia de sus padres había dejado en ella muchos miedos que disimulaba con un carácter fuerte. Una especie de coraza que se había afianzado en ella con el paso de los años.

El portero se hizo cargo del equipaje y un taxi esperaba a Frances y a Julián en la puerta para llevarlos al aeropuerto. La joven se acercó al gran ventanal para verlos subir al coche. Por unos segundos se quedó mirando la calle y, cuando vio alejarse el taxi, sintió de nuevo un pinchazo en el estómago. No pronunció una sola palabra y se dirigió al despacho. Cerró la puerta y se puso a escribir. Una vez más, el trabajo salía en su rescate.

Camila y Sátur se miraron y decidieron no comentarle nada. Sabían que, aunque se hacía la fuerte, lo pasaba mal cuando se separaba de sus tíos.

En los días siguientes, escribió sin parar; sobretodo el reportaje para *El Caso*. Lo hacía muy rápido, contando historias colaterales a la investigación. Al terminar, comunicó a Camila y Sátur que saldría a llevar su artículo al periódico.

—¿Vendrá a comer, señorita? —preguntó Sátur.

—Lo intentaré, pero tendré que hacerlo en cinco minutos. Hoy debo llegar pronto a la Puerta del Sol. Bueno, ya sabéis.

—Sabemos y, porque sabemos, nos preocupamos —comentó Sátur—. ¡Esta chiquilla!

—*Eat something before you leave.* —Le decía Camila que no debía irse sin tomar algo.

—Ahora no me entra nada. Haré lo posible por venir a mediodía.

Margot se fue a su habitación y, mientras se vestía, cogió la pistola que tenía guardada debajo del colchón. Comprobó que estaba el seguro puesto y la metió en su bolso, siguiendo el consejo de Aline Griffith.

Tuvo que arreglarse en un abrir y cerrar de ojos y salir de

casa todo lo rápido que pudo. Incluso llegó a bajar las escaleras del portal de dos en dos. Tomó la primera bocacalle a la izquierda, la calle de la Salud, para llegar a la plaza del Carmen, donde se encontraba el garaje en el que guardaba su coche. Necesitaba conducir. Sentarse al volante le hacía olvidar la sensación de soledad que le había dejado la marcha de sus tíos días atrás.

Al llegar a la calle Jordán, pudo aparcar fácilmente. Subió las escaleras como si fuera una atleta y se paró en la puerta de la redacción para respirar y coger aire antes de tocar el timbre. Abrió Clotilde, la secretaria de redacción, y justo detrás de ella, reptando por el suelo, apareció Leopoldo.

—¡Has crecido mucho, Leopoldo! Ya no eres el pequeño lagarto que me encontré en la bañera. Eres todo un señor cocodrilo. —Le pareció que Leopoldo entendía sus palabras y que, con su boca abierta, incluso quería decirle algo.

—Le gustas a Leopoldo —dijo Clotilde irónicamente.

—¿Qué le dais de comer? —preguntó Margot.

—Pescado. Todo tipo de peces. ¡Es todo un presupuesto para esta redacción! —aseguró la secretaria.

—El próximo día, te traeré uno —dijo Margot al cocodrilo.

—Al menos, nos tiene la redacción limpia de arañas, cucarachas y cualquier insecto... ¡Es una ventaja!

Margot sonrió y le entregó su artículo. El director no estaba y había solo dos o tres redactores escribiendo en las aparatosas Hispano Olivetti de la redacción.

—Si quieres ver al equipo directivo, tendrás que ir al bar de enfrente —avisó Clotilde.

—No. Tengo mucha prisa. Prefiero que se lo des tú.

Antes de irse, le preguntó si José María de Vega ya había

entregado su reportaje. La secretaria le contestó afirmativamente. Aprovechando que no estaban sus jefes, se lo dejó leer. Le hizo una señal a Margot para que no dijera nada y pasara al despacho del director. Al entrar, vio de refilón el titular y por poco tropieza con Leopoldo: «El asesino de las damas les seccionó el dedo anular de la mano derecha». Citaba fuentes de la investigación. Se quedó helada. No esperaba que esa información tan trascendente fuera a salir de alguno de sus compañeros. Su enfado era monumental, pero disimuló. Ya había advertido en comisaría que podía pasar y, finalmente, había ocurrido. Se quitó el abrigo y se sentó a leer el resto de la información. Al terminar, habló sinceramente con Clotilde.

—Después de ver lo que ha escrito Vega, debo modificar alguna cosa de mi artículo. Por favor, no digas nada.

—Soy una tumba. —La secretaria hizo un gesto de cerrarse la boca con los dedos.

Clotilde le cedió su máquina de escribir, pero antes Margot intentó localizar al comisario. No fue demasiado difícil, puesto que ya estaba en la Puerta del Sol trabajando. Sin ningún tipo de preámbulo, le contó lo ocurrido.

—Señor comisario, les advertí que, si se le daban información a José María de Vega, lo iba a contar todo con pelos y señales. El titular de su artículo dice que el asesino ha seccionado el dedo anular a las dos mujeres.

—¡Por Dios! ¿Quién está tan loco como para contarlo? —maldijo Benito Poveda.

—A mí me deja en muy mal lugar, señor comisario. He escrito un artículo muy genérico donde me he centrado más en detalles como el vestido de novia. El director pensará que no me entero de nada estando allí con usted. No le extrañe que me quiten de la brigada y pongan a José María de Vega.

—No, eso no lo voy a consentir. Déjeme pensar... Hable usted del detector de mentiras que traerá Parker —sugirió—. Diga que haremos una prueba voluntaria entre los conocidos y familiares de las víctimas que no tengan ningún inconveniente en someterse a la máquina. Manifieste que aquellos que no quieran someterse a ella quedarán en evidencia. Deje claro que no tiene valor judicial, pero sí valor moral. Creo que por ahí puede tirar de un hilo interesante para que no quede usted fuera de juego en el periódico. Es evidente que hay alguien dentro de la brigada que desea perjudicarla. Lo peor de todo es que también daña la propia investigación.

—Puedo imaginar de quién se trata —dijo Margot en voz baja.

—Yo también. Hablaré con él.

Los dos pensaron en el inspector Morales, que tanta animadversión mostraba hacia Margot. Nada le sacaba más de quicio que el comisario la tratara como una inspectora más. Incluso, que fuera ella quien estuviera presente en todos los interrogatorios. Desde que había llegado, Morales no había vuelto a estar en ninguno.

Cuando colgó, puso en la máquina de escribir dos papeles en blanco y uno de carboncillo entremedias y empezó a teclear. Tituló: «La máquina de detectar mentiras llega a la Brigada Criminal». Y como subtítulo: «Será voluntario someterse a ella para la resolución de los dos últimos crímenes». Habló de cómo la policía italiana y la norteamericana la utilizaban para señalar a los criminales. Una máquina que se basaba en parámetros físicos, cardiovasculares y pulmonares, así como en la sudoración del que se sometía a ella. Añadió que la traería a España un importante investigador británico. Después, aportó datos curiosos sobre el traje de novia y sobre Pedro Casares, el cada vez más famoso diseñador. El vestido lo había confeccionado en seda traída de la India. Afirmó que la policía estaba tras la pista de un sospechoso, al que estaban siguiendo de cerca. Concluyó el artículo y entregó el nuevo original a Clotilde.

—Le he hecho una modificación. Aquí lo tienes.

—¡Muy bien! Se lo daré al director. ¿Qué hago con el otro?

—¡Rómpelo!

Margot se quedó con una copia del nuevo y la guardó en su bolso.

—Ahora sí que me voy de verdad. Dile al director que, si necesita cualquier aclaración, que me llame. Me voy a Sol.

—Está bien. Se lo diré.

—Muchas gracias. —Se agachó para despedirse de Leopoldo, que no se dejaba acariciar por nadie salvo por ella—. ¡Hasta pronto, Leopoldo! Deberías morder en el pie a José María de Vega. Así sabría lo que es bueno.

Clotilde sonrió y sujetó al cocodrilo para que no se fuera detrás de ella. Cerró la puerta con fuerza con el fin de evitar que el animal se escapara.

Cuando Margot se subió al coche, apretó el acelerador. No deseaba encontrarse con el director ni con nadie de la redacción que la entretuviera más de la cuenta. No podía dejar de pensar en el inspector Morales.

—*It will be disgusting!* —En inglés le salió en voz baja, pero un «¡será asqueroso!» sí se oyó bien fuerte mientras iba al volante.

Aparcó el coche en el garaje, pero no le dio tiempo a ir a comer en casa. Bajó andando hasta la Puerta del Sol y, una vez allí, saludó discretamente a todos. Gutiérrez era el único ausente, estaba siguiendo al antiguo novio de Casilda. Margot dejó sus cosas en una silla y se fue directamente a hablar con Morales. No hubo ningún preámbulo, fue directamente al grano.

—Te dije que no hablaras con José María de Vega —le increpó directamente—. Va a contar lo del dedo anular seccionado. ¿Estás loco? ¿De qué vas, me lo puedes decir?

—Tú no eres nadie para darme lecciones de lo que tenemos o no tenemos que hacer —replicó Morales, casi en un enfrentamiento.

—Eran instrucciones del comisario. ¿No te das cuenta de que Vega va a revelar un secreto de la investigación?

—No tenemos nada. De modo que no veo en qué nos puede afectar.

—Tu odio hacia mí te lleva a perjudicarnos a todos. ¡Eres un mal compañero!

—A mí no me insultes —amenazó envalentonado.

Las voces iban subiendo de tono. El comisario salió de su despacho y los invitó a los dos a pasar. Antes de decir nada, se sentó detrás de la mesa y meditó unos segundos sus palabras.

—Señores, no sigan poniéndomelo difícil. Es la última vez que discuten delante de todo el mundo.

Los dos se retaron con la mirada, pero guardaron silencio.

—Señor Morales, se ha ido usted de la lengua comprometiendo la propia investigación.

—Pero si...

—Aquí no hay peros que valgan —interrumpió el comisario—. Si no está conforme, ahí tiene la puerta. Como vuelva a filtrarse más información del caso, le pondré de patitas en la calle. No preguntaré si ha sido usted o no. Directamente, lo echaré. ¿Me ha entendido?

—Perfectamente. —Se levantó con malos modos de la silla.

—Aún no he terminado. ¡Siéntese! —ordenó furioso—. Respete a su compañera, la inspectora Peters. La necesitamos aquí mal que le pese a usted. También le pido que respete mi decisión. No acabo de entender su actitud.

—¿Ha terminado? —Siguió con muy malos modos.

—¡No! Somos un equipo y usted no va a decir nada que yo no quiera que se filtre. ¿Me ha entendido, verdad? ¡Nada! —dijo en un tono muy fuerte—. Eso que se va a publicar en *El Caso* me va a suponer muchas preguntas de periodistas y de políticos. Si le llaman de cualquier periódico o radio, me lo pasa a mí. Si se filtra algo más, insisto, le haré responsable. Ahora sí puede irse.

Morales se levantó y se fue del despacho refunfuñando. Cuando se quedó a solas con el comisario, Margot le dio las gracias.

—Jamás me he sentido tan respaldada —reconoció—. ¡Es una suerte trabajar a su lado!

—Deberíamos plantearnos contratarla —expuso con sinceridad.

—Creo que de momento hago un doble servicio si permanezco en la prensa. Pienso que puedo ser más útil.

—Creo que tiene razón.

Días después irrumpió en la brigada el inspector Gutiérrez. Venía sudoroso y con la mitad de la camisa por fuera. Se fue al despacho del comisario.

—Está aquí el que fue novio de Casilda de los Llanos. Me ha costado convencerlo para que viniera. He estado a punto de esposarlo por desacato —afirmó Gutiérrez.

—Está bien. ¡Hágale pasar!

Margot, que hacía días que esperaba ese momento, se levantó y apagó la luz del despacho a la vez que el comisario encendía el flexo. Al rato, Gutiérrez les presentaba a Juan Pérez de las Casas.

—Aquí está el señor Pérez.

—¡Pérez de las Casas, para ser más exacto! —dijo puesto en pie frente a la mesa donde estaba el comisario—. ¿Se puede saber qué quieren ustedes de mí?

—Haga el favor de sentarse y conteste a las preguntas que le vamos a formular.

—¿Estoy detenido?

—No. Todavía... Díganos, ¿dónde se encontraba usted la tarde en la que Casilda fue asesinada?

—Estaba en mi casa.

—¿Había alguien con usted que lo pueda corroborar?

—El servicio.

—¿Conocía usted a la marquesa de Torquemada?

—Sí. Pero ¿qué tiene que ver ella con Casilda? —preguntó.

El comisario tenía paciencia, pero, cuando llegaba a su límite, era implacable.

—Usted limítese a contestar. ¿Fue disfrazado de arlequín a la fiesta de máscaras, ¿verdad?

—Sí, pero ¿eso es relevante?

—Sabemos que la sacó a bailar.

—¡Por supuesto! Yo y veinte jóvenes más que estábamos con ella. No la dejamos parar en toda la noche. Era una persona muy divertida... Estaba muerta en vida.

—¿Muerta? ¿A qué se refiere? —insistió el comisario.

—Bueno, quiero decir que su marido no se portaba bien con ella.

—Quiere decir que moralmente... no se portaba bien.

—Exacto.

—¿Usted se considera el guardián de la moral de la alta sociedad?

—No sé qué quiere decir con eso.

—Que a usted le molestaba la actitud del marqués hacia su mujer. ¿Verdad?

—Sí.

—¿Qué le pareció su asesinato?

—Mal... No entiendo. ¿Qué me va a parecer?

—¿Y el asesinato de su antigua novia, Casilda?

—Mal también. Iba a casarse con ese matasanos, aunque me seguía queriendo.

—¿Y eso? ¿Cómo lo sabía?

—Todo el mundo lo sabía. Ella se casaba por conveniencia, por seguir la corriente a sus padres.

Margot escribió en un papel: «Pregúntele por las alianzas y por el zafiro y el rubí. Exploremos sus conocimientos sobre piedras preciosas». El comisario lo leyó y se encendió un cigarrillo. El joven pidió un vaso de agua, que Gutiérrez trajo inmediatamente.

—Señor Pérez de las Casas, ¿le gustan las joyas?

—Pero eso ¿a qué viene ahora?

—¡Conteste! —le conminó Gutiérrez.

—Sí, me gustan.

—¿Le gusta coleccionar alianzas de pedida?

—¡Por supuesto que no!

—Y las piedras preciosas... ¿tienen para usted algún significado? Por ejemplo, el zafiro.

—No sé qué quiere que le diga. Las piedras preciosas me parecen muy bonitas. Y el zafiro, pues la verdad es que me gusta mucho.

—¿Y el rubí?

—Bueno, me gusta todavía más. Pero ¿qué me están preguntando? Parece que se hayan vuelto locos. ¿A cuento de qué viene todo esto?

—Usted es el que tiene que contestar, no nosotros.

—Oiga, mire. No me gusta el tono que está utilizando conmigo. Me voy a ir...

—Usted no va a ir a ninguna parte. Se va a quedar con nosotros en el calabozo hasta que el juez nos diga qué hacer con usted.

—He dicho que me voy... Me están haciendo perder el tiempo. —Se levantó Gutiérrez y lo frenó—. ¡No me toque! ¡Déjeme en paz!

Le dio un manotazo al inspector y Gutiérrez lo redujo.

—¿Qué hace? —preguntó Pérez de las Casas, realmente confundido.

—Ponerle las esposas.

—Señor Pérez, vaya pensando en llamar a su abogado. Pasará esta noche a buen recaudo.

—Esto es una tropelía. ¡Suéltenme!

Morales se acercó al oír los gritos y ayudó al inspector Gutiérrez a llevarlo a los calabozos. El joven no paró de gritar en toda la noche y de advertirles que su detención no iba a quedar impune.

—Señores —el comisario se dirigió a todos—, creo que tenemos al asesino. Este joven tiene algo en su mirada que te hiela por dentro. Mañana volveremos a interrogarlo. Necesitamos su confesión. Margot, será usted la encargada del interrogatorio.

—¿Yo?

—Sí, usted. Demuestre a todos su capacidad para sonsacar a los malhechores.

—Está bien.

22

Terremoto informativo

La publicación de *El Caso* provocó tal demanda de información en las redacciones de periódicos y radios que la presión sobre la policía no se hizo esperar. El hecho de que el asesino hubiera seccionado el dedo anular de ambas víctimas generaba más preocupación en una población que no entendía qué estaba pasando. El semanario se agotó a las pocas horas de salir a los quioscos. También fue muy comentado el hecho de que iba a llegar a España una máquina que ayudaría a la policía a discernir si los investigados decían la verdad o mentían.

Los teléfonos no dejaron de sonar durante todo el día en la Brigada de Investigación Criminal. Cuando apareció Margot, había tres agentes más como refuerzo a la escasa plantilla policial. También se encontraba en las dependencias el comisario jefe, Juan Bilbao, que llevaba una hora reunido con el comisario Eugenio Benito Poveda. Habían llamado desde el Ministerio de la Gobernación y apremiaban a la dirección de la policía para que resolvieran el caso que estaba provocando tanto temor en la población femenina.

Margot se sentó, como siempre, en la misma mesa que el inspector Gutiérrez. En un tono confidencial se refirió a la situación que se estaba viviendo.

—Mucho revuelo por aquí, ¿no?

—Si Morales no hubiera hablado, no estaríamos ahora así —se quejó.

—El asesino estará satisfecho. Los criminales tienen mucho de narcisistas. Desean que el público, ávido de este tipo de noticias, sepa que no es casual lo que hacen, sino que matan por alguna razón —explicó el inspector.

—Eso es perverso, porque así se justifican. El que se atreve a matar tiene la maldad en el cuerpo. Nada más. La sociedad pretende envolver este tipo de comportamientos en tesis sobre las frustraciones. Sin embargo, el que mata lo hace porque le gusta y no da valor a la vida del otro. Se cree en un plano superior —argumentó Margot.

—Lo terrible del que cruza la línea roja, como tú dices, es que quiere repetir.

—Afortunadamente, podríamos tener al asesino de las dos mujeres en el calabozo. El comisario está convencido de ello. ¿Cómo ha pasado la noche? —preguntó Margot.

—Insultando a la policía y pidiendo que le pusiéramos en libertad. ¿Estás preparada para interrogarlo?

Margot afirmó con la cabeza y sacó el cuaderno con las preguntas que había preparado. Desde que se lo avanzó el comisario, no había dejado de pensar en ello. Probablemente iba a vivir el momento profesional más importante de su vida. Estar cara a cara con alguien que podría ser un asesino múltiple le aceleraba el corazón. No iba a ser fácil. Antes tendría que sonsacarle su confesión de culpabilidad.

El comisario le había dicho que en cada interrogado tenía que aplicar una técnica distinta. Pero lo fundamental era «acorralarlo con las preguntas para que la mentira quedara en evidencia». Eso es lo que pensaba hacer, empujarlo a que confesara él mismo la verdad.

Media hora más tarde, el comisario jefe salía del despacho de Benito Poveda. No se paró con ellos, sino que se limitó a decir en voz alta: «¡Señores, hagan su trabajo!». No añadió nada más. En esa pequeña frase había implícita una crítica. Daba la sensación de que les reprochaba que hasta entonces no lo habían hecho. Se miraron entre ellos un tanto desconcertados. Al rato, se asomó el propio Benito Poveda al umbral de la puerta y pidió a Gutiérrez y a Margot que se acercaran hasta su mesa.

—Las cosas están muy mal —se sinceró—. Necesitamos la confesión del detenido. Confío en que le arranque una rotunda declaración inculpatoria, inspectora Peters. De no ser así, rodarán cabezas. Gutiérrez, ¡traiga al detenido! —ordenó—. Y usted, inspectora, acerque su silla y siéntese a mi lado. Hoy el peso del interrogatorio lo va a llevar usted. Puede hacerlo. De modo que no se ponga nerviosa.

—Está bien —dijo con fingida calma.

Margot tragó saliva y se trasladó al otro lado de la mesa, junto al comisario. Fijó la mirada fija en la puerta y esperó a que apareciera el detenido. El comisario encendió un cigarrillo. Margot se acordaba de la pipa de su padre. Pensó que debería llevarla siempre encima, le hubiera calmado los nervios. Intentó disimular, pero movía el lápiz con los dedos como la baqueta de un tambor contra el cuaderno que tenía apoyado sobre la mesa.

Al rato apareció con las manos esposadas Juan Pérez de las Casas, custodiado por Gutiérrez y Morales. Este último se fue una vez que sentaron al detenido en la silla. Por el desaliño que presentaba Pérez de las Casas, era evidente que no había logrado dormir esa noche, en el calabozo.

—Si no hace usted ninguna tontería, le quitaremos las esposas para el interrogatorio —dijo el comisario.

—Se lo agradezco. Tengo ganas de que toda esta pesadilla acabe cuanto antes. ¿Por qué me han encerrado?

Gutiérrez le quitó las esposas y lo primero que hizo el sospechoso fue atusarse el cabello y mirar indistintamente a Benito Poveda y a Margot. Le extrañó ver a una mujer al otro lado de la mesa. Margot comenzó el interrogatorio de forma directa.

—Señor Pérez de las Casas, está aquí porque se han cometido dos asesinatos. Han muerto dos mujeres que, casualmente, conocía usted.

—Que las conociera a las dos no me convierte en sospechoso —arguyó.

—En absoluto. Queremos que nos diga qué hacía usted cuando se cometieron ambos asesinatos —dijo Margot con mucha mano izquierda—. En el primero, usted estaba en el baile, incluso bailó con la víctima. Además, iba vestido de arlequín, exactamente igual que la última persona que la vio con vida. ¿Qué nos puede decir ante tantas coincidencias?

—No sé qué decirle... ¿Me podrían dar un vaso de agua? —pidió.

Pérez de las Casas se mostraba muy nervioso. No podía hablar con la boca seca. Gutiérrez le acercó un vaso y le sirvió agua de la jarra que siempre tenía el comisario. Después de beber un gran sorbo, continuó.

—Las casualidades existen. Yo fui al baile, la saqué a bailar e iba vestido de arlequín. Todo eso es cierto, pero yo no la asfixié —se defendió.

—¿Por qué habla de asfixiar? Yo no he dicho eso —dijo Margot, muy seria.

—No lo sé. Lo leí o lo escuché en algún sitio.

—¿Con qué lo hizo? ¿Cómo la mató? —quiso saber Margot, dando por hecho que era culpable.

El comisario la observaba con admiración. Iba directa y sin rodeos. Tampoco dejaba de mirarle a los ojos ni un segundo.

—Señorita, ¿por qué presupone que lo hice yo? —preguntó elevando el tono.

—Inspectora, si no le importa —advirtió el comisario—. Conteste por favor.

—Sabía que la habían asfixiado porque, como les he dicho, lo oí en la radio o lo leí en algún periódico. No lo sé. No tengo ni idea de cómo la mataron, pero yo no lo hice.

—Será más fácil para todos que confiese cómo lo hizo.

—¡Me quieren cargar con las dos muertes! ¡Pues soy inocente!

Hubo un silencio y al rato Margot continuó.

—¿Dónde estaba usted el día que murió su novia?

—No era mi novia, fue mi novia. Y ya se lo he dicho, estaba en casa.

—Ella muere justo el día que recibe el traje de novia. ¿No le parece extraño?

—Puede que sí...

—¿Usted manifestó a gente del entorno de la joven que no le hacía ninguna gracia que contrajera matrimonio?

—Sí. No hay nada de malo en eso.

—¿Por qué no quería que se casara con el doctor Biosca?

—Porque no estaba enamorada de ese matasanos. Iba a cometer una tontería que le pesaría toda la vida.

—Y por eso usted decidió acabar con su vida...

—¡No! —gritó poniéndose de pie—. ¡Yo no he hecho nada! No consiento más insinuaciones perversas.

Miró a Margot de forma amenazante, pero ella mantuvo su mirada retadora. Continuó sentada en la silla sin mover un solo músculo. El comisario medió.

—¡Haga el favor de sentarse! Está usted siendo interrogado y debe mantener las formas. Nos queda claro que usted es una persona violenta. ¡Cálmese!

El detenido se sentó y bebió agua. Intentó respirar hondo antes de seguir.

—¡Continúe! —le dijo el comisario a Margot.

—¿Cuál fue la última vez que se vio con doña Casilda de los Llanos?

—No lo recuerdo.

—¿No fue ese mismo día en que murió?

—No lo recuerdo —insistió.

—¿No recuerda usted si la vio o no la vio el mismo día que la asesinaron?

—Puede que la viera...

—¿A qué hora se vieron y dónde?

—En su casa, sí. No recuerdo la hora exacta.

—¿Le ayudo a refrescar la memoria? Usted estaba allí cuando recibió el traje de novia. No pudo reprimir su sentimiento de odio y se dijo a sí mismo: «O para mí, o para nadie». Y la asesinó.

—¡No es cierto! La vi antes de que le llegara el vestido. Me fui de allí compungido, porque nos amábamos. Ella iba a cometer una locura.

—¿Qué ha hecho con los anillos de su novia y de la marquesa?

—No entiendo.

—Usted se los ha quedado. Les seccionó el dedo anular para quitárselos.

—¡Qué dice! ¡Están todos locos!

Le dio el dato que ya venía en la prensa y quiso observar su reacción. Se quedó lívido.

—¿Quién puede haber hecho algo así? —añadió Pérez de las Casas.

—¡Usted! —respondió rápido Margot.

—¡No! ¡Eso no es cierto! No me hable así o... —Se volvió a poner de pie sin dejar de mirar a la inspectora.

—O ¿qué? ¿Cuál es su amenaza? —El comisario salió al quite.

Pérez de las Casas se volvió a sentar. Parecía abatido.

—¿Por qué quiso acabar con sus vidas? —insistía Margot.

—Yo no he matado a nadie... ¿Cómo quiere que se lo diga?

Ya no la miraba, mantenía la vista baja.

—Le conviene a usted confesar. Los criminales sienten alivio cuando les pillamos. Ya no tienen que esconderse. Su conciencia también descansará.

—Yo no maté a Casilda y tampoco maté a Genoveva... Veo que me quieren endosar ambas muertes. Necesito hablar con un abogado. No quiero contestar ninguna pregunta más.

—Una cosa más: ¿qué utilizó para matarlas? —preguntó Margot.

—¿Quién es usted para hablarme así? —replicó sin reparos.

—¡Está bien! ¡Hemos acabado por hoy! ¡Gutiérrez, llévelo de nuevo al calabozo!

—Están tratándome peor que a un perro. ¡Necesito un abogado! ¿Me oyen? ¡Un abogado!

Gutiérrez lo volvió a esposar y se lo llevó mientras gritaba y protestaba por estar en esa situación.

Cuando se quedaron solos, Margot y el comisario compartieron la misma impresión. Ahora parecía más culpable que cuando lo encerraron el día anterior. Sin embargo, no habían conseguido su declaración inculpatoria.

—Estamos igual que cuando lo detuvimos. Nos parece culpable, pero no conseguimos su confesión. Habrá que dejarle más tiempo detenido hasta que no pueda más y cante —sugirió el comisario.

—Siento mucho no haber podido acorralarlo más.

—Lo ha hecho con mucha maestría. Me ha dejado ciertamente impresionado. ¿Cuándo vendrá Parker?

—Mañana.

—Podríamos utilizar la nueva máquina con él. Sería de gran ayuda —propuso.

A pesar de no haber obtenido su confesión, Margot se fue satisfecha después de escuchar las palabras que le dedicó el comisario. Sin embargo, no estaba acostumbrada a tanta violencia verbal. Sintió miedo cuando el detenido se levantó y parecía que iba a pegarla. Afortunadamente, pudo disimular y mantener la calma. Después de un rato sentada frente a la máquina de escribir de Gutiérrez, comenzó a teclear con rabia y pasó a papel la declaración del detenido. Cuando estaba escribiendo el final, aparecieron el padre del joven y su abogado.

—Hemos venido a ver al comisario Benito Poveda. Soy Juan Jesús Pérez de las Casas. Vengo a sacar a mi hijo de aquí.

Morales se hizo cargo de ellos y les mandó esperar sentados hasta que el comisario los recibió. El padre parecía todo un caballero. Y el abogado era uno de los que más renombre tenían en la alta sociedad: Fernando Andrada. Había conseguido cierta fama a base de sacar de la cárcel a más de un hijo díscolo de familia bien. El comisario se reunió con ellos largo rato.

Al regresar el inspector Gutiérrez, le informó Margot de lo que pasaba en el despacho de Benito Poveda. Transcurrió más de una hora sin que supieran nada de lo que hablaban, hasta que sonó el teléfono de la mesa. El inspector respondió y escuchó atentamente lo que le decía Benito Poveda al otro lado del teléfono.

—El comisario quiere la declaración de Juan Pérez de las Casas. ¿Has terminado de pasarla? —preguntó a Margot.

—Sí. ¿No quiere que se la lleve yo?

—Por algún motivo, no.

Le dio el original que había escrito mientras él trasladaba al calabozo a Pérez de las Casas. Margot imaginaba que el comisario debía estar sorteando como podía las preguntas tanto del padre como del abogado. Supuso que, si no quería que fuera ella, seguramente era por la presencia de Fernando Andrada. A fin de cuentas, ella trabajaba allí sin pertenecer al cuerpo. Era una de esas extrañas circunstancias que se vivían en la brigada. El mismo hecho de que el comisario continuara trabajando a pesar de su jubilación convertía todo aquello en un verdadero problema para las autoridades policiales, si las investigaciones se torcían. Sin embargo, Benito Poveda, como profesor de la Escuela de la Policía y comisario a deshoras, resolvía crímenes constantemente y sus éxitos se contaban a cientos. Solamente se le habían complicado estos dos últimos asesinatos.

Al entrar en el despacho, Gutiérrez dejó entreabierta la puerta. Margot se acercó todo lo que pudo, simulando buscar algo en los archivos, hasta escuchar alguna de las frases que pronunciaba el abogado.

—Si no le han aplicado a mi defendido la Ley de Vagos y Maleantes y no tienen un cargo específico contra él, debe abandonar los calabozos inmediatamente —decía el abogado.

—Queremos volver a interrogarlo. Nos ha dejado muchas dudas por resolver.

—En ese caso, tendré que estar yo presente la próxima vez que lo interroguen.

—Pues venga mañana, a las cuatro de la tarde.

—¿Y va a estar encerrado tantas horas hasta mañana?

—Sí. No podemos dejarlo en libertad. Los delitos que estamos investigando son muy graves.

—Puesto que son muy graves y puede caerle la pena de muerte, no volverá a comparecer ante ustedes sin estar yo presente.

La pena capital había sido restablecida en el Código Penal antes de la conclusión de la Guerra Civil. El gobierno de Franco argumentó que «su abolición no era compatible con el buen funcionamiento de un Estado». El 29 de marzo de 1941, se aprobó la Ley de Seguridad del Estado, con la sentencia de muerte para varios supuestos, y en 1944 se dio luz verde al nuevo Código Penal, en el que la pena máxima era «pena única o alternativa» para delitos muy graves. Y este doble asesinato lo era.

—Comprenda, señor comisario —dijo el padre guardando las formas—, que está en juego la vida de mi hijo. Estoy convencido de que él no ha cometido ningún crimen. El hecho de conocer a ambas mujeres lo convierte en sospechoso, pero nada más. Lo único que puede hacer en el calabozo es llenarse de piojos. Le pediría una vez más que lo soltara.

—Le doy mi palabra de que mañana, si no obtenemos mayor respuesta que la que hemos conseguido hoy, lo pondremos en libertad.

—Está bien. Nos volveremos a ver mañana, a las cuatro de la tarde —concluyó el abogado.

Margot se retiró de la puerta y regresó a la mesa de Gutiérrez. Se sentó frente a la máquina de escribir y evitó mirar al padre o al abogado. Comprendía que todo lo que había ocurrido comprometía al comisario.

Una vez que se fueron, Margot se acercó hasta el despacho de Benito Poveda.

—¿Se puede? —pidió permiso antes de entrar—. ¿Qué es lo que ocurre?

—Esto se está torciendo por minutos. Tengo la sensación de que pedirán mi cabeza si sigue encerrado —se lamentaba el comisario—. Si mañana no se confiesa autor de los crímenes, habrá que ponerlo en libertad. No me gusta el abogado. Nos va a traer problemas.

23

Las fases de la luna

En cuanto Harry Parker pisó territorio español, se puso en contacto con Margot. Su avión había aterrizado en el aeropuerto de Barajas a primera hora de la mañana. Nada más llegar a la habitación del hotel Palace, donde se alojaba, la llamó por teléfono. Desde que se inauguró en 1912, el personal de recepción presumía de tener uno de los edificios más seguros por su construcción en hormigón armado; era también de los pocos que tenían en cada una de sus habitaciones, además del baño, un teléfono y un interfono que ayudaban al cliente a tener hilo directo con los trabajadores del propio hotel. Situado en la Carrera de San Jerónimo, frente a las Cortes, era un lugar muy propicio para los encuentros con políticos o con los famosísimos actores norteamericanos que se alojaban allí. Era un hotel con más vida que el Ritz. En este último preferían mantener la exclusividad de sus clientes y se permitían rechazar a muchos personajes conocidos que no tenían la clase que exigían para alojarse en el recinto. El actor Laurence Olivier necesitó demostrar su condición de lord para que le permitieran pernoctar, y James Stewart tuvo que hacer valer sus múltiples condecoraciones como héroe de la Segunda Guerra Mundial —tras combatir como piloto de bombarderos y llegar al grado de coronel en menos de cinco años— para dormir allí.

Parker, que sabía de ese nivel de exigencia en el Ritz, eligió ir directamente al Palace. Al fin y a la postre, estaba a un paso de la Puerta del Sol, donde tenía pensado llevar el maletín que resguardaba la máquina de detectar mentiras. A la primera llamada, pudo localizar a Margot en casa.

—*Hi!* Ya estoy en Madrid. Cuando quieras, nos vemos antes de que vaya a la brigada.

—Vente a mi casa antes y te pongo al día de cómo está la situación —propuso Margot.

—En media hora estaré por allí.

Haciendo honor a la puntualidad británica, a los treinta minutos de reloj, Harry Parker estaba llamando al timbre del piso de los Martín-Briz Peters en el número 27 de la Gran Vía.

Sátur abrió la puerta y le hizo pasar al salón. Al rato apareció Margot. Ambos se quedaron unos segundos parados. Parker se había cortado el pelo y estaba más atractivo. Margot, a su vez, se había vestido con pantalones palazzo negros y una camisa blanca. Era como si el jefe de seguridad la descubriera por primera vez. Fue ella quien rompió el silencio tras verse.

—¡Menudo corte de pelo! —exclamó ella.

—Lo tenía muy largo y pensé que, antes de verte, sería bueno que me hicieran un buen rapado. ¿No se dice así? ¿Cómo me ves? —decía con su acento inglés.

—Te queda bien. ¡Sí! ¿Has traído la máquina? —Cambió de tema.

—Sí, la llevo conmigo. Has dicho que querías ponerme al día. ¿Qué ha ocurrido? —quiso saber Parker.

—Llevamos dos mujeres asesinadas de familias con título y tenemos a una persona detenida que las conocía a ambas. El problema es que yo le interrogué ayer y no confesó su culpabilidad —explicó Margot con detalle—. Su padre se ha presentado en la brigada con un abogado e inmediatamente ha pedido que lo pongan en libertad. Lo cierto es que, si sigue diciendo que es inocente y no encontramos ninguna prueba contundente contra él, tendremos que hacerlo en las próximas horas.

—Si quisiera someterse al detector de mentiras, comprobaríamos rápidamente si miente o dice la verdad —propuso el jefe de seguridad—. He aprendido a utilizarlo y lo cierto es que a las policías italiana y americana les resulta muy útil.

—¡Es todo tan confuso!

Le comentó Harry que dentro de la alta sociedad estaban pasando asuntos muy turbios desde el comienzo del año. La informó del caso de la marquesa de Villasante, también baronesa de Alcalahí y varios títulos más, que había protagonizado un hecho terrible que la había llevado directamente a la cárcel, aunque su juicio estaba todavía pendiente.

—No habías venido a España todavía. El propio hijo denunció a la madre en el Juzgado de Instrucción número 14. El joven la acusaba de haber realizado diferentes mutilaciones al cuerpo de su hermana, que había muerto como consecuencia de una leucemia. Benito Poveda creyó al hijo y tus compañeros se presentaron en el domicilio de la marquesa; en uno de los armarios encontraron una mano cortada sumergida en un líquido blanquecino. Los periodistas bautizaron este tema como «El caso de la mano cortada». Resultaba espeluznante saber que la marquesa había hecho algo semejante a su hija. El juez ordenó exhumar el cadáver y se encontraron con que a la difunta le faltaba la mano derecha. La marquesa negó haber sido ella, pero el juez ordenó su inmediata detención. Lo mismo algún loco se ha animado a seguir sus pasos en este caso.

—Sí, me lo habían comentado mis compañeros. ¿Crees que un loco despierta a otro loco a cometer hechos abominables?

—Sí, sin duda. Más aún si la luna está llena y ya no digamos si tiene un halo rojizo —le recordó Parker.

—¡Oh! Se me habían olvidado tus teorías sobre la luna...

—Pues aquí estoy de nuevo para recordártelas. La luna no solo influye en nuestra mente, también en nuestro cuerpo. Si tomáramos conciencia de las fases por las que pasa la luna, estaríamos más preparados para combatir el crimen —argumentó él—. En la luna nueva, casi completamente oculta por el sol, el que quiere matar lo planifica. La luna nueva es la que marca el final de un ciclo y el comienzo de otro nuevo. Aquí, el asesino en potencia toma la decisión de hacerlo. En la luna creciente, los humanos nos encontramos con más vitalidad y energía. El asesino que ha tomado la decisión de matar planea cómo llevarlo a cabo. Y llega de nuevo mi amada luna llena, la más enérgica —continuó explicándole con entusiasmo—. A los que no tenemos instinto criminal nos ayuda a enfrentarnos a nuestros propios monstruos. Es como un proceso de liberación. Aquí, sin embargo, los asesinos no pueden reprimir el impulso de matar.

—¿No decías que eran cuatro? —advirtió Margot.

—Sí, falta una. La luna menguante. La he dejado para el final. En esta fase queremos deshacernos de todo lo que no necesitamos. No hay arrepentimiento, pero sí necesitamos limpiar, ordenar…, también poner nuestra cabeza en dirección a un rumbo nuevo.

—Pues me parece que en estos días tenemos otra luna llena. Espero que no haya ningún halo rojo y que no empuje a nadie a matar.

—Da igual, Margot. El que ha matado por primera vez en la luna roja o luna de sangre, cada vez que haya luna llena sentirá la necesidad de volver a hacerlo —advirtió Parker—. Como si fuera un autómata, la fase de luna llena le recordará el placer que sintió al matar y querrá volver a experimentarlo.

—Siento asco, repugnancia hacia las personas violentas. Utilizan el descuido y el poder que ejercen sobre esas personas a las que deciden matar. Son peor que las hienas. Puedo llegar a entender al que roba, pero jamás al que mata —argumentó furibunda.

—Nunca te había visto con tanta rabia como hoy —observó él.

—El poderoso influjo de la luna, Harry. Bueno, deberíamos acercarnos hasta la brigada. Por si el detenido se decide voluntariamente a enfrentarse a la máquina. Creo que deberías utilizarla con nosotros previamente para ver si los parámetros que vas a controlar están bien —sugirió Margot.

—Tienes razón.

—Por cierto, ¿podrías acompañarme esta noche a un acto que va a concentrar a toda la sociedad española e internacional?

—¿De qué se trata? —se interesó Parker.

—El barman Perico Chicote ha sido condecorado y abre sus puertas a todos sus clientes. Aline Griffith me pidió que fuera.

—Por mí, un placer acompañarte —afirmó el inglés con entusiasmo.

Margot se fue a terminar de arreglar antes de salir a la calle y le pidió a Camila que atendiera a Harry. Mientras caminaba por el pasillo, los oía hablar en inglés sobre la embajada y los muchos chismes que siempre rondaban por el ambiente diplomático. Ya con el abrigo en la mano, se despidió de las dos mujeres que velaban a todas horas por ella.

—¿Vendrá a comer, señorita? —preguntó Sátur.

—No, ya nos quedaremos a tomar algo por la Puerta del Sol. Vendré sobre las ocho a arreglarme. Parker y yo iremos un momento a Chicote.

Sátur y Camila se miraron entre ellas. Para no querer nada con chicos, su amistad con el jefe de seguridad de la embajada iba creciendo por días. La inglesa sonrió y no hizo ningún otro comentario.

Una vez en la calle, mientras iban buscando atajos para acortar el camino hasta la Puerta del Sol, Margot le pidió a Parker que, poco a poco, la dejase de tratar como su novia frente al comisario. Le comentó que había llegado el momento en el que sintiera que estaba allí por ella misma y no por su recomendación.

—Si lo prefieres, no le haré ningún comentario a ese respecto, pero tampoco le puedo decir que lo hemos dejado. Le resultaría extraño que siguiéramos teniendo contacto —argumentó Parker—. Enfriaremos la relación, pero no la apagaremos. Así tendré la excusa perfecta para aparecer por la brigada. El contacto permanente con Madrid me es muy útil para mi trabajo en la embajada.

—Está bien, pero no quiero ni que me cojas el hombro ni que pongas tu mano sobre la mía. Me haces sentir incómoda —dijo Margot a modo de advertencia.

—De acuerdo. Ninguna expresión de amor. Somos profesionales que no deseamos que nadie se confunda, incluido yo.

Margot se detuvo, lo miró fijamente y se echó a reír. Lo bueno de Parker era que derivaba las situaciones tensas al humor y el ambiente volvía a relajarse. Llegaron a la Dirección General de Seguridad y caminaron por el interior del frío edificio hasta la brigada.

—Aquí hay muchas personas encerradas simplemente por su ideología. Ten cuidado y no expreses jamás ningún tipo de pensamiento contrario al régimen, podrías tener un problema. Estás literalmente en la boca del lobo. —Parker consideró prudente advertirla.

—Lo sé. Como me he criado en Inglaterra, me consideran medio inglesa y no hablan conmigo de política —especificó—. Quizá el comisario lo hace para no comprometerme. A Churchill lo miran de reojo, aunque con respeto. Lo de «Gibraltar español» sale de vez en cuando. Además, creo que me ayuda que Miguel Primo de Rivera y Sáenz de Heredia esté al frente de la embajada. Nadie me dice nada, la verdad. ¿Sigue todo bien por allí? —se interesó Margot.

—Al embajador le han hecho presidente honorífico de la Liga Angloespañola de la Amistad.

—Eso suena muy bien. Te diré que me acuerdo mucho del maravilloso palacete donde está la embajada. En el número 39 de Chesham Place, junto al 49 de Belgrave Square —detalló ella.

—Me gusta que lo tengas tan presente.

—Cierro los ojos y veo las pinturas, las esculturas... El salón español con los escudos de los reinos peninsulares de los Reyes Católicos en el techo. Y la mesa gigantesca del comedor. —Enumeró los elementos que recordaba de memoria.

—¡Donde se firmó la construcción del Titanic! Todo está tal y como lo dejaste. Quizá esperándote. ¿Piensas volver? —Parker mostraba interés por el futuro de Margot.

—Todavía no lo sé. Estoy intentando encontrar mi sitio aquí.

Al llegar a la brigada, dejaron de hablar de Inglaterra y de su posible vuelta. Saludaron a todos y se fueron directamente al despacho del comisario Eugenio Benito Poveda.

—Comisario, le dejo con Parker —indicó Margot.

—Está bien, inspectora. Me quedaré unos minutos hablando con su novio. Tenemos que ponernos al día —precisó el comisario.

Margot cerró los puños y se fue con rabia a la mesa del inspector Gutiérrez. Al poco rato de estar allí sentada, le preguntó cómo había pasado la noche el detenido. Le contó que le había surgido un problema intestinal que le tuvo toda la noche yendo y viniendo del baño. Después quiso saber si había alguna novedad y Gutiérrez le dijo que las cosas seguían en el mismo punto que el día anterior. Mientras Margot repasaba su cuaderno de notas con la declaración del detenido, el comisario salió del despacho y se marchó de la brigada para hablar con algún superior al que quería informar de la utilización de la máquina de detectar mentiras. Margot se acercó al despacho y Parker, que ya tenía todo el aparato preparado, le pidió que se sentara. Sería con ella con quien probaría la máquina. Harry la llenó de cables por la cabeza, el pecho y el brazo y comenzó a hacerle preguntas.

—¿Cómo te llamas?

—Margot Sanz Peters.

—¿Murieron tus padres en un accidente?

—Sí.

—¿Te gusta la moda o los sucesos?

—Ambas cosas. Un poco más los sucesos.

Miró con detenimiento el papel que iba escupiendo la máquina. Había un sinfín de rayas que se agudizaban o se volvían más suaves dependiendo de su contestación.

—¿Estás enamorada?

—¡No!

La máquina comenzó a trazar unas rayas enormes en el papel. Harry sonrió, pero no le dijo nada. La máquina indicaba que estaba mintiendo. Siguió preguntando por otros asuntos.

—¿Te sientes sola?

—¡No!

La máquina volvió a llenarse de rayas que atravesaban la hoja por completo. Margot se quitó todos los cables de golpe y decidió que la prueba había terminado.

—No me han gustado tus preguntas. Seguramente ahora tienes más información de mí que yo de ti —exclamó enfadada.

—La máquina funciona. Te lo aseguro. Ahora deberíamos probarla con el detenido.

A los pocos minutos de estar hablando, apareció el comisario. Les dijo que tenían permiso de sus superiores para hacer la prueba con el detenido, antes de que llegara el abogado.

—No le vamos a decir que volveremos a interrogarlo a las cuatro en presencia de su abogado —propuso el comisario—. Simplemente le preguntaremos si quiere someterse voluntariamente al detector de mentiras. Se trata de una prueba sin validez jurídica, pero si no tiene nada que esconder... Gutiérrez se ha ido a hablar con él. Veremos qué nos dice.

Al salir del despacho, Margot siguió dando vueltas a las preguntas de Parker. ¿Por qué motivo había sonreído en algunas contestaciones? «¿Qué habría visto en mis respuestas?». No tuvo mucho tiempo de seguir elucubrando sobre el mismo tema, ya que Gutiérrez regresó con la negativa del detenido. Se lo comunicaron al comisario, que se quedó muy frustrado. Estaba intentando asimilar la voluntad del prisionero cuando llegó un policía de uniforme y le dijo que, finalmente, el detenido había cambiado de opinión y accedía.

—¡Tráiganlo inmediatamente! —comentó el comisario con voz imperativa—. No vaya a ser que se arrepienta de nuevo.

Al cabo de varios minutos, apareció por allí Juan Pérez de las Casas completamente despeinado y con barba de dos días, la camisa por fuera muy arrugada y los pantalones medio desabrochados.

—En cuanto termine de aquí, quiero que lo aseen. ¿Me han escuchado? —El comisario se refería a los policías que lo escoltaban.

Le hicieron sentarse en una silla que se reclinaba hacia atrás. Parker empezó a colocarle los cables que iban a reflejar su ritmo cardiaco, la sudoración y su presión arterial. Todo confluía en forma de rayas que Harry posteriormente tendría que interpretar.

—Señor Pérez de las Casas, esta prueba es voluntaria y no tiene ningún efecto jurídico —informó el comisario Benito.

—Estoy deseando hacerla para que ustedes vean que digo la verdad. No he matado a nadie en mi vida —insistió Pérez de las Casas.

—Le pido que se tranquilice —rogó Parker con su evidente acento inglés—. Concéntrese en lo que le pregunte y responda la verdad. Si no tiene nada que ocultar, todo saldrá bien.

—De acuerdo.

—Por favor, pido a los guardias que nos dejen solos. ¡Cuantas menos personas aquí, mejor! —sugirió Parker mirando al inspector Gutiérrez. Este se fue de la habitación.

Margot se puso de espaldas al detenido. No deseaba que la viera. Ella no dejaba de anotar todo lo que sucedía en su cuaderno.

—¿Cómo se llama?

—Juan Pérez de las Casas Romaní.

Parker observaba las rayas que escupía la máquina.

—¿Cuál es su profesión?

—Compro y vendo coches extranjeros.

La máquina seguía lanzando rayas y sonidos. Todos menos Parker guardaban silencio.

—¿Conocía usted a la marquesa de Torquemada?

—¡Sí!

—¿Se alegró de su muerte?

—¡No! ¡Por Dios!

—¿La mató usted?

—¡No! ¡Y mil veces no! —afirmó con vehemencia el detenido.

La máquina se movía sin parar y trazaba líneas que subían y bajaban dependiendo de su contestación.

—¿Su infancia fue feliz?

—¡Sí!

—¿Algún recuerdo que le venga a la mente?

—Los paseos de la mano de mi madre por las playas de San Sebastián.

Parecía que la maquinaba se serenaba. Parker volvió a preguntar sobre el caso.

—¿La última vez que vio a su novia estaba usted enfadado?

—¡No! Y ya no era mi novia.

—¿Le molestaba que se fuera a casar con el doctor Biosca?

—¡Sí!

—¿Decidió matarla para que no se casara con el doctor?

—¡No! ¿Cómo iba a matar a alguien a quien amaba?

El joven se echó a llorar. Después de dos días encerrado, estaba sin fuerzas para tragarse las lágrimas. La máquina seguía haciendo su trabajo.

—¿Mejor que alguien matara a su novia antes que casarse con otro? —insistió Parker.

—¡No! ¿Se ha vuelto loco?

La máquina continuó con sus rayas en forma de montañas y valles. El detenido fue cogiendo confianza en sí mismo.

—¿Le atraen los asesinos?

—Me parecen seres abominables.

—Pero ¿los admira?

—¡En absoluto!

—¿Usted por qué mataría?

—¡Por defenderme de algún ataque!

—¡En defensa propia!

—Exacto.

—¿Y matar por celos? ¿Le parece que está justificado?

—Yo jamás hubiera matado a Casilda, aunque sí mataría gustosamente a su asesino —aseguró Pérez de las Casas sin alterarse.

—¿Qué hubiera utilizado para matarlo?

—No lo sé. Hubiera cogido una escopeta y le hubiera pegado cuatro tiros.

Parker observaba la larga tira de papel que salía de la máquina.

—¿Y al doctor Ángel Biosca? ¿Le hubiera matado?

—No le oculto que, si se hubiera casado con ella, la idea se me podría haber cruzado por la cabeza.

—¿Lo pensó en alguna ocasión?

—Sí. Pero a nadie se le condena por pensar, digo yo.

—Y ahora, sin Casilda, ¿qué planes tiene?

—Encontrar al asesino... y hacer lo mismo que hizo con ella. —Volvió a echarse a llorar.

Parker dio por terminada la prueba.

—Muchas gracias, señor Pérez de las Casas. Ha sido muy amable. Le recomiendo que no se tome nunca la justicia por su mano —intervino el comisario.

El jefe de seguridad inglés le quitó los cables y la policía se llevó al joven destrozado. Después de unos minutos cotejando los gráficos, Harry se dirigió al comisario en presencia de Margot.

—Ha dicho la verdad. La variación de su presión arterial,

el ritmo cardiaco, la frecuencia respiratoria, los estímulos nerviosos y la respuesta de su piel indican que no miente.

El comisario se quedó pensativo y repreguntó:

—¿Cabe el fallo?

—Solo en personas insensibles, psicópatas. En esos casos, la máquina no detecta la mentira. Pero le aseguro que no es el caso.

—Pues tenemos un problema —concluyó el comisario.

24

Sin pistas del asesino

Apenas pudieron comer algo en el bar cercano a la brigada, situado en la calle del Correo. La declaración del joven ante la máquina de detección de mentiras los dejó preocupados y sin argumentos para la resolución del caso. Si no era él, ¿quién había matado a las dos mujeres? El asesino andaba suelto. Debían tomarle declaración de nuevo. El resultado de la máquina no tenía validez alguna. El juez decidiría su puesta en libertad o su traslado a la cárcel de acuerdo a su testimonio.

La opinión pública creía que la policía ya había atrapado al autor de ambos crímenes, así que el hecho de que no permaneciera entre rejas ni un minuto más iba a suponer un escándalo.

Cuando a primera hora de la tarde se presentaron el padre del detenido y el abogado de la familia, el comisario les mandó pasar a su despacho con otra actitud.

—Señores, vamos a tomar declaración al señor Pérez de las Casas. El juez de instrucción estará presente, pero les adelanto que, de forma voluntaria y sin validez judicial, se ha sometido a la máquina de detección de mentiras que nos ha llegado de Londres. Su hijo y defendido no tenía nada que perder y sí mucho que ganar. Debo decirles que el resultado ha sido excelente.

El padre y el abogado, Fernando Andrada, se quedaron perplejos. Iban a protestar por haber sometido a Juan a una prueba sin legalidad en España, pero, al escuchar del comisario las palabras «resultado excelente», se quedaron inmóviles y a la espera de que continuara.

—Juan... —Ya no era el detenido para el comisario—. Juan accedió a la prueba voluntariamente. Vamos a hacer lo mismo con otras personas que conocían a las víctimas. No tiene validez jurídica, pero da pistas. En este momento, íbamos a traerlo para su declaración ante el juez, con ustedes presentes, pero se ha indispuesto.

—¿Cómo que se ha indispuesto? —preguntó el padre con preocupación y sin saber a dónde les llevaba todo lo que les estaba contando el comisario.

El detenido no había dejado de vomitar desde que realizó la prueba en la máquina y se encontraba muy débil. El abogado insistió en verlo y Benito Poveda hizo llamar a uno de los policías que lo custodiaban.

—Conduzca al letrado hasta el calabozo donde se encuentra el detenido.

Mientras tanto, Eugenio Benito Poveda se quedó a solas con el padre del joven. Intentó tranquilizarlo, asegurándole que, en breve, se iban a aclarar las cosas. Con toda probabilidad se retirarían los cargos después de que el juez escuchara a su hijo.

—Sin embargo —continuó el comisario—, no le oculto que Juan, al conocer a ambas víctimas y por el hecho de haber estado en los dos escenarios del crimen antes de que se produjeran, hace que la policía lo tenga en el punto de mira. ¿Entiende?

—Mi hijo ha podido estar en los dos escenarios, pero no ser el autor de los crímenes. Cuando usted ha dicho que el resultado de la máquina ha sido excelente para él, interpreto que la máquina le da la razón a mi hijo.

—Exacto. El detector de mentiras asegura que su hijo dice la verdad.

—Aunque no tenga validez, seguramente sí pesará a la hora de exculparle de los cargos. Un argumento a su favor.

—¡Por supuesto! Por eso le digo que ahora no tengan prisa. Todo se va a ir aclarando, pero tenemos que documentar que los motivos que le llevaron al calabozo han cambiado. Eso necesita su tiempo. El juez es quien debe decidir su puesta en libertad. Debe tener paciencia. Su hijo se ha vuelto colaborador y ha eliminado la agresividad con la que llegó a comisaría. Todo irá bien.

—Si fuera su hijo el que estuviera en el calabozo y con los cargos que le achacaron, me entendería.

El abogado regresó y tranquilizó a su cliente. Corroboró que su hijo estaba enfermo, tumbado sobre el camastro del calabozo, pero con muy pocas fuerzas y pocas ganas de hablar.

—Está muy afectado por la muerte de Casilda. Desconocía que estuviera tan enamorado de ella.

—No entiendo el motivo por el que cortaron su relación —comentó el padre—. De haber seguido juntos, seguramente ella estaría viva.

—Su hijo puede tener la clave de todo. Estamos convencidos de que el asesino se encuentra en su entorno. Por eso es tan importante su testimonio. —El comisario intentaba convencerles del procedimiento.

—¿Qué hacemos? ¿Esperamos en comisaría? —preguntó el abogado.

—No, regresen a sus casas. Creo que debemos no tener prisa y confiar en que se reponga antes de declarar ante el juez. Hemos llamado a un médico y le pondrá un tratamiento. Les avisaremos cuando esté recuperado y el juez le vaya a tomar declaración.

—¡Ahí debo estar presente! —reiteró el abogado.

—Les avisaremos a los dos —dijo el comisario.

El padre y el abogado del detenido se marcharon con otra actitud.

Mientras tanto, en la brigada necesitaban ganar tiempo y acumular pistas que ayudaran a completar el puzle del caso.

Parker siguió probando la máquina con los inspectores que se prestaban a ello. Morales fue el único que no quiso probarla. Margot, mientras tanto, pidió permiso al comisario para irse.

—Esta noche acudirá a Chicote toda la aristocracia de Madrid, debo estar allí. Pienso que nos será de gran ayuda.

—Pregunte e indague. Seguramente el asesino estará presente, después de saber que el detenido no tiene que ver con la muerte de las jóvenes.

Margot, después de quedar con Parker en que la recogería para ir a la fiesta juntos, se fue a casa a cambiarse.

Nada más llegar, Sátur le comentó que habían llamado del atelier de Casares para que se pasara por allí al día siguiente. Querían hacerle la primera prueba de los trajes que había encargado con su tía. La esperaban a las once de la mañana.

Antes de vestirse, se tomó un té. Camila le preguntó por el caso que tenía en vilo a todas las mujeres de la alta sociedad.

—*You got already the guilty one?* —Le preguntaba si ya habían detenido al culpable.

—Eso creíamos, pero parece que no. Volvemos al mismo punto en el que estábamos. Aprovecharé esta noche para averiguar alguna cosa más —exclamó resignada.

—*Oh my God! The killer could be at the party tonight.* —Camila se mostraba asustada porque el asesino podría estar en la fiesta.

—El asesino no mata delante de la gente. No hay peligro. ¡Por favor, tranquilízate!

Sátur, que estaba de pie asistiendo a la conversación, quiso tomar partido.

—No estaríamos preocupadas si no se moviera en esos ambientes policiales, en contacto con lo peor de lo peor.

—Al revés, estoy más segura que nadie. No os preocupéis. ¡Voy a vestirme!

Margot dio dos besos a cada una e inmediatamente se fue a su habitación para elegir el traje de noche que se iba a poner en esa fiesta de homenaje a Chicote. Camila le había aconsejado el vestido largo blanco con ribetes negros de terciopelo, muy ceñido al cuerpo, que todavía no había estrenado desde que estaban en España. Aunque en un primer momento protestó y le pareció excesivo, poco a poco fue comprendiendo que aquella noche todos los invitados se iban a esforzar en ir especialmente bien vestidos.

Se lo puso y se miró al espejo. Pensó que Camila tenía razón. Con él pasaría desapercibida en esa fiesta tan repleta de personas conocidas luciendo sus mejores galas. Después se recogió el pelo rubio con unas horquillas. Se aplicó maquillaje en el rostro y finalmente se pintó los labios de rojo. Sonó el timbre de la puerta y supuso que era Parker. Finalmente se colocó unos guantes largos de color negro y se miró una última vez en el espejo. Cuando apareció vestida de noche, Parker, que estaba hablando con Camila, dejó de hacerlo. Era evidente que se había quedado impresionado al verla.

—Margot, estás muy guapa...

—¡No seas exagerado! Nos vamos cuando quieras. Me he vestido así para mimetizarme con el ambiente al que vamos. Necesitamos algo nuevo, una pista. La gente se pondrá muy nerviosa cuando el juez suelte al detenido.

—Ese hombre no ha cometido ningún crimen. Tiene muy mal carácter, diría que agresivo, pero se ha derrumbado y ha dicho la verdad —argumentó Parker.

—¿Tanta seguridad te da lo que te dice la máquina esa?

—¡Sí!

Camila y Sátur se quedaron con ganas de saber más, pero Margot no deseaba que estuvieran al tanto de lo que iban averiguando.

—¡Nos vamos!

—*Be careful!!!* —Camila insistía en que tuvieran mucho cuidado.

—Eso, señor Parker, no la pierda de vista en toda la noche. ¡Estamos muy preocupadas!

—Estará bajo mi radar todo el rato. —Guiñó un ojo a Sátur.

—¡Yo también lo cuidaré a él! —remató Margot, que siempre abogaba por que podía arreglárselas sola.

Mientras bajaban las escaleras, le pidió algún dato más sobre sus propias respuestas ante el detector de mentiras.

—¡Dime que te ha dicho la máquina de mí!

—Pues que decías la verdad y alguna mentira.

—¿Mentira? Te lo acabas de inventar.

—¡En absoluto! Me chocó saber que estás enamorada...

—Pero si contesté que no...

—Pero la máquina detectó que no decías la verdad.

—¡Parker! Te lo estás inventando.

—A lo mejor. —No quiso ponerla nerviosa.

El jefe de seguridad se echó a reír. No tuvieron oportunidad de seguir hablando del tema porque nada más cruzar la calle ya habían llegado a Chicote. Margot vivía prácticamente enfrente. Había muchas personas agolpadas en los aledaños del local que querían ver a quienes entraban. Era una forma de soñar con estar cerca de las personas que iban tan bien vestidas, así como contemplar a las estrellas de cine del momento. La mayoría de la alta sociedad y los artistas de renombre internacional iban a acudir.

Margot y Parker lograron abrirse paso entre tanta gente y acceder al local. Buscaron una mesa en la que sentarse, pero era imposible. Aline Griffith los vio de lejos y les hizo señas para que se sentaran con ellos. La aristócrata llevaba un traje negro y un bonito collar de perlas naturales. El marqués de Quintanilla los saludó y se puso a hablar con Parker, al que conocía de sus visitas a la embajada española en Londres. Mientras tanto, Aline pidió a Margot que la acompañara a saludar a la popular cantante que acababa de llegar de su gira americana, Lola Flores. Muchos fotógrafos y personajes de la sociedad madrileña hacían corro a su alrededor. Aline pudo saludarla.

—¡Enhorabuena, querida! Sé que te acaban de dar un premio importante.

—La Copa de la Fama, que no se la dan a cualquiera. Estoy muy contenta —contestó la cantante con sus ojos negros de color azabache llenos de luz.

Mucha gente quería felicitarla. Sin duda, era uno de los personajes más populares del momento.

Chicote se acercó hasta ellas y se hicieron fotos. El barman estaba exultante por la condecoración y el reconocimiento del gobierno. Pero sobre todo, se mostraba feliz por la respuesta que había tenido su invitación.

—Aline, muchas gracias por ayudarme. Eres tú la verdadera artífice de este éxito de convocatoria —expresó el hostelero con cariño.

—Todo el mundo a quien se lo dije no dudó en venir. El éxito es tuyo.

En realidad, su bar era un lugar de encuentro de la gente bien y de aquellos que pisaban Madrid por primera vez y deseaban encontrarse con rostros conocidos del cine, del teatro y de la canción, y también de intelectuales que quedaban en aquel sitio para hablar de sus obras y empresarios que cerraban en Chicote suculentos negocios. El local se convirtió en el lugar emblemático de Madrid al que había que acudir obligatoriamente si gozabas de fama.

Pedro Casares se acercó a saludarlas. Margot nunca lo había visto tan sonriente. Parecía eufórico. Nada que ver con el hombre antipático que las había recibido días atrás en su taller a su tía y a ella.

—Señorita Peters, mañana la veré por mi atelier.

—Sí, a las once me han citado.

—Sea puntual, que mañana es un día de muchas citas.

—Querida, me encanta que te pongas en manos del mejor

diseñador que tenemos. Creo que tu reportaje ha sido de gran utilidad para que su nombre esté en boca de todas estas señoras que hoy se encuentran aquí —añadió Aline con entusiasmo.

—Me alegro de haber contribuido a extender su fama.

—Señoras, brindemos por mi tocayo Chicote. Espero que algún día todas las damas que están aquí hayan pasado por mi atelier. Al fin y a la postre, yo soy un artesano de la costura.

—¡Lo que eres es un artista, un trabajador incansable! ¡No me digas que vas con la cinta métrica a todas partes! —apuntó Aline, que observó que de su bolsillo sobresalía el final de su herramienta de trabajo—. ¿También aquí?

Casares se quedó muy sorprendido de que Aline le hiciera ese comentario. Sonrió y la escondió rápidamente.

—Nunca sé si la voy a necesitar... —Bebió un largo trago de su vaso, que contenía un coctel especial preparado por el propio Chicote.

Iba vestido con traje negro, camisa blanca y corbata negra. Aline le echó un capote.

—Igual que yo con la pistola que siempre llevo encima —respondió Aline a la vez que abría el bolso y enseñaba a Casares el pequeño revólver del que nunca se desprendía.

—¿Alguna vez lo has utilizado? —preguntó el modisto con curiosidad.

—¡Sí! —dijo en voz baja—. Durante la Segunda Guerra Mundial, Madrid era un hervidero de espías. Y yo era una de ellas. En más de una ocasión me he encontrado en situaciones límite. Nadie se puede imaginar que una señora como yo haya hecho cosas increíbles. No me atrevo ni a contarlas.

—¿Has apretado el gatillo en alguna ocasión? —insistió Casares.

—Sí, mi querido amigo. Aunque preferiría no haberlo hecho nunca —confesó la estadounidense.

—Uno no debe arrepentirse de lo que hace, si es por un bien superior —manifestó el modisto.

La conversación se interrumpió de golpe cuando otras damas saludaron al diseñador y formaron un corrillo a su alrededor. Margot y Aline volvieron sobre sus pasos, hacia donde estaban Parker y el marido de la marquesa de Quintanilla. Las dos sonreían.

—Nadie imagina que las dos vamos bien pertrechadas con un arma —dijo Aline a modo de confidencia.

—¡Es difícil de imaginar viéndonos en traje de noche y con tacones! —comentó Margot—. Gracias por no decir que yo también llevo un arma.

—Esas cosas las debe contar una misma.

Estuvieron en animada conversación toda la noche, hasta que Aline y su marido decidieron seguir la fiesta en el tablao 1911, el más antiguo del mundo, considerado la catedral del flamenco. Se encontraba en el número 15 de la plaza de Santa Ana, haciendo esquina con el conocido como el callejón del Gato. Lola Flores y Luis Miguel Dominguín les invitaron a ir con ellos, junto con las actrices Ava Gardner y Lana Turner. Era difícil resistirse, pero Parker y Margot decidieron irse a dormir. Había muchas cosas que hacer al día siguiente.

La fiesta en Chicote había sido espléndida. No había faltado de nada. Los camareros no dejaron de pasar con bandejas de bebida y comida durante toda la noche. Perico Chicote ejerció de anfitrión despidiendo personalmente a cuantos se iban del local. Les agradecía emocionado que le hubieran acompañado «en una noche tan importante para mí», comentaba.

Al salir del local, el frescor de la noche ayudó a Harry Parker a despejarse un poco. En ese momento, se dio cuenta de que había bebido demasiado whisky y, aunque aguantaba bien la conversación, le patinaban las erres al hablar. Margot, que no había tomado nada de alcohol, estuvo observándolo por el rabillo del ojo. Se había convertido en un hombre atractivo y nunca lo había visto tan desinhibido como en este último viaje a España. La joven sintió frío al poner el pie en la calle, en contraste con el calor que hacía dentro del local. Harry no dudó en prestarle su americana. Cruzaron la Gran Vía y no tuvieron que andar demasiados pasos hasta llegar al número 27.

—Bueno, mañana nos vemos en la comisaría —dijo Margot.

—No, no, no... Te dejo en la puerta de tu casa, no en el portal. Tal y como están las cosas, es mejor así. Sátur y Camila no me lo perdonarían —afirmó tajante.

—No necesito tu ayuda, Harry.

—Pero yo sí necesito la tuya. Déjame tomar un café cargado en tu casa. No me veo capaz de andar hasta el hotel Palace.

—¡Un café! ¡Uno! ¿Por qué beberéis tanto los hombres y sin control? No lo entiendo. ¡Anda, vamos!

Parker tenía serias dificultades para andar y subieron en el ascensor, aunque solo era un piso. Margot cerró la puerta con el pie y Parker se acercó a ella tanto que estuvo a punto de besarla. El trayecto era demasiado corto y pudo zafarse de él abriendo el ascensor todo lo rápido que pudo.

—¡Estás realmente mal! —reprochó.

Sacó las llaves del bolso y las metió en la cerradura, sujetando con el hombro el peso de Harry. Lo que no pudo evitar fue el portazo al cerrar. Iba por el pasillo haciendo ejercicios malabares para que no tropezara. Finalmente, al llegar al sofá, lo dejó caer. Camila salió tras oír el ruido y sentir que hablaba con alguien.

—*What happened? Maybe he got sick.* —Preguntaba qué es lo que ocurría. Le parecía que Parker podía estar enfermo.

—Esta enfermedad se le pasará en unas horas. Si no hubiera bebido tanto —aseguró Margot.

—¡Un café! —repetía Parker.

Sátur se despertó y se ofreció a hacerle el café bien cargado.

—¡Estos jóvenes no saben vivir ni beber! ¡Menuda cogorza que tiene encima! —exclamó la mujer.

—Sátur: muy, muy cargado. ¡Voy contigo! —se ofreció la joven.

Camila miraba a Harry y le decía en inglés que en esas condiciones no podía ir a la calle. Cuando Margot llegó con el café, Parker dormía todo lo largo que era encima del sofá. Decidieron dejarlo ahí esa noche.

—No me parecía que estuviera tan bebido hasta llegar al portal. Le dejamos aquí sin problema. Ahora mismo no sabe ni como se llama —concluyó.

—*It's incredible! Incredible!* —repetía Camila sin acabar de creerse que una persona tan responsable estuviera en esas condiciones.

Margot apagó la luz y cada una se retiró a su habitación.

Al día siguiente, Sátur despertó a Margot a las diez de la mañana. Había comenzado a sonar el teléfono antes de que las manecillas del reloj dieran la hora en punto.

—Le llama el comisario Eugenio Benito Poveda. Me ha parecido que debía despertarla —informó con algo de urgencia.

—Has hecho muy bien. —Miró el reloj y ya era una hora razonable para estar despierta, si no se hubiera celebrado una fiesta de por medio.

La joven se puso la bata encima del camisón y se fue corriendo hasta el despacho.

—¿Sí, comisario? ¿Ha ocurrido algo? —preguntó casi con indiferencia.

—Acaban de encontrar muerta a otra joven.

25

El regreso de la luna llena

Margot se fue a vestir rápidamente y le pidió a Camila que despertara a Harry Parker. Era un día demasiado trágico para tener resaca. A los diez minutos, regresó vestida al salón y el jefe de seguridad de la embajada ya estaba sentado en el sofá que le había servido de cama durante toda la noche. El dolor de cabeza que tenía crecía por momentos.

—¡Harry, no hay tiempo para encontrarse mal! Tómate tres cafés seguidos, si es necesario, pero tenemos que ir a la comisaria inmediatamente —apremió Margot—. Hay ropa de mi tío en el armario de su habitación que te puede quedar bien. Ve a cambiarte, rápido. No puedes ir así a la comisaría.

Harry seguía vestido de esmoquin, tal y como había asistido la noche anterior a la celebración de Chicote. No recordaba el motivo por el que había pasado la noche allí, pero le dolía todo el cuerpo.

—¿Qué ha ocurrido? —dijo en un tono muy bajo de voz, mientras se tocaba la frente.

—Han encontrado a otra una mujer muerta.

—¡Ohhh! ¡Mierda! —Hizo ademán de levantarse, pero no pudo.

Camila y Sátur se asustaron todavía más de lo que ya estaban. Comentaron en voz baja la situación tan peligrosa que se estaba viviendo en Madrid entre las mujeres de la alta sociedad. Ambas rogaron a Margot que, por favor, regresara a sus temas relacionados con la moda.

—No, no, no. ¿Qué decís? Hay que resolver este caso —negó rotundamente—. El criminal va por delante todo el rato. Incluso juega con la policía porque se siente poderoso.

—¡Tengo una resaca de impresión! —Harry Parker seguía encontrándose muy mal.

Sátur se fue a la cocina, regresó con un vaso de vino blanco y le obligó a tomárselo.

—Mejor que el café. Con un vaso de vino blanco arreglamos las resacas en mi pueblo. ¡Hágame caso! —indicó la mujer.

—Harry, hazle caso. A veces, estos remedios funcionan —le animó Margot.

El jefe de seguridad, con el pelo revuelto y barba de toda la noche, se tomó el vino blanco sin mucho convencimiento. Al cabo del rato, se fue corriendo al baño sin poder evitar las náuseas que le sobrevinieron y el vómito a continuación. A su regreso, sin embargo, parecía otra persona.

—Creo que, al echar todo lo que bebí y comí ayer, mi cuerpo lo ha agradecido —aseguró ya repuesto—. Ahora, me entonará ese café que me ofrecíais antes. ¡Gracias por el vino, Sátur! Desconocía su efecto antiresaca.

—¡Por desgracia, he tenido que dar un vaso de vino blanco a muchos bebedores de mi familia y de mi pueblo! El alcohol solo hace olvidar al que lo consume. La familia, en cambio, recuerda las borracheras toda la vida. El vino que se convierte en costumbre puede acabar con la paz en una familia —se lamentó Sátur.

—Yo no tengo costumbre de beber, solo en sociedad. Está claro que me ha sentado mal.

Se tomó el café de un sorbo y se fue a la ducha. Al poco rato, regresó vestido con un traje azul marino y una camisa blanca del tío de Margot. Coincidían en la misma talla, aunque la chaqueta parecía que no le abrochaba del todo. Se la dejó abierta. Nadie podría decir que no era su propia ropa.

—¡Vámonos! Estoy listo.

Margot cogió su bolso y se despidió de Camila y de Sátur a toda prisa; las dos mujeres no podían disimular su preocupación. Les pidió que llamaran al atelier de Casares para decir que le resultaba imposible acudir a la cita.

—No le digáis el motivo —remarcó—. Simplemente que me han llamado de la revista *Siluetas* y he tenido que acudir sin falta.

Se fueron de casa a toda prisa y, cuando accedieron al portal, Harry aplaudió su decisión de no acudir al atelier de Casares. La situación de la brigada era crítica.

—No es un buen día para probarse ropa. Nos vamos juntos andando. Está a un paso... Bueno, has visto que mi teoría de la luna llena no va desencaminada —recordó Parker.

—Te refieres siempre a cuando hay luna llena teñida de rojo o cuando tiene un halo rojo. Ayer me pareció que era completamente blanca o plateada. No sé —puntualizó ella.

—Para el que ha matado la primera vez cuando la luna estaba llena y roja, el instinto asesino se activa en cada claro de luna —aclaró Harry—. El plenilunio se asocia con la euforia, también con los excesos y hasta la locura. Es el momento para que el asesino siga con el plan que ha trazado. No lo puede evitar, mató la primera vez bajo los efectos de la luna de sangre.

—Sin embargo, no recuerdo que hubiera luna llena cuando se produjo la segunda muerte.

—Para matar no es imprescindible, pero ya te digo que se activa con la luna llena. Le gusta rememorar aquella experiencia. Si no le cazamos, seguirá matando cada vez que tenga la oportunidad.

—Nos lleva la delantera. Seguro que es alguien cercano que ni podemos imaginar. Mientras tanto, ¿crees que seguirán muriendo mujeres a nuestro alrededor? —preguntó Margot.

—Sí. Estoy completamente seguro.

A Harry le gustaba pararse en el que llamaban kilómetro cero y soltar alguna broma, pero ese día no hizo ni tan siquiera un comentario al respecto. En cuanto entraron por la brigada, Eugenio Benito Poveda les hizo pasar a su despacho. También convocó a los inspectores y policías que estaban allí.

—Esta vez se trata de la única hija del conde de Montesquinza —informó el comisario—. Se alojaba en el hotel Ritz. Hoy iba a ofrecer una exhibición de ballet. Era especialmente virtuosa en este arte.

—¿En su habitación? —preguntó Margot.

—Sí.

—¿Ha muerto de la misma forma que las anteriores?

—Por asfixia, ¡igual! Con la misma marca extraña en el

cuello —confirmó el comisario Benito—. También le falta el dedo anular de la mano derecha y lleva una piedra en la mano izquierda, esta vez amarilla. El asesino lo ha vuelto a hacer.

—Creo que la piedra que llevaba la víctima podría ser un topacio. Voy a averiguar todo sobre esa piedra. Necesito comprender las señales del asesino.

El juez había tomado declaración a Juan Pérez de las Casas esa misma mañana, en presencia de su abogado, y le había puesto en libertad. Era conocedor también del nuevo asesinato de otra joven en las mismas extrañas circunstancias que las anteriores.

—No sé si tengo respuestas para las preguntas de los periodistas —confesó el comisario—. Tampoco para las cuestiones que nos planteen nuestros superiores. Este asesino múltiple nos tiene en jaque.

—¿Nos puede dar algún dato más de la nueva víctima? —preguntó Margot con nerviosismo ante este nuevo asesinato.

—Se llamaba artísticamente Selene y formaba parte del cuerpo de baile del ballet clásico de Mariemma. Era la hija única de los condes de Montesquinza. Iba vestida para asistir a algún acto, pero no llegó a salir de la habitación. Debe llevar entre diez y trece horas muerta.

Seguramente pensaba acudir a la fiesta de Chicote, donde estaba todo el mundo. ¡El asesino mata por el placer de matar! —comentó Parker.

El comisario estaba abrumado, intentaba digerir este nuevo crimen. No le servían las pesquisas ni los sospechosos de los anteriores asesinatos. Era consciente de que, de alguna forma, el asesino quería transmitir a la policía que las investigaciones no iban por el buen camino.

—Señores, la situación es muy grave. El asesino nos lleva la delantera —el comisario se dirigió a todo el equipo—. Cada vez que mata, reclama el protagonismo de esta historia truculenta. Nos está fallando el método utilizado, porque la técnica científica es la que es y la hemos aplicado con rigor.

—¿Qué más sabemos de la mujer asesinada? —preguntó Margot para dilucidar si había entre las tres víctimas alguna conexión más.

—Como ya he dicho, la víctima iba a participar hoy en una exhibición de baile español con Mariemma, una de nuestras figuras más internacionales. Las dos se han recorrido España entera rescatando danzas populares. El cuerpo de baile y la propia Mariemma están desolados.

El comisario les mostró a todos las portadas de los periódicos en que se hablaba del estreno de Mariemma. El día anterior había ofrecido una rueda de prensa en la que salía en compañía de sus bailarinas, entre ellas Selene. A la joven se la veía muy guapa, menuda, de pelo rubio, muy sonriente. Todos se fueron pasando los periódicos para verle el rostro.

—Una bailarina. Nada que ver con las dos anteriores... —comentó Parker.

—Pero también pertenece a una familia con título, como las otras víctimas. Habría que averiguar si se conocían entre ellas: Genoveva Font, marquesa de Torquemada, Casilda de los Llanos, hija de los condes de Romelinos, y la hija de los condes de Montesquinza. Seguro que hay algo que une a las tres víctimas y es lo que deberíamos averiguar.

—La última utilizaba un nombre artístico para sus actuaciones. Se hacía llamar Selene, pero en realidad su nombre era María del Carmen Jerez del Castillo —tomó la palabra el inspector Gutiérrez.

—Selene es la forma en que los griegos llamaban a la luna —dijo Harry, sorprendido—. La luna es lo que mueve de nuevo al asesino a matar. ¿Estaba casada?

—No, soltera, pero se cree que tenía una relación con uno de los promotores del musical, que, por cierto, estaba casado. También viajaba mucho a París, donde parece que mantenía una gran amistad con un pintor, según han dicho algunas de sus amigas —comentó Suárez.

—Al asesino no le gustan las dobles relaciones y la falta de compromiso. Un Dios que decide qué está mal y qué está bien —comentó el comisario—. Tenemos que volcarnos en recabar más datos sobre ella. En el hotel alguien ha tenido que ver al asesino.

—Iré al Ritz, donde se alojaba, a ver qué averiguo —Gutiérrez recogió sus cosas y se fue de la reunión. No le hacía ninguna gracia que estuviera por allí Harry Parker. Era algo visceral. No soportaba ni que fuera novio de Margot, como les había dicho el comisario, ni que viniera tanto a España.

La reunión se deshizo rápidamente. Cada uno intentó tirar de alguno de los hilos que quedaban sueltos.

Margot decidió ir a visitar al joyero Ramiro García Ansorena y después, aunque no lo comentó, pensaba pasarse por el atelier de Casares. Durante unos minutos, continuó escuchando la derivada de la conversación entre Parker y el comisario sobre el perfil del asesino.

—Está claro que no es una mujer —comentó el comisario—. Las mujeres, generalmente, matan con veneno. Y eso que el veneno se empezó a utilizar en la antigüedad por los hombres para la caza de sus presas. Fue con los romanos cuando se usó para asesinar a los adversarios, camuflado en las comidas, en bebidas... En la Edad Media, se extendió tanto que comenzaron a prepararse antídotos. Por su parte, los árabes descubrieron el arsénico inodoro y transparente. La epidemia de envenenamientos también se extendió por Asia.

—No se olvide, comisario, de los alquimistas italianos de los siglos catorce y quince, que siempre han tenido mucha fama —apuntó Parker.

—No me olvido. Y un poco más tarde, en el dieciséis y en el diecisiete, el uso del veneno ya era un arte. Incluso en Italia se crearon escuelas para aprender a utilizarlo —prosiguió el comisario—. Y su manejo pasó a Francia, donde se formaron verdaderos maestros.

—No dejemos atrás a Inglaterra. Todos los reyes y políticos pasaron a no fiarse de nadie y solo tenían a personas de su máxima confianza para probar su comida. Esa práctica se extendió por todos los países del mundo.

Los dos exhibían su conocimiento de la historia del crimen, en este caso del veneno, y Margot comenzó a inquietarse. El comisario retomó la conversación al darse cuenta.

—Mi querido Parker, este no es el caso. Se trata de un hombre que aprovecha su fuerza para asfixiar —puntualizó—. Además, utiliza su condición de persona de confianza para entrar en las habitaciones o lugares reservados de sus víctimas. Se trata de alguien que no ve con buenos ojos que estas mujeres mantengas relaciones con varios hombres a la vez. Considera necesaria la fidelidad.

Margot les interrumpió haciendo una reflexión en voz alta:

—Podríamos hablar de alguien muy religioso, incluso de un sacerdote que escucha secretos de confesión y no tolera las infidelidades. Podría ser el nexo entre todas estas mujeres. ¿Por ahí habían investigado? —planteó Margot.

—No. Se nos pasó por alto que podrían frecuentar la misma iglesia o que tuvieran al mismo confesor como confidente. Sería demasiado fácil, pero a veces lo evidente está tan cerca que no se ve —aseveró Benito Poveda.

El comisario llamó al inspector Morales, que fue el único que no quiso entrar en la reunión, siempre en desacuerdo con la presencia de Margot. Le pidió que entrevistara a los familiares para saber si había coincidencia en la iglesia que visitaban e, incluso, si algún sacerdote era su consejero.

—¡Esperaremos noticias! Esta nueva vía nos puede proporcionar la resolución final del caso —anunció el comisario.

—Podría ser —reiteró Parker mientras se mesaba la barba—. De momento, recogeré el maletín con el detector de mentiras. Mañana regresaré a Londres y me lo tengo que llevar. Seguiré en contacto con usted, señor comisario.

—Toda ayuda será poca.

—Me quedaré por aquí haciendo pesquisas —informó el jefe de seguridad de la embajada.

—Muy bien. Esta es su oficina.

Margot se fue a la calle Alcalá a visitar la joyería Ansorena. Confiaba en que, con un poco de suerte, estuviese el dueño y joyero más experto en gemas, Ramiro García Ansorena.

La joyería estaba a pie de calle. Miró primero el escaparate y después entró. Una empleada le dio la bienvenida y ella, rápidamente, se identificó y preguntó por el dueño. La joven se retiró y, al rato, regresó un hombre mayor bien parecido. Este la invitó a que pasara a su despacho, que estaba un poco más arriba, subiendo unas escaleras. Mientras iba hacia allí, vio a personas que trabajaban con gemas de gran tamaño, otras que manipulaban oro y algunas que engarzaban piezas.

El despacho de Ansorena estaba repleto de libros y dibujos. Ramiro realizaba el diseño de muchas de las piezas que tenían en la joyería. Enmarcado en un lugar preferente, estaba el dibujo de la tiara de la flor de lis que lució por primera vez la reina Victoria Eugenia de Battenberg en su boda con Alfonso XIII. Se quedó mirándolo.

—Se trata de mi obra maestra —comentó el joyero—. Nunca olvidaré el día de la boda de nuestra reina. Es una pena que esté en el exilio. Ya han pasado catorce años del final de la guerra. Me parece que debería volver. Franco está demorando demasiado su regreso.

Todo el mundo sabía de la devoción del joyero por Victoria Eugenia. De hecho, los grandes conocimientos de la reina sobre joyas se los habían transmitido él y su dama inglesa, lady William Cecil, a la que tanto echaba de menos desde que murió. Margot conocía muy bien la historia de la reina inglesa casada con Alfonso XIII. En la embajada era un tema recurrente en los muchos actos sociales que tenían lugar en Londres.

—Don Ramiro, necesito de sus conocimientos —indicó directamente—. ¿Qué me puede decir del topacio? Se trata de un tema que estamos haciendo en la revista *Siluetas*. Y, bueno, yo sigo buscando mi piedra para un anillo, como le dije por teléfono.

—¡Qué belleza! Puede ir desde el amarillo hasta el naranja intenso —empezó a explicar el joyero—. En el comercio se maneja frecuentemente de modo equívoco para designar ciertas variedades del cuarzo citrino. Es que con el topacio es muy difícil trabajar, porque se rompe muy fácilmente.

—¿Tiene algún significado para quien lo lleva? —preguntó Margot.

—La veo muy interesada en la intrahistoria de las piedras —observó Ansorena—. Pues le diré que sí. Es una piedra que, para algunos, puede repercutir en la creatividad. Es la piedra indicada para quienes se dedican al arte en cualquiera de sus facetas. Hay quienes creen que tener un topacio puede influir para que se liberen pensamientos reprimidos, incluso los celos. Es conveniente buscarlo con luna llena. Existe la leyenda de que, si se busca con el sol, su brillo te puede dejar ciego. Los sabios antiguos se la daban a los religiosos y a los ermitaños, y también a todo aquel que prometía castidad. Ayuda a atenuar los apetitos desordenados.

—Es interesante lo que dice. ¿Con el zafiro usted me habló de los siete rayos?

—Bueno, sabe que soy un estudioso —señaló—. Hay que desmitificar los siete rayos. Los tomaremos como las siete vibraciones elementales conocidas, que uniremos a los siete colores del espectro de la luz. Por ejemplo, para los que creen en estas cosas, el topacio pertenece al primer rayo, como el citrino, el zafiro, el ámbar o la pirita. Está pensando en comprarse un anillo, ¿verdad? No solo su interés es por la revista.

—Sí, voy intentando conocer esa intrahistoria de las gemas para llevar con seguridad la que corresponda a mi personalidad.

—Le diré que usted no escoge, las piedras la eligen a usted. Podría estar horas hablándole de la maravilla que esconde cada gema. El topacio ayuda a desarrollar la creatividad y refuerza la personalidad. Sería estupenda para usted. Aunque la piedra de las piedras es el diamante. Es la gema con más alta dureza y conductividad térmica de todos los materiales conocidos por el ser humano. El diamante para mí es la mejor elección —aseguró el joyero.

—Me lo voy a pensar, don Ramiro. Le doy las gracias una vez más.

—Gracias a usted. Me encanta repasar en voz alta estas cosas que no parecen interesar a todo el mundo —declaró él.

—A mí sí, como ve, y a mi revista. Me tengo que ir. Ha sido una clase magistral.

Se levantaron y Margot le tendió la mano a modo de despedida. Ya tenía lo que quería. Pensó que en su próxima visita debería comprarse una sortija al menos. Pidió un taxi al portero y al rato ya estaba subida en él. Mientras se trasladaba por la calle Alcalá, decidió que no era demasiado tarde para ir al taller de Casares.

—Por favor, lléveme a la calle Ayala, número 27 —dijo al taxista, que la observaba a través del espejo retrovisor.

Durante todo el trayecto, fue cavilando qué excusa le pondría al modisto por no haber acudido a su cita de las once. Le diría que en la fiesta de Chicote había visto de lejos a Ava Gardner. La actriz había llegado después del rodaje, en los estudios Cinecittà de Roma, de una película en que hacía de una bailarina española; Humphrey Bogart interpretaba a un director de cine acabado. Se trataba de *La condesa descalza*, que había rodado a las órdenes de Josep Mankiewicz, con quien no se había entendido, y menos aún con Bogart. Pensó en decirle eso a Casares o a su ayudante. Conseguir una entrevista con la actriz norteamericana no era una misión tan imposible, puesto que sabía de la amistad de Aline Griffith con ella. Las prisas de la revista por sacar adelante temas podrían estar perfectamente detrás de su no asistencia a la cita prevista.

En cuanto llegaron al destino, Margot pagó al taxista y se bajó del automóvil con rapidez. Tomó aire al mirar el portal y subió las escaleras a toda prisa. Su filosofía de vida se basaba en que los malos momentos, cuanto antes se pasasen, mejor. Este era uno de ellos.

26

El pinchazo

Margot llamó al timbre y salió a abrir la puerta Juan Palomeque. Se quedó sorprendido. No la esperaba.

—El maestro la esperaba esta mañana. Ahora está almorzando, igual que el resto del personal —dijo en un tono molesto.

—He venido en cuanto me han soltado en la revista *Siluetas*. Había un compromiso urgente. Lo siento mucho. ¿No podría probarme ahora los trajes?

—Puedo hacerlo yo como un favor hacia usted —indicó de mala gana.

—Le estaría muy agradecida.

—Pase...

Después de recorrer un largo pasillo, se sentó en la salita de espera, donde había un tresillo y una mesita con revistas de moda. Entre otras, estaba el ejemplar de *Siluetas* con la portada dedicada a Casares y el artículo escrito por ella. En la pared, colgaban fotos con modelos luciendo trajes de noche espectaculares del modisto. En una de las instantáneas aparecía una bailarina en punta sobre un pie y con la otra pierna extendida formando un ángulo de ciento ochenta grados. Un espagat de la artista vestida con un traje de goyesca. «¡Qué belleza!», pensó. Realmente era un artesano de la costura, un hombre con un gran talento para vestir a las mujeres con elegancia, sacándoles el máximo partido.

Cinco minutos después, aparecía Palomeque con chaqueta y corbata y la cinta métrica apoyada sobre el cuello. En la mano izquierda, una especie de muñequera en la que se sustentaba un acerico repleto de alfileres.

—Vayamos al probador —indicó el ayudante del modisto.

Las distintas *toiles* de los trajes que había encargado descansaban en perchas. Estaban hechas en algodón crudo con la forma y el corte que había elegido. Era el paso previo a la pieza definitiva sobre la tela escogida. Así se podían corregir errores en el diseño y perfeccionar el resultado final.

—Cuando se ponga la primera, me avisa, por favor.

Margot se desvistió delante del espejo y se puso la *toile* de una chaqueta y una falda que le quedaban como un guante. Llamó a Palomeque y este entró sin pronunciar una sola palabra. La miró como si fuera una pieza de arte y comenzó a rectificar aquí y allá con alfileres. Estrechó un poco más las dos piezas.

—Ha quedado perfecto. ¡Vayamos a por el segundo modelo! —indicó sin más.

Margot no se había atrevido a hablar de nada. Se encontraba realmente incómoda en presencia del ayudante y amante de Casares. Tenía la mirada penetrante y daba la impresión de que le leía los pensamientos mientras comprobaba las piezas cosidas en el taller. Margot se probó el segundo traje con la chaqueta más larga y ceñida y la falda a media pierna. Volvió a llamar a Juan Palomeque. Regresó y la miró de nuevo de arriba abajo. Dio una vuelta sobre ella y rectificó de nuevo los pequeños defectos de la *toile*.

—Las mangas tiene que estar perfectas. Un buen traje se nota en las mangas.

—Sí, esa obsesión por las mangas la tiene también Balenciaga —añadió Margot.

—No solo Balenciaga, Casares también es capaz de hacer una manga farol, una plisada, con volantes, abullonada... que ya quisiera cualquier modisto instalado en París —puntualizó él—. De todas formas, son imprescindibles en los diseños, pero no todo el mundo sabe apreciarlas.

Margot se dio cuenta de que no había estado afortunada en su comentario sobre Balenciaga. Ya le había pasado con Casares algo parecido. Juan Palomeque no solo era el ayudante, sino el principal adulador de su maestro. Sus manos se movían a gran velocidad, prendiendo alfileres allá donde había una mínima arruga. Pensó que, con la prueba del tercer traje, debería sacar el tema de la bailarina asesinada. Era un ahora o nunca, se dijo a sí misma.

Se probó la tercera *toile*. La chaqueta era corta y la falda acampanada marcaba mucho la cintura. Cuando tuvo bien colocadas las piezas elaboradas en algodón, llamó al ayudante de Casares. Palomeque se presentó de nuevo y, como había hecho las veces anteriores, la miró de arriba abajo y se puso a colocar alfileres sobre la cintura de la falda.

—Hay que estrecharla más. Nos ha quedado demasiado holgada o usted ha adelgazado.

El ayudante iba prendiendo alfileres de forma compulsiva.

Cuando se puso de pie para rectificar la chaqueta, Margot se atrevió a soltar su pregunta.

—¿Se ha enterado? Otra dama de la alta sociedad ha muerto asesinada... —dijo Margot simulando asombro.

Palomeque clavó uno de los alfileres más de la cuenta y llegó hasta la piel de Margot. Evidentemente estaba sorprendido ante la cuestión que le planteaba la periodista a bocajarro.

—¡Ayyy! —exclamó la joven.

—Lo siento. Al ir tan rápido, a veces no controlo.

—Se han enterado, ¿no? —volvió a repetir después del pinchazo.

—Sí. Muchos admirábamos a Selene. De hecho, teníamos entradas para verla esta noche con el ballet de Mariemma.

—¡Era clienta suya! Seguramente la foto de la bailarina que tienen en la salita de espera es de ella, ¿no?

Hubo un silencio que finalmente rompió.

—Sí. Todo el que es alguien en la alta sociedad ha pasado por esta casa —afirmó Juan Palomeque sin apartar la atención del dobladillo—. La fama de Casares se ha extendido más allá de nuestras fronteras. Empiezan a llegarnos clientas americanas e inglesas, como es su caso.

—Bueno, yo soy española, aunque criada en Londres. ¿Quién puede querer matarlas, señor Palomeque? ¿Y por qué? —Margot recondujo el tema.

—Eso ya corresponde a la policía, que no parece que esté haciendo las cosas bien —añadió molesto—. ¡Es una vergüenza! Tres muertes y no tienen ni idea.

—Son mujeres que entre sí no parecen tener un nexo. Es imposible que la policía se adelante a la forma tan extraña de actuar del asesino —respondió Margot, sintiéndose aludida—. Yo me pregunto qué es lo que las hace vulnerables ante sus ojos.

—No tengo respuesta a esa pregunta. Yo soy un simple ayudante del gran Pedro Casares. Nada más. ¿Se prueba la *toile* del vestido de noche y ya acabamos? —concluyó el ayudante.

—Sí, sí...

Margot se sentía nerviosa. Sobre todo, dudaba si el pinchazo había sido espontáneo o aposta. Evidentemente, el ayudante del modisto se había sorprendido ante sus preguntas. Pensó que cuanto antes saliera de allí, mejor. Se puso la *toile* del vestido de noche, abrió la puerta del probador y volvió a avisar a Palomeque. Pero esta vez no entró él, sino Casares.

—¿Señora Peters?

—¡Don Pedro! —exclamó sorprendida al verlo—. Perdone que haya llegado sin avisar y a estas horas...

—Este vestido le queda perfecto. Una mínima arruga... ¡Deme un alfiler! —pidió a su ayudante y ajustó un poco más la pinza del pecho—. Cuando esté con la tela definitiva, improvisaré sobre el modelo que ha elegido. Ya sabe mi teoría de que las telas hablan. El punto final se lo daré yo a mi manera.

—¡Por supuesto! Sé que realizará una obra de arte. Hablaba con su ayudante de que ha muerto otra joven, también clienta suya. —Volvió al tema que le interesaba.

—Todos los artistas y mujeres de la sociedad están viniendo por aquí. Es como si usted dice que todas las que van a Lhardy o a Chicote están siendo asesinadas —argumentó el modisto—. Evidentemente, la respuesta solo puede ser afirmativa. Eso es tanto como no decir nada.

—¿Qué cree que le atrae al asesino de ellas?

—Yo me haría otra pregunta: ¿qué le molesta al asesino de su comportamiento?

—Interesante reflexión... Hay algo que le molesta de ellas o de su actitud. —Margot reprodujo las palabras del modisto.

—Tiene usted un cuerpo perfecto; si piensa casarse, me gustaría hacerle el traje de novia. —Casares cambió de tema.

—No tengo intención de casarme, la verdad.

—¡Todas las mujeres quieren casarse!

—¡Yo no! No es mi meta.

—¿Y cuál sería su meta?

—¡Escribir buenas historias! Lo de casarse no está entre mis objetivos.

Casares continuó hablando e incidiendo sobre el mismo tema.

—Me dijo Aline que mantiene una buena amistad con el jefe de seguridad de la embajada española en Londres —continuó diciendo el modisto de forma capciosa.

Se quedó asombrada de la información que le había dado la condesa de Quintanilla.

—Nada más que una buena amistad. Yo, perdone, es que estoy afectada por la muerte de esas tres mujeres. Seguramente usted también. ¡Las conocía a las tres! —Seguía cada uno con su particular pulso.

—¡Cómo no estarlo! Alguna era buena clienta —confesó al fin el modisto—. Ahora, quien está haciendo un mal trabajo es la policía. ¡Horrendo! ¡Deberían destituir al comisario Juan Bilbao, responsable de la investigación!

Tuvo la sensación de que Casares controlaba quién era quién dentro de la policía y señalaba al comisario jefe con conocimiento. Eso podría conllevar problemas a toda la brigada, ya que poseía una gran influencia sobre las mujeres de los altos cargos.

—¡Con todas las pistas que está dejando! ¿Nada de nada? —continuó Casares.

—¿A qué pistas se refiere? —preguntó extrañada.

—A las que cuentan los periódicos. Lo que leo —aclaró él.

—Ya...

—Bueno, ¡hemos terminado! La llamaremos cuando estén los trajes para la última prueba —concluyó Casares.

—Está bien. Muchas gracias.

—La próxima vez, llame antes de venir.

Casares siempre tan ácido y antipático, pensó Margot. Tan solo le había visto eufórico el día de la fiesta de Pedro Chicote. Parecía un hombre completamente distinto.

—Siento mucho haberme presentado así, sin avisar —se excusó.

—Me retiro, señorita. —Cogió la cinta métrica y se la guardó en el bolsillo de la chaqueta.

Se quedó sola en el probador y se volvió a vestir con su ropa. Seguía pensando en la bailarina que acababa de morir. ¿Por qué?, se preguntaba. Al abrir de nuevo la puerta del probador, se encontró con Palomeque esperándola con gesto serio. No hubo más comentarios de ningún tipo. Ella tampoco quiso preguntar nada más.

—Repito, muchas gracias —fue lo único que alcanzó a decir mientras atravesaban el pasillo.

—Está bien. ¡La llamaremos para la próxima cita! —comentó el ayudante después de abrir la puerta.

En el rellano, Margot respiró aliviada, aunque tenía la sensación de que Palomeque estaba observándola a través de la mirilla de la puerta. No quiso volver la cabeza para comprobarlo. Es más, bajó las escaleras sin esperar al ascensor. Necesitaba salir de su campo de visión cuanto antes. En la calle, se acercó hasta la parada de taxis y se subió al primero que vio libre. Antes de ir a la comisaría, se pasó por casa. Necesitaba hacerlo. El atelier de Casares tenía algo que no le gustaba. Es más, la incomodaba. Cuando llegó a la Gran Vía, disfrutó del día soleado que hacía y pidió al taxi que la dejara a dos manzanas de su casa para poder pasear un momento y pensar. En su cabeza todo daba vueltas. Estaba segura de que, cuando le dijo que el comisario lo estaba haciendo mal, había oído esa información en boca de alguien importante. Seguramente, la mujer de algún miembro del gobierno. Estaba convencida de que Juan Bilbao tenía las horas contadas.

Camila y Sátur siempre la esperaban para comer hasta las tres de la tarde. Si no se presentaba antes de esa hora, empezaban sin ella. Pero Margot llegó a tiempo, realmente necesitaba sentirse en casa. Tenía prisa, pero no lo dijo. Se sentó agotada de la mañana que había tenido. Todo había sido demasiado intenso. Camila le preguntó por la muerte de la joven. Desde que conoció la noticia, no había dejado de pensar en ella.

—Ahora me pasaré por la comisaría. Solo sé que era una bailarina del ballet de Mariemma —informó a las dos— y que

Casares la conocía. Para los condes de Montesquinza se trata de una gran desgracia, ya que era su única hija.

Sátur se santiguó y comenzó a servir la comida. Camila se quedó muy afectada. Para cambiar de tema, Margot le contó que se había podido pasar por el taller del modisto.

—¿Sabes?, tenían una foto de ella en la sala de espera. Era muy guapa, con una carrera brillante por delante. —Igualmente les comentó lo incómoda que se sentía con Casares y ya no digamos con su ayudante.

Camila le dijo que con ella sí era amable y que, en cambio, desde el primer momento, ella no se había entendido con él. Le habló de su talento y de lo poco expresivas que eran algunas personas, sin que eso significara nada.

Margot empezó a comer la sopa que había preparado Sátur. No quiso seguir hablando del caso que ocupaba su mente.

—Parker regresa mañana a Londres. ¿Quieres que lleve algún paquete a tu familia? —preguntó a Camila.

—*I don't have enough time to do it as I would like to.* —Le decía que no le daba tiempo a hacerlo como a ella le gustaba.

—A mí tampoco. Escribiré una carta a los tíos para que sepan por mí esta noticia tan macabra.

—*I'm sure that under these circumstances, Aunt Frances would come to Spain until the crime is solved.* —Pues seguro que en estas circunstancias la tía Frances se venía a España hasta que se resolviera el crimen, le dijo.

—Pues si viene, tendré que contarle la verdad de mi participación en la investigación —dijo resignada.

Camila le pidió que esperara. Pensó que igual todo se solucionaría rápidamente.

—También puede torcerse completamente.

Margot se fue de casa nada más comer. Además del arma, se llevó consigo la pipa de su padre y tabaco para fumar en comisaría, por si la tarde se complicaba. Tenía ganas de ver a sus compañeros. Sobre todo a Parker, para comentarle su intuición de que estaba a punto de producirse un terremoto en la brigada.

27

Una rosa blanca

Cuando Margot llegó a la brigada, le comentaron que un sacerdote estaba reunido con el comisario y con Harry Parker. El inspector Gutiérrez le informó de que tanto la hija de los condes de Romelinos, Casilda de los Llanos, como la primera víctima, Genoveva Font, la marquesa de Torquemada, tenían como consejero espiritual a don Javier Cuadrado, párroco de la iglesia de San José, en el número 43 de la calle Alcalá.

Esta iglesia estaba construida sobre el primitivo convento de San Hermenegildo, de la Orden de los Carmelitas Descalzos, que se demolió en el siglo XVIII. En 1730, se encargó a Pedro de Ribera la construcción de la iglesia actual, con el convento de carmelitas anexo. A dicha iglesia acudían muchos aristócratas. No en vano su principal promotor fue el undécimo duque de Frías. Estaba repleta de obras de arte. Destacaban en su interior la capilla de Santa Teresa y el Cristo del Desamparo, conocido popularmente como el de los Siete Reviernes, una escultura muy venerada de Alonso de Mena. La tradición aseguraba que, si acudías siete viernes seguidos, se te concedía una gracia.

En San José celebró su primera misa el escritor Lope de Vega, después de ser ordenado sacerdote. También en este templo se había casado Simón Bolívar con María Teresa del Toro. Una plaquita lo recordaba nada más entrar.

Margot hablaba con Gutiérrez de esta iglesia donde se concentraban las historias milagrosas de las tallas que allí se veneraban. Igualmente, se trataba de un lugar del que las leyendas se contaban en racimo. El inspector informó que Morales tenía conocimiento de una que navegaba entre lo esotérico y lo milagroso.

—¿A qué leyenda se refiere? —saltó Margot.

—No he prestado atención. Pregúntaselo a él.

—Si no hay más remedio...

Tragó saliva y se fue a hablar con el inspector Morales. Se acercó muy seria hasta su mesa y le preguntó por el tipo de leyenda que se cernía sobre la iglesia.

—¿Vienes como periodista o cómo inspectora? Bueno, solo puedes venir como periodista... —respondió Morales.

—Me da igual lo que pienses sobre mí. ¿Me puedes decir qué te han contado?

—Está bien... Se trata de la leyenda de la dama de la rosa blanca. Cuentan que resucitó para vivir su último baile una noche de luna llena. Un joven diplomático la vio entre los muchos asistentes al baile de máscaras y bailaron juntos. Después, ella le pidió al joven que pasearan juntos por Madrid y que entraran en la iglesia de San José. El joven la siguió y ella le mostró un ataúd que se encontraba cerca del altar. Le dijo que era el suyo. El joven huyó muerto de miedo y horas más tarde acudió de nuevo a la iglesia, donde se estaba oficiando un funeral. Pudo comprobar que se trataba del funeral de la joven misteriosa del baile. Posteriormente, fue enterrada con una rosa blanca entre las manos.

—¿Dónde se va a oficiar el funeral de la bailarina, la hija de los condes de Montesquinza? —preguntó Margot.

—Precisamente en la iglesia de San José.

—¿Cuándo?

—Mañana a las siete de la tarde.

—Tenemos que estar allí presentes.

—Pensábamos hacerlo, señorita pseudoinspectora... —se burló Morales.

Margot lo miró fijamente a los ojos y no le respondió. Estaba llena de ira. Se fue hasta la mesa de Gutiérrez mientras le daba vueltas a lo que le había contado el antipático y maleducado de Morales. La joven del ataúd... El último baile en luna llena... La rosa blanca. Las dos primeras asesinadas tenían al párroco como consejero espiritual. Y el funeral de la tercera se iba a celebrar en la misma iglesia donde las dos primeras víctimas se confesaban. ¿No era demasiada casualidad?, se preguntaba. La leyenda de la bailarina que resucitó para bailar un último baile, y la tercera víctima se dedicaba a la danza. Estaba todo conectado...

—¿Qué te contaron en el Ritz? —preguntó a Gutiérrez.

—No sabían nada de ninguna visita. Le llegó un ramo de rosas blancas sin tarjeta. Estaba viva cuando se lo subieron a la habitación. Al parecer le encantó el regalo. Ella debía saber quién se lo mandaba.

—¿Rosas blancas? La joven de la leyenda fue enterrada con una rosa blanca. Da la impresión de que el asesino sabe todo esto. Sigue yendo por delante, marcando un camino.

Observó que había movimiento en el despacho del comisario y decidió no estar delante cuando saliera el sacerdote. Había tomado la decisión de ir al día siguiente a confesarse con él para saber cómo era y qué les decía a sus feligresas. Iba con sotana, pero no era un hombre mayor; incluso era alto y bien parecido. ¿La clave estaría en aquel religioso? —se preguntaba observándolo desde lejos.

Cuando el cura salió por la puerta, Margot contó a Parker y al comisario la reflexión que había hecho Casares sobre el mal desarrollo de la investigación. Entraron en el despacho y encendieron un cigarrillo antes de escucharla.

—Casares no habla con voz propia, sino que dice lo que escucha a sus clientas. Me ha dado a entender que el comisario Juan Bilbao tiene los días contados. Le hacen responsable de la falta de resultados antes tantos crímenes de mujeres de buena familia. Se va a producir un terremoto en esta comisaría. Algún miembro del gobierno quiere pedir su destitución y debe estar presionando. Este modisto se codea con las esposas de todos los políticos y con mujeres de buena familia.

—Está claro que quieren hacer rodar cabezas. Si rueda la de Juan Bilbao, rodará la mía. Yo estoy aquí echando una mano al comisario jefe. Cumplo un horario que a él le conviene, y yo, que estoy jubilado, vengo por el placer de descubrir y desenmascarar a chorizos y asesinos.

—Lo mismo el nuevo, si es que hay un cambio, tampoco quiere que usted se vaya sin antes resolver este caso —comentó Margot.

—Ese extremo lo desconocemos. Tenemos que ponernos las pilas. El sacerdote puede tener la clave —sugirió Benito Poveda.

—No tiene manos como para asfixiar a nadie, son de pianista —aseveró Parker.

—Pero puede ayudarse de algún elemento que sea el que deja esa marca perfectamente lineal en el cuello de las víctimas. Dijo Arquímedes: «Dame una palanca y moveré el mundo» —comentó el comisario—. Pues yo añado: dame un elemento externo y podré matar aplicando nada más que paciencia. Se tarda mucho en morir de esa manera; incluso la víctima puede intentar defenderse y dejar alguna marca en el asesino.

—El problema es que las pilla siempre de espaldas y ellas no se esperan esa reacción. Tienen confianza con él y no se imaginan que las va a matar. Probablemente la luna llena sea el detonante. —Parker seguía erre que erre con su tema de siempre.

—Al final va a tener razón con su teoría de la luna —comentó Benito Poveda.

—La próxima víctima será en junio y coincidirá con el solsticio de verano. El momento en el que la luz alcanza su máxima expresión. El sol llega a la mayor inclinación angular hacia el Polo Norte, por lo que el hemisferio norte da la bienvenida al día más largo y a la noche más corta del año. Nuestro hombre necesitará volver a asesinar ese día, porque será un momento en el que se sienta poderoso. Tendremos un mes para pensar en sus posibles víctimas y protegerlas. Podemos y debemos pillarlo. Yo vendré a España antes del solsticio. Desafortunadamente, en este momento tengo que regresar a Londres —dijo Parker mientras se ponía en pie y se despedía.

—Comisario, me voy a acercar a la redacción de *El Caso*. Necesito saber qué está preparando el periódico sobre este tema. —Margot interrumpió la despedida—. Mañana, antes de venir, acudiré a la primera misa en San José. Haré todo lo posible para confesarme con don Javier Cuadrado. Intentaré hacerme asidua de sus misas y de sus confesiones. Tengo la impresión de que en esa iglesia está la clave.

—Como siempre digo a los policías: ¡sigan su instinto! Casi nunca falla. ¡Adelante! —respondió el comisario.

Margot recogió sus cosas y salió de la comisaría con Parker. Quería despedirse de él y contarle que deseaba ponerse a la vista del asesino para hacer de conejillo de indias. Estaba convencida de que sería la única manera de pillarlo. Paseaban por las calles repletas de viandantes mientras Margot le confesaba su plan.

—Harry, voy a contarle al sacerdote que estamos prometidos, pero que hay otra persona que me gusta y no sé qué hacer. —Margot le expuso su idea—. Si te das cuenta, todas las mujeres asesinadas tenían una doble vida. Una estaba casada, pero se dejaba ver con chicos jóvenes. Otra estaba prometida, pero se veía con su antiguo novio. La bailarina parece ser que estaba con un hombre casado y a la vez mantenía una relación con un pintor. No sé. Siempre hemos dicho que parecía un guardián de la moral. ¿Qué piensas?

Harry había escuchado a Margot sin decir una sola palabra. Estaba sorprendido de todo lo que le estaba diciendo.

—No me gusta tu idea. ¿Quieres poner a prueba al cura?

—¡Sí!

—Te vas a exponer demasiado y vas a asumir un riesgo innecesario —advirtió Parker.

—¡No pueden seguir muriendo mujeres! Tengo que intentarlo. Puede que no sirva de nada, pero quizá el asesino tiene contacto con el cura o se fija en las personas que se confiesan con él. Seguramente también acuda mañana por la tarde al oficio religioso. Llamaré a Cayetana o a Aline. Confío en que alguna tenga intención de ir al funeral de la joven.

—¡No me gusta tu idea! ¡No sabes a quién te estás enfrentando! Lo mismo es alguien a quien ya has tratado, una persona cercana. O puede que, al entrar en la iglesia, te metas en la boca del lobo. Ahora con más motivo vendré antes del solsticio de verano. Volverá a intentarlo, eso está claro.

Fueron caminando hasta el Palace, donde se alojaba Parker. Había mucha complicidad entre los dos. Sobre todo compartían el mismo entusiasmo por encontrar al asesino. Margot estaba dispuesta a lo que fuera con tal de acabar con aquella situación. Solía enfrentarse al miedo de cara. Desde que murieron sus padres, siempre pensaba que al miedo había que superarlo mirándolo de cerca.

—Sinceramente, no podemos quedarnos de brazos cruzados. Soy la única mujer de la brigada. Debo ser yo el cebo.

—Si no fueras tú, te diría que es coherente lo que dices. Pero no me gusta que te enfrentes sola a ese tipo de personas. Puede ser cualquiera: alguien de la sociedad en la que te mueves, el cura mismo, un compañero policía... Es alguien que tiene información y mata por placer. Lo probó la primera vez y le gustó la sensación de ser Dios. Alguien egocéntrico. Un hombre seguro de sí mismo.

—¡Tranquilo! Voy con mi pistola. Sé disparar y sé defenderme.

—Lo sé, pero... y ¿si son dos? Estarías en inferioridad de condiciones.

—¿Dos? Nunca habíamos pensado en esa posibilidad. Si fueran dos, las víctimas tendrían muy difícil defenderse.

Margot se sentó en una marquesina que había frente al palacio de las Cortes. No había contemplado la posibilidad que le planteaba Parker. No se lo esperaba.

—Es una de tantas hipótesis —respondió la joven—. En realidad, no sabemos cómo elige a sus víctimas. Sigo con la idea de ir a misa y verme con frecuencia con el sacerdote. Por intentarlo...

—Está bien. Pero ten en cuenta tres cosas: jamás des la espalda a nadie, por muy conocido que sea. Segundo, distancia: si se acercan demasiado, pierdes tu defensa. Si invaden tu espacio, inmediatamente da un paso atrás sin perderlos de vista. De frente y sin dejar de mirarlos. ¿Me has comprendido? —preguntó Parker.

—Sí.

—Y lo más importante. Si te han pillado por la espalda, da un pisotón con todas tus fuerzas, como si te fuera la vida en ello. Por lo menos su acto reflejo será soltarte. Infalible también: un rodillazo con toda tu alma en su entrepierna.

—¿Cómo?

—Lo que oyes. Con todas tus fuerzas. Hay más. Si te coge por las muñecas para inmovilizarte, tienes que actuar a mucha velocidad; giras las muñecas y subes los codos, te zafarás de él.

Harry inmovilizó por las muñecas a Margot y le pidió que pusiera en práctica lo que le acababa de decir.

—Gira las muñecas y sube los codos. Tienes que hacerlo muy rápido —insistió él.

Al principio, Margot no lograba zafarse, pero al cabo de tres intentos aprendió. A pesar de hacerlo cada vez mejor, vieron que empezaba a arremolinarse gente en torno a ellos, pensando que estaban peleando.

—Oh, no. Es... un juego. Nada más que eso. ¡Ya está! ¡Dejamos de hacerlo! —comentaba Margot.

—Ha sido una estupidez... —insistió Parker.

Siguieron caminando y la concurrencia se disolvió.

La noche parecía agradable. No hacía ni excesivo calor ni excesivo frío. Era una temperatura ideal para estar en la calle.

—¿Quieres tomar un té? Dentro hay una cafetería y una cúpula preciosa —dijo Harry.

—No. Tengo que irme corriendo a la redacción de *El Caso*. Gracias por tus consejos. ¿Esa técnica de defensa cómo la has aprendido?

—La historia es un poco larga. Un amigo inglés que estuvo en Japón estudiando el idioma y que ahora da clase en el British Council que se abrió allí el año pasado, aprendió la técnica del kárate Do Shotokan. Cada vez que viene a Londres, me enseña algunos de los movimientos de defensa que ha aprendido. Lo cierto es que son muy útiles. Yo nunca he tenido que utilizarlos, pero puede que tú sí. Nunca dejes que el sospechoso se acerque demasiado, siempre a un paso de distancia de ti. Si se acerca más de la cuenta, ya no te podrás defender. ¡Distancia! Esa es la clave. Y algo que le enseñaba mi madre a mi hermana: siempre una aguja en la ropa, por si se la tienes que clavar a alguien.

—Dios mío, pero ¿a quién crees que me voy a enfrentar?

—A un asesino.

Se despidieron con un abrazo y un «¡hasta pronto!». Margot decidió no prolongar ese momento y salir corriendo sin mirar atrás. Cada vez le costaba más despedirse de aquellos a los que apreciaba, aunque no lo quería reconocer ni para sí misma.

Se fue hasta la parada de taxis y le pidió al primero de la fila que la llevara al periódico, en la calle Jordán. Como siempre, Clotilde y el cocodrilo Leopoldo le dieron la bienvenida. La secretaria de redacción le indicó que entrara a la reunión que mantenía Eugenio Suárez con toda la redacción.

—Pasa, Margot —dijo el director nada más verla—. Estamos hablando de este caso que tiene a toda la sociedad atemorizada. ¡Lo quiero todo! Os tenéis que esforzar en tener algo que la competencia no sepa. ¿Irás al funeral mañana? —se dirigió a ella.

—Sí. Voy a ir.

—Pues quiero todos los detalles de lo que ocurra allí. ¿Me oyes? No pases como periodista, pasa como amiga de la víctima. Te encontrarás allí con José María de Vega. A diferencia de ti, estará con la libreta en la mano. Tendremos dos perspectivas diferentes.

Margot sintió de nuevo un pinchazo en el estómago, pero disimuló. Sabía que estaba a prueba permanentemente.

—Al resto os pido que tengáis los oídos muy atentos a cualquier rumor o información. ¡Esto es prioritario! —informó Suárez.

El director ponía de nuevo a sus dos mejores reporteros compitiendo por la misma información. Ella intentaría fijarse en los pequeños detalles. Esos que la mayoría pasa por alto.

Antes de salir de la redacción, llamó a Cayetana, pero estaba de viaje en el extranjero. Lo intentó con Aline. Ella sí acudiría al funeral. Quedó en ir a buscarla a su casa para ir juntas. Pensó que sería interesante conocer la opinión de la condesa sobre esta tercera muerte que llevaba a la policía de cabeza.

28

Entre la moda y los sucesos

Comenzaba a clarear el día cuando el despertador retumbó en su oído. Margot ya estaba con los ojos abiertos desde hacía un buen rato. Por eso, al comenzar a repicar la campanilla de aquel reloj que la acompañaba hacía tiempo, le pegó un manotazo para apagar su escandaloso sonido.

Aunque no lo parecía, ese aparato tan pequeño como la palma de su mano le traía bonitos recuerdos. Fue el regalo de su tío cuando cumplió quince años. «Es importante que llegues a las citas con diez minutos de adelanto. La educación se ve en la puntualidad», le repetía. Recordó lo mayor que se sintió en aquel momento en que asumía la responsabilidad de levantarse ella sola, sin que nadie fuera a despertarla. ¡Lo que daría por volver a aquellos quince años! Ahora, con veinticuatro, era consciente de que la vida la dejó sin tiempo libre en cuanto empezó a trabajar. Y, en España, era como si las horas corrieran sin ningún sentido, precipitándolo todo. No se acostumbraba a vivir con tanta prisa, y menos aún con su doble vida: redactora de moda de mañana e inspectora de tarde, a la vez que columnista de sucesos. Era plenamente consciente de que su día a día se había convertido en una auténtica locura, pero disfrutaba de esa ambivalencia que solo conocía un pequeño círculo.

Después de arreglarse y desayunar, llamó desde su despacho a Justino Ochoa, el director de *Siluetas*, que llegaba muy pronto a la redacción. Le propuso una entrevista con la popular Ava Gardner. Al director le pareció bien, pero, mientras la actriz norteamericana se prestaba al encuentro, le pidió que escribiera de dos jóvenes que estaban arrasando en Francia y Estados Unidos.

—Querida Margot, hagamos olvidar a los lectores los sucesos de estos últimos meses —propuso Ochoa—. ¡Entérate de qué está pasando con una joven de la que todo el mundo habla en París! Y lo mismo, en Estados Unidos, con un joven cantante de Memphis.

—¿Quiénes son?

—Ella se llama Françoise Sagan. Ha escrito una novela, *Bonjour tristesse,* que ha conmocionado a los franceses. Habla de una sociedad vacía con personajes que viven el momento sin ninguna otra pretensión. Me gustaría que hicieras un artículo sobre ella y sobre su libro. Pero ten cuidado con lo que cuentes, que habrá que sortear la censura. Piensa que trata de forma desenfadada la sexualidad. La protagonista mantiene relaciones sexuales sin estar enamorada del joven con el que se relaciona, y su padre está con unas y con otras. Hay mucho placer, mucho lujo y mucha fiesta. Los personajes tratan de alcanzar la felicidad a través del hedonismo, es decir, con la búsqueda permanente del placer.

—¿Y tú crees que se publicará en España?

—Es muy probable que no, pero, hasta que lo lean los censores, contemos nosotros lo que está pasando en el país vecino.

—Está bien, conseguiré un ejemplar en francés y me pongo a ello. ¿Y el americano?

—Se llama Elvis Presley y también tiene diecinueve años. Ha hecho una canción titulada *That's All Right, Mama*. Es un blanco con voz de negro. Se mueve como si fuera de goma. Los dos, tanto Françoise como Elvis, han roto moldes —informó el director—. Por eso, te pido que escribas algo sobre ellos, ya que están revolucionando a los jóvenes. Se está produciendo un cambio en la gente de menos edad del que quiero hacer partícipes a los lectores.

—Me gusta. Tengo mucha curiosidad. ¡Lo tendrás!

Cuando colgó a Justino Ochoa, Margot se dio cuenta de que la sociedad se estaba transformando y ella quería formar parte de ese cambio. Los jóvenes rompían con lo establecido. Ella, de alguna manera, lo estaba haciendo también. Poco a poco se estaba convirtiendo en una mujer que colaboraba en un mundo hasta ahora exclusivamente masculino. Era el momento de abrir caminos inexplorados por otras mujeres. La llamada del director de *Siluetas* le había servido para darse cuenta de la trascendencia de los pasos que ella misma estaba dando.

Sin embargo, pese a su éxito como periodista, se sentía frustrada al no poder esclarecer al estilo Sherlock Holmes quién estaba detrás de la muerte de las tres mujeres. Probablemente, todos los asesinatos habían sido a manos de la misma persona. Le obsesionaba ese asesino múltiple, y ella estaba dispuesta a arriesgarse para desenmascararlo.

Era plenamente consciente de que tanto Camila como Sátur tenían razón al pedirle que abandonara el mundo del suceso que tanto la atraía. Pero era superior a sus fuerzas. Tampoco pretendía abandonar la moda. Gracias a la crónica de sociedad, había aprendido a moverse en los círculos madrileños, disfrutar del ocio de la capital y conocer de primera mano las nuevas tendencias. Y no solo eso, acababa de descubrir a Sagan y a Presley. Se acordó de que a Aline, con sus contactos, podría ayudarla una vez más a encontrar la novela. Y a través de Parker, intentaría conseguir uno de los discos del joven de Memphis. Sentía curiosidad por escuchar su ritmo y descubrir su voz. Se decía a sí misma que los jóvenes buscaban espejos en los que mirarse. Ellos dos podrían ser lo que tanto estaba esperando su generación.

Mientras tanto, la realidad se impuso. Debía darse prisa e intentar asistir a la primera misa en la iglesia de San José. Seguiría con el plan que había trazado mentalmente para llegar hasta el cura que, sin duda, conocía a las víctimas. Nada más salir de casa, se dirigió caminando hacia la iglesia. No estaba muy lejos de la Gran Vía. Se encontraba en el número 43 de la calle Alcalá. Se trataba de una iglesia barroca con una entrada en ladrillo rojo y piedra gris.

Al entrar, un cura acababa de comenzar el oficio religioso para unos pocos fieles que habían madrugado. Otro sacerdote, vestido con sotana y de gran envergadura, estaba sentado en un confesionario de madera que tenía dos ventanas con rejillas a cada lado. Era don Javier Cuadrado, la misma persona que había visto salir del despacho del comisario.

Margot pensó que había llegado el momento de entrar en acción. Se puso en pie y se dirigió al confesionario, pero una mujer de mediana edad y aspecto elegante se le adelantó. Tuvo que esperar diez minutos hasta que el sacerdote le dio la absolución. Esta vez, Margot se dio prisa y, en cuatro zancadas, se puso de rodillas en uno de los laterales del confesionario. A través de la rejilla pudo intuir la cara del sacerdote y, a la vez, comprobar el gran tamaño de sus manos.

—Ave María Purísima —dijo el cura.

—Sin pecado concebida —respondió Margot.

—¿Cuándo fue la última vez que se confesó en Cristo, hermana? —preguntó don Javier Cuadrado.

—Hace un par de años... —Tragó saliva y cogió aire.

—Debe acudir con más frecuencia... Se ha descuidado mucho. ¿No es de por aquí, verdad?

—Llegué hace poco de Londres, donde me he criado —intentó disimular marcando más el acento inglés.

—Está bien, fuera de España se tienen otros hábitos. Enumere sus pecados...

Tal y como Margot había planeado, comenzó a relatar la ansiedad que sentía al estar prometida en Londres y, a la vez, estarse enamorando de otra persona cercana a su entorno en Madrid. El sacerdote no paraba de hablar de «la terrible confusión» en la que vivía. Pidió que dejara de ver a esa persona de su entorno cercano. Pero Margot le insistía en que no podía.

—El amor tiene mucho de obsesión. Deje de pensar en esa persona cercana y céntrese en la fidelidad a su promesa de matrimonio. Uno debe ser esclavo de sus decisiones y de la palabra. No le puedo dar la absolución hasta que no me diga que lo va a intentar.

Margot le confirmó que iba a poner todo de su parte y el

cura le pidió que siguiera yendo por allí para continuar ayudándola.

—Profundice en una vida de oración y acérquese a Dios, rece tres avemarías y tres padrenuestros.... *Ego te absolvo a peccatis tuis in nomine Patris et Filii et Spiritus Sancti.*

—Amén —contestó Margot. Se retiró al banco donde estaba previamente y se puso de rodillas.

El sacerdote, al salir del confesionario para ayudar al cura que oficiaba la misa, se la quedó mirando. Intentaba averiguar si la conocía, pero no tenía ni idea de quién era. Hasta el momento, solo conocía su voz y ese enamoramiento por alguien cercano a su entorno que le acababa de confesar. Nada más. El anzuelo, pensó Margot, estaba echado.

Al sentirse observada y escrutada por aquel sacerdote de manos grandes, sintió un escalofrío por todo su cuerpo. Era un hombre de una edad no definida con una mirada muy profunda y una voz grave, de barítono.

La joven periodista salió de la iglesia y regresó a casa caminando mientras le daba vueltas a la cabeza sobre si ese hombretón con sotana podría ser el asesino. Parecía una persona amable, aunque, sin duda, con las ideas muy rígidas. Podría haberle dicho que dejara a su prometido y que aclarara sus ideas, pero no; le había pedido que se alejara de su compañero de trabajo. Para el sacerdote primaba el compromiso de matrimonio por encima de todo. Margot comenzó a elucubrar. Quizá a la primera víctima no le perdonó que no fuera fiel a su promesa matrimonial de fidelidad. Con la segunda ocurría lo mismo; iba a casarse, pero se seguía viendo con su primer novio. Otra vez fallaba la palabra de la víctima. Y la tercera se había inmiscuido en la vida de un hombre casado, mientras mantenía otra relación en París con un pintor. Su envergadura y sus manos enormes hacían verosímil la teoría de que fuera un hombre fuerte el que había acabado con ellas. Cuadraba completamente en el perfil.

Pero, al mismo tiempo, resultaba una contradicción que el asesino fuera un hombre entregado a Dios, parecía una auténtica perversión. Se supone que un sacerdote debe ser una persona bondadosa que ayuda a sus fieles y no precisamente quien acabe con sus vidas. El asesino era el que tomaba la decisión de si debía seguir viviendo o no de acuerdo a su conducta. La joven tenía el pálpito de que esa pista no iba desencaminada. Decidió que volvería a confesarse con él en breve e insistiría en que no sabía cómo resolver su conflicto entre dos amores. La pista del sacerdote le parecía crucial en la investigación. Ahora debería conocer su pasado para que todas las piezas encajasen. ¿Quién era en realidad don Javier Cuadrado? ¿Alguien lo conocía verdaderamente?

Al llegar a casa, se fue directamente al despacho y desde allí llamó a Aline Griffith, con la que se vería horas más tarde. La condesa de Quintanilla, aunque estaba reunida, respondió al teléfono.

—¡Margot! ¿En qué te puedo ayudar?

—Quería saber si tienes previsto un viaje a París o si tienes algún conocido que esté allí y vaya a venir a España en breve.

—Mi marido llega pronto de París precisamente. ¿Por qué lo dices?

—Necesito un libro que me ha pedido la revista *Siluetas*

para que haga un artículo. Se trata de la novela *Bonjour tristesse*, escrita por Françoise Sagan.

—*No problem...* Cuando lo traiga, te aviso.

—Aline, millones de gracias. Nos vemos esta tarde. Iré a buscarte a tu casa para ir juntas al funeral de la bailarina, la hija de los condes de Montesquinza.

—Sí. Aquí te estaré esperando para ir con el chófer. Tremenda la situación que estamos viviendo en Madrid. Ya solo invito a mi casa a personas que conozco bien. Por cierto, daré una fiesta en mi finca de Extremadura, Pascualete, estás invitada. Seguro que nos sienta bien alejarnos de la ciudad unos días.

—Muchas gracias... ¿En qué fecha? —Pensaba excusarse diciendo que tenía otro compromiso.

—El 21 de junio. Quiero celebrar este año la entrada del verano. Ha sido un año muy difícil. Por cierto, vendrá mi amiga Ava Gardner y nuestro conocido Pedro Casares con su ayudante. Están invitados muchos amigos para celebrar el solsticio de verano y vivir juntos la noche de San Juan. Tenemos que hacer una buena hoguera, quemando lo viejo y todo lo malo de este año, que ha sido mucho.

—Te lo agradezco. Pues me encantará ir. ¡Cuenta conmigo! —Al escuchar el nombre de los invitados que iban a acudir, se animó a aceptar.

—Puedes invitar a Parker, que un hombre como él siempre conviene tenerlo cerca.

—Se lo diré. Muchas gracias, Aline. Tus consejos son una guía para mí. Vine de Londres muy despistada. Si no hubiera sido por ti y por Cayetana, no habría sobrevivido a esta jungla, y más con todo lo que está pasando.

El ofrecimiento de la condesa fue como un regalo caído del cielo. La oportunidad de estar con Ava hacía viable lograr la entrevista que le habían pedido. Sin embargo, estar con el antipático de Casares no era precisamente el plan que más le apetecía.

Margot continuó haciendo gestiones para conseguir el disco de Elvis. Llamó a Parker en primer lugar y, como esperaba, no le falló. Al contarle que necesitaba la canción del joven de Memphis, enseguida se ofreció a buscarla. Le comentó que, a través de la valija diplomática de las distintas embajadas con las que tenía contacto, podría conseguirla y, una vez que la tuviera consigo, ya vería cómo se la haría llegar.

—Por cierto, si no tienes plan para el solsticio de verano, Aline Griffith me ha pedido que te invite a la fiesta que va a celebrar en la finca que tiene en Extremadura. Estará Ava Gardner, entre otros.

—Más que por Ava, que también, me encantará vivir esa luna llena contigo... Y con tus amistades. —Carraspeó—. Será una noche inolvidable.

Margot se quedó sin argumentos. No se esperaba esa contestación.

—Bueno, ya me dirás qué haces. Tengo mucho lío. Te volveré a llamar en unos días. —Colgó de golpe.

—Está bien. —No dio tiempo a que la joven escuchara esta última frase.

Parker se dio cuenta de que, una vez más, había sido imprudente. Con Margot debía ir muy poco a poco. Cualquier insinuación la ponía en alerta y huía. No había conocido a una mujer más especial que ella. Pero le gustaba que hubiera acudido a él. «Eso es que confía en mí antes que en nadie», se dijo a sí mismo. Buscaría, a través de algún diplomático en Estados Unidos, el disco que le había pedido. Era lo menos que podía hacer para enmendar la metedura de pata que acababa de tener. Margot era la mujer más especial que había conocido y, a la vez, la más difícil de tratar.

Ajena a estos pensamientos de Parker y encelada en encontrar al asesino, Margot llamó al comisario y le comunicó su mala impresión sobre el sacerdote Javier Cuadrado. También le avanzó que no iría a la comisaría hasta la tarde, cuando concluyera el funeral de la bailarina, la hija del conde de Montesquinza. Don Eusebio Benito Poveda le informó que ellos estarían desplegados por allí también y le pareció muy acertado que ella fuera en calidad de acompañante de Aline, sin tener nada que ver con la policía en esa ocasión.

—Estamos cerca, Margot. Lo intuyo —le transmitió el comisario.

—Yo también tengo el mismo pálpito. Voy a frecuentar la iglesia, me voy a dejar ver en misa y cerca del confesionario. Tal vez así…

—Me parece buena idea, aunque puedes estar exponiéndote demasiado.

—Yo sé defenderme. Usted y Parker me han enseñado.

—No sabemos todavía a quién nos estamos enfrentando.

—Sí lo sé. A un asesino múltiple.

29

De luto por la última víctima

Nada más terminar de comer, Margot se quedó pensando en la voz y en las manos del sacerdote. Todo en él daba miedo: su envergadura, su voz cavernosa, sus manos enormes y su mirada profunda. Se quedó dormida en el sofá unos minutos mientras la radio sonaba de fondo. Saturnina la tenía puesta todo el día y Camila iba aprendiendo español gracias a eso. Ya cogía el hilo principal de las conversaciones. Se le escapaban algunas palabras, pero poco a poco se iba haciendo con el idioma.

Como todo Madrid, las dos mujeres no dejaban de hablar sobre el asesino y las teorías que unos y otros se inventaban. Conocedoras de su doble faceta como investigadora, Sátur y Camila a veces le preguntaban sobre el caso, pero Margot no quería compartir con nadie su hipótesis de que un sacerdote podría estar detrás de aquellas muertes. Es más, si les contara el plan que barajaba en su cabeza para acercarse más al asesino, Camila pondría el grito en el cielo e inmediatamente llamaría a Londres para que sus tíos la hicieran regresar a la capital británica. Y no, eso era lo último que quería.

Para evitar preguntas curiosas, se fue a su cuarto y, tumbada en la cama, comenzó a fumar en la pipa que perteneció a su padre. Su perfección con las volutas le hizo sonreír. Era su momento y lo estaba disfrutando. Cuando viniera su tío a Madrid volvería a proponerle una competición. Esta vez ganaría ella.

Se levantó bruscamente de la cama y miró en su bolso para comprobar que llevaba la pistola. Tenía que volver a hacer prácticas de tiro, se dijo a sí misma. Margot rebuscó en el costurero y se hizo con la aguja del tamaño más grande. Desde ese día, la llevaría siempre prendida en la ropa para tenerla a mano por si le hacía falta defenderse, tal y como le dijo Parker.

Comenzó a arreglarse y finalmente se vistió toda de negro. En cuanto estuvo lista, se despidió de sus dos «guardianas», como las llamaba, y se fue al domicilio de Aline Griffith en El Viso.

Aline la recibió en su amplio salón, donde estaba tomando el té junto a un empresario norteamericano que iba a estar unos días en España, alojado en su casa. Mientras la condesa de Quintanilla se retiró a vestirse de luto para el funeral de la joven, sus invitados se quedaron sentados en el sofá hablando en inglés. El empresario le contó a Margot algo muy curioso. En Estados Unidos había nacido una tarjeta de plástico que sustituía al dinero. Al parecer, todo había empezado en un restaurante, cuando un empresario olvidó su cartera y no pudo pagar la cuenta. Creó el Diners Club, una tarjeta de crédito que ahora se extendía a otros negocios. El empresario iba a invertir en ello porque presentía que era el futuro.

Margot se mostró preocupada ante la idea de que desapareciera el dinero físico; sin embargo, el amigo de Aline insistía en que las monedas y los billetes tenían los días contados frente a la tarjeta de plástico que estaba teniendo tan buena acogida.

Aquel hombre bien parecido, vestido de traje y corbata, le abría la mente a un mundo que no había podido imaginar. Aprovechó su conocimiento de lo que ocurría en Estados Unidos para preguntarle por el joven del que querían que escribiera: Elvis Presley. A su interlocutor le sonaba el nombre, porque tenía dos hijas adolescentes, de quince y diecisiete años, que no paraban de escuchar una canción suya en la radio. También le dijo que «no veía con buenos ojos la locura que estaba despertando entre las adolescentes». Ella le replicó que comenzaba una nueva etapa en la que «los jóvenes por fin dejaban oír su voz, a la vez que cambiaban también las formas de expresarse, la forma de vestir, incluso la forma de pensar». El empresario la intentó convencer con el argumento de que «no podían pretender cambiar la sociedad de golpe», a lo que Margot replicó que los cambios entraban en nuestras vidas sin pedir permiso.

Estaban enfrascados en esa conversación cuando Aline regresó al salón vestida de luto riguroso. La condesa, que había escuchado solo el final, participó en la conversación: «Mi llegada a la sociedad aristocrática ha sido difícil e incómoda en ocasiones, pero ya me he hecho con ella, o más bien me han acabado aceptando. Estoy del lado de los jóvenes. Hay que derribar muros». Margot sonrió porque apoyaba su tesis. La condesa miró su reloj y le explicó al empresario que no podían llegar tarde al funeral y que aproximadamente en dos horas regresaría para continuar la conversación en el punto en que la dejaban. Margot se despidió de él dándole la mano, al tiempo que le susurraba al oído: «La clave de la vida está en adaptarse, ¿no cree?». El empresario le dio la razón y la periodista fue tras los pasos de Aline. Finalmente, ambas se subieron al coche que las iba a llevar hasta la iglesia de San José.

La tarde era soleada y el calor ya hacía presagiar que el verano estaba cerca. Ambas hablaban de la incertidumbre de no saber quién estaba tras la muerte de las jóvenes.

—Tiene que ser alguien cercano que goza de nuestra confianza —sugirió Margot.

—¿Tú crees? Al principio pensaba igual que tú, aunque ahora creo más bien que es alguien que tiene relación, pero no pertenece a nuestro círculo.

—Ya... Cercano, pero no aristócrata... Por cierto, el hecho de que el funeral se celebre en San José, ¿es por algún motivo?

—Sí, el padre de la pobre chica asesinada es miembro de la Archicofradía de Indignos Esclavos del Cristo del Desamparo. Por eso, estaba claro que las exequias religiosas tendrían lugar allí.

—¿Sabes si el párroco de esta iglesia también era consejero espiritual de la joven? —preguntó Margot.

—No lo sé, la verdad. De lo que sí estoy segura es de la relación del sacerdote con su padre, el conde. ¿Por qué me lo preguntas?

—No, por nada...

Llegaron a los aledaños de la iglesia. La imagen de Nuestra Señora del Carmen parecía que las recibía desde la mitad de la fachada. Aline y Margot entraron al mismo tiempo que varios conocidos de los condes de Montesquinza. A la izquierda se encontraba la capilla dedicada a santa Teresa, pero prefirieron situarse cerca del Cristo de Alonso de Mena, el conocido como de los Siete Reviernes. Sentadas en uno de los bancos, esperaron el comienzo del oficio religioso. Veinte minutos después, la iglesia estaba llena de conocidos y familiares de la bailarina asesinada. La policía también había hecho acto de presencia. Margot enseguida los reconoció, distribuidos entre los diferentes bancos de la iglesia. A la hora en punto salió de la sacristía don Javier Cuadrado, acompañado de un monaguillo. Ese sacerdote imponía tanto a Margot que volvió a sentir un escalofrío al verlo y tardó en ponerse en pie. La periodista miró hacia atrás y reconoció a algunas de las caras que estaban allí presentes, entre ellas las del modisto Pedro Casares y su ayudante. Les hizo un saludo con la cabeza, que fue correspondido. En los primeros bancos identificó a José Finat y Escrivá de Romaní, conde de Mayalde, alcalde de Madrid y amigo del padre de la víctima. Junto a él se encontraba el ministro de la Gobernación, Blas Pérez González. Igualmente había muchos invitados que se solidarizaban con Mariemma y su cuerpo de baile.

Llegó el momento de la homilía y el sacerdote habló de las muchas virtudes de la joven asesinada: «Era una artista excepcional. Regaló su arte a cuantos se acercaron a verla. No parecía de este mundo».

Margot se preguntaba el porqué de esas palabras. ¿No le parecía de este mundo? Siguió escuchando atenta a don Javier Cuadrado, que intentaba consolar a esos padres, rotos de dolor, que habían perdido a su única hija de la forma más horrible. La madre no podía dejar de llorar. Sus sollozos acompañaban las palabras del sacerdote. Finalmente, el párroco concluyó afirmando que «ya había encontrado la paz» y que los que continuaban en «el valle de lágrimas» eran los que estaban allí presentes.

Cada palabra pronunciada por el párroco quedaba registrada en la memoria de Margot. Todo le parecía que lo decía con doble sentido. «Ya ha encontrado la paz», se repetía para sí misma. Eso era tanto como asegurar que en vida tenía un conflicto. ¿Lo expresaba en el sentido figurado o realmente estaba confesando que la bailarina vivía su propia guerra particular? ¿Qué secretos debía conocer ese hombre de la víctima? ¿Se trataba de simple palabrería de misa? Margot dudaba todo el rato, necesitaba más pruebas.

Llegó el momento de la comunión y se formó una enorme cola. Casares y su ayudante fueron de los primeros en ir a recibir la forma sagrada. A Margot le sorprendió que fueran religiosos. En los anteriores funerales, se había fijado que Casares no se había movido de su asiento, pero hoy sí. Observó atentamente sus movimientos y vio que, al llegar junto al sacerdote, reclinó su cabeza y este le susurró algo al oído. Al darse la vuelta y pasar junto al monaguillo, le sonrió. Pensó que el modisto podía conocer al adolescente, pero ¿de qué? No parecía ser hijo de ninguna clienta.

Finalmente, la periodista decidió comulgar también, para observar más de cerca a don Javier Cuadrado.

—El cuerpo de Cristo... —El sacerdote posó la forma sagrada sobre su lengua.

—Amén —dijo Margot y tardó en darse la vuelta. Al pasar cerca del monaguillo, se fijó en la mirada triste del chiquillo.

Cuando terminó la misa, don Javier Cuadrado se fue directamente al primer banco, donde estaban los padres de la joven, a darles el pésame. Estuvo un rato charlando con ellos. Las autoridades allí presentes también escuchaban lo que les decía.

Margot se preguntaba cómo, si había sido él el autor del asesinato, tenía la frialdad de acercarse a unos padres que estaban destrozados. Una vez que concluyó el párroco, se retiró y se fue despacio a la sacristía. El monaguillo lo siguió. Aline, que observó cómo miraba al sacerdote, comentó:

—Es increíble la labor que hace este cura con los niños que se quedan sin madre o sin padre, en familias sin recursos. Los apoya en todo y procura darles un oficio. Tiene mucho mérito.

Margot no le respondió. Siguió dando vueltas a sus palabras, pero no se atrevió a desmentirle o a confesarle sus sospechas. Nadie debía saber que el cura estaba siendo investigado.

—Toda su vida sacando a los niños más vulnerables del pozo de sus familias. Mira, deberías dedicarle un artículo en *Siluetas* —continuó Aline.

—Sí, lo voy a proponer...

Margot, que seguía mirando hacia la sacristía, observó que el comisario fue el siguiente en entrar tras los pasos del sacerdote. Tenía la seguridad de que «le invitaría» a acudir a la comisaría. Ya no observó más movimiento. Después de un rato, no vio salir a nadie de allí. Pensó que debería haber una puerta trasera.

Aline y ella seguían en su banco, esperando a que la cola de personas para dar el pésame a la familia se aliviara un poco. La directora de la compañía de baile, Mariemma, también recibió el consuelo de los asistentes. La víctima tenía que haber actuado en Madrid, pero fue asesinada la noche anterior al estreno. Selene no volvería a ponerse las zapatillas de ballet ni los zapatos de baile español. Al igual que Mariemma, de niña se subió a un escenario y ya no se bajó hasta su muerte. Había recorrido medio planeta gracias a la compañía internacional de esta coreógrafa y bailarina reconocida mundialmente.

Al cabo de un rato, vieron que ya habían salido de la iglesia muchos de los asistentes y era más fácil acceder a la familia, por lo que Aline y Margot decidieron guardar su turno en la cola, detrás del cuerpo de baile. Se oían solo sollozos y ningún diálogo. Así llegaron hasta los padres de la joven. La condesa de Quintanilla fue quién llevó la voz cantante. Les dio el pésame y se ofreció para todo lo que necesitaran. Margot se limitó a decirles que los acompañaba en el sentimiento y que acudía en representación del diplomático Julián Martín-Briz y Frances Peters.

—Eres su sobrina, ¿verdad? —preguntó el conde.

—Sí.

—Me habían hablado de ti. Sé que escribes muy bien. También sabes lo que es perder a tus padres de la noche a la mañana, como yo a mi hija...

—Lo siento mucho, de veras. —Repitió su pésame—. No es el momento para molestarles, pero me gustaría escribir sobre ella, a modo de homenaje. ¿Podría visitarles un día de estos?

—Por supuesto...

Ya no pudo hablar más, pero le gustó que el conde la hubiera ubicado rápidamente. Se lo diría a su tío esa misma noche. Dejaría pasar unos días, pero su intención era acercarse a visitarlos cuanto antes para averiguar su relación con el sacerdote y qué se podía esconder tras las palabras de la misa.

Mientras el chófer las llevaba de vuelta a la casa de Aline, Margot aprovechó para conversar con ella sobre la fiesta que la aristócrata iba a organizar en su finca de Extremadura.

—¿Sabes?, Parker ha dicho que vendrá para la fiesta. Le apetece mucho.

—No sabes qué alegría me das. Todos nos sentiremos más tranquilos con su presencia. Ya no sabe uno qué pensar...

—¿Sabes ya cuántos vamos a ser?

—No quiero que sea una fiesta multitudinaria. No me parecería bien en estos momentos. Seremos pocos, pero bien avenidos. Vendrán Ava y unas amigas americanas; unos cazadores, amigos de Luis, acompañados de sus esposas; Casares y su ayudante, además de Parker y tú. ¡Ah!, un grupo flamenco y no mucho más. Siempre hay alguien que se añade a última hora.

Margot recordó que el sacerdote le había dicho algo al oído al modisto durante la comunión.

—Hablando de Casares, he visto que el sacerdote le decía algo al oído antes de comulgar. ¿Se conocen?

—¡Mucho! Cuando era un adolescente fue su monaguillo. Por eso es tan religioso. Se crio junto a él.

Los diferentes caminos confluían en el sacerdote. Para Margot quedaba claro que el cura estaba detrás o en medio de todo lo que ocurría. Podía tener la clave de las tres muertes de jóvenes de la alta sociedad a las que conocía. Resultaba terrible pensar que alguien que se suponía con sentimientos piadosos fuera en realidad un demonio. No se podían retorcer más las cosas. Sacerdote y asesino, parecía la perversión más absoluta. ¿Quién no se iba a fiar de alguien aparentemente bueno, generoso y amable? Tuvo una idea y, en cuestión de segundos, se la planteó a Aline.

—¿Sabes? Sería bonito que una persona de la categoría humana del párroco, amigo de Casares y amigo también de la familia de las víctimas, estuviera entre nosotros.

—¿Tú crees? No acabo de verlo.

—Su presencia le da al encuentro otro aspecto más acorde con lo que está pasando. Además, no me lo imagino en las sobremesas o en la fiesta tras la cena. Seguro que solo se quedará a las comidas y luego se retirará. Me da la impresión de que, con su presencia, nadie podría decir nada.

—Sabes que a mí las críticas me importan poco, pero tienes razón, podemos hacer un guiño a nuestros conocidos. Podríamos celebrar una misa campestre en homenaje a las víctimas. Tienes toda la razón. Acordarnos de los que han sufrido este zarpazo terrible estas últimas semanas. Además, siempre que vamos a Extremadura, invitamos al cura de Trujillo, el padre Tena, a que nos acompañe, por lo que el padre Cuadrado no se encontraría solo. ¡Gracias por darme una idea tan buena!

El coche llegó a su destino y Aline la invitó a tomar algo en casa con el empresario estadounidense, pero Margot le explicó que tenía que escribir sobre el funeral que se acababa de celebrar.

—Me pasaré pronto a recoger el libro de Sagan.

—Para mayor seguridad, espera a que te confirme que lo tengo.

—Eso haré. Muchas gracias por todo, Aline.

Se despidieron con dos besos y la periodista se fue caminando hasta la primera parada de taxis. Al no encontrar ninguno, siguió andando mientras pensaba en toda la información que manejaba. Cuando se quiso dar cuenta ya estaba cerca de la Puerta de Alcalá. Caminó un poco más y llegó hasta la Puerta del Sol.

Cuando entró en la brigada, le informaron que acababa de irse el padre Javier Cuadrado. Entró acalorada al despacho del comisario.

—¡Comisario, es él! Al menos todo le señala.

El comisario le pidió que se calmara y tomara asiento. Le explicó lo que había ocurrido en comisaría.

—Ha venido de forma diligente, pero ha pedido que estuviera un abogado presente en su declaración. Ha hecho una llamada y se ha presentado aquí un viejo conocido nuestro, el abogado de Juan Pérez de las Casas. No sé si lo recuerdas. Aquel joven violento, el primer novio de Casilda, la hija de los condes de Romelinos..., al que mantuvimos en el calabozo y se sometió a la máquina de verdad de forma voluntaria.

—Me acuerdo perfectamente. Le representaba el prepotente Fernando Andrada.

—¡Ese! Ha venido muy indignado y nos ha dicho que si estábamos locos por interrogar a un sacerdote que solo sabe hacer el bien con niños de familias con pocos recursos y huérfanos. A pesar de eso, le he preguntado si tenía trato con las jóvenes asesinadas y nos lo ha confirmado. El abogado ha añadido que don Javier tiene contacto con los hijos de los nobles porque la mayoría se han bautizado en su iglesia. Y poco más he podido sonsacarle, porque el maldito abogado le ha recomendado no hablar. Y, sin pruebas, hemos tenido que dejarlo marchar —añadió resignado el comisario.

—Pues es él —insistió—. Todo confluye en él. Todos los caminos nos conducen a él...

—Le vigilaremos de cerca. Pero no nos queda otra que esperar. ¡Con la iglesia hemos topado!

—¿Esperaremos a otro asesinato? —exclamó alarmada Margot.

—Intentaremos que no sea así.

Se quedó pensativa durante unos segundos. Finalmente, se atrevió a expresar en voz alta sus planes.

—Aline celebrará una fiesta con motivo del solsticio de verano en su finca de Extremadura. Le he sugerido que invite a don Javier Cuadrado. Le ha gustado la idea, veremos si el cura acepta. No me importaría hacer de anzuelo para que pique.

—Eso entraña más peligro del que imaginas. ¿Está segura?

—Nunca he estado más segura. Sé que es él.

El comisario se quedó pensativo un instante. Quizá la propuesta de Margot no era tan descabellada. Se levantó de la silla y estuvo paseando por el despacho mientras su mente trabajaba a toda velocidad. Sopesaba los pros y los contras. Finalmente se paró en seco y se dirigió a ella:

—Podríamos apoyarla desde dentro, si lográramos entrar como camareros o gente extra de servicio.

—Se lo puedo decir a Aline. Seguro que necesita más personal cuando tiene invitados. Si le ofrecemos el servicio gratis, seguro que acepta. Hay muchas empresas que, para abrirse camino, los primeros trabajos los hacen gratuitamente. Los camareros siempre se llevan propinas, más entre gente adinerada.

Gutiérrez se ofreció a acompañarla como camarero. Alguien sugirió que también fueran los inspectores de refuerzo, a los que no se les había visto por los distintos oficios religiosos.

—Afortunadamente, yo tengo una cara muy corriente. Vestido de camarero, nadie me va a asociar con la policía. Dale mi teléfono directo a la condesa. Contestaré yo. Coméntale que el personal es de absoluta confianza.

—¡Estupendo! Con vosotros estará Parker, que también ha sido invitado. Será un buen momento para acorralarlo. ¡Lo tenemos, comisario!

30

Viaje a la finca Pascualete

Camila y Sátur observaron que Margot estaba especialmente callada esos días. Era evidente que algo le pasaba, pero no soltaba prenda. Varias semanas después del funeral de la bailarina, les anunció que el día diecinueve de ese mes de junio iría con Aline Griffith a su finca de Extremadura. Allí conocería a la actriz Ava Gardner y aprovecharía para entrevistarla, ya que la revista *Siluetas* se lo había encargado. Sátur no pudo seguir mordiéndose la lengua y, finalmente, habló con ella en el desayuno.

—A usted le pasa algo, señorita. Lo venimos diciendo Camila y yo desde hace días. No sabemos qué le ronda por la cabeza, pero intuimos que tiene que ver con la muerte de tantas jóvenes.

—No poder culparte, Margot. —Era la primera vez que Camila se atrevía a expresarse en español. Al ver la sorpresa de sus interlocutoras, volvió al inglés—: *Be cautious and do not trust anyone.* —Le decía que tenía que ser muy precavida y no fiarse de nadie.

Y ciertamente tenía razón. El asesino podría ser cualquier persona del entorno en el que se movía, aunque sus sospechas se habían ido concretando poco a poco. Decidió tranquilizarla.

—Lo sé, y tomo precauciones —dijo mirando a Sátur inquisitivamente para que no dijera nada de la pistola que llevaba siempre encima.

—*The best way to prevent it is to avoid going to the police station.* —Camila insistió en que la mejor prevención era no ir durante un tiempo a la comisaría. Margot saltó como un resorte.

—Todo lo contrario. Allí es donde estoy más segura y me entero de cómo van las investigaciones y de quién puede ser el sospechoso. De verdad, no tenéis motivo para preocuparos. Además, para vuestra tranquilidad, vendrá Parker en unos días y me acompañará a la fiesta de Aline.

—¡Menos mal! Una buena noticia —apuntó Sátur mientras servía el desayuno.

Aquella mujer de pueblo entrada en carnes había cogido cariño a la joven. Igual que Camila, no había tenido hijos y Margot le había despertado el instinto maternal. El hecho de que no vivieran sus padres le parecía que la hacía más vulnerable y, aunque estuvieran sus tíos y Camila, sentía la obligación de protegerla.

—¡Donde esté un buen tazón de leche que se quiten estos tés que toma tan a menudo! —refunfuñaba en voz alta—. Eso no alimenta nada.

Margot se echó a reír y la abrazó antes de sentarse a la mesa.

—Me tenéis muy protegida y me tratáis como a una niña pequeña. No os preocupéis tanto por mí.

Sonó el teléfono y Sátur fue hasta el despacho de Margot. A la vuelta, le dijo que había llamado el ayudante de Casares para decir que ya podía recoger sus trajes.

—Pues me acercaré esta misma mañana. Esta tarde tengo muchas cosas que hacer.

Camila se ofreció a acompañarla.

—¡Como quieras! —contestó la joven.

La ayudante inglesa se fue a su cuarto para vestirse y a los quince minutos ya estaba arreglada. Margot tuvo que hacer varias llamadas para sus trabajos de moda en *Siluetas* y sus reportajes pendientes como redactora de sucesos en *El Caso*. Siempre con la dualidad a cuestas. Al rato ya pudo salir de casa con Camila. El taller del modisto no estaba cerca para ir andando y fueron hasta donde la joven guardaba el coche descapotable. Quince minutos después, entraban en la calle Ayala, donde Casares tenía su atelier. A Camila le encantaba salir con Margot; ella apenas se atrevía a moverse sola por Madrid ante la dificultad de hacerse entender.

Llamaron al timbre y fue Juan Palomeque quien abrió. No se sabía nunca si el ayudante estaba contento o todo lo contrario. Había conocido a pocas personas tan inexpresivas como él. Bueno, Casares no le iba a la zaga. Nada más verlos, le daba un pellizco en el estómago. Un rechazo instintivo que no le había ocurrido en toda su vida con nadie más.

Hacía estas reflexiones mientras seguían a Palomeque por el pasillo. Las condujo hasta el vestidor y allí, con la ayuda de Camila, Margot se fue probando cada uno de los trajes que le habían confeccionado. Le quedaban como un guante, sin una sola arruga. Rozaban la perfección. Cuando finalmente Palomeque le acercó el vestido de noche y se lo puso, Camila se quedó boquiabierta.

Nunca la había visto tan bella y no supo disimular su sorpresa ante la mujer que tenía enfrente. No se había dado cuenta de que el tiempo había pasado demasiado rápido y que Margot ya no tenía nada que ver con la niña y adolescente que se esmeró en cuidar. Al salir de ese estado de ensimismamiento, le preguntó si lo llevaría en la fiesta de Aline Griffith.

—¡Sí! Creo que sí.

Palomeque, que oyó el final de la conversación, le dijo que tanto Casares como él también acudirían a la finca de la condesa de Quintanilla. Margot ya lo sabía, pero se hizo de nuevas. Justo cuando iba a cerrar la puerta del probador para quitarse el vestido, apareció Casares. Iba perfectamente de traje, como siempre, con su indispensable cinta métrica alrededor del cuello.

—¿He escuchado que llevará el traje a la fiesta de Aline?

—Sí. Eso tenía pensado.

—Pues una vez esté allí, se lo probaré de nuevo para que no lleve ni una sola arruga. Tiene que quedar perfecto.

—De acuerdo. Como usted dice, la tela habla. Es aún más bonito de como me lo había imaginado.

—¿Irá sola o acompañada?

—¡Sola!

—*Parker too.* —Camila apuntó que el jefe de seguridad también iría.

—Sí, estará por allí un amigo muy especial que trabaja en la embajada española en Inglaterra.

—¿Es su novio?

—*Yes!* —respondió Camila.

—No, en realidad no.

Margot miró enfadada a su medio madre. Camila no volvió a abrir la boca. Casares, más hablador que de costumbre, dijo que la finca Pascualete pertenecía a la familia del conde desde hacía más de setecientos años.

—Un lugar muy especial para recibir el solsticio de verano —concluyó el modisto.

—¡Y habrá luna llena! —dijo la joven de forma espontánea.

—A mí también me gusta observar la luna. Dicen que modifica las conductas de los humanos. Los vuelve más salvajes. ¿Usted que cree?

—No creo que la luna nos haga cambiar tanto a las personas. El que es bueno seguirá siendo una bella persona. Y el que es malo, con la luna, seguirá siendo una mala persona.

—Acaba usted de tirar por los suelos toda la literatura que existe sobre los licántropos, o sobre los efectos de las mareas, o sobre la importancia que tiene este astro tan cercano en las personas —bromeó el modisto.

—¿Es que usted se transforma en lobo cuando hay luna llena? —preguntó Margot, extrañada de ese amor por la luna al estilo de Parker.

—Bueno, lo verá en la finca Pascualete. Mi actividad se duplica.

—Mi... acompañante opina como usted. También es un apasionado del tema, así que podrán charlar sobre la luna el tiempo que necesiten —sugirió Margot—. El único satélite natural de la Tierra.

—Seguro que me espera una conversación interesante con su novio —dijo con una medio sonrisa, dirigida a Camila.

—No es mi novio...

Margot barajó si comentarle algo sobre el sacerdote Javier Cuadrado, puesto que extrañamente Casares estaba tan hablador. Finalmente se atrevió a hacerlo.

—Por cierto, me enteré en el funeral de la hija de los condes de Montesquinza que había sido monaguillo de don Javier Cuadrado. ¿De ahí viene su amistad?

A Casares le cambió el rictus; se quedó parado y sin saber qué decir. Carraspeó y finalmente contestó:

—No me gusta mucho hablar de esa etapa de mi vida, pero, efectivamente, lo conozco mucho...

Palomeque apareció al rescate y le dijo que había llegado otra clienta.

—La tengo que dejar. ¡Nos vemos en Pascualete!

Camila no llegó a entender qué se habían dicho, pero sí percibió la tensión. Margot quitó importancia a lo que acababa de suceder. Juan Palomeque le informó de que le enviarían los trajes a casa. Ella le dio su dirección. Se despidieron de él dándole la enhorabuena por el buen trabajo del taller.

—Sin Casares sería imposible que los diseños quedaran tan perfectos. A quien tiene que agradecérselo es a él —aseguró el ayudante.

—Lo haré.

Camila y Margot bajaron andando y, justo cuando salieron del portal, se atrevieron a hablar. La dama inglesa se había percatado de la tensión que hubo durante unos segundos en el ambiente y eso que no acabó de captar lo que había pasado. Precisamente le preguntó el motivo a la joven.

—Cuando alguien ha sufrido de niño, prefiere olvidarlo. Este es su caso. Se ve que el sacerdote lo acogió cuando su madre lo abandonó, pero lo mismo su ayuda no fue del todo satisfactoria.

Era evidente que hablar del cura había incomodado al modisto. Margot se preguntaba si don Javier habría sido muy duro con él y por eso se sentía tan incómodo. En realidad, lo único que tenía claro era que todos los caminos que habían investigado conducían al sacerdote. Sin embargo, no le acaban de cuadrar las cosas, era como si le faltaran demasiados cabos por atar. No quiso decirle nada más a Camila, quien ya estaba muy preocupada. A fin de cuentas, la joven periodista se iba a meter en la misma boca del lobo una noche de luna llena, en la finca de Aline. No tenía miedo, sino ganas de resolver todo ese puzle de sospechas y sospechosos.

Al llegar a casa, Margot se puso a escribir en la máquina hasta la hora de la comida. No tenía demasiada hambre y pidió comer solo el segundo: un pescado. Sin hacer sobremesa, regresó al despacho y continuó escribiendo. Camila le comentó a Sátur la tensión que había percibido en el atelier de Casares. Cuchichearon mucho en voz baja para que Margot no las oyera. Sobre las cinco de la tarde, la joven decidió irse a la casa de Aline. Tenía verdadera necesidad de leer el libro que estaba siendo un éxito entre los jóvenes en Francia. Cuando llegó al exclusivo hogar de la condesa, el mayordomo le contó que la señora no se encontraba en casa. Había salido a comer con su marido, recién llegado de París, y su invitado, el empresario estadounidense. Preguntó si Aline había dejado algo para ella y el mayordomo le sacó el paquete que estaba esperando. Dio las gracias y se fue rápidamente a su coche. En cuanto se sentó al volante, no lo pudo evitar y lo desenvolvió con curiosidad. Apareció ante sus ojos el libro que lo estaba revolucionando todo en Francia: *Bonjour tristesse*.

La novela comenzaba con una cita de Paul Éluard sacada de su libro *La Vie immédiate*. Y, en su primera parte, Sagan ya hablaba de que «a ese sentimiento desconocido cuyo tedio, cuya dulzura me obsesionan, dudo en darle el nombre, el hermoso y grave nombre de tristeza». La protagonista tenía diecisiete años y en la primera página ya confesaba que había perdido a su madre cuando tenía dos años de edad. Eso golpeó directamente en el corazón de Margot.

Comprendía que ese desenfado al narrar los sentimientos de la adolescente y de las amantes de su padre es lo que unía a Sagan con la nueva generación. Era una novela atrevida. Los jóvenes querían leer sin tapujos ni paños calientes sobre la realidad que vivían. De repente, cayó en la cuenta de que las tres mujeres que habían sido asesinadas tenían algo en común: ninguna de ellas se sentía a gusto con la vida que llevaba. Todas tapaban un amor prohibido. *Adiós tristeza. Buenos días tristeza*. Mujeres amando a hombres con los que jamás se podrían casar. Mujeres que huían de la tristeza o tal vez la abrazaban.

La tristeza... Margot sabía bien lo que era ese dolor emocional que a veces la dejaba abatida, sin apetito y con unas ganas inmensas de llorar en silencio. Sus tíos habían conseguido sacarla de ese estado, a pesar de que, de forma recurrente, aparecía alguna nube por sus ojos. Echaba de menos a sus padres, y sus tíos solían decirle que era normal y que el tiempo lo curaba todo, pero tenía la sensación de que los años pasaban y no sanaba su herida.

Tuvo que interrumpir la lectura y sus reflexiones porque

se le hacía tarde para pasarse por la comisaría. Fue en dirección a la Gran Vía y aparcó su coche en el garaje de la calle adyacente. Después, a buen paso, se fue caminando hasta la Puerta del Sol. Cuando entró en la brigada, había un gran revuelo. El inspector Gutiérrez le contó que el comisario Juan Bilbao había sido destituido por el ministro de la Gobernación, Blas Pérez González. Nadie sabía qué iba a pasar con la brigada y menos aún si ese cese iba a traer alguna consecuencia a Eugenio Benito Poveda.

—Estamos pendientes del nuevo nombramiento. De él dependerá que siga el comisario o no —informó Gutiérrez.

—Pero ¿qué ha ocurrido?

—La falta de resultados ante tantos crímenes ha exasperado al ministro y ha tirado por la calle de en medio. En el fondo, es una llamada de atención para que les demos resultados cuanto antes. Quieren detenciones y, sobre todo, que desaparezca en la ciudad esa sensación de inseguridad entre las mujeres de buena familia.

—Estamos cerca de dar con el asesino. Estoy segura.

—Quieren algo más que una intuición, Margot.

El comisario Benito Poveda salió de su despacho muy serio y con la cara desencajada, y les pidió a todos que siguieran trabajando en el caso. Estaba disgustado con todo lo que había ocurrido. Tenía una relación de amistad con Juan Bilbao y no sabía si el nuevo que entrara consentiría que él siguiera trabajando por allí, debido a su condición de jubilado.

—Inspectora Peters, pase al despacho, por favor.

Margot sabía que, si él estaba en una situación fuera de la legalidad, ella también acudía a trabajar sin siquiera pertenecer a la plantilla. Era una periodista que había empezado a colaborar con el comisario hasta que fue reclutada por él para llenar ese hueco que tenían en la brigada. No había mujeres y, según el comisario, convenía esa visión diferente de la delincuencia y esa forma de interrogar tan distinta al resto del equipo. Confiaba en su sexto sentido.

—Inspectora, ha llegado el momento de que se forme como investigadora. Imagínese que me destituyen, usted no podría completar su trabajo. La policía no se puede permitir perderla.

—Sí. Aquí estoy en una situación muy extraña para algunos compañeros.

—Si yo continúo, no habrá ningún problema, pero debemos curarnos en salud. Usted ha nacido para esto. No sé si lo sabe. Y el hecho de que ejerza como periodista le da un plus añadido.

—Gracias por sus palabras. Yo seguiré trabajando en el caso, don Eugenio. En los próximos días iré a la finca de Aline y tengo la corazonada de que allí podremos resolverlo todo. Solo necesito que dé un paso en falso, y será nuestro.

—Ya le dije que necesitamos que varios miembros de la brigada entren como camareros.

—Se lo voy a sugerir a Aline. Confío en que le parezca bien que le recomiende personal de apoyo para su fiesta del solsticio de verano.

—¡Adelante con ello!

Salió del despacho preocupada por el comisario. Le había cogido afecto. Nadie había confiado tanto en Margot como él. Y estaba dispuesta a arriesgarse para que finalmente dieran con el asesino y las cosas volvieran a su ser.

El único que sonreía con aquella situación parecía ser Morales, el amigo de José María de Vega, compañero de *El Caso* que tenía fijación con conseguir más información que ella en este asunto del asesino múltiple. Se le veía tranquilo, mientras que los demás parecían nerviosos y evidentemente preocupados.

Desde la mesa de Gutiérrez, Margot llamó a la condesa de Quintanilla. Enseguida se puso al teléfono.

—Aline, ¿no necesitarás camareros para tu fiesta? Un buen amigo me ha comentado que le gustaría ofrecerte sus servicios gratis con tal de que cuentes en sociedad que te ha gustado cómo lo hacen sus empleados —mintió.

—Pues no te digo que no... Creo que la fiesta va creciendo por momentos. Para que te hagas una idea, hasta el cura me ha dicho que viene. Toda ayuda es bienvenida.

—¡Será estupendo, verás! Te paso el teléfono de la empresa de mi amigo. Se llama Gutiérrez y solo podrás localizarlo por la tarde. Cede los camareros gratis con tal de que hagas propaganda de su empresa —insistió.

—Pero ¡qué maravilla! ¡Por supuesto! Ahora mismo lo llamo.

31

Todo preparado para el plenilunio

El ministro de la Gobernación nombró a Jacinto Velarde, un experimentado policía catalán, nuevo comisario jefe de la Brigada Criminal. Lo primero que hizo, nada más llegar a la Dirección General de Seguridad, fue presentarse ante todos y pedir a Benito Poveda que no dejara su despacho. Todo lo contrario, le solicitaba trabajar conjuntamente en el caso del asesino de las damas. Para eso necesitaba que le pusiera al día de lo que estaba sucediendo. Comentó que se proponía reforzar el equipo con dos inspectores experimentados, que vendrían de Valencia y Bilbao, para sacar adelante ese asunto que traía a todas las autoridades de cabeza.

Jacinto Velarde llegaba con ganas de resolver rápido el caso y los trató a todos, a excepción de Benito Poveda, como si fueran principiantes. Esto generó mucho malestar entre los inspectores, sobre todo en Morales, que siempre estaba predispuesto al enfado y a llevar la contraria por sistema. Margot se quedó con la duda de si el nuevo comisario contaba con ella. Se acercó al despacho de don Eugenio en cuanto se quedó solo.

—Señor comisario, soy consciente de que mi situación es completamente anómala. ¿Seguiré como hasta ahora, investigando junto a usted?

—Sí. Le he dicho al comisario Velarde que necesitamos de su intuición. Le he contado que es novia del jefe de seguridad de la embajada española en Londres y que escribe para la revista *Siluetas* y el periódico semanal *El Caso*. Sabe que nos es muy útil. De todas formas, ¿sigue con la idea de prepararse de forma oficial?

—Mi idea es prepararme para poder estar aquí, pero tengo que ir haciéndolo poco a poco. No puedo cortar con el periodismo de golpe, mi familia no lo entendería.

—Lo sé, lo sé. De momento, parece que el nuevo comisario va a respetar tanto mi condición anómala como la suya.

—Me alegro mucho. Ahora mismo solo puedo pensar en este caso y no tanto en mi futuro. Si me permite, comisario, he podido hablar con Aline y llamará a nuestro teléfono para quedar en cómo hacer el traslado de los camareros que he ofrecido gratis.

Benito Poveda pensó unos segundos y tomó la decisión de quién acudiría a la finca Pascualete.

—Muy bien, muy bien... Irá Gutiérrez con bigote falso, para que nadie lo pueda reconocer, y también la acompañarán los policías de refuerzo que nos pondrán. Nadie los conoce, luego no habrá ninguna sospecha por parte de los invitados a la fiesta. Los inspectores Morales y Suárez y yo mismo seguiremos desde aquí el desarrollo de toda la operación. Mientras tanto, reformaremos la brigada e incorporaremos una mesa más para ubicar a los nuevos. Usted seguirá compartiendo mesa con Gutiérrez.

—Me parece bien. Creo que, a la vuelta de la finca de la condesa de Quintanilla, el caso estará resuelto. Seguiré bien de cerca al sacerdote. Tengo la corazonada de que allí encontraré la pista que nos falta y lo desenmascararemos.

—Un consejo: no se fíe de nadie. En esa fiesta, todos estarán muy expuestos a la zarpa del mal, incluida usted.

—Sé protegerme. Además, me llevaré el arma.

—Bien, pero, frente a un loco, puede que no sea suficiente.

Entre las cosas que abordaron también estaba el plan que seguirían con los inspectores que acudirían a la finca. Ellos se integrarían con el personal de Pascualete para no despertar sospechas. El problema para la seguridad era la enorme extensión de la finca rústica. En la reunión que mantuvieron los inspectores que iban a desplazarse, acordaron ceñirse a una única estrategia.

—El palacete y los movimientos del sospechoso serán la prioridad. Gutiérrez, usted no perderá de ojo a Margot. El resto seguirá al cura con cualquier excusa. Le pediré a Parker que se centre en el resto de los invitados, con mirada panorámica. Por el perfil del asesino, todo apunta a que la noche en la que ese monstruo podría volver a actuar es la del 20 al 21 de junio, cuando se produzca el cambio de estación, el solsticio de verano. Margot, usted procure no cometer imprudencias. Si nuestra intuición no nos engaña, debe saber que va a estar expuesta a los ojos del asesino por la mañana y por la tarde. Aunque sabemos que solo actúa de noche.

—Además, no se olvide de la luna —comentó Margot—. Es fácil presuponer que intentará matar de nuevo en este plenilunio, máxime con tanta expectación.

—Esa es la teoría de Parker, que no viene exenta de lógica

—reflexionó el comisario en voz alta—. Deberán estar alerta, aunque, con la presencia de tanto invitado famoso y en un lugar sin escapatoria, tal vez decida no actuar.

—Pienso que será al revés. Supone todo un reto para él —manifestó Margot con seguridad.

—No podemos cometer ningún fallo. Al nuevo comisario jefe le están apretando desde arriba para que obtenga resultados —concluyó Eugenio Benito Poveda.

Margot salió de la reunión con el convencimiento de que aquel podría ser el momento de capturar al asesino. Todos sentían la carga de esa responsabilidad sobre sus hombros.

Los días posteriores estuvieron planificando los puntos de encuentro que tendrían los inspectores y Margot para intercambiar información diaria.

Entre tanto, Parker llegó a España y se pasó por la Dirección General de Seguridad para reunirse con el comisario. Este le puso al día del operativo y le explicó el riesgo que creía que iba a correr Margot en aquella finca, que se iba a convertir para ella en un lugar peligroso.

—Nuestras sospechas se centran en el sacerdote.

—Para mí, todo el que esté allí se convertirá en sospechoso —replicó Parker.

—Eso es, visión panorámica —insistió— de lo que allí suceda. Margot ha lanzado el anzuelo al sacerdote. Veremos si pica.

—Estaré atento a cualquier movimiento que parezca que se sale de la lógica. De estar ahí el asesino, volverá a actuar. Se crece con la luna llena. Y esa fiesta es para él como un caramelo para un niño, no se podrá resistir.

Por su parte, Margot y Parker quedaron para ultimar los

detalles. Fue ella quien la previno de que en la finca lo presentaría como su novio. Pero le advirtió también de que intentaría tontear con cuantos invitados o camareros se prestaran al juego del coqueteo en su presencia. Pretendía provocar al asesino.

—¡Menudo papel me has asignado en toda esta trama! El novio tonto que no se entera de las infidelidades de su novia.

—Nuestra misión es capturar al asesino, y sabemos que la única manera de alterarlo es esa.

—Te aseguro que no te perderé de vista —advirtió Parker medio en broma.

—Está bien... Va mi seguridad en ello, pero Gutiérrez tiene específicamente esa misión.

—Me da igual. Yo actuaré con mi propio criterio, te lo puedo asegurar.

Aline organizó el viaje de tal forma que el refuerzo del servicio debía llegar a la finca Pascualete antes que los invitados. Por otro lado, citó a todos sus futuros huéspedes a las siete de la tarde del día 19 en Trujillo. Parker y Margot salieron con tiempo suficiente de Madrid. A las tres horas de abandonar la capital, ya entraban en Extremadura. Se percataron de ello porque percibieron un cambio en el paisaje, la naturaleza parecía más exuberante. Se alternaban bosques de alcornoques con campos extensos de amapolas rojas. Al cabo de unos minutos, vieron ante sus ojos una ciudad medieval fortificada. ¡Acababan de llegar a Trujillo! Habían quedado en la plaza Mayor, a los pies de la estatua de bronce de Pizarro. Y allí, desde la espaciosa explanada rodeada de antiguas arcadas y señoriales mansiones de piedra, se contemplaba el resto del pueblo, que había crecido hacia lo alto con un castillo amplio y voluminoso coronando el pueblo.

Los invitados, que iban llegando poco a poco, se percataban de la importancia que había tenido en la antigüedad ese territorio de conquistadores. Aline y su marido estaban esperando a que llegaran todos desde una hora antes. Las primeras presentaciones tuvieron lugar allí. A Margot, Ava Gardner le pareció especialmente cariñosa y simpática después del beso que se dieron. Sin duda era una de las mujeres más bellas que había conocido. Casares y su ayudante no tardaron en aparecer con su coche. En esta ocasión no parecían tan antipáticos. Margot les presentó a Parker como su novio. Casares quiso hacer una exhibición de su inglés con él, mientras hablaban de coches. Y llegaron dos empresarios norteamericanos; a uno Margot ya lo conocía. Habían mantenido una charla unas semanas antes en casa de Aline sobre el dinero de plástico que irrumpía con fuerza desde Estados Unidos. Los marqueses del Río Tormes y el conde de Briones, con su joven esposa inglesa, Mary, fueron los siguientes. También iban apareciendo coches con cantantes del cuadro flamenco de la famosa artista Lola Flores y dos actrices de cine norteamericanas no de tanta popularidad como Ava, pero tan atractivas como ella. Estaban invitados también varios cazadores amigos del conde de Quintanilla, que llegaron pasadas las siete de la tarde. Y, finalmente, apareció el hombretón de la iglesia, don Javier Cuadrado, al que Margot no quitaba el ojo de encima. El cura, ajeno a las sospechas de la joven, saludó a todos, incluida la periodista. Esta, en el momento en que estrechó su mano, sintió un pellizco en el estómago. Su mirada severa le parecía aterradora. Haciendo de tripas corazón, le presentó a Harry Parker como su novio. La estrategia estaba en marcha. El sacerdote se dirigió al jefe de seguridad:

—Vive usted fuera, ¿verdad?

—Sí, en Londres, pero vengo mucho a Madrid.

—No es bueno que los novios estén separados. La distancia es mala amiga del amor —comentó el sacerdote, acordándose de la confesión de la joven.

Aline, vestida con una elegante falda pantalón de color marrón, chaqueta verde y camisa blanca con corbata y sombrero, se dirigió a todos.

—Señores, están en la región que fue cuna de los más famosos conquistadores. A Pizarro, el descubridor del Perú, que nació en Trujillo; aquí lo tienen presidiendo la plaza a caballo. No muy lejos, en la villa de Medellín, nació Hernán Cortés, que fue verdaderamente importante en la historia de México. Podría hablarles de Balboa, que cruzó el istmo de Panamá y descubrió el océano Pacífico; también extremeño, por cierto. La lista de hombres con ansias de descubrir mundo es interminable. Por eso Trujillo está lleno de palacetes que se construyeron con la fortuna conseguida por sus hazañas al otro lado del mar. Estamos hablando del siglo dieciséis. Una joya para los amantes de la historia. Ahora sigamos hasta nuestra finca. Les pido que no se pierdan, porque les resultaría difícil llegar. Van a conocer Pascualete, el palacio más antiguo de esta región, perteneciente a la familia de mi marido.

Subieron a sus respectivos coches y siguieron al vehículo de los condes de Quintanilla, que encabezaban la caravana. Después de trece kilómetros por la carretera principal, torcieron a la derecha y tomaron un sendero de arena con numerosas piedras y chinos que hacía temer por las ruedas de los coches. La noche iba cayendo y el coche de Aline, que abría camino, serpenteaba por ese camino de cabras con el fin de evitar baches y árboles.

Finalmente divisaron un muro de piedra con un emblema inscrito en el mismo granito; entraban en la finca Pascualete. Un grupo de personas esperaba su llegada perfectamente uniformados y alineados a las puertas del palacete. Allí estaban los sirvientes que habían nacido entre aquellas cuatro paredes y el refuerzo de camareros que había llegado de Madrid. Todos rompieron en aplausos con la llegada de los invitados. Era todo un acontecimiento para ellos ver en persona a la actriz Ava Gardner.

—Señores, lo que les diga Primitivo va a misa —dijo Luis Figueroa, señalando al mayor de todos los empleados que estaban allí—. Bienvenidos a esta casa que ha pertenecido a mi familia desde hace siglos.

»Primitivo es el guarda de la casa, que, como su padre y su abuelo, nació aquí. Su mujer, María, también nos será de gran ayuda. Cocina como nadie. Ya quisieran muchos restaurantes de la capital elaborar platos de cuchara como ella hace. Tomen posesión de sus habitaciones y disfruten de su estancia.

María vestía de luto riguroso y tenía el pelo recogido en un moño tan estirado que era imposible que un solo pelo se desmandara.

Margot se fijó de reojo en Gutiérrez, que llevaba bigote poblado, y en los nuevos inspectores, que vestían exactamente igual que el resto del servicio: una levita de color verde con solapas marrones y botonadura dorada de arriba abajo a cada lado. Un chaleco y pantalón del mismo color marrón completaban el uniforme. Gutiérrez se encargó de conducir a Margot y a Parker a sus habitaciones. En un determinado momento, se dirigió a ella:

—Margot, estaré pendiente de tus movimientos. No vamos a permitir que te pase nada. Parker estará justo enfrente.

—¿A quién han puesto en la habitación de al lado? —preguntó Harry, también preocupado.

—A las actrices americanas amigas de Ava Gardner —contestó Gutiérrez—. Así lo ha dispuesto la condesa de Quintanilla.

Una vez que todos dejaron sus maletas y ocuparon sus habitaciones, comenzó la cena con productos de la tierra: jamón y queso como aperitivo. Después sirvieron un consomé y una pieza de caza de segundo. De postre, un flan hecho por María y muy alabado por todos.

Llegó el momento de pasar a otro salón para tomar una copa y poder hablar de forma informal unos con otros. Margot aprovechó para conversar con el empresario estadounidense que conocía. Después inició una conversación con Luis Figueroa y Aline. Acabó riéndose sonoramente con Ava Gardner, a la que pidió poder entrevistar al día siguiente, antes de almorzar. La actriz accedió encantada en ese ambiente distendido que había entre todos. Parker se acercó a ellas y terminaron fumando y bebiendo juntos. Margot se mojaba los labios, pero procuró no ingerir nada de alcohol. Debía estar completamente lucida. Igualmente, aprovechó para hablar con Casares sobre el vestido de noche que se pondría al día siguiente para recibir el solsticio de verano.

—Me gustaría darle al vestido un último retoque, quiero que sea impactante. Si le parece, me pasaré por su habitación unos minutos antes de la cena para ajustarlo bien —sugirió el modisto.

—Está bien —accedió Margot, conocedora del perfeccionismo del modisto.

El sacerdote no se quedó a la sobremesa. En cuanto terminó la cena, se fue a su cuarto. Margot no pudo hablar con él. Solo le dirigió alguna que otra mirada, siempre desde lejos. Con el que sí pudo conversar Margot fue con Primitivo. Cuando se acercó a él, le dijo que «era un gran día para los trabajadores de la finca de toda la vida».

El día siguiente iba a ser muy intenso y decidió retirarse también a su cuarto. Se despidió de Parker delante de todos con un beso en la mejilla y el jefe de seguridad se quedó un rato más con los invitados. El inspector Gutiérrez la acompañó hasta su habitación y le dijo que todo estaba controlado.

—¡Ciérrate por dentro con el pestillo y descansa!

—Muchas gracias. ¿Has visto que el cura me ha esquivado toda la noche?

— Sí, no le he quitado ojo y he visto todas sus reacciones. Me ha sorprendido que con Casares no haya hablado. ¿No eran amigos? —preguntó el inspector.

—Fue su monaguillo. Tienen una relación extraña. Hay cierta sumisión del modisto hacia el cura, pero la relación se nota que es tensa. Resulta raro...

Margot y Gutiérrez estaban hablando en voz baja cuando Casares apareció por el pasillo. Al pasar por su lado les dio las buenas noches. Se los quedó mirando descaradamente hasta que entró en su habitación, un par de metros más allá. Instantes después, apareció Palomeque. El ayudante pasó por delante de ellos claramente incómodo y, sin tan siquiera saludarlos, llamó a la puerta del modisto, que apenas tardó unos segundos en abrir.

—Creo que no es buena idea que nos sigan viendo hablar juntos. Aunque, por otra parte, puede parecer que hay cierta atracción entre los dos y es lo que pretendíamos. Mañana seguiremos atentos a los movimientos de Javier Cuadrado —comentó Gutiérrez.

—Eso es. Habrá que estar pendientes de todo y de todos. Será una noche muy difícil.

—Sobre todo para ti, Margot. ¡Cuidado! Yo no estaré muy lejos.

—Gracias por estar cerca. Pero aquí ninguna mujer está segura.

Margot cerró con cerrojo y, en cuanto se desvistió, se echó en la cama. Sacó el arma del bolso y se la puso bajo la sábana. Cerró los ojos, pero le costó dormirse. El sueño, finalmente, la venció.

32

Esperando a la luna

Llegó el día tan esperado. Margot solo pensaba en poder desenmascarar al asesino de damas. Por eso, no perdió el tiempo en elucubrar demasiado sobre cómo vestirse. Se puso una blusa blanca y un pantalón ancho de color negro. Así vestida, se proponía desafiar las viejas costumbres femeninas. Aline ya lo había hecho antes que ella. Ponerse un pantalón era más que llevar una prenda masculina, se trataba de la firme voluntad de no dar marcha atrás en la conquista de los derechos que hasta ahora no tenían las mujeres.

Para ese viaje, le había pedido a Camila la alianza que había pertenecido a su madre, y así fingir que estaba prometida con Harry Parker. Se la puso en el anular. Echó un vistazo al maquillaje que llevaba y salió de la habitación dispuesta a reencontrarse con los invitados.

Cerró la pesada puerta de veintiún cuarterones de madera de su habitación y bajó las escaleras con determinación. Era imposible no fijarse en la gran colección de platos de cerámica que estaban colgados en la pared. Una chimenea coronada de trofeos de caza presidía la planta baja, donde se encontraban el salón y el comedor muy rústico. La anfitriona de la casa le advirtió que en el campo siempre había que desayunar fuerte, máxime si iban a realizar una excursión. El inspector Gutiérrez, camuflado de camarero, le ofreció un par de huevos fritos, dos salchichas y un té con limón, como a ella le gustaba.

—Ha acertado de pleno —llegó a decirle.

—Sé que a los anglosajones les gusta desayunar de manera contundente —dijo disimulando.

—No se equivoca. Así es exactamente.

Poco a poco fueron apareciendo el resto de los invitados. El sacerdote, al verla sola hablando con el camarero, se sentó junto a ella. Margot volvió a sentir un pellizco en el estómago, como la primera vez que lo vio. Se ponía en marcha todo el mecanismo para que el pez mordiera el anzuelo.

—¿Y su novio? —preguntó el clérigo.

Vestía sotana a pesar de que Aline le dijo que intentara estar cómodo durante esos dos días de campo. No quiso bajarse de su condición de servidor de la Iglesia. Ejercería de párroco de San José hasta el final de su estancia allí.

—Mi novio —contestó Margot— debe estar recorriendo la finca de arriba abajo. Le gusta reconocer el sitio en el que estamos. Es un vicio que tiene como jefe de seguridad de la embajada española en el Reino Unido.

—Espero que superara aquel «problema» que me contó hace algún tiempo.

—Fuera del confesionario no me gusta hablar de ese tema. Se lo conté en secreto de confesión.

—Estamos solos y ahí quedará para siempre. De todas

formas, creo que debe contener su instinto y ser más leal a sus compromisos.

Margot se sentía incomodísima hablando con él cuando estaba convencida de que era el asesino.

—Le dije que lo estoy intentando, aunque creo que, al fijarme en otros hombres, mi mente me está diciendo que mi prometido no es el hombre adecuado.

—Usted no tiene que pensar en nada. Es su novio y punto.

—Mire, don Javier, no pienso casarme si no estoy plenamente convencida de que se trata de la persona con la que deseo vivir toda mi vida. Antes de dar el paso, debo estar segura.

—Después de haber dicho blanco, resulta que es negro.

—El noviazgo es un momento para conocerse. Usted ya me está juzgando y Parker aún no es mi marido.

—Observo que viene usted con otra mentalidad; en España somos más recatados en todos los sentidos.

Margot iba a contestarle cuando Aline se acercó a ellos y les dijo que les estaban esperando para trasladarse a la excursión que tenían preparada. Margot se lo agradeció con la mirada. Se sentía absolutamente acosada por ese hombretón que tenía ya una idea preconcebida de ella. En el fondo, el cura estaba actuando según lo previsto.

Todos los coches estaban en la entrada para llevarlos al lugar de la cacería. A unos metros divisó el Lancia que conducía la propia Aline, y, a su lado, a Ava Gardner. Aline le hizo una seña para que las acompañara. Era la ocasión perfecta para entrevistar a la gran estrella. Margot sonrió y se acomodó junto a la actriz.

—¿Habías estado alguna vez en Extremadura? —Margot mantuvo con ella toda la conversación en inglés.

—No, es la primera vez —decía Ava—. Yo, de todas formas, adoro la naturaleza. Soy una chica de campo. Si cierro los ojos, me veo junto a mis hermanos jugando en Smithfield, en Carolina del Norte. Te confieso que nunca perdonaré a mi cuñado que pusiera mi foto en el escaparate de la tienda de fotografía que tenía. Si no llega a ser por ese cazatalentos que entró y preguntó por mí, aún seguiría viviendo entre los míos, y a lo mejor con dos o tres chiquillos. Hoy me miro al espejo y no sé en quién me han convertido, no me reconozco.

—Ava, todas las chicas de mi generación soñamos con parecernos a ti, pero da la impresión de que tú sueñas con ser una persona anónima.

—¡Exacto! Ese es mi sueño. Que me quieran por mí y no por quien sale en la gran pantalla.

Sin maquillar, la actriz estaba realmente guapa. Todavía resaltaban más sus ojos verdes. Tenía un hoyuelo en la barbilla que resultaba muy gracioso en las distancias cortas. Hablaron del amor y de lo poco afortunada que había sido la actriz con los hombres con los que se había casado. Mickey Rooney, el actor que gozaba de tanta popularidad, parecía un eterno adolescente. Al año de estar casada, se divorció de él. Después se enamoró del director de orquesta Artie Shaw, que siempre la despreció a nivel intelectual. También al cabo de trescientos sesenta días estaba divorciada. «Los hombres, en cuanto me ponen el anillo de pedida, se olvidan de mí y prefieren estar con cualquier mujerzuela», decía con un hondo pesar. Y, por último, habló del artista Frank Sinatra, con el que estaba casada desde hacía tres años. Eso sí, con una relación de lo más explosiva y tortuosa. Sus peleas eran conocidas por la policía, que se presentaba en su casa, en Estados Unidos, alertada por los vecinos. Sin embargo, eran incapaces de separarse. Se querían y se detestaban a la vez y con la misma intensidad. La distancia de los rodajes hacía más llevadera su relación. Pero Ava llevaba mal la soledad y pasaba la noche siempre acompañada. A veces, lo de menos era con quién. El caso era no pasar la noche sola. Últimamente se dejaba ver con el torero Luis Miguel Dominguín, que también estaba invitado a la finca Pascualete, pero que no había podido asistir. La actriz le habló de la película que se iba a estrenar ese año 1954.

—*La condesa descalza*, donde hago de una actriz y bailarina española, María Vargas. He tenido que aprender a bailar y creo que no se me da mal —presumió en inglés.

—¿Con quién has compartido protagonismo en el film?

—Edmond O'Brien, Marius Goring, Rossano Brazzi y Humphrey Bogart.

—¿Bogart? ¡Qué maravilla! —dijo Margot.

—Todo lo contrario. Es un ser despreciable, pero eso no lo pongas —bromeó—. Me hizo sentir la peor actriz del mundo. Es muy amigo de Frank y veía que la prensa española me relacionaba con unos y con otros. Fue un rodaje terrible. Tampoco me lo puso fácil el director, Joseph Mankiewicz. Se estrenará en septiembre. El argumento es un poco la historia de mi vida: actriz de éxito que solo tiene fracasos matrimoniales. Creo que eso nos pasa a los actores; parece que brillamos mucho, pero de puertas para adentro, en nuestro hogar, nuestra vida sentimental suele ser un desastre.

Charlaron sobre la vida y las personas. Ava le confesó que su gran frustración era «no haber encontrado al hombre adecuado para ser madre». Se dirigió a Aline y le dio la enhorabuena por la familia que había formado. «Ese es realmente el éxito», insistió la actriz. Margot vio que le estaba cambiando el tono de la voz y dio por concluida la entrevista, pero continuaron charlando de trivialidades incluso después de llegar al destino.

Caminaron por un terreno escarpado y salpicado de encinas hasta que alcanzaron una loma. Desde allí, los cazadores con sus escopetas se entregaron a la caza del faisán y no cesaron de disparar durante toda una hora. El resto escrutaba los campos de cereales y observaba cómo los rebaños de ovejas pastaban en la lejanía. Los camareros, un par de horas después, les ofrecieron un jerez, y todos los que no cazaban aceptaron. El ambiente era muy rústico y campestre. Después de varios minutos, cuando ya olía a pólvora, tuvo lugar el recuento y comprobaron quién era el que había cobrado más piezas. Sorprendentemente, Juan Palomeque fue quien obtuvo el mejor resultado. Casares, que no había disparado pero había estado de ojeador junto a él, se mostró orgulloso. El joven realmente disparaba con una gran maestría. Contó en el aperitivo que su familia era de campo y la caza le gustaba desde los ocho años, edad en la que apuntó con una escopeta a su primera presa: un conejo. «Donde pongo el ojo, pongo la bala», repetía orgulloso. Margot no le había visto nunca tan sonriente y hablador.

Aline explicaba a sus invitados que «la caza ha sido siempre la gran pasión de mi marido». Confesó que, al casarse, tuvo que enfrentarse al gran dilema de pasar seis meses lejos de su esposo o aprender y entusiasmarse también con esta actividad.

—Desde que restauramos la casa, organizamos grandes cacerías. Estáis todos invitados.

Una hora después, tuvo lugar la comida al aire libre. El cura de Trujillo, Juan Tena, se acercó para que Javier Cuadrado tuviera compañía eclesial. Allí cocinaron varias paellas, todas custodiadas por María, la mujer de Primitivo, que se llevó a dos jóvenes de la familia como ayudantes.

—Estos jóvenes no tienen ni idea de cocinar, pero pueden ayudarme como pinches. ¡Serán buenos camareros en el futuro, pero no están preparados para la vida! —protestaba la mujer.

Mientras tanto, Gutiérrez y los dos inspectores nuevos servían el aperitivo a los invitados. La mayoría pedía un martini con una aceituna en el interior. Estaba de moda entre la alta sociedad. Ava los bebía como si fueran agua. Margot disimulaba porque no bebía. Parker se tomó dos seguidos.

—Yo, como Winston Churchill, lo prefiero seco —comentó el jefe de seguridad.

—Pues yo, como Hemingway —dijo Ava en inglés—, con una alta proporción de ginebra, en lugar de la mezcla clásica.

Empezaron a discutir sobre si era mejor mezclado o agitado a lo James Bond, el protagonista de la novela de Ian Fleming que tanto éxito había tenido en su primer año de publicación. El agente especial del MI6, 007, actuaba como un engreído millonario en la novela *Casino Royale*. Margot pensó que sus compañeros, mucho más modestos, utilizaban como tapadera el trabajo de camareros. Cuando todo se resolviera, obtendrían tanto éxito como 007 en la ficción, pensó.

Margot estaba incómoda. Se sentía constantemente observada por el cura, que no le quitaba ojo desde lejos, ni a ella ni a Casares, con el que habló en más de una ocasión durante la mañana.

A María le salió muy rico el arroz y nuevamente su buena mano fue alabada por todos. Esta mujer reservada, enlutada y poco habladora tenía un don en la cocina. Parker y Casares hicieron un aparte para dialogar sobre la luna y la influencia sobre las personas. Los dos coincidían en que ejercía en los individuos un poder irrefrenable.

Los dos sacerdotes charlaban con el conde de Quintanilla de la finca y de los muchos antepasados que habían vivido en ella. Luis Figueroa les contó que, cuando empezaron a construir habitaciones y cuartos de baño en la casona de piedra, el nivel del agua que utilizaban bajó hasta límites preocupantes. Para la construcción de la piscina tuvo que buscar agua subterránea y no le quedó más remedio que acudir a su padre, el conde de Romanones, que era un experto zahorí.

—Aline no lo creía, pero, si hay agua, mi padre la encuentra. Y así fue: con dos agujas de hacer media de María y un cordel atado a cada aguja, empezó a buscar agua por toda la finca. De pronto, a ocho metros de la casa, señaló que el agua se encontraba en ese punto, a unos diez metros de profundidad. Y acertó.

El conde de Quintanilla confesaba que Pascualete se había convertido en su paraíso particular y las amistades que acudían le daban ideas. Incluso había mandado construir una pista de aterrizaje para avionetas, precisamente por sugerencia de uno de sus mejores amigos.

—Aline ha conseguido hacer un hogar de este palacio al que nunca veníamos.

Al hilo de lo que acababa de decir, el padre Javier Cuadrado preguntó al conde por el curioso nombre de la finca: Pascualete. Este le contó que, gracias a los libros que poseía el padre Tena, en Trujillo, se enteraron de que en el siglo XIII un tal Pascual Ruiz tenía una finca. No estaba casado y su casa siempre se encontraba repleta de amigos. Su sobrino era huérfano y se había criado con él. Al cumplir los dieciocho, lo mandó a estudiar a Salamanca y allí contrajo grandes deudas de juego. Para solventarlas, decidió vender la finca que tenía a su nombre sin decir nada a su tío. Pero este se enteró y montó en cólera.

—Imagínese el resto de la historia. El que mejor lo sabe es Juan Tena —señaló el conde.

—Me interesa mucho. ¡Cuénteme! —dijo Cuadrado al otro cura.

El sacerdote de Trujillo tomó la palabra y, finalmente, concluyó la historia:

—Pues, ya ve, son historias de pueblo. Según la ley no tenía derecho a vender nada sin permiso de su tutor, pero había firmado un contrato con los Orellana, la familia rival de esta zona. Uno decía que no era legal y los otros tomaron posesión de las tierras con caballos y hombres, ya que no estaban dispuestos a devolverle los terreros a Pascual. A partir de ese momento, las rencillas acabaron de la peor manera posible, con el asesinato de los hijos pequeños de ambas familias. Por un lado, murió el hijo de Pascual, al que tuvo tardíamente y llamaban Pascualete; por el otro, el hijo de los Orellana. Ya ven, aquí tuvieron lugar los asesinatos de dos inocentes. Ni se nos ha ocurrido cambiar el nombre.

—Bueno, no sigamos por ahí. Gracias a Dios, aquí estamos, siglos después. Miren, ya está el cuadro flamenco preparado para cantar —comentó Luis Figueroa, intentando que la conversación no continuara por esos fueros.

El guitarrista flamenco comenzó a rasgar la guitarra y las cantaoras iniciaron su cante. Los invitados se situaron en torno a ellos, sentados en sillas de tijera que habían desplazado desde la casona hasta el campo, donde se encontraban. La actriz Ava Gardner, que había aprendido a bailar flamenco para su última película, hizo una exhibición de arte delante de todos. Sus colegas norteamericanas, las simpáticas Betty y Mary, se animaron e intentaron imitarla, pero no poseían conocimiento alguno. Aline también se atrevió a bailar, igual que algunos de los invitados, los cazadores y los marqueses del Río Tormes. Margot prefirió seguir conversando con el empresario estadounidense, que, animado por la música y el exceso de vino, le hablaba a menos de un palmo de la boca. Parker prefería no mirar a su amiga, a sabiendas de que estaba provocando al supuesto asesino y, a la vez, le estaba dejando a él un papel ridículo de novio traicionado. También se fijó en que la periodista se había puesto en el dedo anular una alianza; todo allí formaba parte de la representación que habían iniciado el día anterior.

El jefe de seguridad examinaba a todos y no tenía tan claro que aquel hombretón, párroco de la iglesia de San José, fuera el asesino múltiple que estaban buscando. Lo observaba de lejos y, aunque era cierto que no dejaba de mirar a Margot, sus ojos no le parecían los de un homicida. Sí poseía varias características que coincidían con las personas que amaban el mal: la fascinación por el poder y el control. Diría que también un retorcido sentido de la autoridad. Incluso el egoísmo podría ser su talón de Aquiles. Parker recordó que los asesinos siempre se suelen quedar con un trofeo de sus víctimas. A las jóvenes asesinadas les faltaba el dedo anular, donde se llevan las alianzas. Se preguntaba dónde podría tenerlos escondidos, si él era el autor de los crímenes. ¿Tal vez en algún rincón de la iglesia?

Era consciente de que los asesinos podían ser encantadores en ocasiones. Esa cuestión le atraía sobre manera. La había estudiado ampliamente en Inglaterra, pero nadie la había narrado nunca mejor que Robert Louis Stevenson a finales del XIX, al describir la bondad y el altruismo del doctor Henry Jekyll y la misantropía y la crueldad de Edward Hyde. Un trastorno mental perfectamente definido en su libro. El dualismo o la multipersonalidad eran posibles: el doctor Jekyll ejercía el poder sobre Hyde hasta que, en un determinado momento, fue al revés. Eso provocó su final.

Mientras el resto cantaba y bailaba, Parker se acordó de algo que comentó con el comisario Benito Poveda: los asesinos podían ser personas involucradas con la comunidad en la que viven. Incluso se presentaban a veces ante la gente como personas serviciales, modélicas. El sacerdote, ciertamente, reunía todas las características salvo los ojos perdidos, saltones o de párpados caídos de algunos asesinos. También se dijo a sí mismo que no había un patrón exacto y común a todos.

El jefe de seguridad se acercó a hablar con Margot, una vez que esta se deshizo del empresario. Había estado toda la mañana y la sobremesa esquivándolo. Tardó en lograr hacer un aparte con ella.

—Cuando regresemos a la casa para prepararnos para la fiesta, empezará el peligro. ¿Seguro que no quieres que me vaya contigo a tu habitación? —insistió Parker.

—No. Lo que quiero es que venga el asesino a mi habitación. Deseo acabar con este caso cuanto antes. Me voy a exponer, pero sé defenderme. Solo pienso en su detención y en poder llegar a la comisaria con resultados.

—No bajes la guardia y, sobre todo, no des la espalda jamás a nadie. Acuérdate: patada en la entrepierna y el codo al estómago de tu adversario con toda la fuerza que tengas.

—Así lo haré.

Regresaron al palacete, junto al resto de invitados. Los anfitriones volvieron a ofrecer una copa antes de subir a descansar, después de toda una jornada en el campo. Todos debían prepararse para la fiesta del solsticio de verano. «El momento de máxima inclinación del eje de la Tierra hacia la estrella de su órbita. El momento en el que el Sol va a alcanzar su mayor altitud», comentó Harry Parker antes de que todos subieran a sus habitaciones. Iban a vivir el día más largo del año en aquella finca, y el más bonito a la vez.

Antes de irse a la habitación, el ayudante de Casares preguntó a Margot por la hora en que pensaba vestirse, para que el modisto revisara cómo le encajaba el traje.

—¡A las nueve espero a Casares! —contestó.

Se despidieron todos y se retiraron a las habitaciones a descansar. Quedaron en bajar al salón dos horas más tarde para vivir la fiesta de la llegada del verano. Los inspectores camuflados de camareros, así como Margot y Parker, sabían que era la noche en la que el asesino querría actuar. Pero la duda que tenía el jefe de seguridad de la embajada era si, como pensaba la periodista, el asesino se encontraba definitivamente entre los invitados.

Margot cerró la puerta de su cuarto. Dejó la pistola cerca, debajo de la almohada. Imposible cerrar los ojos. Solo podía pensar en el momento en que el asesino llamara con los nudillos para que ella le abriera el paso y entonces... En ese instante, alguien tocó sigilosamente a la puerta. La joven se sobresaltó. Cogió la pistola, se la puso en la parte de atrás del pantalón y se sacó la blusa por fuera. Tragó saliva y abrió. Al ver a Gutiérrez, respiró hondo.

—Traigo una limonada de parte de la marquesa, para mitigar el calor.

—Muchas gracias, pero no hace falta.

—Sé dónde se encuentra la copia de las llaves de todas las habitaciones —informó el inspector—. Están en un pequeño mueble del pasillo. En una especie de descansillo.

—Ya veremos si tenemos que utilizarlas —comentó en voz baja—. Lo mismo no hace falta.

Con una seña le indicó que despejara el pasillo cuanto antes. Sus ojos hablaron por ella. Gutiérrez se retiró todo lo rápido que pudo.

A los pocos segundos, alguien volvió a tocar la puerta. Estaba convencida de que era Gutiérrez de nuevo, pero se encontró con Casares perfectamente vestido de esmoquin.

—Me gusta ser puntual. Si se prueba el vestido ahora, me bajo cuanto antes al salón.

—¡Por supuesto! Pase y acomódese. No tardaré mucho.

Cogió del perchero el vestido y se fue al baño a ponérselo. Al salir, dejó la pistola debajo de su ropa, bien tapada. Cuando se vio en el espejo, pensó que no necesitaba ningún arreglo. Salió del lavabo y se encontró con Casares de pie, esperándola. Parecía nervioso.

—Creo que al vestido no le hace falta ningún arreglo —dijo la joven.

—Voy a ver... Dese la vuelta. —Casares observaba minuciosamente la caída del traje.

Margot pensó que su obsesión por la perfección era enfermiza. No entendía qué era lo que tenía que comprobar, si el vestido le encajaba perfectamente.

De repente, sonaron otros golpes en la puerta. Margot le pidió disculpas y abrió de nuevo. Esta vez eran el ayudante de Casares, Juan Palomeque, seguido del sacerdote Javier Cuadrado.

—¿Se puede saber qué hacen aquí? —dijo el modisto, alterado.

—Don Javier me ha pedido insistentemente que le localizara y he pensado que estaría aquí. —Palomeque, en presencia de la gente, lo llamaba de usted.

—Padre, ¿qué es lo que quiere? —preguntó el modisto, cada vez más molesto.

—Te estaba buscando para ir juntos a la fiesta —aclaró el cura. Después miró a Margot de arriba abajo—. Muy guapa, ciertamente.

Margot sintió un escalofrío cuando observó cómo la miraba. Este encuentro a cuatro dejó descuadrado a Casares, y a ella también. No sabía qué hacer cuando, además, se abrió la puerta de enfrente, donde se alojaba Parker.

—¡Cuánta gente esta noche en tu habitación, querida!

—Bueno, en realidad ya me iba —comentó Casares—. El traje está bien, a falta de pequeñas minucias. ¡Quizá en otro momento!

—Está bien —dijo Margot con cierta frustración. Sentía que había perdido una oportunidad de cazar al asesino por culpa de la visita del modisto.

—Dame unos minutos —pidió a Parker, y volvió a cerrar la puerta cuando se fueron todos.

—Margot, llama a mi puerta cuando estés lista —susurró el jefe de seguridad desde el otro lado del pasillo.

La periodista permaneció unos minutos inmóvil junto a la puerta por si regresaba el sacerdote. Al ver que no lo hacía, se fue al baño, se recogió el pelo, se dio colorete y se pintó los labios de rojo. Justo al salir del baño, sintió un golpe seco y rotundo en la cabeza. Todo se volvió negro.

33

La intuición de Parker

Hacía más de media hora que deberían haber bajado a la fiesta y Margot no había aparecido. Harry Parker empezaba a preocuparse. Llamó a la puerta de la habitación de su amiga, pero no obtuvo respuesta. Lo intentó de nuevo. Esta vez con cierto nerviosismo en su voz ante esa intuición que siempre le ayudaba a resolver casos y descubrir enigmas.

—Margot, soy Harry. ¿Continúas arreglándote? ¡Ábreme!

Puso la oreja en la puerta y le pareció oír un ruido. Era muy raro que la periodista no contestara. Algo estaba sucediendo. Comenzó a dar golpes con su cadera en la puerta de madera maciza hasta que finalmente pegó una patada y la cerradura cedió.

Margot yacía en el suelo con un golpe tremendo en la cabeza, del que manaba sangre. Comprobó si tenía pulso y vio que era muy débil. La ventana estaba abierta y se asomó por si todavía podía ver a la persona que había huido por ahí. Era un primer piso, tampoco hacía falta ser un gran atleta, teniendo en cuenta que un toldo se interponía entre el suelo y la ventana.

Colocó a Margot boca arriba y apoyó la cabeza de la chica sobre su pierna derecha. Comenzó a hablarle sin ningún éxito. Lo primero que hizo fue taponarle la herida por la que brotaba una gran cantidad de sangre y empezó a gritar:

—¡Un médico! ¡Un médico!

El conde de Briones, que caminaba en ese momento por el pasillo, acudió presto a la habitación de donde salían los gritos del jefe de seguridad. Tras observar a la joven en el suelo con la herida en la cabeza, se fue solícito a pedir ayuda a los dueños. A los pocos minutos, aparecieron Luis Figueroa y Aline Griffith, que mandó a Primitivo a llamar al médico del pueblo.

—Vaya a caballo a por don Sebastián, ¡lo más rápido que pueda! —solicitó la condesa con verdadera ansiedad.

Aline pensó que la sangre era por el impacto de la caída contra el suelo, pero Parker sabía que alguno de los invitados había intentado matarla. Le pidió a la condesa que lo sustituyera y que siguiera presionando la herida.

El jefe de seguridad bajó las escaleras a gran velocidad. Quería ver las caras de los que estaban en la fiesta y encontrar en la mirada de alguno de ellos al asesino. Todos parecían ajenos a lo que acababa de acontecer en la habitación de Margot. El cuadro flamenco se preparaba para volver a cantar, mientras que las americanas, Betty y Mary, cogían sitio. Juan Palomeque escuchaba muy atento las palabras de Ava Gardner, que se reía sin parar de lo que le decían sus amigas actrices. Casares se encontraba en la terraza, observando la luna. Fumaba un cigarrillo con la mano derecha mientras parecía que se sacudía los pantalones del esmoquin con la izquierda. Todos estaban relajados, como si en el piso de arriba no hubiera ocurrido nada.

El sacerdote irrumpió en el salón con la respiración entrecortada. Parker se fijó de inmediato en que llevaba el lateral de la sotana manchado de blanco y se dirigió a él.

—¿De dónde viene, don Javier? ¿Me puede decir cómo se ha manchado la sotana? —Su tono era agrio y mal encarado.

—¿Qué dice? Vengo de la cocina y, no sé... —dijo mirándose la ropa—, me he debido manchar de harina. Estaban haciendo pan y...

—¡No me mienta! —exclamó nervioso el jefe de seguridad—. Usted se ha manchado al saltar por una ventana. Se ha rozado con la pared al caer del toldo al suelo.

—Pero ¿qué está usted diciendo? No entiendo nada.

Sin perderlo de vista, Harry gritó el nombre del inspector que estaba en la fiesta, camuflado entre los camareros.

—¡Gutiérrez! ¡Rápido! ¡Vengan!

El policía dejó las bandejas que estaba pasando entre los invitados en la mesa principal y se fue rápidamente a donde se encontraba Parker con el sacerdote.

—Este señor acaba de intentar matar a Margot. Está muy malherida.

—¿Cómo? ¿Qué le ha pasado a Margot? —dijo Gutiérrez, confundido.

—Han ido a por un médico. Todavía está inconsciente. Le han golpeado con algo contundente en la cabeza. He debido pillar a este monstruo con las manos en la masa, intentando ejecutar a su nueva víctima.

—No sé qué está diciendo. ¿Qué le ha pasado a su prometida? —preguntó el cura, sorprendido.

—No le voy a decir lo que le ha pasado, porque usted lo sabe perfectamente.

—Le juro que no sé a qué se refiere. ¿Está grave? ¿Sobrevivirá?

—¡Menudo cura! Sí, sobrevivirá, pero usted irá a la cárcel.

—Yo no he hecho nada. Le aseguro que...

—¡Queda usted detenido por el asesinato de tres mujeres y el intento de asesinato de otra joven! —Otro de los agentes camuflado de camarero pronunció las palabras de forma mecánica mientras le ponía las esposas.

—Pero ¿cómo puede pensar que yo...?

El sacerdote se calló por completo al ver que Pedro Casares se abría paso entre los invitados que se habían arremolinado en torno a él, siendo testigos de la escena. Desde la terraza, se había percatado de lo que estaba ocurriendo al oír chillar a las actrices y observar que los invitados hacían un corrillo mientras sujetaban una copa de vino que acababan de servirles los camareros. El anfitrión, Luis Figueroa, que justo había bajado de la habitación donde se había quedado Aline con Margot a la espera del médico, les sugería que pasaran al salón y que dejaran actuar a la policía. María, con la ayuda de sus sobrinos, intentaba recomponer el plantel de camareros y atender a los atónitos asistentes.

Parker trasladó al sacerdote a una habitación contigua a la cocina, mientras que los inspectores dejaban sus trajes de camareros y regresaban solícitos para llevárselo a Madrid.

—¡Es un error lo que están cometiendo! —insistía el sacerdote.

—Mejor que no diga nada, ya tendrá la oportunidad de hablar en comisaría.

Gutiérrez, ya cambiado, se hizo cargo del detenido.

—Yo me quedo con Margot —dijo Harry en voz alta.

—¿Qué le ha ocurrido a su prometida? —preguntó Casares, que se había quedado a distancia como testigo mudo de aquella operación policial.

—Está gravemente herida.

Casares volvió a encender un cigarrillo.

—¡Pedro! Tú, mejor que nadie, sabes que no tengo nada que ver —aseguró el sacerdote elevando la voz—. Diles que están cometiendo un error.

—Desde este momento, no vamos a decir nada a nadie —ordenó Harry a Casares—. Y a usted, don Javier, le aconsejo que no hable si no es en presencia de su abogado —dijo tajante el jefe de seguridad.

El inspector Gutiérrez se lo llevó esposado al coche en compañía de los otros dos inspectores. Una persona del servicio se prestó a coger un caballo de las cuadras e indicarles el camino de salida, difícil de encontrar para que quien no conocía esos parajes, sobre todo en mitad de la noche.

Salieron de la finca sorteando baches, árboles y piedras, y se cruzaron con el coche del médico de Trujillo, que conducía a una gran velocidad a pesar del mal estado de la carretera. Gutiérrez apretaba los puños, sentado al lado del sacerdote, mientras le oía decir una y otra vez que era inocente.

—¡Cállese de una vez! ¡Menudo sacerdote de pacotilla! ¿Por qué las mata? Usted está por encima del bien y del mal, ¿no es así?

—Yo no tengo nada que ver, se lo aseguro.

El cura comenzó a rezar, emitiendo un murmullo ininteligible. Oraba para él con cierta resignación. Fue así durante todo el camino hasta la capital.

Mientras tanto, el médico llegó a la finca Pascualete en

compañía de Primitivo, que había dejado el caballo en Trujillo para guiarle en mitad de la oscuridad. Nadie como él conocía esos parajes, por los que podría ir a ciegas. Una vez en el palacete, le condujo hasta el primer piso, a la habitación diecisiete, donde se encontraba Margot en el suelo, tal y como había pedido Parker. «Solo la puede mover un médico», había dicho. Aline seguía presionando la herida. No se había movido del lado de su amiga en todo el tiempo.

—Déjeme ver, señora condesa —pidió el médico.

En cuanto dejó de presionar, la sangre comenzó a brotar, pero ya no con tanta fuerza como cuando la descubrieron en el suelo. Lo primero que hizo el médico fue limpiar la herida y observar el golpe que había recibido. Inmediatamente la desinfectó y le puso varias gasas sobre la brecha y una venda bien apretada para que dejara de sangrar. Margot seguía sin volver en sí, pero su pulso ya no era tan débil.

—Tiene una conmoción cerebral. En cuanto recupere el conocimiento, observaremos hasta qué punto le ha afectado el golpe —explicó el doctor.

—¿Y la marca en el cuello? —preguntó Aline.

El médico la observó y no supo qué decirle. Parker, que había entrado en la habitación tras el doctor, los sacó de dudas.

—Han intentado estrangularla después de golpearla con un objeto contundente —comentó el jefe de seguridad, que observaba desde una distancia corta al médico.

—¿Cree que han intentado matarla? ¿No ha sido una caída fortuita? —repreguntó la condesa.

—No, no lo ha sido. Han ido a por ella.

—Señores, preferiría que guardaran silencio —replicó el médico—. Ella no ha perdido el sentido del oído.

Aline se retiró a cambiarse. Para ella la fiesta había concluido. Su marido, Luis Figueroa, atendió a los invitados. En sus caras se podía percibir mucha preocupación. Ava Gardner fumaba sin parar y Pedro Casares estaba sentado y cabizbajo. Juan Palomeque se encontraba al lado del modisto, también sin pronunciar una sola palabra. Había mucho desconcierto y muchas dudas sobre lo que había sucedido. Todos habían sido testigos de cómo detenían al cura, acusado de tres asesinatos y del intento de acabar con la vida de la joven Margot. ¡Lo que había ocurrido era difícil de digerir! La preocupación por el estado de salud de la joven era la única conversación que se escuchaba entre los asistentes.

En el primer piso, el médico, con la ayuda de Parker, trasladó a Margot del suelo a la cama. El doctor sugirió ponerla de lado y acompañarla permanentemente hasta que despertara.

—Conviene hablarle mucho. Me quedaré por aquí para poder asistirla en el momento en que se despierte —se ofreció el doctor.

—Baje a tomar algo. Yo estaré junto a ella. No pienso moverme —dijo Parker, desencajado y con el puño derecho de la camisa manchado de sangre.

María, a petición de Aline, entró en la habitación con la idea de ordenar todo un poco después de lo que había sucedido. Sugirió a todos que la dejaran a solas para ponerle el camisón a la joven y quitarle el traje de noche que no había llegado a lucir.

Al cabo de varios minutos, se oyó un grito y entraron Parker y el médico de nuevo a la habitación.

—¿Qué ha ocurrido? —preguntó Harry.

—¡Una pistola... en el baño..., entre las cosas de la joven! —alcanzó a decir María.

—No se preocupe. La he dejado yo ahí. ¡Perdone! —respondió Parker para no desvelar que era de ella. La cogió y se la puso en la parte de atrás del pantalón.

—No me gustan las armas. ¡Me parecen peligrosas hasta cuando nadie las empuña! —dijo la mujer, todavía nerviosa.

Parker la tranquilizó y la invitó a irse de allí, una vez que Margot ya tenía puesto el camisón y se encontraba cubierta con la sábana de la cama. Volvió el jefe de seguridad a ponerla de lado, tal y como la había dejado el médico.

—¡Margot! ¡Tienes que hacer por despertarte! Soy Parker.

El jefe de seguridad le acarició la mano y no paró de hablarle. Se preguntaba con qué la habría golpeado el sacerdote. No había visto allí nada con lo que pudiera haberlo hecho. No habían cacheado al cura, lo mismo escondía el arma bajo la sotana, en alguno de los bolsillos del pantalón que solían llevar los curas bajo sus largos faldones. Cuando Aline regresó ya cambiada, Parker volvió a pedirle que se quedara junto a Margot.

—Debo hacer una llamada. Por favor, no la deje sola bajo ningún concepto.

—¡Por supuesto! Pídale a Primitivo que le lleve donde está nuestro teléfono.

Nada más ver al guardés, con su cara enjuta, severa, y con los surcos en la piel que le había dejado el sol durante años, le pidió un lugar discreto donde poder hacer la llamada. Desde allí, solicitó a la operadora una conferencia con Madrid. Al cabo de diez minutos, conectaban el teléfono de Pascualete con la Brigada Criminal. Cuando se puso el comisario, le dio la noticia.

—Señor comisario, soy Parker. Van para Madrid Gutiérrez y los inspectores de refuerzo con el sacerdote Javier Cuadrado detenido. Tristemente no hemos llegado a tiempo y Margot está malherida.

—¿Qué ha ocurrido? —preguntó con preocupación—. ¿Qué ha pasado?

—Ha intentado asesinar de nuevo. Margot estaba en lo cierto. Y su plan era perfecto... Tanto que ha ido a por ella. Lo pillamos in fraganti, pero, cuando conseguí entrar en la habitación, el cura ya había saltado por la ventana y Margot... —La voz de Parker sonaba entrecortada—. Nuestra Margot ya estaba inconsciente. ¡Maldita sea!

—¿Ha confesado?

—¡No! Incluso insiste en que es inocente.

—¿Le vio usted saltar por la ventana?

—Ciertamente, no.

—Pero entonces ¿qué pruebas tiene contra él, Parker?

—¿Pruebas? ¡Margot siempre dijo que era él! Dijo que atacaría y atacó, y..., y su sotana estaba manchada, seguro que se ensució con la cal de la pared al saltar por la ventana.

—Si no lo pilló con las manos en la masa y si no ha confesado, tendremos un problema —concluyó el comisario.

—¡Ha sido él! Se lo aseguro. No le quitaba ojo a Margot. —Parker no se daba por vencido—. Y antes de que le asestara el golpe tremendo en la cabeza, se presentó en su habitación con la excusa de querer encontrarse con Casares, que le estaba probando el vestido que le había hecho. Lo vi muy nervioso durante todo el día. Acabará confesando.

—Eso espero. Ayudaría mucho encontrar el arma con la que intentó matar a Margot. Tendrá sus huellas dactilares. Esas huellas son únicas e intransferibles, y ante eso un juez no podría poner ningún pero.

—Buscaré el arma hasta debajo de las piedras.

Cuando colgó al comisario, sabía lo importante que era para la investigación la aplicación de la dactiloscopia. En Gran Bretaña, el antropólogo inglés Francis Galton fue uno de los pioneros del estudio científico de las huellas dactilares y, de hecho, los policías que se formaban para ingresar en Scotland Yard aprendían su método basado en las impresiones dactilares.

Parker había estudiado este sistema de identificación y sabía que obtener una huella era clave para la resolución de un caso tan complicado como ese. Antes debía encontrar a toda costa el arma o el objeto contundente con el que habían golpeado a Margot. Estuvo buscando y no vio nada extraño. De pronto, al entrar en la cocina de donde vio salir al sacerdote Javier Cuadrado, observó una colección de objetos de bronce, entre ellos varios morteros de diferentes tamaños apoyados en el armario de la despensa. Uno, que sobresalía por su gran tamaño, tenía un pilón tan grande como una porra, pero de bronce. Pensó que ese objeto en realidad podía convertirse en un arma peligrosa fuera de la cocina. Preguntó a María si había más por la casa y esta le dijo que había uno en cada habitación, porque formaban parte de la colección de objetos antiguos de la señora.

Parker recordaba las palabras del comisario. Necesitaba una prueba que señalara directamente al sacerdote, pero en realidad no tenía nada. Debía aparecer el arma con la que habían golpeado a Margot y rebuscó por las habitaciones de los invitados. Primitivo fue abriéndolas una a una con las dobles llaves que poseía en la finca. En todas había objetos antiguos de metal, aunque lo que más abundaba eran los morteros. No encontró nada, salvo que echaron en falta la llave número 17, que correspondía a la habitación de Margot. En realidad, no hacía falta, porque con la patada que dio él mismo hizo saltar la cerradura. Regresó a la habitación de Margot, donde se había producido la agresión. La joven había sido trasladada a la suya, justo enfrente, ya que tenía cerradura y estaba en perfectas condiciones. Por lo tanto, pudo registrarla minuciosamente. Se fijó en el gran mortero que había en ella, al que le faltaba la maza de bronce. ¿Cómo no había caído en la cuenta?, se dijo. El agresor había entrado en la habitación después de robar la llave. Lo hizo sigilosamente y esperó con la maza del almirez en la mano a que la chica saliera del baño. Así es como la golpeó a traición. Se preguntaba si Margot habría visto la cara de su agresor antes de perder el conocimiento. De ser así, sería el mejor de los testimonios cuando volviera en sí.

Llamó a la que todavía era su habitación, sin usar la doble llave. Aline seguía al pie de la cama, confiando en que su amiga recuperara el conocimiento. Parker la relevó de nuevo.

—Dime la verdad, ¿sabíais que esto podía ocurrir? De repente los camareros eran policías. Margot, agredida. No entiendo nada.

—Entraba dentro de lo posible. El asesino de las damas se movía en vuestro ambiente. Pensábamos que había que reforzar tu seguridad, pero ya no hay nada que temer. Está detenido.

—¿Piensas que el cura es el asesino? Me cuesta creerlo, por más que le doy vueltas.

—Todo hace pensar que sí.

Aline se fue del cuarto muy seria. Parker comenzó a hablarle al oído a la joven.

—¡Margot! Necesito que vuelvas con nosotros. El peligro ya ha pasado. Estoy aquí y no voy a permitir que te pase nada.

Pasaron unos minutos y volvió a hablarle mientras le acariciaba el pelo.

—¡Margot! No sabes lo importante que eres para mí. Nunca te lo había dicho antes. ¡Vuelve, regresa! No te quedes en ese limbo del que te cuesta salir. ¡Inténtalo! ¡Puedes hacerlo!

Se dio por vencido y dejó de hablar. Minutos después, Margot comenzó a mover un dedo de la mano. Lo percibió después de un rato observándola.

—¡Margot! ¡Lo estás haciendo muy bien! ¡Abre los ojos!

Y la joven los abrió. Parker salió al pasillo y gritó para que alguien avisara al médico.

—¡Has vuelto! —Besó su mano. Estaba realmente emocionado—. ¿Pudiste ver la cara del asesino?

—¿Cómo? ¿De qué me habla? No le entiendo nada. ¿Dónde están mis padres?

—Margot, soy yo, Parker. ¿No te acuerdas de mí?

—¿Le conozco? —Su cara de confusión lo decía todo.

—Sí, soy el jefe de seguridad de la embajada de España en el Reino Unido. ¡Somos novios a todos los efectos!

—¿Novios? Yo no sé quién es usted…

Parker la miró con desesperación y llamó de nuevo a voces al médico. Al rato, don Sebastián regresaba con su maletín. «Es un gran paso el que acaba de dar para su recuperación», decía. Tampoco le extrañó que hubiera perdido la memoria.

—La amnesia normalmente implica olvidar aquello que causó la conmoción cerebral, pero, a veces, la memoria puede jugarte una mala pasada y no recuerdas todo lo que tiene que ver con tu vida. Voy a examinarla.

Le observó el fondo del ojo, le hizo seguir su dedo con la mirada, tocarse la nariz, todo parecía estar correcto. Sin embargo, la joven no fue capaz de decirle qué hacía allí, en Extremadura, y ni tan solo supo recordar su apellido.

—Es más severo de lo que creía. Debería ir a Madrid para que le hagan una revisión en el hospital Clínico San Carlos —sugirió el médico—. Ahora mismo llamaré a mi amigo Sainz de la Mata para que la trate nada más llegar.

—Habrá que pedir una ambulancia.

—Sí, es necesaria.

Parker se fue de nuevo al cuarto donde estaba el teléfono y la solicitó. Estaba frustrado e indignado. Su amiga no solo había olvidado el momento del golpe, sino que no recordaba ni tan siquiera quién era ella ni quién era él.

34

El primer recuerdo

Por la mañana se organizó todo para trasladar a Margot en ambulancia de Extremadura a Madrid. Antes de que saliera de Pascualete, sus tíos ya estaban avisados de la gravedad de su estado de salud. Parker había llamado a la embajada española en Londres y les había informado, omitiendo algunos detalles, de la noticia. Por su parte, Camila y Sátur se enteraron de la conmoción cerebral de la joven por Frances, que en realidad fue la primera en recibir la información de la lesión de su sobrina. El jefe de seguridad le explicó que «era un tipo de lesión que implicaba una pérdida de la función cerebral normal». Su recuperación podría tardar varias semanas, según siguió contándole: «Hasta que otras partes del cerebro aprendan a gestionar algunas de las funciones de la zona dañada».

La tía Frances tuvo que esperar veinticuatro horas para poder regresar a España. Julián, sin embargo, lo tenía más difícil y no podría abandonar la embajada hasta pasados unos días. La noticia llegó a oídos del embajador y, por extensión, a todos los trabajadores de la legación. El apoyo a la familia fue total. Sobre todo después de saber que el asesino de las damas había vuelto a actuar en luna llena, intentando acabar con la vida de la sobrina del diplomático.

Al llegar la ambulancia al hospital Clínico, en Madrid, el doctor Sainz de la Mata ya la estaba esperando. Había sido prevenido por su colega extremeño, al que le preocupaba mucho el estado de salud de la joven. La situación era muy grave y sabía que la lesión no podía ser tratada en el pueblo. Una vez que el neurólogo del hospital la examinó a conciencia, la ingresaron en planta. Hasta que no transcurrió una hora, no dejaron que la paciente recibiera visitas. Finalmente permitieron la entrada a Camila y a Sátur, a las que tampoco reconoció. Sin embargo, fue a las únicas a las que sonrió. La dama inglesa no pudo reprimir las lágrimas y la abrazó. A la vez, le explicó en inglés que la había cuidado desde que era una niña.

—*You're like a daughter to me. Your uncles will be here soon.* —Le decía que era como una hija para ella y que enseguida llegarían sus tíos.

Margot la miraba con los ojos bien abiertos, pero realmente su mente se encontraba en blanco. No sabía ni quién era ni qué le había pasado. Sátur no paraba de santiguarse y de decir en voz baja, como si fuera una letanía: «¡Ay que desgracia!», «Sabíamos que algo así podía pasar», «Tanto fue el cántaro a la fuente...».

—¿Cómo me llamo? —preguntó—. No recuerdo nada.

—¡Margot Sanz Peters, hija mía! —contestó Sátur rápidamente.

—Margot. Me llamo Margot Sanz Peters —repetía reafirmándose—. No me acuerdo de nada, ni de quién soy.

—No te preocupes por nada. Has recibido un golpe muy fuerte en la cabeza.

Entró el médico y les dijo a sus dos acompañantes que la paciente tenía que descansar: «Le hemos puesto una medicación muy fuerte para ayudarla a recuperar su identidad y sus recuerdos. Estos enfermos necesitan tiempo». Pidió que no la dejaran sola en ningún momento y que se turnaran. De primeras, Camila decidió quedarse con ella durante el día y Sátur, por la noche.

Parker continuaba en la finca de los condes de Quintanilla, junto al resto de invitados. Su obsesión no era otra que encontrar la maza del mortero mientras daba vueltas a lo sucedido. Le preocupaba que Margot tardase en recuperar la memoria. «El cerebro —se decía a sí mismo—, además de controlar el funcionamiento de los músculos, es el responsable del habla, las emociones, los recuerdos». Y justamente estos últimos eran los que había perdido su amiga.

Por su parte, el comisario tenía todo el operativo preparado para la llegada del párroco a la brigada. Cuando los inspectores aparecieron con el detenido, don Eugenio Benito tan solo le dedicó una frase, nada más verlo frente a frente: «Le hemos pillado a pesar de su sotana. ¡Métanlo directamente en el calabozo!».

—Están cometiendo un error, se han equivocado de persona. ¡Por favor, avisen al obispo! —fue lo único que dijo aturdido y cansado por el viaje.

El sacerdote no volvió a decir nada más mientras lo trasladaban hasta el camastro con apenas luz, donde debería esperar a la autoridad judicial.

El comisario no quiso interrogarlo, esperó al juez de guardia. Estaba realmente preocupado por el estado de salud de Margot. Su amigo inglés le había comunicado que había perdido la memoria. Como responsable del grupo, se echaba la culpa de lo que había sucedido. Igualmente, pensaba que nunca debió dejar que se expusiera tanto. Andaba con esos pensamientos cuando el juez apareció por allí. Lo acompañaron al despacho del comisario y este mandó traer al detenido. Después de verlo cara a cara, el magistrado comenzó a preguntarle hasta el más mínimo detalle.

—¿Sabe qué es lo que hace aquí y por qué le han detenido?

—Me han dicho que soy el autor de tres crímenes y el intento de un cuarto, pero le aseguro que soy un siervo de Dios. Nunca he hecho daño a nadie. Soy vocacional y me gusta ayudar a los demás, no ir matando a gente inocente.

—Hay más que indicios que le señalan a usted como responsable de la muerte de varias mujeres.

—Están realmente equivocados. Serán indicios falsos.

—A todas las conocía, ¿verdad? —continuó preguntando el juez.

—Sí, pero no con todas tenía el mismo trato.

—¿Y no le parece extraño que justamente las tres, incluida la cuarta que está malherida, tuvieran relación con usted?

—A la cuarta solo la conocía de una vez que vino a la iglesia a confesarse, nada más. Es una iglesia que tiene mucha relación con las familias que tienen algún título nobiliario o algún vínculo con la alta sociedad.

—¿Qué le cuentan esas mujeres que a usted le sacan de sus casillas hasta pensar en matarlas?

—Me cuentan su vida, pero no por eso voy a matar a nadie. Es de locos.

El juez de guardia lo intentaba de nuevo con otras cuestiones, pero todo desembocaba en un intento desesperado por demostrar su inocencia. Pensó que el cura no decía toda la verdad. Intuía que callaba algo; se lo notaba.

—Si usted no ha sido, ¿tiene idea de quién ha podido hacerlo?

—No le puedo contestar.

—Tan fácil como que usted diga sí o no.

—No le puedo contestar —repitió el cura.

—Eso no es ni un sí ni un no. Intuyo que nos sugiere que no ha sido usted, dejando entreabierta la posibilidad de que usted conozca o sepa quién puede ser el asesino. Sin embargo, no quiere colaborar.

—Solo le puedo decir que yo, Javier Cuadrado, soy inocente. Me considero un hombre que saca adelante a los jóvenes descarriados, también a los que se han quedado huérfanos, y les procuro dar un oficio. Efectivamente, yo conocía a las jóvenes. A todas, sí. Pero eso no me convierte en un asesino.

—¿Cómo es posible que todas las pistas confluyan en usted?

—Puede ser una casualidad o que alguien esté pendiente de aquellas personas que vienen a confesarse conmigo o a pedir un consejo espiritual. Eso a mí me preocupa también.

El juez interrogó durante varios minutos más al detenido, que compareció con ojeras y el pelo completamente revuelto. Al acabar de tomarle declaración, el magistrado solicitó a la policía que el detenido continuara en el calabozo. En un aparte, le comentó al comisario que necesitaba algo más para retenerlo allí; las evidencias que tenían contra él eran muy endebles. Sin embargo, opinaba como el comisario; todo indicaba que era culpable.

—Las alianzas de todas las chicas a las que ha asesinado tienen que estar en alguna parte. Necesito algo que lo relacione con ellas. Una huella en el arma utilizada contra la última víctima. ¡Pruebas —manifestó el juez— que justifiquen su implicación!

El comisario Benito Poveda se quedó realmente preocupado después de escuchar las palabras del juez. Todo señalaba a don Javier Cuadrado como culpable, pero no había nada que lo incriminara directamente. La policía hubiera preferido que esta noticia no trascendiera, pero la detención del párroco acabó en la prensa. El semanario *El Caso* la dio en primicia al saber que su colaboradora había sido una de las víctimas del supuesto asesino de las damas. Por fortuna, solo habían publicado las siglas de su nombre. Extrañamente fue todo un detalle de José María de Vega, el rival de Margot a nivel informativo. Tampoco tardó en aparecer la presión del ministro de la Gobernación sobre la policía. Concretamente, quien recibía sus llamadas era Jacinto Velarde, el nuevo comisario jefe. Este los reunió a todos y les pidió que «encontraran una prueba de una puñetera vez que consiguiera resolver el caso».

Don Eugenio Benito llamó a la finca Pascualete y pidió hablar con Parker. El jefe de seguridad había registrado de arriba abajo la habitación de don Javier Cuadrado y no había hallado el arma. Tan solo se encontraron sus enseres de higiene personal, una biblia y un rosario. Nada más. Fuera de la maleta, había un pijama y una segunda sotana. Necesitaba dar con algo más antes de regresar a Madrid. Esa segunda noche, tras el intento frustrado de asesinato, la última de los invitados que aún continuaban allí, Parker dio una vuelta más por las habitaciones. Regresó a la número 17, donde había ocurrido la agresión. Lo miró todo de nuevo. Las cosas estaban tal y como las había dejado. Sin embargo, observó que la maza de bronce de gran tamaño desaparecida estaba colocada en el mortero. Fue a su cuarto y se puso unos guantes. La cogió y la metió en una bolsa de papel. La dejó a buen recaudo y se bajó a hablar con María y Primitivo.

—¿Quién la ha encontrado?

—¿A qué se refiere? —dijo muy serio el guardés.

—¡Al pilón del almirez!

—¿Ha aparecido? Nosotros no lo habíamos visto desde que desapareció.

Su cara era de absoluto desconocimiento.

—¿Quién se ha acercado por allí?

—Yo he procurado ordenar un poco —contestó María.

—¿Y estaba la maza?

—No me fijé, la verdad.

Aunque no se llegó a sentar en la mesa, preguntó si algún invitado se había acercado por la habitación y todos negaron haberlo hecho. Más bien tenían ganas de que aquella fiesta del solsticio de verano, que se había transformado en una pesadilla, acabara cuanto antes.

Parker se despidió de todos y se fue definitivamente rumbo a Madrid. Tenía consigo lo que tanto había buscado con la esperanza de que el equipo de la policía científica encontrase alguna huella.

Durante todo el camino le dio vueltas a qué había fallado en el operativo que habían montado. Creía que se lo habían puesto demasiado fácil al asesino. La doble llave en la finca a la vista de todos, el momento en el que Margot se quedó sola, los movimientos rápidos del sacerdote a pesar de parecer excesivamente corpulento... «La maldad no tiene freno, una vez que se ha optado por ella», reflexionaba. Igualmente se preguntaba por qué, de todas las jóvenes que estaban confusas durante su matrimonio o incluso antes de casarse, esas cuatro le habían provocado ese deseo irrefrenable de matar. ¿Qué tenían en común las cuatro? Intentaba atar cabos. Ese sería el punto de partida en la nueva investigación. En cuanto llegara a la comisaría, debería anotar todo lo que podía relacionar a las víctimas entre sí.

Llegó a Madrid atravesando la carretera del Sudoeste, con unos tramos mejor asfaltados que otros. Antes de dirigirse a la Puerta del Sol, se fue al Clínico San Carlos. Subió a la planta y allí preguntó por Margot Sanz Peters. Tan pronto le indicaron la habitación, entró en ella con sigilo. Camila estaba sentada junto a ella.

El jefe de seguridad le preguntó en inglés por cómo se encontraba la joven y, mientras conversaban, Margot abrió los ojos. Se lo quedó mirando fijamente y luego le preguntó quién era.

—Margot, soy Harry. Yo vivo en Londres, en la embajada española en Inglaterra. Tú vivías allí hasta que te trasladaste a Madrid. Estás en un hospital porque recibiste un golpe muy fuerte en la cabeza. ¿Recuerdas algo?

—No. No recuerdo nada.

—Estábamos investigando un caso de múltiples asesinatos y tú podías haber sido la última víctima mortal del asesino, pero afortunadamente llegué a tiempo.

—¿Alguien me quiso matar? ¿Quién? —preguntó Margot con miedo.

—Eso nos lo tendrás que decir tú a nosotros cuando te vuelvan los recuerdos. A los ojos de los demás, nos hacíamos pasar por novios. Era la única manera de que el asesino picara el anzuelo.

—¿Novios? —preguntó confusa.

—Sí, los dos investigábamos el mismo caso. Estás colaborando con la policía. El comisario Benito Poveda es quien más ha creído en ti para resolver estos complicados crímenes. Ahora colaboras con ellos de manera espontánea. Dice que tienes un sexto sentido.

—¿Benito Poveda? Lo siento, señor. No soy capaz de recordar nada. No sé quién es usted, ni de todo esto que me habla. Por favor, yo solo quiero ver a mis padres. ¿Cuándo vendrán?

Con cara apenada, Camila le dijo que no le diera tanta información de golpe. Le recriminó al jefe de seguridad que la confundiera, ya que su verdadero trabajo era como periodista. Así rectificó a Harry mientras Margot asistía a esta especie de ceremonia de la confusión.

—¿Soy periodista o policía? —Parecía realmente confusa.

—*Journaliste.* —Camila le dijo que era periodista.

—Y policía. Eres las dos cosas —puntualizó Parker.

El médico entró en la habitación y, al ver la cara de la paciente completamente desencajada, les pidió que la dejaran descansar. Tomó sus constantes y la tranquilizó diciéndole que los recuerdos irían llegando poco a poco. Le estaban administrando una medicación muy fuerte a base de cortisona, analgésicos y antiinflamatorios para que su cerebro volviera a su ser. Le insistía en que las piezas en su cabeza irían encajando poco a poco. Le dio un sedante y, al poco rato, Margot ya dormía.

—El descanso es lo que verdaderamente puede reponer su cerebro. No tengan prisa. Los recuerdos acaban regresando. Deben tener paciencia.

Parker se despidió y, sin pasar por el hotel, se fue directamente a la comisaría, donde el cura continuaba en el calabozo. El juez pensaba ordenar prisión provisional. La investigación, junto con el ruido generado por la prensa y la presión de los políticos y del mismo gobierno por resolver el caso, había llegado a los miembros de la judicatura. El problema es que faltaban pruebas, aunque confiaba en que, antes del juicio, la policía las consiguiera. El comisario celebró su presencia, y más aún cuando le dijo que llevaba consigo el arma con la que habían golpeado la cabeza de la joven. Parker volvió a ponerse unos guantes y sacó de la bolsa de papel el pilón del mortero.

—Creo que alguno de los invitados lo colocó allí e intentó limpiarlo. El sacerdote podría tener un cómplice o alguien que quisiera ayudarle. Eso lo acabaremos descubriendo. Mientras venía hacia aquí, me he dado cuenta de que todas sus víctimas tienen el mismo patrón.

—Pues recopilemos la información que tenemos de todas. Seguramente ahí está la clave de todo.

Benito Poveda reunió al equipo, que llevaba muchas horas sin descansar, y comenzó a anotar en la pizarra.

—La primera víctima: la marquesa de Torquemada. Genoveva Font no tenía hijos y su marido viajaba a Francia constantemente —empezó diciendo—. Estuvo en la fiesta de máscaras bailando con todos los jóvenes que se lo pedían. Se echaba constantemente las manos al collar que llevaba, como si se lo hubieran prestado, y, sin embargo, apareció muerta sin él y sin el anillo de casada. El asesino le puso un zafiro en la mano izquierda.

—Sabemos que la última persona que entró en el baño con ella iba vestido de arlequín —comentó Gutiérrez—. Hasta ahí, la hipótesis de que el cura fuera disfrazado es posible. Detrás de una máscara puede esconderse cualquiera. En un primer momento pensamos en el marido, Juan Romero, por celos, e incluso en alguno de los jóvenes que la frecuentaban. Sospechamos del joven del guante, Mario Jiménez de las Heras, e incluso del hijo menor de los condes de Tomares, que estaba enamorado de ella. Al final, los descartamos.

Del segundo asesinato también intentaron atar cabos, por si había coincidencias con el primero. Se trataba de la hija soltera de los condes de Romelinos, Casilda de los Llanos. Su novio, Ángel Biosca, fue descartado inmediatamente. Se trataba del cardiólogo compañero del marqués de Villaverde.

—Sus padres se encontraban en África, en uno de los muchos viajes que suelen realizar —comentó Suárez—. Del que sospechamos fue del primer novio de ella, Juan Pérez de las Casas, que tenía un carácter violento. Comprobamos que a ella la presionaron para casarse con el cardiólogo, pero seguía enamorada del primero. Se sometió al detector de mentiras de forma voluntaria. Su abogado, Fernando Andrade, puso el grito en el cielo. A la víctima también le amputaron el dedo anular y se llevaron la alianza. Primera coincidencia. También apareció con una piedra preciosa en la mano izquierda, un rubí, mientras que la marquesa de Torquemada apareció con un zafiro.

—Está bien..., tengamos estos datos presentes —comentó el comisario—. De la tercera víctima, ¿qué información tenemos?

—De la hija única del conde de Montesquinza, Selene, sabemos que era bailarina del ballet de Mariemma —volvió Gutiérrez a tomar la palabra—. Justo estaba vestida para la fiesta de Pedro Chicote, que se celebraba esa noche, pero no llegó a ir. La asesinaron antes en la habitación del hotel Ritz. Era amante de un hombre casado. El funeral se celebró en la iglesia de San José, la parroquia de don Javier Cuadrado. Más coincidencias: las tres conocían al cura e incluso podemos decir que era su consejero espiritual. ¡Ah!, y apareció con una piedra amarilla, un topacio, en la mano izquierda.

—Y no olviden que empezó matando con una luna de sangre y ha terminado intentándolo una vez más en luna llena con el cambio de estación, con el solsticio de verano. Su instinto criminal se activó la última vez el día en el que la luz estaba más presente y en la noche en la que la luna lo inundó todo de su energía.

—Parker, vayamos a los datos. No todo el mundo comparte las teorías del influjo de la luna sobre las personas. Falta una base científica, una evidencia... —dijo el comisario.

—Pues tengo una. La complexión de las cuatro mujeres es parecida. Son rubias, delgadas, de buena familia y atractivas. Todas se parecen, ¿No se han dado cuenta? Todas son mujeres independientes y eso no parece gustar al asesino. Habría que saber por qué motivo las elige parecidas.

—Esto está muy bien pensado, Harry —comentó el comisario—. ¡Muy bien pensado! Diría que tiene una obsesión. Denme algo más, remuevan las alfombras; necesitamos pruebas y respuestas a tantos enigmas. ¿Por qué cada mujer asesinada llevaba una piedra preciosa en la mano izquierda? Un zafiro, un rubí y un topacio. ¿Por qué les secciona el dedo anular de la mano derecha?

—Las piedras preciosas simbolizan temas distintos —comentó Gutiérrez—. Lo sé por Margot, que preguntó a joyeros y entendidos. Tengo anotado que el zafiro es la piedra de la firmeza de carácter contra la deslealtad. El rubí, la piedra de los elegidos. Y el topacio, la piedra de los artistas, que ayuda a atenuar los apetitos desordenados.

—De modo que el asesino les da una piedra para que, cuando estén camino del otro mundo, aplaquen sus bajos instintos. ¡No puede ser más retorcido! Tiene mucho de moralina. Atufa a incienso y cura de iglesia —añadió Parker.

—Debemos darle algo más al juez...

Parker debía regresar a Londres, pero el embajador le pidió que se quedara en Madrid hasta la llegada del tío de Margot, Julián Martín-Briz. Su esposa, Frances, había logrado subirse a un vuelo que aterrizaría a primera hora de la tarde. No había encontrado otra combinación que ir de Londres a la capital francesa para posteriormente viajar a España. Harry no dudó en irla a recoger al aeropuerto de Barajas. También solicitó al comisario que le llamaran cuando la brigada tuviera los resultados de los análisis de la maza del mortero.

Mientras tanto, en la clínica, Margot comenzó a tener visiones a ráfagas de situaciones que no sabía si había vivido ella o pertenecían a su imaginación. Eran imágenes como chispazos del pasado. Vio a una niña que daba vueltas por el aire en un coche mientras oía los gritos de una mujer que también iba en el interior. Se lo comentó a Camila, ya que parecía conocerla bien.

—*When your aunt arrives, she will talk to you.* —Sabía que Frances llegaría en un rato y debía ser ella quien le hablara de ese capítulo difícil de su vida.

No tuvo que esperar demasiado. En cuanto la tía Frances aterrizó, Parker, que la había ido a recoger y vio su cara de preocupación, la llevó directamente al hospital. De camino intentó tranquilizarla, pero fue peor. Los nervios la hacían llorar constantemente. No atendía a razones. Así llevaba desde que se había enterado de la conmoción cerebral de su sobrina. No pudo articular una palabra durante el trayecto y su ansiedad creció cuando llegaron al hospital Clínico San Carlos. Al acceder a la planta, las piernas empezaron a fallarle. Harry la sujetó con el brazo. Tocaron la puerta con los nudillos y Frances entró temerosa.

—Hola, ya he llegado de Londres. ¿Cómo te encuentras, mi pequeña Margot?

—¿Quién eres? —preguntó la joven, confusa.

—Soy tu tía, cariño. ¿No te acuerdas de mí?

—¿Debería acordarme?

Frances miró para otro lado y soltó una lágrima. Nunca se había sentido tan mal y tan frustrada como con esa respuesta.

—*She doesn't remember anything.* —Camila musitó que Margot no recordaba nada.

Las dos se fundieron en un abrazo. Camila no podía disimular su pena y Frances era un manojo de nervios. Una vez que la joven entendió que aquellas mujeres eran personas de confianza, aprovechó para contarles que tenía una visión recurrente.

—Ya que me conocen, tengo una imagen que se repite. Veo a una niña flotando en el aire, dando vueltas en el interior de un coche mientras oye los gritos de una mujer. También veo los brazos de un hombre intentando sujetarme desde el asiento de delante. ¿Quiénes son? ¿Tienen alguna explicación?

—No llamarme usted. —Camila se esforzaba por hablar español, aunque no conjugaba bien los sujetos con los verbos—. De niña, accidente. Tú, accidente. *You know what I'm saying?* —Preguntaba si la entendía.

—¿Yo tuve un accidente de pequeña?

Frances no podía hablar. Le suponía un esfuerzo sobrehumano, pero tomó la palabra. Habían intentado, durante todos aquellos años, convencerla de que ella no iba en el coche cuando sus padres murieron, pero ahora la verdad se imponía. Jamás Margot les había hablado de esos recuerdos y ahora llegaban en el momento más inoportuno.

—Bueno, tus padres tuvieron un accidente y perdieron la vida. Desde entonces yo me hice cargo de ti. Eras muy pequeña.

—Pero... ¿yo iba con ellos y me salvé?

—Sí. Estuviste muchas horas allí, hasta que os rescataron, pero ellos murieron en el acto. —Frances estaba visiblemente apesadumbrada.

—No murieron en el acto. Recuerdo a un hombre intentando cogerme y a una mujer gritando. Después, el silencio y la mano de ese hombre sobre la mía hasta que se cerraron sus ojos.

—Tu padre... se ve que vivió un poco más que tu madre, mi hermana, a la que adoraba.

Frances se echó a llorar. Margot jamás se había acordado de aquel momento, y le venían esas imágenes justo cuando hubiera sido mejor que las olvidara para siempre.

—¿Qué pasó? Quiero la verdad —repreguntaba Margot.

—Un camión se saltó un stop en la carretera y chocó contra el coche de tus padres de una forma muy violenta.

—A partir de ahí, se ve que tuve otra vida de la que no recuerdo nada...

—Ya vendrán los recuerdos. Tu tío y yo lo hemos hecho lo mejor que hemos sabido. Seguramente no has sido tan feliz como lo hubieras sido al lado de tus padres...

Frances volvió a echarse a llorar. Margot tocó su pelo rubio y se quedó pensando. Parecía que intentaba hurgar en sus recuerdos más profundos, que, de momento, se encontraban perdidos en algún lugar de su cerebro.

35

La huella

El laboratorio policial encontró en la maza del mortero media huella de dedo índice perfectamente definida. Sin embargo, la otra mitad estaba borrosa. El pilón había sido limpiado con minuciosidad, aunque quien pretendió borrar cualquier secuela del intento de asesinato no logró eliminar esa prueba. Se produjo una euforia contenida en la brigada al saber los resultados. Por fin, pensaron todos, algo a favor de la investigación. El comisario se dirigió a los asistentes:

—No hay dos personas con las mismas huellas dactilares, ni siquiera los gemelos. Además, no cambian a lo largo de la vida, a menos que la capa profunda se destruya o se modifique intencionalmente. Esta prueba es de vital importancia.

El siempre didáctico comisario habló a los nuevos inspectores como si fueran sus alumnos y les explicó algo que ya sabía la mayoría: «Existen tres patrones principales de huellas dactilares: arcos, curvas y espirales. A la forma, el tamaño, el número y la disposición en estos patrones lo llamamos puntos característicos. Estos hacen de cada huella algo único.

Ahora tendremos que cotejar esta marca dactilar con las huellas del detenido. ¡Estamos cerca, señores!».

Parker apareció por allí y compartió el entusiasmo de todos. Unió a los conocimientos del comisario los suyos propios, basados en el sistema dactiloscópico de Edward Richard Henry, utilizado en Scotland Yard. «Existen —dijo— ocho puntos característicos: la bifurcación, la línea cortada, el empalme, el ojal, el extremo de línea, la horquilla, el islote y el punto. A partir de ahí, si conseguimos demostrar las coincidencias entre la huella obtenida y la del sacerdote, será una prueba irrefutable».

El comisario, al que tanto le gustaba la docencia, tiró nuevamente por el camino del conocimiento: «En España tuvimos al antropólogo y antropómetra Federico Olóriz, que fue también profesor de la Escuela de la Policía. Un auténtico genio que iba por las cárceles madrileñas estudiando las huellas de los presos. Así comenzó el Laboratorio de Antropometría de la cárcel Modelo y su afán por lo que decía cada huella. Nos marcó un camino a principios de siglo».

El inspector Morales se mostraba verdaderamente inquieto ante tal duelo de conocimiento entre el comisario y el jefe de seguridad de la embajada. En un determinado momento, no pudo más y saltó:

—Con su permiso, comisario. —Se aclaró la voz—. A todos nos encantaría seguir escuchando sus explicaciones, pero creo que deberíamos centrarnos en resolver el caso.

Lo dijo en un tono lo más agradable que pudo. No le faltaba razón. A pesar de su amistad, Eugenio Benito Poveda y Harry Parker siempre rivalizaban en el conocimiento teórico del estudio del crimen. Ahora les tocaba aguardar el resultado final, tras cotejar la huella parcial conseguida con las huellas dactilares del sacerdote.

—Me parece demasiado fácil —comentó Parker—, pero esperemos los resultados. Siempre pienso que un asesino múltiple es difícil de atrapar, pero con media huella, si es idéntica a la del sacerdote, sería suficiente.

—Llevamos tiempo detrás de él. Ya es el momento de obtener resultados —comentó don Eugenio.

El jefe de seguridad inglés les deseó el mejor de los finales en ese tema tan espinoso y se despidió por unas horas. Iba a visitar a Margot al hospital. A su regreso, daría cuenta de su evolución. Gutiérrez apretó la mandíbula. Sintió rabia de que fuera Parker y no él quien comprobara la evolución de su compañera y amiga. Permaneció cabizbajo mientras el inglés se despedía de todos.

—A ti te gusta Margot, ¿verdad? —Morales llevaba tiempo observándolo y estaba convencido de que la aprendiz de policía le hacía gracia.

—No tienes ni idea —recriminó Gutiérrez—. Es nuestra compañera y han estado a punto de matarla. ¿No te conmueve?

—Ciertamente, no. Y tampoco la considero una compañera.

El comisario les interrumpió sin tener idea de lo que estaban hablando.

—No sé qué es lo que andan cuchicheando, pero por hoy ya basta de charlas. ¡Vamos a trabajar!

Los inspectores se retiraron a sus mesas y continuaron no solo con este caso, sino con los que seguían llegando a la brigada, de distinto calado. Afortunadamente, los dos policías que se habían incorporado con el nuevo comisario jefe se hicieron cargo de los delitos menores. El caso del asesino de las damas estaba por cerrarse con el trabajo de los inspectores que lo habían llevado desde el principio.

Media hora más tarde, Harry Parker llegaba hasta la habitación de la planta del hospital Clínico San Carlos, donde Margot se encontraba convaleciente. Se preguntaba qué evolución tendría de su conmoción. Deseaba que, de una vez por todas, dejara de estar tan confusa y tan falta de memoria.

Abrió la puerta de la habitación y se encontró con Sátur sentada cerca del cabecero de la cama, durmiendo con la cabeza apoyada en la almohada de la joven. Camila se había retrasado en relevarla en el turno. Parker le dijo que se fuera a casa, ya que no tenía intención de marcharse de allí hasta que viniera Frances o su ayudante inglesa.

—Se lo agradezco, porque no he dormido apenas. Me ha hecho mil preguntas y yo no sé qué contestarle. Ahora parece que ha cerrado los ojos. ¡Debe estar rendida!

—¡Váyase tranquila! —dijo Parker.

Margot descansaba. Al lado de la fría cama de hospital, Harry contaba las líneas de las losetas del suelo, hasta que se levantó y se acercó a la joven. La miró con detenimiento. Nunca la había visto dormir y quiso contemplarla durante un rato desde esa corta distancia. Siempre le había parecido una mujer muy atractiva. Ciertamente le gustaba, pero sabía que con ella no tenía ninguna posibilidad. Margot solo concebía la amistad entre ellos. Se lo había dejado siempre bien claro. Para Parker, esa situación era difícil. Estaba convencido de que era la persona que siempre había estado buscando. De repente, Margot abrió los ojos y lo vio a un palmo de distancia de su cara. Le sonrió y movió las manos, le cogió la cara, se acercó más y lo besó. Fue un beso largo, prolongado, inesperado.

Parker se quedó mudo, sin decir nada. Finalmente, sonrió.

—Quería saber si pasaba algo besándote. Ya que muchos creen que somos novios. —Margot hablaba con inocencia.

—¡Ajá! —Harry no podía pronunciar una sola palabra—. ¿Y?

—Tengo que volverlo a intentar.

Volvió a cogerle la cara y acercó de nuevo sus labios a los de él. El beso parecía en verdad de fuego. Margot cerró los ojos mientras lo hacía y se dirigió a él al volverlos a abrir.

—A mí me gusta, ¿y a ti? —manifestó Margot de manera campechana.

—Sí, ciertamente a mí me gusta también —respondió todavía incrédulo.

—Lo mismo deberíamos ser novios de verdad.

—¿En serio? Yo siempre he estado dispuesto, pero tú... no lo veías adecuado.

—¿Por qué?

—No sabría decirte...

En ese momento, llegaron Frances y Camila cargadas de álbumes de fotos con el fin de activar los recuerdos de la joven. Ahí estaba el resumen de su vida en fotos. Deseaban que recuperara la memoria cuanto antes. Tuvieron numerosas palabras de agradecimiento para Parker por haberse quedado hasta que ellas pudieron ir al hospital.

—Bueno, pues yo ya me tengo que ir... —No sabía cómo reaccionar después de los dos besos que acababa de darle la joven.

—¿Por qué? —preguntó Margot.

—Pues... estamos a punto de saber quién te golpeó en la cabeza. Y quién te hizo esa marca en el cuello.

Margot se tocó y se resintió del dolor.

—¿Por qué me han hecho esto? —preguntó a Parker deseando respuestas a sus lagunas.

—Estabas en un lugar en el que creíamos tener controlado al asesino, pero fallamos.

—Me lo imaginaba. Mi sobrina se expuso demasiado, sabiendo ustedes que el asesino podría actuar de nuevo. ¿La utilizaron de cebo? —Frances estaba realmente enfadada.

Camila sabía que la propia Margot deseaba involucrarse en ese caso, pero decirlo sería tanto como descubrir que ella también conocía las circunstancias. No le había comentado tampoco que la joven colaboraba con la policía en las investigaciones. Salió al paso e intentó mediar.

—Todas chicas bien *in danger*. —Intentaba expresarse en español para que la tía de Margot viera sus progresos, pero le era imposible. Le decía que en realidad todas las chicas de clase alta estaban en peligro.

—Si se hubiera quedado en casa, no le habría ocurrido nada —protestó Frances.

—Solo *parties* con Aline Griffith o Cayetana Fitz-James. *No more.* —decía Camila.

—No la puede encerrar en una jaula de cristal —añadió Parker. Todas las jóvenes que se mueven en el mismo ambiente estaban expuestas. El culpable ya está detenido. Lo que le pasó a Margot fue determinante para su captura.

—En cuanto se recupere, vuelve a Inglaterra —dijo Frances en un tono imperativo.

Todos se quedaron callados. Margot no entendía nada. ¿Por qué no recordaba? ¿Por qué, excepto el accidente de sus padres, lo había olvidado todo? Miraba a Parker y realmente no podía dejar de pensar en el beso que le había dado. Ese hombre de ojos claros y barba y pelo oscuro le llamaba la atención. Lo que había dicho sobre la jaula de cristal y que no podían encerrarla le había gustado.

En ese momento entró el médico en la habitación. Les informó de que el tratamiento estaba funcionando y que en cualquier momento volverían los recuerdos. Estaba satisfecho de que estuviera remitiendo la inflamación del cerebro. La joven se recuperaba a pasos agigantados. Sin embargo, ella seguía sin entender nada de lo que le ocurría.

Parker se agobió por si la desinhibida Margot decía algo de los besos y se despidió de todos. Al acercarse a la cama, le guiñó un ojo y ella respondió con una sonrisa. Aquel chico, del que desconocía todo, le caía bien de verdad, pero los dos besos que le había dado no la habían ayudado a recordar. Sin embargo, estaba segura de que, en el futuro, estarían cerca la una del otro.

Cuando Parker salió y cerró la puerta de la habitación, se quedó intranquilo. Esa nueva Margot era infinitamente más amable que la anterior, que no le dejaba ni cogerla de la mano. Se preguntaba si, cuando volvieran sus recuerdos, seguiría tan cariñosa.

Se puso a caminar desde Moncloa hasta la calle Princesa, y de ahí a la plaza de España. Siguió andando hasta la casa de Margot, en la Gran Vía, y bajó por las calles interiores hasta desembocar en la Puerta del Sol. No supo cómo llegó tan rápido, porque los dos besos que le había dado Margot lo habían dejado noqueado. No estaba en sus planes enamorarse, pero algo ocurrió en esa habitación de hospital que no había sentido hasta ese momento. Pensaba en cómo, en cuestión de segundos, la vida de una persona podía cambiar.

Entró a la brigada y estaban ya todos reunidos de nuevo. Le habían tomado la huella dactilar al sacerdote. Los peritos habían concluido que ninguna característica coincidía con la huella parcial que habían descubierto en el pilón del mortero.

—Pase, mi querido Parker. Estamos verdaderamente confundidos. La huella que encontramos no coincide con la del sacerdote. Tenemos un problema. —Benito Poveda se mostraba realmente consternado.

—¡¿No coincide?! —preguntó Parker con asombro—. Está claro que, entre los invitados de la finca, el asesino tiene un cómplice. Le aseguro que, cuando detuvimos al sacerdote, había desaparecido la maza. Y, justo cuando ya habían trasladado a Madrid a don Javier Cuadrado, apareció.

—Entonces deberíamos tomar las huellas a todos los que estaban allí —comentó el comisario.

—Incluido yo. Todos debemos tocar el piano, como dicen por aquí.

—Sí, Parker. Hay que dar ejemplo. Me parece bien. Ahora mismo quiero una lista completa de todos los que estaban en la finca Pascualete, invitados…, servicio, ¡todos!

—Llevará su tiempo, pero daremos con él —comentó Gutiérrez—. Mientras tanto, el cura seguirá a la sombra.

—Por supuesto. En cuanto nos diga el juez, lo trasladaremos a la cárcel a la espera de juicio. Mientras tanto, busquemos pruebas que le incriminen, señores.

Parker dijo al comisario que seguiría en Madrid hasta la llegada del tío de Margot, el diplomático Julián Martín-Briz. También solicitó que lo mantuviera informado. Mientras tanto, estaría pendiente de la joven y de su memoria. Quizá, antes de perder el conocimiento, llegó a ver algo que pudiera incriminar al sacerdote.

—¡Estamos cerca! —También quiso animar a todos.

El jefe de seguridad aprovechó su estancia en España para acercarse al Ministerio de Asuntos Exteriores. El edificio era el antiguo palacio de Viana, situado en el barrio de los Austrias. Si aquellos muros hablaran, podrían contar muchas historias de reyes, duques y marqueses, pensó Parker. El rey Alfonso XIII lo visitaba mucho en vida del segundo marqués de Viana, ya que era lugar obligado para la aristocracia madrileña. Después de la Guerra Civil, el Estado lo alquiló como sede del Ministerio de Exteriores, hasta que definitivamente lo acabó adquiriendo.

Estuvo hablando con uno de los jefes diplomáticos del que dependía no solo él, sino todo el personal de la embajada. Parker quiso comentarle los problemas que tenían, parecidos a los de su colega inglés en la embajada británica en España.

—El embajador, sir Ivo Mallet, lo está pasando mal en nuestro país. Sigue sin existir un buen entendimiento entre ambos países, y esa mala relación la sufren las embajadas y los embajadores. Máxime después del Royal Tour de la joven reina Isabel II, que finalizó en Gibraltar —comentó el funcionario Juan Gómez de la Gándara.

—Lo sé. Yo lo he vivido desde la otra parte. Eso sí, la buena conexión entre la reina y el embajador Primo de Rivera nos favorece —reconoció Parker.

—El general Franco acaba de conceder una entrevista al periódico *Arriba* y ha desplegado toda la artillería, no contra la reina sino contra sus asesores. Ha dicho que es una víctima más del espionaje dirigido desde el otro lado del canal de la Mancha. En este artículo, insiste en que Churchill prometió devolver el Peñón a cambio de la neutralidad española en la Segunda Guerra Mundial, pero la promesa no se ha cumplido. —El empleado del ministerio mostraba su intranquilidad.

—Bueno, las palabras de la reina al pisar suelo gibraltareño han resonado como latigazos en nuestra embajada, e imagino que aquí también. La tensión se palpa en el ambiente entre los que trabajamos allí.

—Desde aquí vemos con muy buenos ojos que el embajador siga limando asperezas con la reina. Es necesario que sepa de primera mano, y no a través de sus muchos aduladores, la importancia que tiene Gibraltar para España.

—Aprovechando que estoy aquí, querría solicitar otro ayudante más para la seguridad de la embajada. Hemos crecido mucho y yo tengo muchos frentes abiertos. Ahora mismo no puedo regresar hasta la llegada del diplomático Martín-Briz. A su sobrina han intentado asesinarla en España.

—¡Terrible! Ya me he enterado. Se lo diré al ministro. No creo que haya ningún problema, salvo el logístico.

—Ese yo lo resuelvo allí.

Parker le dio las gracias por atenderlo con tanta celeridad y se despidió de Juan Gómez.

Harry regresó andando hasta el hotel y allí, después de cenar, se fue a la cama sin poder apartar su pensamiento de Margot. ¿Dos besos podrían haberlo trastocado tanto? Había visto a Margot transformarse de adolescente en la mujer que hoy era. Coincidía con el comisario en que tenía un sexto sentido. Algo que la hacía especialmente interesante para este mundo «más allá de la línea roja», como ella decía. Un mundo donde no había mujeres policía. Por eso, su condición de periodista le permitía acercarse a un universo todavía prohibido. Pensando en ella, se quedó dormido.

La actividad volvió a comenzar temprano. El reloj de su mesilla sonó a las siete de la mañana. Se tiró literalmente de la cama y se puso a hacer gimnasia. Si Parker tenía una cualidad era precisamente la constancia. Después de una ducha, pidió el desayuno en la habitación y, al filo de las ocho y media de la mañana, se fue en taxi hasta el hospital Clínico San Carlos.

Cuando abrió la puerta donde se recuperaba Margot, Sátur estaba despierta. El jefe de seguridad le sugirió que se fuera a descansar. Se ofreció a quedarse con ella hasta que llegaran Frances y Camila, como el día anterior.

Cuando estuvo solo, volvió a mirarla de cerca. Mientras la observaba, Margot abrió los ojos. Esta vez parecía sorprendida de que estuviera allí. Fue Parker el que tomó la iniciativa y la besó. No dio tiempo a que se convirtiera en un beso largo, ya que Margot reaccionó de manera distinta.

—¿Te has vuelto loco? —Lo apartó.

—Pero si ayer...

—Parker, siempre te extralimitas. Ni se te ocurra volverme a besar.

—¿Cómo? —Le pareció que aquella reacción podría suponer que los recuerdos habían vuelto a su mente.

—Hay que acabar con la patraña de que somos novios.

—¡Has vuelto a recordar! —comentó sorprendido—. ¿Sabes por qué estás aquí?

—No —se quejó molesta.

—¿Qué es lo último que recuerdas?

—Estábamos en la finca de Aline y yo salía del cuarto de baño después de arreglarme para la cena. Fue abrir la puerta y sentí un golpe muy fuerte en la cabeza. No recuerdo nada más.

—¡Margot, has recuperado la memoria! —exclamó emocionado—. Debo decirte que la chica que encontré ayer aquí, en esa cama en la que estás, me recibió con un par de besos que no olvidaré jamás. Pero me alegro de que estés aquí de nuevo.

—¿Cómo dices?

—¡Olvídalo! ¿No recuerdas una respiración, un olor, una voz, una imagen..., algo antes del golpe en la cabeza?

—Tengo que pensar... Ahora mismo no recuerdo nada. ¿Detuvisteis a don Javier Cuadrado?

—¡Sí!

—Recuerdo su mirada fría y escrutadora. De eso sí que me acuerdo. —Margot se esforzaba por hacer memoria.

Hizo ademán de incorporarse en la cama, pero le dolía todo el cuerpo. Sobre todo, la cabeza. Se llevó la mano a la cabeza y sintió que llevaba una venda.

—Quisiera verme, ¿me alcanzas un espejo?

—No. Todavía no.

Cuando entraron Frances y Camila, se quedaron sorprendidas al oír que las saludaba por su nombre. Las dos corrieron a abrazarla.

—¡Vuelves a ser tú! —dijo Frances—. La mayor alegría que nos podías dar. Al salir de aquí nos vamos a Londres.

—No, tía. Deseo quedarme aquí y seguir aprendiendo. Esto ha sido solo una mala experiencia. Todo el mundo tiene un gran susto en su vida. Yo ya he tenido dos. Creo que por estadística ya he cubierto el cupo. De todo se aprende y se crece como persona.

—Me gustan tus reflexiones. —Frances le dio la razón mientras le acariciaba la frente—. Está bien, me quedaré yo en España por un tiempo. Por lo menos, hasta que estés completamente restablecida.

—Ya me encuentro bien... —Intentó volver a incorporarse—. ¡Ayyy! Bueno, casi bien.

36

El regreso

El día que Margot regresó a casa, llegó su tío de Londres. Nada más verse, se fundieron en un abrazo. Julián quería a su sobrina como si se tratara de su propia hija. Fue difícil para ellos adoptar ese papel con una niña que, durante un tiempo, reclamaba a sus padres, sin entender que la muerte se los hubiera llevado para siempre.

Margot siguió recuperándose en casa. No podía evitar mirarse al espejo y contemplar el aspecto que tenía con la venda en la cabeza. El médico no se la quitó hasta la tercera cura. Desde ese momento, tuvo que enfrentarse a las preguntas de todos con los que se cruzaba por la calle, cuando empezó a salir. Llevaba a la vista cinco puntos de sutura que resultaban muy escandalosos. Le habían rapado el cabello alrededor de la herida y parecía todavía más aparatosa. Por eso, a los pocos días de estar en casa tomó la decisión más drástica: abandonar por un tiempo la melena rubia que la había acompañado toda la vida. No se lo pensó dos veces; cogió las tijeras y se cortó el pelo mechón a mechón. Fue un acto de rabia y de rebeldía ante lo que le había ocurrido. Sabía que Camila y su tía Frances lo desaprobarían, pero ella optó por el camino más radical. Y, efectivamente, no se equivocó; ambas se quedaron impactadas cuando la vieron. Camila intentó mejorar el corte que se había hecho sin ningún tipo de misericordia para su imagen.

—*What a funny thing you did with your hair!* —Le decía que menuda escabechina se había hecho en el pelo.

Todavía tuvo que cortárselo un poco más para igualárselo y que tuviera cierta gracia. Frances no daba crédito y contemplaba la nueva imagen de su sobrina sin reprocharle nada. La única que fue más explícita fue Sátur. «¿Pero qué te has hecho, muchacha? Menos mal que el pelo crece», manifestó.

Sin embargo, a Parker, que acudió a despedirse de ella, le pareció que seguía estando guapa y así se lo dijo a todos. Fue a su casa cargado con un magnetofón y una cinta abierta con una grabación del joven estadounidense, Elvis Presley. Margot se lo había pedido con mucha insistencia antes de ir a Extremadura. Finalmente, un amigo se lo había enviado por correo diplomático desde Estados Unidos. Harry Parker había conseguido un magnetófono Ampex de bobina abierta y así pudieron escuchar la canción que sonaba en las radios norteamericanas: *That's All Right*. Esa frase, «todo está bien», se repetía como una letanía que remarcaba la determinación de un joven de marcharse de casa para emprender un nuevo camino. Así dejaría todo atrás, hasta la relación que sus padres no veían con buenos ojos. La canción sugería un acto de rebeldía para no dejarse influenciar por nadie.

—Me gusta su voz —afirmó Margot después de escucharle un rato. Es diferente. Te atrapa. *That's all right*. Todo está bien, Harry. *That's all right*. No sabría definir su estilo.

—A veces parece que canta country, otras blues y las más rhythm and blues. ¡Me encanta también!

—Es una invitación a hacer lo que te dicte el corazón, a pesar de lo que te aconsejen. ¿Cuándo volverás por aquí? —se interesó Margot.

—Más bien cuándo regresarás tú a Londres. Tus tíos tienen en mente que vayas.

—*That's all right...*, yo me quedo aquí. Quiero seguir colaborando con la policía.

—Pero ¿cómo lo harás sin que se enteren tus tíos?

—No lo sé, pero lo conseguiré...

Siguió tarareando la canción mientras daba vueltas por la habitación. Harry se dio cuenta de que su decisión no tenía vuelta atrás. Estaba dispuesta a seguir en contacto con la Brigada Criminal mientras ejercía su actividad periodística. Parecía que, después de la conmoción cerebral, tenía más determinación y fuerza que antes. En una pausa de la canción, el jefe de seguridad sacó de su cintura, tapada por la chaqueta, la pistola de la joven.

—Aquí la tienes de nuevo. Ten mucho cuidado, aunque el párroco esté en la cárcel. Sabemos que tiene un cómplice que lavó el mazo del mortero con el que te golpeó en la cabeza.

—Lo que no entiendo es cómo me salvé. Yo ya había perdido el conocimiento.

—Porque aparecí yo. Está feo decirlo, pero me debes la vida...

Parker sonrió y Margot se quedó asombrada.

—¿Fuiste tú el que evitó que me matara?

—Sí. Tardabas mucho en salir de la habitación. Llamé varias veces a la puerta y, al no escuchar absolutamente nada, rompí la cerradura de una patada. Y allí estabas, tendida en el suelo, en un charco de sangre, con la misma marca en el cuello que el resto de las víctimas. Tu pulso estaba muy débil, pero aquí estás.

—¡Harry, muchas gracias! —susurró agradecida.

Margot lo abrazó con fuerza, y lo mejor es que estaba plenamente consciente. A Parker le encantó ese abrazo y correspondió satisfecho de que estuviera recuperándose tan rápido. Pensó que no todas las ilusiones puestas en ella estaban perdidas. Además, si algo no tenía Parker era prisa. Estaba acostumbrado a aparcar sus sentimientos. Tenía una absoluta adicción al trabajo. Lo que le había ocurrido durante la convalecencia de Margot era una excepción. Iba de hombre duro hasta que esa actitud le dejó de funcionar con la joven que, por otra parte, no podía apartar de su pensamiento.

Se iba a despedir definitivamente cuando apareció Julián y le pidió un último favor:

—¿Podrías acompañar a mi sobrina a la Brigada Criminal? Me ha llamado el comisario Benito Poveda para que acuda esta tarde. Tú te sabes mover en esos ambientes mucho mejor que yo —dijo.

—Está bien. No pasa nada porque regrese mañana por la mañana, en lugar de esta tarde. Será un placer. Llamaré a la embajada para que me cambien el vuelo.

—No sabes cómo te lo agradezco, harás un gran favor a esta familia.

Parker se fue a realizar unas gestiones y quedó en regresar a las cinco de la tarde para acompañar a Margot a la brigada.

El tío desconocía que, para su sobrina, entrar allí era como acudir a su segunda casa.

Cuando apareció en la comisaría apoyada en el brazo de Harry Parker, los inspectores se pusieron de pie y comenzaron a aplaudir. Morales fue el único que no lo hizo, aunque sí se levantó de la silla. El comisario salió del despacho ante tal revuelo y, al ver a la joven, se incorporó a los aplausos. Emocionada, correspondió con los ojos acuosos, a punto de llorar, algo extraño en Margot cuando estaba entre policías. Fueron uno a uno a hablar con ella. El menos expresivo fue Morales, pero tampoco le extrañó a nadie. Después pasó al despacho del comisario, que tenía grandes esperanzas en su testimonio. Se llevó una gran desilusión cuando la joven le dijo que no recordaba nada de la agresión, ni tan siquiera alguna señal o voz que pudiera incriminar al sacerdote.

—Lo haría con toda la diligencia del mundo, pero no tengo ningún recuerdo de ese momento.

—Es normal, al ser tan traumático. —El comisario se mostraba muy comprensivo—. Hay que darle tiempo, aunque lo que menos tenemos para la resolución de este asunto es precisamente eso, tiempo. De entrada, estamos cotejando las huellas de todos los invitados con la mitad de una huella que hemos encontrado en la maza del almirez con la que la hirieron.

—¿Cómo, no es del cura? —preguntó sorprendida.

—No. Debe tener un cómplice.

—Si conseguimos las huellas de todos los que estábamos allí, tendremos al culpable.

—Ya estamos en ello.

Don Eugenio había ordenado al inspector Gutiérrez que llamara a todos los invitados y también al personal de servicio para obtener sus huellas. Estaba teniendo dificultades con algunos, pero tarde o temprano las conseguiría.

Margot dijo al comisario que volvería por allí en cuanto el médico le diera el alta. Parker regresó con ella a casa y allí, definitivamente, se despidió de todos. A sus tíos les contó que la visita a comisaría había sido para prestar declaración y comprobar si recordaba algo de lo ocurrido que fuera clave para la investigación.

Margot sintió la despedida de Parker y suplió ese sentimiento sentándose ante la máquina de escribir. El trabajo siempre tapaba todos los huecos por donde ella hacía aguas. Aprovechó las notas de la entrevista que le hizo a Ava Gardner para escribir. Al principio parecía que le costaba ordenar las ideas, pero después cogió carrerilla. Una hora después había terminado. Camila y Sátur acudieron a la sede de *Siluetas* para entregar el artículo al director, Justino Ochoa, que se interesó por su estado de salud. También escribió para el diario *El Caso* sin que su tía lo supiera. Contó la detención del sacerdote y dio el dato de que todas las víctimas lo conocían. Cuando el periódico salió a la calle, varios obispos protestaron al director, Eugenio Suárez. Aseguraban que se trataba de un gravísimo error de la policía. El hecho de que un sacerdote estuviera detrás de tantos asesinatos supuso una conmoción en la sociedad. El ministro de Justicia, informado de lo que había sucedido, prohibió a la prensa que se publicara nada más al respecto. A su vez, el nuevo comisario jefe, Jacinto Velarde, llamó a Benito Poveda para advertirle que «esta vez no se podían cometer fallos, porque serían de extrema gravedad y con consecuencias para todos».

Mientras tanto, el sacerdote fue trasladado a la enfermería

del centro penitenciario de Carabanchel. El juez había solicitado prisión provisional sin fianza. Tuvieron esa deferencia al tratarse de un servidor de la Iglesia. No podían exponerlo a la voluntad de los presos comunes. Su integridad podía correr peligro, por lo que le mantuvieron ese estatus preferente en la enfermería mientras se aclaraba lo ocurrido. Javier Cuadrado se pasaba el día con el rosario en mano, rezando. Había desarrollado un distanciamiento emocional ante todos los que lo atendían, aunque fueran funcionarios o enfermeras. Cuando le preguntaban, seguía contestando lo mismo: «Soy inocente».

La prisión tenía una estructura de hormigón armado y ladrillo visto en sus sobrios cerramientos de fachada. Había sido inaugurada diez años antes, aunque una de sus galerías estaba permanentemente en obras. A pesar de ser tan nueva, no había un solo recluso que se sintiera cómodo en las instalaciones. Todos soñaban con salir de allí o escaparse.

Antes de cumplirse un mes de la agresión, los tíos de Margot regresaron a Londres. Vieron que su sobrina tenía la determinación de no volver con ellos. Se quedaron más tranquilos sabiendo que el sacerdote estaba encerrado y reanudaron sus compromisos en la embajada.

Margot también regresó a la comisaría. Con su nueva imagen y su personalidad arrolladora, parecía otra persona. El inspector Gutiérrez la puso al día. Le comentó que todavía tenían pendiente tomar las huellas a varios de los invitados de Pascualete. Faltaban la actriz Ava Gardner, que se había ido a San Remo para hacer las fotos publicitarias de la película *La condesa descalza*, y Casares y su ayudante, que se habían marchado a San Sebastián para vestir a varias damas que querían deslumbrar con sus vestidos durante la celebración del primer Festival Internacional de Cine, que se iba a inaugurar en ese año. Acudiría mucha prensa de todo el mundo y un nutrido número de celebridades internacionales, incluida Gloria Swanson, la gran estrella del cine mudo e inicios del sonoro. Casares no podía dejar pasar la oportunidad de que su nombre se pronunciase entre tantas personalidades del firmamento cinematográfico.

La policía tampoco había podido tomar las huellas de los marqueses del Río Tormes, que estaban de viaje en Italia. Hasta el momento, las huellas del personal de Pascualete y los anfitriones e invitados no coincidían con la huella parcial encontrada en el mazo del almirez.

—Es cuestión de tiempo —dijo Margot—. Mientras Javier Cuadrado esté encerrado, todo irá bien.

—Sí, pero descubrir al cómplice es muy importante —replicó Gutiérrez—. Aunque no sea el autor, el peso de la ley también recae implacable sobre él.

Margot le dio la razón. Especularon y descartaron sospechosos hasta el punto de cerrar el círculo en Casares o en su ayudante. Uno de los dos debía ser su cómplice, por la cercanía del modisto al sacerdote. De momento, los tenían controlados. Sabían que se quedarían en San Sebastián hasta que los vestidos de sus clientas estuvieran listos. Además, para el modisto era importante dejarse ver por el lugar de moda de la aristocracia desde que la reina Victoria Eugenia lo eligiera como ciudad de veraneo, antes de salir camino del exilio. A pesar de la censura sobre los medios para que no hablasen del cura detenido, no se comentaba otra cosa en los círculos más pudientes. Todos ya lo habían sentenciado, incluso antes de celebrarse el juicio. La sociedad estaba conmocionada. Se suponía que debía ser un hombre entregado a su vocación religiosa y estaba en las antípodas, como responsable de la muerte de tantas mujeres. Alguien capaz de lo mejor del ser humano y de lo peor a la vez. Dos personalidades en una. Sin duda, se trataba de una patología severa, ya que su mente experimentaba una auténtica confusión de personalidades. Médicos psiquiatras hablaban de ello en círculos muy exclusivos.

Mientras tanto, los funcionarios de la prisión informaban a sus superiores de que el sacerdote insistía en su inocencia y se pasaba el día rezando en la enfermería de la cárcel.

Desde su casa, Margot daba salida poco a poco a todos los encargos editoriales que le habían hecho antes de recibir el golpe que la obligó a pasar por el hospital. Solo le quedaba la comparativa de Elvis Presley y Françoise Sagan que le había pedido el director de *Siluetas*. Los dos rompían normas: Elvis por cantar como lo hacían en Memphis, sin ser negro, y la escritora de dieciocho años por escribir a la ligera sobre relaciones sexuales, como algo puramente físico y natural. En el libro hablaban también de un accidente de tráfico y una muerte súbita. Otra vez el coche segando vidas, se dijo Margot a sí misma. Y la soledad en compañía, la tristeza… y el vacío que dejan algunas personas. El artículo gustó mucho al director, que le agradeció que no hubiera dejado de lado sus obligaciones, a pesar de no estar repuesta del todo.

Al cabo de los días, una vez publicado su artículo, la revista recibió muchas cartas de indignación y crítica. Incluso escandalizó a varios políticos por lo atrevido del contenido del libro. El régimen de Franco prohibió su distribución en España, a pesar de que se hizo una rápida traducción por parte de la editorial José Janés. El gobierno emprendía su cruzada en pro del recato y la decencia ese verano de 1954. Margot se sorprendía de esas reacciones que nada tenían que ver con la corriente de libertad que llegaba desde Inglaterra, Francia e incluso Estados Unidos.

De todas formas, pensó que, aunque no llegara a España de momento, era solo cuestión de tiempo. Las mujeres querían ser dueñas de su vida y no depender de la decisión de los padres ni del marido ni de nadie. Esa semilla de pensamiento no hacía falta importarla, estaba ya dentro. La rebeldía y la conquista de derechos no tenían vuelta atrás.

Poco a poco, fueron llegando las primeras invitaciones para asistir a distintos actos nocturnos, pero Margot no se veía preparada. Máxime cuando la luna había alcanzado su mayor tamaño. Camila, Sátur y ella contemplaron juntas desde casa la superluna azul que iluminaba Madrid de noche. Esa luna tan brillante solía darse en verano. Según la miraba, sintió un escalofrío al acordarse de lo que le había ocurrido un mes antes. También pensó en Parker, que, de haber estado en España, la habría disfrutado como nadie. Contemplarla desde sus ventanales le pareció todo un espectáculo. Sin embargo, se sentía intranquila, a pesar de que Javier Cuadrado estaba entre rejas. Margot no salió esa noche. Había algo que le impedía hacerlo. Estuvo con mal cuerpo todo el día. No era una cuestión física, sino mental. En su interior no podía evitar recordar una y otra vez lo que le había ocurrido durante la luna llena anterior. No lo quiso verbalizar ante Camila y Sátur porque no deseaba preocuparlas.

Esa noche, había un acto en homenaje a Agustín Lara, compositor y artista mexicano, recién llegado de su país, a quien iban a conceder el premio Batuta de Plata. Toda la sociedad quería homenajear al autor del chotis dedicado a Madrid, que había comprendido la esencia de la capital sin conocerla. Cayetana Fitz-James, que estaba embarazada entonces ya de casi nueve meses, la llamó para acudir con ella, pero Margot le dijo que no se sentía bien. La duquesa de Alba, conocedora del episodio que había vivido recientemente, lo entendió. Todo estaba muy reciente. Se tocó la cabeza y todavía le dolía. Sus «guardianas» y ella estuvieron largo rato contemplando la luna desde el salón, con las ventanas abiertas de par en par.

A medianoche se retiró a descansar. El dolor de cabeza fue creciendo hasta hacerse insoportable. Parecía que hubiera recibido el golpe de nuevo. Le costó conciliar el sueño.

A las diez de la mañana sonó el teléfono. Margot seguía en la cama. No entendía por qué se encontraba tan mal, casi un mes después de recibir el golpe. Sátur tocó con los nudillos a la puerta y le comunicó que llamaba al teléfono el comisario. Se levantó de un salto y fue en camisón directamente a su despacho.

—Margot, soy Benito Poveda. Acabamos de recibir un aviso. Ha aparecido una joven muerta en la habitación de su casa. Sus padres salieron al acto de homenaje a Agustín Lara y no se dieron cuenta hasta esta mañana que estaba muerta. —El comisario le dio la noticia sin paños calientes.

—¿Quién es? ¿La conozco? —Margot no daba crédito. El asesino seguía suelto.

—La hija de los duques de Mesena. Se quedó en casa y allí

la asesinaron. Desconocemos si es alguien que ha aprovechado la estela del asesino y lo está imitando o si, realmente, el cura es inocente.

—A Jack el Destripador le achacaron algunos asesinatos que no llevaban su sello. Con el paso del tiempo, se demostró que no había sido él. Hay cinco que se le atribuyen, el resto pudieron ser obra suya o de otra persona —arguyó Margot—. Voy para allá.

—Nos vemos allí —la citó Benito Poveda—. Espero que no tenga nada que ver con los asesinatos del cura y que estemos hablando de otra persona, porque, si no, tendríamos un problema muy serio.

El comisario le dio la dirección. Se trataba de una casa del barrio de El Viso, situado en la zona noroeste de la ciudad. La familia vivía muy cerca de Aline Griffith y lo primero que hizo tras colgar al comisario fue llamarla.

La condesa de Quintanilla no estaba en Madrid, había viajado con su marido a París. A Margot se le ocurrió preguntar al mayordomo si conocía a los padres de la víctima, los duques de Mesena. Este le contó que la familia había estado alguna vez en la casa. De la joven tan solo sabía que vivía en Francia.

Se vistió a toda prisa y, al salir del portal, tuvo la suerte de encontrar un taxi en la parada. Cuando Margot llegó al lugar del crimen, la policía había establecido un cerco alrededor de la casa. Se identificó y preguntó por el comisario. Inmediatamente la dejaron pasar. El juez todavía no había llegado; esperaban que lo hiciera de un momento a otro. Don Eugenio Benito Poveda la condujo a la escena del crimen. En cuanto vio el cadáver, recordó la primera vez que contempló a una persona muerta. Fue en el baile de disfraces. Le impactó mucho ver sin vida a la marquesa de Torquemada. Ahora observaba a la nueva víctima con cierta empatía por la creencia de que podría haber sido ella en su lugar. La mujer estaba de espaldas, en el suelo, y había unas gotas de sangre en su falda. Estaba todo colocado y en orden. Precisamente por eso, Margot supuso que el asesino conocía a la víctima. El comisario estuvo de acuerdo. Necesitaban ver el cuello. Eso sería determinante. De lejos se escuchaban los llantos de los padres, que no podían creer lo que había sucedido. Cada vez se iban incorporando más voces de familiares y amigos.

Por fin llegó el juez y, tras un primer reconocimiento, ordenó el levantamiento del cadáver. Al colocarla sobre una camilla para trasladar sus restos, observaron que en el cuello había una marca roja. Igual y del mismo tamaño que en el resto de las víctimas. Instintivamente, Margot se echó la mano a su cuello y después a la cabeza. Pensó que había tenido mucha suerte. El asesino había vuelto a actuar. Se preguntaba si habían encerrado a un inocente.

Al cadáver no le faltaba ningún dedo, pero, al igual que las otras víctimas, tenía una piedra preciosa en la mano izquierda. Esta vez se trataba de una piedra azul muy intensa.

—¡Un lapislázuli!, la piedra de los escarabajos sagrados y las máscaras funerarias de Egipto —dijo Gutiérrez para asombro de todos. Él los miró e intentó dar una explicación—: Me gusta mucho todo lo relacionado con la cultura egipcia. El color azul es símbolo de pureza y nobleza.

—Estamos ante un nuevo caso del asesino de las damas —aseveró Margot—. No sabemos si es por imitación o realmente el verdadero asesino anda suelto.

37

La quinta víctima

María Benavente, de pelo moreno y muy guapa, acababa de cumplir veinticinco años. Decían que se parecía a las mujeres que retrataba el pintor Julio Romero de Torres en sus cuadros: con los ojos de misterio y el alma llena de pena. Había vivido en París los últimos meses, aunque ese verano había ido a pasar unos días de vacaciones a San Sebastián, junto a su familia. Vacaciones que había interrumpido para acudir a la capital a realizar una serie de gestiones y papeleos con el fin de poder residir, por tiempo indefinido, en el país vecino. ¿Qué pasó esa noche en su casa, en Madrid? ¿Quién la fue a ver y la mató aprovechando que sus padres habían ido al acto de homenaje a Agustín Lara?

En la Brigada Criminal hubo una gran discusión entre los dos comisarios: el jefe actual, Jacinto Velarde, y el emérito, Eugenio Benito Poveda. El nuevo le achacaba al veterano «no haber sabido llevar la operación policial desde el principio». A su vez, el profesor y comisario jubilado le insinuaba «no tener la capacidad de ver que el asesino, en realidad, estaba jugando con la policía».

—Trata de despistarnos —manifestaba don Eugenio—. Alguien está interesado en que creamos que esta última muerte tiene que ver con las anteriores. Yo le digo que el cura está en el ajo. Sabe más de lo que dice y todas nuestras investigaciones confluyen en él. Otra cosa es que la persona que lo está encubriendo quiera imitarlo para que lo exculpemos. No caigamos en su trampa, por favor.

—Señor comisario, no entiendo que no le tiemble el pulso. ¿De verdad tiene la seguridad de que el sacerdote es el asesino de las damas? —le increpó Velarde—. Yo le confieso que tengo mis dudas. Podemos salir todos muy mal parados de este caso, y no estoy dispuesto a que me ocurra como a Juan Bilbao y me quiten este puesto de un plumazo. Si fallamos, le haré responsable a usted, ¿me entiende?

—Yo siempre he sabido asumir mis responsabilidades —se defendió el comisario—. De modo que no me tiene que decir qué decisión va a tomar si fallamos, ya lo haría yo *motu proprio*.

—¡Pues cuidado con los pasos que den! ¡Ni un solo error! Solo le digo eso.

El comisario Benito salió enfadado del despacho del comisario jefe. No tenía ninguna necesidad de escuchar esas cosas estando ya jubilado. Tenía razón su mujer cuando le decía que se quedara tan solo con la Escuela de la Policía y dejara la vida nocturna de la comisaría. Pero esa oficina, en pleno corazón de Madrid, era su vida y los inspectores, su otra familia. Los había formado a todos para combatir el crimen, incluida la más joven, la inspectora Peters.

Había que darse prisa, era evidente que el tiempo jugaba en su contra. Los invitados rezagados, que habían estado en la finca Pascualete y después habían partido a diferentes destinos, ya habían regresado a Madrid. Todos fueron citados para tomarles las huellas dactilares en la Puerta del Sol y no opusieron ningún tipo de resistencia. Los primeros en aparecer fueron Casares y su ayudante. El modisto, con su sequedad de siempre, y su introvertido ayudante quisieron saber el motivo por el que les había requerido la policía para la obtención de huellas. Los inspectores tampoco fueron muy explícitos y simplemente les dijeron que «lo ha pedido el comisario como pura formalidad». Se pusieron manos a la obra y un perito experto en dactiloscopia comenzó con el modisto: primero le humedeció la yema de los dedos en tinta y después las plasmó en un papel especial de color blanco. Casares fue en busca del comisario mientras el perito realizaba el mismo procedimiento con Juan Palomeque. A este le sudaban las manos y hubo que repetir la operación varias veces hasta que la huella fue legible.

Benito Poveda inmediatamente recibió al modisto en su despacho. Cuando este le pidió explicaciones, simplemente le dijo que querían «tener controlados a todos los invitados» de la condesa de Quintanilla por el suceso que había ocurrido en su finca. Omitió que habían encontrado media huella en el objeto con el que la joven fue golpeada. El modisto aprovechó para insistir en que estaban cometiendo un grave error con el sacerdote. «Es incapaz de hacer daño a nadie», decía. El comisario le explicó con vehemencia que todos los indicios apuntaban hacia él. Se daba la circunstancia, explicó, que era el consejero espiritual de todas las víctimas, incluida Margot Sanz Peters, que afortunadamente había salvado la vida.

—Dudo que le achaquen la muerte de la última víctima, porque ya estaba en la cárcel —dijo muy serio.

—Pensamos que hay un imitador que pretende que le exculpemos matando en su nombre.

—¿No le parece un sinsentido? ¿Un imitador?

—Sí, alguien que quiere suplantar al asesino —continuó el comisario—. Lo que realmente nos llama la atención es que sea en luna llena cuando se activa. Don Javier Cuadrado debe ser amante de las leyendas de licántropos. Petronio ya hablaba de la transformación de un soldado en lobo. En el fondo, la literatura ha recogido este fenómeno vinculado a las supersticiones, a la magia negra, también a la capacidad de algunos bebedizos, a dormir desnudo en luna llena y a ser el séptimo hijo varón y no estar bautizado... Podría estar aquí hasta mañana con las creencias unidas al mal en luna llena. En fin..., todo se podría resumir en la locura del que se cree un animal en las noches de plenilunio.

—¿Desnudarse en luna llena también ayuda a convertirse en lobo? Bueno, si se trata de locura, todos estamos locos. Por decirlo de otro modo, ¿quién está cuerdo? Vivir no es fácil para nadie. Quien mata lo hace por algún motivo —reflexionaba el modisto en voz alta.

—¡Por supuesto! Pero cuidado con justificar a los asesinos. El que decide matar lo hace porque se cree superior a la víctima. ¡En el fondo es un cobarde! Mata por la espalda, al descuido, a traición, cuando la víctima no puede defenderse.

—Bueno, es su punto de vista. Yo lo veo como un acto de coraje. No todo el mundo es capaz de matar.

—No le añada ningún tipo de mérito al que lo hace. ¿Usted podría? —preguntó el comisario.

—¿Y usted? —repreguntó Casares sin contestar—. Seguro que ha disparado su pistola en alguna ocasión. ¿Me equivoco?

—No, no se equivoca.

—¿Y lo hizo por su trabajo o por el placer de matar? Sea sincero.

—Cuando ocurrió, no sentí ningún placer. Al contrario. La cara de esa persona me perseguirá mientras viva.

—Si lo hizo por su sentido del deber, su conciencia tiene que estar tranquila. A lo mejor el asesino cree que lo hace por un bien a la sociedad.

—Yo maté por defenderme —insistía el comisario—. Nunca pensé que esa persona estaría mejor muerta que viva. ¡En absoluto!

La conversación fue interrumpida por el inspector Gutiérrez, que les comunicó que Palomeque ya había terminado con el perito. Casares alegó que debía irse cuanto antes, ya que tenía mucho trabajo. Se levantó, le dio la mano al comisario y se despidió.

—¡Interesante conversación! Podemos retomarla en cualquier momento —sugirió Benito Poveda.

—¡Cuando guste!

—Una cosa más, ¿a usted le activa la luna llena? —preguntó el comisario con una sonrisa.

—Digamos que me dejo atrapar por ella.

Casares salió del despacho con la misma frialdad con la que había entrado. No le puso nervioso hallarse en una comisaría, y menos aún las preguntas del comisario. No podía decirse lo mismo de su ayudante, que parecía que hasta respiraba acelerado.

Esa tarde acudieron también los marqueses del Río Tormes, que acababan de llegar de viaje. La mujer se mostraba muy nerviosa. No entendía por qué motivo tenían que prestarse a que les tomasen las huellas.

—Es simple rutina, señora —respondió Morales con su poca mano izquierda—. Además, si usted no ha tenido nada que ver con el intento de asesinato, no tiene por qué temer absolutamente nada.

—Perdone a mi mujer. Esta nueva muerte y el intento de asesinato de la joven que conocimos en Pascualete nos han impactado mucho. Por cierto, ¿cómo se encuentra?

—Recuperada.

El inspector Morales no quiso dar ningún dato más. La amabilidad en él siempre brillaba por su ausencia. Al menos, les dio las gracias por colaborar con la policía. En cuanto el perito obtuvo sus huellas, el comisario los recibió.

—Señores, ¿conocían a la hija de los duques de Mesena?

—Perfectamente. Se veía mucho con mi hija —manifestó el marqués— hasta que María se fue el año pasado a París. Era muy independiente y eso generaba discusiones con sus padres.

—¿A qué se refiere?

—Tenía muchas amistades, pero nada serio con nadie. Vivía sola.

—Bueno, eso no es un delito. Para la gente joven, pasar por el altar ya no está entre las prioridades, y menos aún si viven en Francia, en Inglaterra o en Estados Unidos. Las costumbres son diferentes —argumentó el comisario.

—Querido, creo que te estás extralimitando —dijo la marquesa en voz baja al marido, pero en tono recriminatorio.

—Bueno, en realidad, solo hemos venido a colaborar con ustedes.

—Pues muchas gracias. Pueden irse cuando gusten —concluyó el comisario.

Salieron de allí todo lo rápido que pudieron. El comisario se quedó preocupado con uno de los comentarios del marqués. ¿El asesino había matado a una joven por el hecho de vivir sola? Se salía del patrón. Hasta ahora, su objetivo eran mujeres que traicionaban a sus novios o maridos. En el caso de Margot también, ya que se ofreció como señuelo en la fiesta flirteando con unos y con otros en presencia de su novio. El sacerdote cuadraba en ese perfil rancio y estricto. Recriminaba las actitudes que se salían de la norma establecida por la religión y picó el anzuelo. Sin embargo, la muerte de la joven María Benavente no encajaba. Ni siquiera se parecía físicamente al resto de las víctimas. Todas, excepto ella, eran de pelo rubio y delgadas. Por lo tanto, perfectamente podía tratarse de un imitador que hubiera visto en la última joven un blanco fácil.

El comisario solicitó al juez una nueva orden de registro de la casa del cura. Necesitaban encontrar un eslabón, por pequeño que fuera, algo que reforzara la acusación de asesinato contra él. Al cabo de una hora, el juez le dio permiso para entrar en el domicilio, que se encontraba dentro de la parroquia de San José. Benito Poveda llamó rápidamente a Margot a su casa.

—Inspectora, ¿se ve con fuerzas para acompañarme a registrar de nuevo la casa del cura?

—¡Por supuesto! —exclamó con entusiasmo.

—Por cierto, ¿tiene ya el alta?

Se tocó la cabeza y aún le dolía con el simple roce de la mano.

—Todavía no, comisario, pero eso no será un impedimento para vernos e intentar resolver este caso de una vez por todas. ¿Cómo quedamos? —Margot estaba deseosa de volver a la acción.

—En una hora, en la iglesia de San José. Volveremos a registrarlo todo palmo a palmo, incluida la sacristía.

La policía ya había inspeccionado la casa del cura cuando lo detuvieron, pero seguramente se les había pasado algo por alto. Intentaban conseguir pruebas que le incriminaran.

38

Búsqueda de pruebas

La ciudad mantenía su actividad frenética de siempre. Un ir y venir de gente que caminaba con prisa, ajena por completo a la investigación que llevaba de cabeza a la Brigada Criminal. En los bares, terrazas y comercios no se hablaba de otra cosa que del asesino de las damas. La policía no salía bien parada en esos comentarios e incluso se hacían chistes que dejaban en muy mal lugar la labor policial.

Mientras tanto, el comisario y los inspectores Gutiérrez, Morales y Suárez llegaban en un coche de la policía al número 43 de la calle Alcalá. Margot, que vivía a poca distancia, ya los estaba esperando.

—¡No parece la misma! —dijo el comisario, que no se acostumbraba a verla con su nueva imagen.

—Era la única forma de disimular los puntos que me dieron en la cabeza.

—Contribuyamos a incriminar a quien le hizo eso. ¡Entremos!

En ese momento, se estaba celebrando una misa, de modo

que volvieron a salir y pasaron directamente al edificio colindante, donde se encontraba la casa del cura. Llamaron al timbre y una mujeruca vestida de negro les abrió la puerta. Le enseñaron la orden del juez y, después de identificarse como policías, entraron en el domicilio. La señora que vivía en la casa era la tía del cura y permitió que miraran con libertad por todas partes.

—En esta casa no hay secretos ni los ha habido nunca. Lo único que ha hecho siempre mi sobrino ha sido cuidar de todos los que llamaban a su puerta para pedir ayuda. Le puedo asegurar que solo piensa en hacer el bien.

El comisario se quedó con ella en el austero saloncito que daba a dos habitaciones. Gutiérrez y Margot entraron en el dormitorio. Abrieron los cajones y leyeron todos los papeles que se encontraron. Había muchas cartas que Margot decidió llevarse consigo, y rosarios, pequeñas figuritas y dibujos infantiles que la inspectora también requisó. En el armario, aparte de un par de camisas blancas y pantalones negros, había otra sotana a la que revisaron hasta los dobladillos. No se les podía pasar nada por alto. Morales y Suárez entraron igualmente en la habitación de la señora, que se sorprendió de que inspeccionaran sus cajones palmo a palmo.

—Pero ¿qué están buscando? —preguntaba la mujer al comisario.

—Cualquier cosa que pueda servirnos para la investigación.

—Me van a dejar todo hecho una pena y yo ya soy muy mayor.

—Acabaremos rápido —decía el comisario en un tono conciliador.

No encontraron alianzas, ni ningún tipo de objeto relacionado con las víctimas. Salieron de allí solo con las cartas y los dibujos que Margot creyó conveniente revisar con tranquilidad.

—Si se llevan todos esos papeles, les pido que los devuelvan en cuanto puedan. Son los únicos recuerdos de los niños que han pasado por aquí. Cuando vuelva don Javier —se había acostumbrado a llamarlo así, aunque fueran familia— quiero que esté todo como él lo tenía.

—Se los traeremos tan pronto como los revisemos —dijo Margot.

Una vez que acabó la misa, los cuatro inspectores entraron en la sacristía e igualmente no dejaron ni el vino por examinar. Pidieron al sacerdote que lo decantara para poder ver el fondo de la botella. También miraron el cáliz por la base para desterrar que tuviera doble fondo. Igual ocurrió con la patena que contenía las formas sagradas que se habían utilizado para la celebración de la misa. El suplente de don Javier lo vació sobre otro ciborio, que era el que utilizaba normalmente. Revisaron las casullas por si tenían algún cosido donde pudieran estar escondidos los anillos de las víctimas. Miraron con minuciosidad el hisopo, las vinajeras..., todo lo que encontraron por allí. No podían pasar nada por alto. Abrieron los armarios donde guardaban el material religioso y rebuscaron en los huecos por si tenían doble fondo. Pero todo estaba en su sitio, sin ningún objeto que perteneciera a las víctimas. Fue una salida infructuosa. En las cartas y en los dibujos que se llevó Margot, tampoco esperaban encontrar nada excepcional que pudiera añadir luz a la investigación.

Regresaron a la brigada con la frustración de no haber logrado ninguna prueba inculpatoria. Sin embargo, el perito en dactiloscopia les dio una noticia que les alegró el día. La huella parcial hallada en el almirez coincidía con la de uno de los invitados, al que siempre habían pasado por alto: Juan Palomeque, el inexpresivo ayudante de Casares. El comisario se quedó completamente sorprendido. No esperaba que el cómplice fuera el asistente del modisto. Urgía interrogarlo de nuevo. Llamó a Margot, que ya había llegado a su domicilio, para comunicarle esta novedad.

—Si le digo que me sorprende, le mentiría. Sin embargo, necesitamos saber por qué ha ayudado al cura —comentaba la joven mientras le daba vueltas en la cabeza a esta nueva prueba.

—Seguramente la última muerte sea obra suya. Una imitación que se sale del patrón de los otros asesinatos. Ahora mismo mando una patrulla a detenerlo.

El comisario avisó al juez de guardia y le comunicó la inminente detención del ayudante del modisto. La huella parcial era una prueba irrefutable de que Palomeque había tocado la maza del almirez, seguramente cuando intentaba borrar las huellas del cura. Por su parte, el juez que instruía el caso le avisó de que al día siguiente citaría al sacerdote para un nuevo interrogatorio. La muerte de María Benavente y la detención de Palomeque cambiaban el rumbo del caso. El juez, nada más colgar, habló con el director de la cárcel de Carabanchel para pedir que al día siguiente trasladaran al cura de la enfermería al juzgado.

El obispado de Madrid, que no podía consentir ese escándalo, había contratado a un buen abogado para la defensa del párroco. Se trataba del letrado que tenía fama de ganar todos los pleitos en los que intervenía, Damián Aguirre. Fue citado también a las once de la mañana. La policía deseaba respuestas. El comisario tenía al cómplice, ahora necesitaba desenmascarar al cura.

La policía se presentó en el atelier de Casares, pero el ama de llaves les informó que no estaban ni el modisto ni el ayudante. Habían decidido regresar a San Sebastián esa misma tarde.

El comisario emitió una orden de búsqueda y captura contra Palomeque. Avisó a sus colegas de la capital donostiarra para que lo detuvieran en cuanto pusiera un pie en la ciudad. Era cuestión de horas.

Esa noche, todos se acostaron con la seguridad de que el caso estaba a punto de resolverse. La única que se desveló fue Margot. Comenzó a leer las cartas y a observar los dibujos que el cura guardaba de los niños y adolescentes a los que había ayudado a lo largo de su carrera eclesiástica. Los miró varias veces hasta que finalmente el sueño la venció.

Al día siguiente, a las once de la mañana, el sacerdote entraba por la puerta del juzgado acompañado de dos policías. Su abogado le esperaba a la entrada. Deseaba estar presente en el momento en el que le tomaran declaración. Le aconsejó que, si no estaba seguro de lo que iba a decir, era mejor guardar silencio. El comisario también estuvo presente.

—Señor Cuadrado, queremos hacerle unas cuantas preguntas —comenzó el juez—. ¿Conocía a María Benavente, la hija de los duques de Mesena?

—No. No la conozco. ¿Qué ha ocurrido?

—Díganoslo usted. ¿Ha ordenado desde la cárcel acabar con su vida?

—Pero ¿qué están diciendo? ¡Ya les he dicho que soy inocente de esta y de todas las muertes!

El sacerdote comenzó a sudar y se apoyó para no caerse a plomo al suelo. Tuvieron que darle un vaso de agua. El abogado pidió que no le hicieran más preguntas. Estaba completamente desmadejado y abatido.

—¿Ha muerto otra joven? —preguntó cuando pudo hablar.

El juez dijo que sí y el cura se quedó completamente pálido, como si se hubiera quedado sin sangre.

—No me encuentro bien —alcanzó a decir con un hilo de voz.

El abogado solicitó concluir la comparecencia, pero el juez pidió que contestara a una última cuestión.

—¿De qué conoce a Juan Palomeque?

—Pero ¿por qué me preguntan por él? No sé qué decirles.

—¿Le conoce o no? —preguntó el juez de malas formas.

—Sí, claro, es el ayudante de Casares, mi pupilo. No sé prácticamente nada de él. Simplemente que son amigos. Nada más. ¿Qué ha pasado con él?

—Hemos encontrado una huella suya en la maza del almirez. El instrumento que usted utilizó contra la joven Margot Sanz Peters.

—No he utilizado nada contra nadie. ¿Están locos? ¿La señorita Sanz se encuentra mejor?

—Eso a usted no le interesa.

—Aunque no lo crea, me importa. Me alegraría saber que se encuentra bien.

—Lo sabrá en su momento.

—¡Soy inocente! No sé en qué idioma quiere que se lo diga.

—Si es usted inocente, ¿conoce al responsable de estas muertes?

Se quedó callado y miró a su abogado como solicitando ayuda.

—Mi representado ya no va a contestar ninguna pregunta más. Ha respondido más de lo que yo hubiera querido —ratificó el letrado.

—Le vuelvo a formular la pregunta porque es importante. Si usted no ha sido, ¿conoce al autor de las muertes?

Volvió a mirar al abogado.

—Les he dicho que mi representado no tiene nada que añadir. Está haciendo un gran sobreesfuerzo—concluyó don Damián Aguirre.

—Está bien. ¡Llévenselo! —se dirigió a los guardias.

—¡Soy inocente! ¡Soy inocente! Señor juez, soy un hombre de fe y jamás le haría daño a nadie. ¡Soy inocente!

«Eso es lo mismo que dicen todos los asesinos», pensó el comisario Benito Poveda.

39

La media huella

El modisto Casares y su ayudante realizaron el viaje en coche y llegaron a San Sebastián de madrugada. Se alojaron en el hotel María Cristina, que estaba al completo porque el primer festival se había convertido en un aliciente para los clientes. Sin embargo, el modisto siempre tenía una habitación doble, estuviera al completo o no, ya que por allí acudían a probarse todas las grandes damas que veraneaban en la capital donostiarra.

A la mañana siguiente, muy temprano, a pesar de las pocas horas que había podido dormir, Juan Palomeque salió a pasear por la playa de la Concha, ubicada al oeste de la desembocadura del río Urumea. Palomeque no era el único que caminaba a esas horas cerca de la orilla. Se quitó la camisa para recibir sobre su torso los primeros rayos de sol y recorrió descalzo varios kilómetros en contacto con el agua fría. Las olas salían a su encuentro y no hacía nada por sortearlas. Después de una hora caminando, decidió regresar sobre sus pasos en dirección al hotel. Entró en el hall ya con la camisa abrochada y el calzado en su sitio, dispuesto a subir a la habitación. Sin embargo, el recepcionista le indicó que unos señores preguntaban por él.

Dos inspectores con traje y sombrero se le acercaron y le pidieron que los acompañara. En un aparte, le informaron del motivo de su visita.

—Somos policías. Le sugerimos que no haga ningún aspaviento si no quiere que todo el mundo se entere de que vamos a detenerle. No ofrezca resistencia. —Según le decía esto, el agente se abrió la chaqueta y dejó a la vista la pistola que llevaba ceñida a la cintura.

—¿Detenerme? ¿Por qué? —Parecía completamente desconcertado.

—Eso lo desconocemos, pero ayer la Brigada Criminal emitió una orden de búsqueda y captura contra usted. Nuestra misión es llevarle a Madrid.

—Debe ser una confusión, tengo que subir a la habitación y coger mis cosas. No me puedo ir sin avisar a mi jefe, el señor Casares —protestó enérgico.

—No puede avisar a nadie. Nos vamos de inmediato. Saldremos discretamente por la puerta de servicio, donde nos espera un coche.

—Pero... por favor. Déjenme al menos ponerme un pantalón. ¡Voy en bañador!

—Está usted detenido. ¿Es que no lo entiende?

Le pusieron las esposas, lo montaron en el coche y salieron camino de la capital.

Mientras tanto, extrañado de que Juan no regresara a la habitación, Casares llamó a recepción para preguntar si le habían visto. Le dijeron que se lo habían llevado dos policías que lo estaban esperando.

Colgó el teléfono y comprendió que la prueba dactilográfica del día anterior tenía que ver con lo ocurrido. Se puso a caminar por la habitación, necesitaba pensar. Fue a la mesilla de noche y cogió un cigarrillo. Después de un rato fumando sin parar, pidió a la centralita una conferencia con la Dirección General de Seguridad, en Madrid. Cuando le respondieron, solicitó, a su vez, que le derivaran la llamada a la extensión del comisario de la Brigada Criminal. Sin embargo, al otro lado del teléfono le atendió el inspector Gutiérrez. El modisto deseaba hablar a toda costa con Benito Poveda, pero no se encontraba allí. Entonces le exigió información al propio inspector.

—Quiero saber el motivo por el que han detenido a mi ayudante, y también a dónde lo han llevado.

—Lo traen a Madrid, pero no le puedo dar ningún dato más —respondió Gutiérrez.

—No entiendo qué ha cambiado de ayer a hoy. ¿Han sido las huellas dactilares?

—No le puedo contestar. Si viene por aquí, le atenderemos con mucho gusto.

Casares, todavía en shock mientras digería la noticia, supo que tenía por delante una jornada muy difícil. Debía atender los compromisos adquiridos con las señoras que deseaban acudir a la entrega de premios del festival, que había llegado a su fin. Contrató de urgencia a una modista que conocía y, sin decir nada a nadie de lo que acababa de suceder, procuró que estuvieran todas satisfechas con su trabajo y la confección de sus vestidos.

—Señoras, deben llevar el traje y no al revés, que el traje las lleve a ustedes. Se trata de que lo sientan como una segunda piel. —Les decía prácticamente a todas lo mismo. No estaba para pensar demasiado.

Esa noche, no pudo probar un solo bocado, ni tan siquiera bebió alguno de los combinados que tanto le gustaban del barman de la cafetería del hotel. Simplemente paseó por la playa mientras escuchaba el sonido monótono de las olas del mar. Sentía que todo se estaba desmoronando a su alrededor. Primero, la detención de don Javier Cuadrado, su mentor, y ahora, la de Juan Palomeque, la persona que de forma incondicional siempre estaba a su lado. Lo echaba de menos y tampoco entendía las razones que podría esgrimir la policía para su arresto. Pensó en cómo ayudarlos, con la seguridad de que ellos no eran los asesinos. Se tumbó en la playa y se acordó de lo que le dijo el comisario sobre las leyendas de los hombres lobo. Sobre todo, de la que decía que «bañarse a la luz de la luna desnudo, en una noche de plenilunio, ayudaba al que ya lo era a transformarse en lobo». Se prometió a sí mismo que, en la próxima luna llena, lo haría. No tenía nada que perder y esbozó una sonrisa. A sabiendas de que no le veía nadie, se desnudó y se metió poco a poco en el mar. La luna no iluminaba como cuando estaba llena, pero le dio igual. La sensación que tuvo fue tan placentera que logró aliviarle la noche, donde le pesaban tantos asuntos sobre los hombros. De todas formas, pensó que realmente él ya tenía mucho de lobo, sin que tuviera la necesidad de transformarse por una noche.

No estuvo allí mucho más tiempo. Se salió del agua y, después de vestirse, regresó caminando cabizbajo hasta el hotel. Al día siguiente, recogió sus cosas y las de su ayudante y regresó a Madrid. Ese verano del cincuenta y cuatro estaba siendo excesivamente cálido y, a la vez, duro y difícil. Las detenciones de las personas más importantes de su vida le habían provocado más rabia que tristeza. No disimulaba su deseo de venganza para demostrar al mundo que, una vez más, la policía se había equivocado.

Mientras tanto, en la comisaría recibieron con euforia a los inspectores vascos que trasladaron a Juan Palomeque desde San Sebastián hasta Madrid. Lo dejaron en el calabozo en bañador y camisa, lo mismo que llevaba en el momento de su detención. Nunca pensó que aquella caminata por la orilla del mar acabara como el peor día de su vida. Los inspectores Suárez y Gutiérrez le proporcionaron un mono azul de trabajo y algo de comida. Su permanente halo de superioridad y elegancia desapareció por completo. En el calabozo lloraba como un niño.

Los policías que lo habían trasladado contaron que durante el viaje no abrió la boca, ni siquiera para decir lo que todos: «¡Soy inocente!». Había permanecido mudo, no sabían si por la impresión de verse detenido o por asumir que tarde o temprano lo iban a acusar de algo. Averiguarlo ya era trabajo de la Brigada Criminal.

Después de dejarle descansar media hora, el comisario Benito Poveda lo llamó para interrogarlo.

—¿Su nombre es Juan Palomeque Villoria?

—Sí.

—¿Sabe por qué está aquí?

—No. No me han explicado nada.

—Hemos encontrado su huella en el pilón del almirez que sirvió de arma para herir a Margot Sanz Peters.

Se mostró sorprendido ante la acusación. No lo entendía, pensaba que había tomado muchas precauciones a la hora de borrar las huellas y, torpemente, había dejado la suya. ¿Qué había salido mal?, se preguntaba.

—Debe ser una equivocación —alegó, convencido de que

su huella no podía estar en el mazo del mortero. Estaba seguro de que el comisario se estaba marcando un farol.

Don Eugenio Benito, más seguro que nunca de sí mismo, le contestó:

—La ciencia, señor Palomeque, no se equivoca. Usted cogió el mazo para matar a la señorita Margot Sanz Peters o para encubrir a quien lo intentó.

—Ni una cosa ni la otra —dijo con una voz apagada.

El comisario se levantó de su asiento. Su paciencia estaba llegando a su fin. Volvió a dirigirse a él, apoyando la palma de las manos sobre la mesa.

—Cuanto antes confiese, será mejor para todos. Si usted declara exactamente lo que pasó, obtendrá beneficios penitenciarios, se lo aseguro. Si no, le espera a usted mucha cárcel, eso en el mejor de los casos. Cuando salga, si es que lo consigue, será ya un anciano. O también podría darse el caso de que lo condenaran a la pena capital: el garrote vil. Es una muerte mucho más rápida. A veces, dejar este mundo es una liberación ante el panorama de estar toda la vida encerrado.

Tras escucharlo, Palomeque se desmoronó completamente y comenzó a llorar como un niño. No volvió a pronunciar una sola palabra en presencia del comisario. Este le recomendó que llamara a un buen abogado. El comisario volvió a tomar asiento.

—Una pregunta más: ¿usted conocía a las víctimas, incluida Margot?

—Sí, ¿eso me convierte en el asesino?

Habló con un tono de voz prácticamente inaudible. Parecía más un anciano que un hombre de veinticinco años.

—¿Me puede decir qué le une a don Javier Cuadrado?

—Es el mentor de Pedro Casares. El hombre que más le ayudó de niño.

No llegó a mirar al comisario mientras respondía. Benito Poveda se centraba en averiguar aquellos flecos que tenía la investigación.

—¿Y María Benavente? ¿Qué nos puede decir de ella? —Se refería a la última víctima, que no tenía el mismo perfil que las anteriores.

Palomeque no contestó, decidió sellar su boca. El comisario, al ver su poca colaboración, mandó que lo encerraran de nuevo en el calabozo. Nada tenía que ver el joven al que tomaron las huellas dos días antes con el que había regresado a comisaría.

Dos horas después de la llegada de Palomeque a la Dirección General de Seguridad, apareció el juez de guardia y volvieron a requerirlo para realizarle otras preguntas similares a las del comisario. Sin embargo, obtuvo menos colaboración todavía. Finalmente, ordenó para el detenido prisión provisional sin fianza. La policía trasladó al ayudante de Casares en un furgón hasta la cárcel de Carabanchel. Pidieron que estuviera aislado hasta el juicio. No querían que hablara con el sacerdote, que continuaba recluido en la enfermería, ni con otros reclusos que podían agredirlo, como hacían con algunos recién llegados. Una vez realizadas las pesquisas necesarias, la policía presentó un informe al juez que intentaba demostrar que Palomeque y don Javier Cuadrado no solo conocían a las víctimas, sino que colaboraban a la hora de elegirlas.

40

Alta médica

El verano no daba tregua y las altas temperaturas consiguieron desviar la atención informativa hacia el calor y sus posibles peligros. Daba la sensación de que la investigación del asesino de las damas se había estancado y no le importaba a nadie la parte judicial, puesto que el culpable se encontraba ya en la cárcel. Parecía que todo el mundo quería consumir más otro tipo de asuntos en los periódicos y semanarios mientras la ciudad se quedaba poco a poco vacía, con una parte de la sociedad haciendo las maletas para trasladarse a las ciudades con mar. Los que se quedaban en la capital se tenían que conformar con abrir las ventanas y pasar las noches en las terrazas o los bares que permanecían abiertos hasta la medianoche.

Margot, por su parte, se recuperaba poco a poco de las heridas, sin bajar la guardia y sin dejar de buscar respuestas entre las cartas y los dibujos infantiles que encontró en la casa del cura.

La joven había extendido los papeles por el suelo de su habitación. Por un lado, campaban a sus anchas los dibujos y, por otro, las cartas sacadas del sobre, abiertas y preparadas para ser leídas una a una. Comenzó por los garabatos y figuras que le hicieron los niños a don Javier, recién acogidos tras su infierno particular. Unos parecían manchas oscuras, inconexas, tan negras como una mina de carbón. Otros representaban a todos los miembros de la familia cogidos de la mano. Pero la inmensa mayoría pintaba a la familia sin uno de los progenitores. De todos, hubo uno que le llamó la atención; solo salía un niño cogido de la mano de su padre. Y a lo lejos, como si fuera un espectro, la figura de una mujer que se perdía al final de un camino. Era evidente que se trataba de niños que acababan de sufrir una pérdida, por abandono o por la muerte de un ser querido. Había mucha carga emocional y mucho dolor en todos ellos.

Se fue al otro lado de la cama, donde estaban las cartas. Las leyó con detenimiento. Eran las solicitudes para que el cura hiciera de Pigmalión con ellos. Le sorprendió una en la que el padre renunciaba a su hijo por falta de recursos. Una situación de auténtica indigencia y precariedad. En otra, en cambio, se podía leer que la madre había abandonado al padre y al hijo de siete años. El progenitor se sentía incapaz de educarlo y pedía ayuda al cura. Le contaba que su hijo no entendía cómo su madre había desaparecido sin dejar rastro. El padre era conocedor de que su mujer se había escapado con su amante. «Así se lo he dicho al niño —contaba en la carta—. ¿Para qué andarme con paños calientes? Ha primado más en la madre el sentimiento amoroso que el maternal. No ha tenido ningún reparo en abandonarnos a mí y a su hijo. Por eso le pido ayuda. Está rarísimo el pequeño. De ser un niño alegre, se ha convertido en un taciturno que no se comunica con nadie. Necesito su ayuda. Yo no sé qué hacer con él». Después de releerla varias veces, la apartó. Recordó que Aline le contó una historia muy parecida de la infancia de Casares. ¿Sería esa carta la que escribió su padre?

Leyó otras que describían situaciones difíciles por las que atravesaban las familias: una madre sin recursos tras la muerte de su marido. «Salimos todas las tardes Manolín y yo a mendigar. No tenemos otra fuente de sustento. Por favor, ayúdenos». Su última esperanza era el cura.

Margot las leyó con tanto interés que intentó comprender qué había detrás de cada petición al párroco. Seguramente seguiría en contacto con esos niños, como era el caso de Casares. Al fin y a la postre, el cura se convertía en un referente para todos esos adolescentes que habían vivido situaciones tan difíciles a edades tan tempranas. Pensó que quizá Juan Palomeque tenía detrás otra historia como la de esos niños con carencias. Aunque, como decía Parker, «para matar no siempre hacen falta excusas».

El sueño paró la lectura de golpe y se quedó dormida. No le dio tiempo a tumbarse en la cama y así amaneció, en el suelo entre cartas leídas y releídas, esparcidas por aquí y por allá. Sátur se asustó al día siguiente al verla enterrada entre papeles.

—Pero ¿se ha caído de la cama? ¡Cómo tiene todo esto! Parece una pocilga.

Margot estaba somnolienta. Se había dormido pensando en las situaciones que describían las familias y en los dibujos de los niños. Y se levantaba igual, con el convencimiento de que vivir no era fácil, y menos para esos pequeños a los que la vida había tratado muy mal desde la infancia. Comenzó a imaginar cómo serían sus propios dibujos de niña, tras el trauma del accidente en el que perdieron la vida sus padres. Seguramente estarían también llenos de oscuridad.

Sátur comprobó atónita como volvía a cerrar los ojos.

—¡Está completamente dormida! ¡Claro! No ha descansado nada, seguro.

—¡He dormido! Aunque no muy bien. Esa es la verdad.

Sátur comenzó a recoger los papeles desperdigados por el suelo.

—¿Qué busca entre tanto papel? —preguntó con curiosidad.

—No lo sé. Busco e imagino las vidas de unos niños que llegaron a caer en manos del sacerdote que hoy está en la cárcel.

—¿El que la agredió?

—Sí.

—¡Menudo sinvergüenza con sotana!

Camila apareció por allí ante las exclamaciones de Sátur y se sorprendió de verla en el suelo con una de las muchas cartas en la mano.

—*What's happening here?* —Le preguntaba con estupor qué había ocurrido en la habitación.

—Nada. Estoy leyendo cartas dirigidas al sacerdote. Necesito respuestas, y a lo mejor están aquí, delante de mis narices.

Camila le dijo que hoy tenían médico y que seguramente le darían el alta. Eso animó a Margot a ponerse de pie y a arreglarse a toda velocidad. Estaba deseando volver a su actividad profesional. Mientras desayunaba, la llamó a casa el inspector Gutiérrez para comunicarle que la policía iba a ir a la casa de Casares para registrar la habitación de Juan Palomeque.

—¿A la casa de Casares? —repitió.

—Sí. Iremos el comisario y yo. Por cierto, me ha dicho que te pida que nos acompañes.

—¿A qué hora iréis? —preguntaba Margot para cuadrar antes su cita con el médico.

—Sobre las once.

—¡Allí estaré!

Se tomó el té de un sorbo y se vistió rápidamente. Ahora era ella quien azuzaba a Camila para que se arreglara cuanto antes. Pensó que, si el médico no la había recibido en su consulta a las diez y media de la mañana, se iría a la casa de Casares. Necesitaba ver al modisto. Quería saber de primera mano cómo se encontraba con todos sus amigos detenidos. ¿Estaría desolado? Era fácil pensar que sí, aunque parecía siempre una persona imperturbable.

Afortunadamente, el médico la encontró completamente restablecida. Le preguntó si se sentía con fuerzas para volver al trabajo. Margot le dijo que sí y le pidió al médico un volante que así lo acreditara. Camila tuvo que regresar sola a casa, aunque no le gustaba, porque Margot había quedado con Gutiérrez en encontrarse a las once en punto en el taller del modisto. A pesar de lo tarde que creía que iba a llegar, fue la primera en entrar en el portal de Casares. No tardaron en hacerlo, minutos más tarde, el comisario y el inspector.

—Margot, se la ve muy recuperada. Usted ahora viene con nosotros en calidad de víctima. No cambie de papel con Casares. Es mejor que no sepa que trabaja con nosotros.

—Está bien. Quiero ver cómo se encuentra después de las detenciones del sacerdote y de su ayudante. Tengo curiosidad.

—Mi consejo es que hable poco y observe mucho a su alrededor. Si se puede introducir con disimulo en alguna habitación cerrada, mejor. Yo estaré entreteniendo a Casares constantemente. No tenga ningún miedo a ser pillada in fraganti. Gutiérrez, por su parte, se ocupará del ama de llaves. Usted abra puertas y mire con descaro. Es fundamental. No tendremos mucho tiempo. Ponga la excusa de ir al baño.

—Está bien. No sé qué me ocurre, pero estoy nerviosa.

—Es normal, Margot. Has estado muy grave —comentó Gutiérrez.

—Sabiendo que me cubrirán las espaldas, estoy más tranquila.

—Un paso más, Margot. ¡Estamos cerca! Uno más que puede ser definitivo —comentó el comisario antes de llamar a la puerta.

41

Una visita sorpresa

El ama de llaves abrió la puerta del atelier de Pedro Casares. Se quedó sorprendida de ver a Margot acompañada de dos hombres con cara de pocos amigos. Le preguntó si tenía cita con el modisto, pero la joven le dijo que no, que venía «acompañando a la policía».

—Señora, traemos una orden del juez para poder registrar la casa de Juan Palomeque —se adelantó a decir el comisario.

—Aguarden aquí un momento —pidió la mujer, inquieta.

Les hizo esperar unos minutos en la puerta y, finalmente, los invitó a pasar al salón, donde les iba a recibir el diseñador. Enseguida apareció Casares, perfectamente vestido con un traje de chaqueta claro, camisa blanca sin corbata y la cinta métrica colgando de su cuello. Su piel estaba bronceada y no parecía alterado por los acontecimientos de los últimos días, en los que su mentor y su ayudante habían sido detenidos y encarcelados.

—Ustedes dirán. ¿En qué les puedo ayudar? —se ofreció el modisto.

—Traemos una orden del juez para registrar la vivienda de Juan Palomeque, que, como ya sabrá, ha sido detenido —informó el comisario.

—Sus pertenencias se encuentran en su habitación.

Aunque vivían juntos, era cierto que tenían habitaciones separadas. Casares abrió con tranquilidad la puerta del cuarto de su ayudante. Estaba convencido de que no hallarían nada que lo pudiera comprometer.

Primero entró el comisario y, a continuación, el inspector Gutiérrez. Observaron con atención las fotos y los objetos que había en la estantería. Todo estaba perfectamente colocado. Saltaba a la vista que Palomeque era un hombre muy ordenado. El comisario comenzó a abrir y a revolver los cajones.

—¿Exactamente qué buscan? —preguntó Casares.

—Todo y nada. De momento, solo estamos observando sus pertenencias.

El inspector Gutiérrez le pidió que le enseñara su lugar de trabajo en el atelier. El diseñador hizo un gesto con la cabeza al ama de llaves, que acompañó al inspector hasta las diferentes salas donde estaban las telas y las modistas. Casares aprovechó para preguntar a Margot por su estado de salud.

—Estoy bien, gracias. Me duele todavía la cabeza, pero hoy precisamente me han dado el alta.

—Por curiosidad, ¿qué hace usted aquí con la policía? —preguntó extrañado.

—Se lo he pedido yo —contestó el comisario antes de que ella pudiera decir nada—. Estamos convencidos de que el señor Palomeque es cómplice de don Javier Cuadrado. Echaremos un vistazo, por si hay algo en la habitación que nos llame la atención y le despierte a la señorita Margot algunos de los recuerdos que todavía tiene dormidos.

—Me temo que están cometiendo otra equivocación. Los dos son incapaces de hacer daño a nadie. No van a encontrar absolutamente nada —dijo Casares, indignado.

—¿Podría ir al baño? —preguntó Margot al modisto.

—¡Por supuesto! Se encuentra al final del pasillo. Cerca del probador que usted conoce —indicó solícito.

Cuando Margot se retiró, el comisario comenzó a hacer preguntas en cascada a Pedro Casares.

La joven se movía con decisión por el pasillo y, cuando se cercioró de que nadie la veía, empezó a abrir y cerrar puertas a su paso. De pronto, tras una de ellas, se encontró con una gran habitación que intuyó que sería del modisto. No se lo pensó dos veces y entró cerrando la puerta tras de sí. El corazón se le aceleró. A gran velocidad, comenzó a rebuscar en los cajones. Tenía su ropa perfectamente ordenada por colores y tejidos. Abrió el armario principal y comenzó a palpar los trajes y las chaquetas. Al fondo, tocó con la mano algo metálico, que resultó ser una caja cerrada de galletas que tenía un segundo uso: contenía fotos. La dejó en su sitio y miró debajo de la cama; no había nada anormal. Lo intentó con los altillos del armario, pero con su estatura no llegaba tan arriba. Entonces le vino a la memoria la imagen de las fotos que acababa de ver de pasada en la caja metálica. Regresó tras sus pasos y la cogió de nuevo. Se fijó en las imágenes con detenimiento. En todas aparecía un niño y un hombre mayor. Pensó que debería ser Casares con su padre. Había un sobre blanco en el fondo y lo sacó para ver qué contenía. Eran esas fotos de la infancia que uno reserva para cuando la nostalgia lo invade, siguió elucubrando. Una mostraba a un niño de carita triste junto a una mujer con el rostro recortado. Todas tenían esa merma. Tan solo había una, muy desgastada, a la que se le estaba yendo la imprimación, que no hubiese roto. Se veía a un niño en pantalón corto sentado en el regazo de una señora delgada y rubia, bastante agraciada. Pensó que sería la madre de Casares. Debía ser el único documento gráfico que existía de ella. Guardó las fotos tal y como estaban en el sobre y lo volvió a colocar en el fondo de la caja. Cerró el armario y salió del cuarto. Después, siguió entrando en diferentes habitaciones; en casi todas había telas de diferentes colores y estampados. Uno de esos tejidos le llamó la atención y se guardó un trozo que encontró por el suelo. En otra habitación, vio a dos modistas que cosían con verdadero afán unos trajes de noche. Margot se excusó por haberse confundido con el baño. Una de las modistas se puso de pie y le señaló desde el pasillo dónde se encontraba la puerta que buscaba.

Para disimular, entró en el servicio y echó también un vistazo. Abrió uno de los armarios, que contenía diferentes medicinas, barbitúricos y analgésicos principalmente. Igualmente había diferentes colonias de marca alineadas por tamaño, tanto de mujer como de hombre. Cuando salió, hizo ruido a conciencia al caminar por el suelo de madera para anunciar su vuelta, y regresó a donde estaban Casares y el comisario. Al oírla, el inspector Gutiérrez dejó al ama de llaves en la cocina, realizando sus tareas. Margot se dirigió a él.

—¿Le importaría decirme dónde está la cocina para pedir una manzanilla?

—Por supuesto, vengo de ahí. ¿Es que no se encuentra bien? —preguntó Gutiérrez.

—Algo me ha debido sentar mal del desayuno. —Se llevó la mano al estómago y le hizo un gesto cómplice a Gutiérrez, que enseguida entendió.

—¡Qué contrariedad! —dijo Casares—. La acompaño yo.

—No, usted siga con el comisario. ¡Ya lo hago yo! —se ofreció Gutiérrez.

En el corto trayecto hasta la cocina, Margot pudo decirle al inspector que mirase en el altillo del armario de la habitación de Casares. Todo lo demás estaba revisado sin ninguna novedad digna de mención. Al llegar donde el ama de llaves estaba cocinando, pidió una manzanilla. La mujer se la preparó, aunque no le ofreció ningún tipo de conversación. Margot, sin embargo, la forzó a hablar haciéndole preguntas triviales, mientras Gutiérrez las dejaba solas e intentaba acceder al altillo del armario del modisto. El comisario, a su vez, seguía preguntando a Casares por su ayudante:

—¿Notó algo extraño en su comportamiento en la finca de los condes de Quintanilla?

—No, no noté nada extraño ni diferente. Estoy convencido de que él no es el asesino que buscan —insistió Casares.

—Bueno, podría ser el cómplice de su mentor, ¿no cree?

—Le digo que se trata de un error. Mi ayudante es incapaz de hacer daño a nadie y mi mentor, menos aún.

—¿Qué explicación da a que haya una huella suya en el mazo del mortero?

—¿En el mazo? Ciertamente, no lo sé. —Se quedó pensativo.

—¿Palomeque conocía a todas las jóvenes asesinadas?

—Tanto él como yo nos movemos en un círculo muy cerrado de personas de la alta sociedad. Es lógico que conozcamos a la mayoría de ellas. Creo que no están ustedes llevando bien esta investigación. Piensan que tienen encerrados a los responsables de los asesinatos, pero le aseguro que ni uno ni otro tienen la personalidad necesaria para hacerlo.

—Será un juez quien decida si son o no culpables —consideró el comisario—. Palomeque y Cuadrado podrán defenderse durante el juicio.

—¿Ha pensado en la posibilidad de que el padre Cuadrado sepa quién es el asesino, pero no pueda decirlo? —sugirió Casares.

—Créame, si él no es y conoce quién es el asesino, confesará tarde o temprano. Yo me ocuparé de que sea así —afirmó Benito Poveda, muy seguro de sí mismo.

—Supongo que sabe de sobra que un cura no puede romper el secreto de confesión.

—¡Secreto de confesión! —murmuró el comisario, casi para sí mismo—. ¿Cree que podría saber quién es el asesino porque se lo haya contado él mismo en secreto de confesión?

—Eso lo dice usted, yo solo se lo he insinuado.

—Es una buena apreciación —reflexionó—. Y Palomeque, ¿por qué no habla?

—No sabría decirle a ciencia cierta…

—¿Tiene familia?

—No, señor, su familia soy yo.

—¿Ni padres, ni hermanos, a pesar de ser tan joven?

—Me tiene a mí. Soy su jefe… y su amigo.

Casares hablaba con ambigüedad de su relación. Ese verano, precisamente, se iban a endurecer las normas para los homosexuales y, aunque no lo dijo, eso le preocupaba. El modisto sorteó las preguntas y dejó claro que, sobre todo, había una relación profesional. Margot regresó y a los pocos minutos lo hizo el inspector Gutiérrez. Se quedó pensativa mirando al modisto. No perdía detalle de lo que decía y de cómo se movía. Como si algún recuerdo quisiera regresar a su memoria. Se quedó callada y de pronto comenzó a sentirse mal.

—Creo que debería irme. No me siento bien —dijo angustiada—. Lo siento, señores.

—Gutiérrez, ¡llévela a casa! Yo me quedo unos minutos más conversando con el señor Casares —ordenó el comisario.

El modisto le interrumpió el paso, la miró a los ojos y supo que alguna información había llegado a su cerebro.

—Quisiera regalarle uno de mis trajes después de la mala experiencia con el último —dijo Casares, casi impaciente—. Tendría que volver a tomarle medidas.

—Se lo agradezco mucho, pero hoy no puede ser. Mi cabeza va a estallar. Lo siento. Necesito meterme en la cama.

Se dio media vuelta y se fue de allí a toda velocidad. Bajó las escaleras tan rápido que Gutiérrez tuvo dificultades para seguirla. Hasta que no salió del portal, no habló. Parecía que no podía respirar.

—Me ahogaba allí. Hay algo en Casares que me ha hecho sentir pánico —manifestó Margot, angustiada.

—¿Qué ha ocurrido? —Gutiérrez intentaba tranquilizarla.

—No lo sé, le he mirado a los ojos y no sé qué he visto. No podría decírtelo. Me da vueltas la cabeza. Aunque me han dado el alta, sé que no estoy bien del todo, pero no se lo digas al comisario —confesó.

—¡Tranquila! Me preocupa que no te sientas bien. También es verdad que el entorno de Casares parece muy turbio.

—¡Y el propio Casares! Por cierto, ¿lograste comprobar qué había en los altillos?

—Sí, algo importante: una caja fuerte que no pude abrir, tapada con mantas, y un joyero con relojes, alfileres de corbata de oro y gemelos. Se ve que le gustan las joyas.

—Sí, eso ya me lo dijo Aline la primera vez que lo entrevisté para la revista *Siluetas*. Durante la sesión de fotos, ella lució un broche de brillantes que adornaba por sí solo el vestido que llevaba y que era de Casares. Si no lo has visto, debe estar guardado en la caja fuerte. ¡A saber cuántas joyas tendrá allí!

42

Infancias rotas

Margot en casa se encontraba muy nerviosa. No sabía por qué, pero necesitaba tranquilizarse, y decidió encerrarse en su habitación. Se tumbó en la cama y se abrazó a la almohada. Durante un largo rato, estuvo dándole vueltas en la cabeza a lo dicho por Casares y a todo lo que vieron en las habitaciones.

Al final, se tiró al suelo y volvió a esparcir las cartas de los familiares de aquellos niños que dejaban al cuidado del sacerdote. Volvió a mirar los dibujos oscuros y llenos de dolor de los pequeños.

«¡Su madre lo abandonó!», se dijo a sí misma en voz alta pensando en Casares. Era la historia de una infancia rota que jamás se iba a recomponer. ¿Por qué rompería las caras de su madre en las fotografías?

Camila y Sátur aparecieron por la habitación. No entendían el motivo por el que se encontraba en ese estado de nervios. Cuando vieron su cara completamente pálida, comprendieron que no se encontraba bien. Camila la riñó especialmente por haber dicho al médico que ya estaba en perfectas condiciones. Y Sátur también aportó su grano de arena:

—De un golpe en la cabeza una no se recupera así como así —opinó con rotundidad—. No debe salir a trabajar, todavía puede perder el conocimiento cuando vaya por la calle y golpearse la cabeza otra vez.

Hizo caso y se tumbó de nuevo en la cama. Sátur le preparó algo ligero para que no se moviera de allí en toda la noche.

—Así no puede estar la habitación. —Sátur recogió los papeles que había por el suelo—. Mañana será otro día.

Al día siguiente, Margot se despertó con el murmullo de la radio. El volumen estaba bien alto y le pareció entender que el locutor narraba un accidente ferroviario de un tren tranvía a la altura de Los Jarales, en Badajoz. «Se ha caído por un precipicio al paso de otro tren de mercancías. En total son trece víctimas mortales y varios los heridos». Sátur, que entró en la habitación con un té, corroboró lo que le parecía haber escuchado, proporcionándole todo lujo de detalles.

—Solo pasan cosas terribles —sentenció la mujer.

—No, solo contamos cosas terribles en la prensa, pero la vida va por otros derroteros —aclaró Margot, ya más recuperada—. ¡En tu pueblo, seguro que son más felices sabiendo que un día es igual a otro y que no va a ocurrir nada extraordinario! Ansío la normalidad, la monotonía. Una vida sin sobresaltos.

—Eso es imposible —dijo Sátur—. Vivir es afrontar problemas. Caerse y levantarse. Yo creo que usted no aguantaría mucho en mi pueblo.

—¡Qué sabia eres!

Se vistió y se trasladó a su despacho. Llamó a Eugenio Suárez, el director de *El Caso*, y, como intuía, la redacción del periódico estaba volcada en el accidente ferroviario que acababa de ocurrir. Eso le daba a ella un respiro de unos días. Necesitaba pensar. Se acercó hasta la Escuela de la Policía. Sabía que el comisario estaba allí y, en cuanto lo vio, le solicitó permiso para acudir a la sala de prácticas de tiro. Estaba acompañado y no le quiso hablar de la investigación del día anterior. Necesitaba descargar su ira sobre aquellas dianas de la sala. Por eso, enseguida que la colocaron frente al blanco, después de ponerse protección en los oídos, sacó su pistola y comenzó a disparar. Acertó de pleno en varias ocasiones. En el resto de las series demostró mucha destreza.

—Se le da bien, inspectora Peters —dijo don Eugenio Benito Poveda cuando se acercó a verla—. ¿Se puso realmente enferma ayer?

—Me sentí tan incómoda que no tuve más remedio que irme.

—¿Vio algo que nos pueda servir para la investigación?

—Fotos de la infancia de Casares. Una madre que quiso borrar recortando las fotografías. Sin embargo, tenía una, guardada y casi oculta, en la que pude ver su cara. ¿Habría forma de averiguar si vive?

—Si me da su nombre y apellidos, lo podemos intentar.

—Llamaré a Aline Griffith. Hay algo en todo esto que no me cuadra. No sé qué es.

—Ayer Casares mencionó la posibilidad de que el cura no pudiera hablar porque escuchara al asesino en secreto de confesión —contó el comisario—. Es una hipótesis que no habíamos barajado. Quizá por eso, cuando decía que era inocente y le preguntábamos si conocía al asesino, no nos contestaba. Podría ser esa la razón. Una curiosidad: ¿por qué no aceptó el vestido que quiso regalarle Casares? Interpreto que es una oportunidad de seguir merodeando por allí.

—¿Lo ve necesario? —preguntó Margot con desgana.

—Sí. Seguro que saca algo más que nos sirva para la investigación. Usted tiene olfato policial. Un sexto sentido que pocos investigadores tienen.

Margot agradeció mucho los elogios. No pudieron seguir hablando del caso porque el comisario tenía que realizar una llamada antes de irse a comer. Se despidió de ella hasta la tarde. Don Eugenio telefoneó al cardenal Enrique Pla y Deniel, que esos días protagonizó varios titulares en prensa por condenar los concursos de belleza. Se conocían vagamente, pero no tardó en ponerse al teléfono. En cuanto le mencionó al párroco Javier Cuadrado, le dijo que la policía estaba cometiendo un grave error.

—Usted sabe que yo trabajé mucho en mi juventud con jóvenes descarriados —recordó el cardenal—. Por eso siempre he valorado mucho el trabajo de don Javier Cuadrado. Me resulta difícil creer que él sea el autor de los asesinatos.

—Por ese motivo quería preguntarle. Si él supiera en secreto de confesión quién es el asesino, ¿no estaría en la obligación de comunicárnoslo? Sería por una buena causa, para que el verdadero responsable de tantas muertes no siga cometiendo más asesinatos.

—El sigilo sacramental o secreto de arcano nos obliga a los sacerdotes a no manifestar jamás lo sabido en confesión. Es tanta la protección del penitente que, aun muerto este, no lo podríamos confesar —afirmó Pla y Deniel.

—Pero si es un caso de fuerza mayor, una señal sería suficiente para saber que estamos cometiendo un error.

—Su inviolabilidad es tal que, aun sobreviniéndole al confesor un daño gravísimo, no podría infringir, ni de palabra ni por escrito, ni por cualquier señal, el secreto de confesión. De ser violado, el sacerdote queda automáticamente excomulgado. Así lo recoge el derecho canónico.

—Hablamos de evitar un mal mayor, que el asesino, de no ser él, siga cometiendo crímenes. ¿Podría al menos señalarnos al cómplice? —El comisario persistía en su empeño.

—No solo son objeto de sigilo los pecados, también los cómplices y circunstancias que el penitente señalara en confesión. El secreto es absoluto y debe seguir siendo así. Si no, el sacramento de la confesión perdería todo su valor y esencia.

El comisario agradeció al cardenal que lo hubiera atendido tan rápido y se despidió de él, no sin antes señalar lo difícil que era para la policía compaginar el derecho canónico con el derecho penal. Pla y Deniel, por su parte, insistió en que seguramente don Javier Cuadrado no colaboraba ni se defendía porque no podía romper el secreto de arcano: «Va en ello nuestra profesión y vocación. Busque más, incluso en su entorno, porque él jamás se defenderá, por muchas muertes que le atribuyan».

Cuando colgó, el comisario se quedó pensativo. Si no era el sacerdote, Palomeque podría ser el asesino y no el cómplice, como pensaban. Toda la estrategia cambiaba. Y se preguntaba cuánto tiempo más podrían tener al sacerdote encerrado. El juez tendría la última palabra.

En cuanto Margot llegó a la brigada esa misma tarde, el comisario le pidió que pasara a su despacho. A solas, le habló de la conversación con el cardenal y de la posibilidad de que el sacerdote no pudiera defenderse por saber la verdad en secreto de confesión. No podría revelarla jamás, bajo pena de excomunión.

—Pero todo le señala a él. Todas las víctimas excepto la última lo conocían, incluida yo —insistía Margot.

—La última no se le puede achacar, porque efectivamente estaba encerrado en Carabanchel —recordó el comisario.

—Podría tratarse de un imitador o del cómplice para exculparlo.

—Creo más en la teoría del secreto de confesión. Si lo piensa, es coherente. El párroco encubre a alguien con su silencio porque no puede revelar lo que sabe.

—¿Y Palomeque se convierte en el asesino? Tiene personalidad para encubrir, incluso para matar con tal de ayudar a don Javier, pero no para ser un asesino múltiple.

—¿Qué personalidad debe tener un asesino? —se interesó Benito Poveda en su reflexión.

—Ya he hablado de esto con Parker. El que mata es un narcisista que se cree por encima del bien y del mal. Lo hace por el placer de matar o porque esconde un trauma de su pasado que revive en él cuando algo se lo recuerda. Encaja más en la personalidad del cura, aunque resulte aberrante.

—Tristemente, este caso no está resuelto. La única evidencia objetiva es la huella parcial en el mazo del almirez que pertenece a Juan Palomeque. Él está implicado, pero ¿cómo?

Había muchas incógnitas todavía por despejar. El caso no estaba resuelto aunque hubiera dos personas encerradas en la cárcel.

43

Algo inesperado

Parker le dio una sorpresa a Margot y se presentó en su casa sin avisar. Llevaba flores en una mano y bollitos recién hechos en la otra. Los compró en una de las pastelerías que encontró de camino desde el hotel Palace, donde siempre se alojaba, hasta la Gran Vía. Estaba exultante. Al parecer, tenía buenas noticias. Camila despertó a Margot, que seguía con el mismo malestar del día anterior. Se puso una bata de seda blanca y salió de la habitación.

—¡Pero qué guapa estás recién levantada! —dijo el jefe de seguridad nada más verla—. Estas flores son para ti. Traigo buenas noticias.

—¿Cuáles son? —Margot sonreía al verlo tan contento.

—Adiós a la tuberculosis y a las infecciones bacterianas —exclamó emocionado—. Se está terminando de construir el primer laboratorio de estreptomicina en Aranjuez y me han pedido que diseñe el sistema de seguridad para la producción de estos medicamentos tan valiosos. Los trabajadores aprenderán a manejar esas sustancias con el pupilo del doctor

Selman Waksman, el doctor Boyd Woodruff. Vengo a diseñarlo y a ponerlo en marcha. La inauguración será el 25 de septiembre. A primeros de octubre, regresaré a la embajada en Londres. Estaré aquí al menos dos meses. ¡Dos meses! Supone un gran reconocimiento a mi trabajo, ¿no crees?

—¡Por supuesto! —Margot sintió un impulso y lo abrazó emocionada—. ¡Qué gran noticia! Es importante para España desarrollar una producción propia y no depender de los envíos de otros países. Las medicinas no siempre llegan a tiempo y algunos enfermos han muerto esperando la medicación o han tenido que conseguirla de contrabando.

—Tienes razón, me enteré de que los alumnos del doctor Jiménez Díaz tuvieron que obtener varias dosis de penicilina de contrabando para salvarle la vida. Está claro que estos medicamentos son el futuro.

Camila y Sátur lo celebraron mucho. Le invitaron a desayunar con ellas y él aceptó.

Mientras tanto, Margot le puso al día sobre las investigaciones en el caso del asesino de las damas. Y Parker también coincidía en que algunas piezas del puzle no encajaban.

—Si don Javier Cuadrado guarda el secreto del autor de los crímenes, ¿quién es el asesino? —se preguntaba Margot en voz alta—. Y si ha sido él, ¿quién mató a la última víctima, si estaba detenido? Muchas incógnitas, y el juicio se va a celebrar dentro de nada.

Cuando se quedaron a solas, le comentó que había estado el día anterior en la casa de Casares, donde vivía Juan Palomeque, pero que no habían encontrado nada interesante para el caso. Como curiosidad, le contó que en la habitación del modisto encontraron un joyero y algunas fotos. Precisamente una de esas fotos le llamó la atención porque estaba oculta en un sobre.

—Era él de niño junto a una mujer, muy guapa y con mucho estilo. Imagino que sería su madre. En todas las demás fotografías, la cara de esa señora no se veía porque la había recortado. Me pregunto si vivirá todavía.

—Podemos intentar averiguarlo. No será tan difícil. Necesitaremos un nombre. —Parker parecía dispuesto a llegar hasta el final.

—Se lo preguntaré a Aline. Puede que ella sepa de quién se trata. Me gustaría averiguarlo —comentó Margot. El comisario también se presta a encontrarla.

—¿Eres consciente de que este asunto se ha enquistado? Es más, diría que tanto como a la policía inglesa los asesinatos de Jack el Destripador. Un día, sin más, dejó de matar o se murió. Lo cierto es que no hubo más homicidios de mujeres —reconoció Parker—. Lo mismo aquí pasa igual.

—No es el caso, de momento; cada luna llena ha habido una muerte más. Nuestro asesino, o su suplantador, han seguido matando. Eso sí, quiere que el cura salga de la cárcel, exculparlo, porque la última víctima y el *modus operandi* han sido distintos a los demás. Todas rubias y delgadas, excepto la hija de los duques de Mesena, que es morena. Tampoco le faltaba el dedo anular, pero sí se encontró una piedra azul, un lapislázuli en una de las manos. Quizá las prisas le impidieron montar el ritual de las otras chicas.

—El dato de las piedras no había salido en prensa, ¿verdad?

—No.

—Entonces se trata de alguien cercano al asesino, que está al tanto de sus prácticas y lo quiere exculpar.

La conversación fue derivando hacia el estado de salud de la joven. Margot le comentó que, aunque tenía el alta médica, no acababa de sentirse bien. Había situaciones que le provocaban fuertes dolores de cabeza. La última fue durante la búsqueda de pruebas que incriminaran a Palomeque, en el domicilio del modisto.

—De repente me aparece un dolor de cabeza insoportable y tengo que dejarlo todo y tumbarme. Creo que es muy pronto todavía para afrontar casos como este. Pero, a la vez, presiento que estamos llegando al final y no lo puedo dejar. Sé que la solución la encontraremos en los pequeños detalles.

—Eso mismo decía Sherlock Holmes, al que tanto admiras. Estaré en Madrid para todo lo que necesites. ¡Dos meses es mucho tiempo! —Parker se mostraba entusiasmado.

—¿Y quién se queda con tu puesto en la embajada?

—Como ha sido una petición que ha partido de la propia administración del Estado, hasta el embajador me ha felicitado. Es una forma de reconocer mi trabajo. Allí se ha quedado mi ayudante. Las piezas están engrasadas y todo funciona como una máquina —detalló él.

Harry tenía que presentarse ese mismo día ante los dueños de la Compañía Española de Penicilina. Era una apuesta importante, ya que, por primera vez, tenía lugar en España la producción total del primero y más importante de los antibióticos. Una hora después de estar en compañía de su admirada Margot, se despedía de ella.

—Averigua el nombre de la madre de Casares y así podré decirte si está muerta o si está viva.

—De acuerdo —confirmó Margot.

Antes de salir de la casa, Parker se ofreció a acompañarla por la tarde a la Brigada Criminal, y ella se lo agradeció mucho. Minutos más tarde, Margot se fue a su cuarto y se vistió con el traje más veraniego que tenía en el armario, ya que el calor apretaba y las temperaturas se habían convertido en infernales. Desde su despacho y con las ventanas abiertas de par en par, llamó a la condesa de Quintanilla.

—¡Qué alegría me da oír tu voz! —dijo Aline nada más ponerse al teléfono—. ¿Cómo te encuentras?

—Un poco mejor, aunque siguen los dolores de cabeza.

—Estamos consternados con las detenciones del párroco de San José, como autor de los asesinatos, y de Palomeque, imagino que como cómplice. No te puedes imaginar cómo me siento. A los dos los conozco mucho —aseveró Aline.

—Bueno, ahora están en manos de la policía y del juez. Veremos qué es lo que ocurre cuando se celebre el primero de los juicios, que será el de don Javier Cuadrado. No tengo muy claro el desenlace.

—¿Dudas de la culpabilidad del cura? —Aline se sorprendió ante la respuesta de Margot.

—Hay detalles que no encajan. La investigación continúa. Este caso no está cerrado, ni mucho menos.

—Espero que me tengas al corriente, si se produce cualquier novedad —pidió la condesa—. Los periódicos están informando muy poco y Casares está muy enfadado con la policía por cómo están llevando el caso. Está seguro de que ninguno de los dos detenidos tiene nada que ver con los asesinatos.

—Hay muchas evidencias, y en el caso de Palomeque tienen su huella en el almirez de tu colección en Pascualete.

—No sabes lo mal que me siento de que te hirieran de esa manera y en mi casa. —Aline hizo un silencio.

—¡Tranquila! Al final estoy aquí —dijo Margot para quitar hierro a la situación.

La condesa se lo agradeció mucho. Todavía no podía creer lo que había sucedido en su finca. Derivaron la conversación hacia Casares, que, con todo lo que estaba pasando en su entorno, se había sentido rechazado cuando Margot no aceptó que le tomara medidas.

—Solo le faltaba eso para que su ánimo esté por los suelos —comentó.

—No fue exactamente así —aclaró Margot—. Ayer, cuando me llevaron al registro de su taller, me puse muy mala y no tenía fuerzas como para que me tomase medidas de nuevo. Pero ¡no se me ocurriría rechazar un vestido de él!

—¡Ya me extrañaba! Se lo aclararé. ¡Ya sabes lo especial que es!

—Hablando de Casares. ¿Te acuerdas de cómo se llamaba su madre? —Margot desvió el tema por donde le interesaba.

La condesa le recordó que era mejor no abordar nada relacionado con la madre del modisto. Sin embargo, Margot insistió. Le comentó que, gracias a sus contactos con la policía, a lo mejor podría localizarla y, quizá, ayudarle a superar ese trauma que tenía desde niño.

—Aline, creo que, cuando uno ya es adulto, las cosas se abordan desde otra perspectiva. Incluso, si vive, podría haber un acercamiento entre ambos. Me gustaría intentarlo.

La condesa se mostró dubitativa por unos segundos, pero finalmente le dio a Margot la respuesta que tanto deseaba.

—Sí, sé su nombre. Un día se le escapó: Isabel. Y Pedro se llama Casares Navas del Río.

—Isabel Navas del Río. A lo mejor con esos datos puede ser suficiente. No es un apellido corriente.

Hablaron de lo importante que sería para él volver a saber de su madre, ya que la herida no había cicatrizado. De paso, la condesa la invitó a la fiesta que pensaba organizar en su casa con motivo del final del verano, a mediados de septiembre.

—Allí estaré. Todavía falta mucho, pero no me la perdería por nada del mundo. Muchas gracias.

—Vendrá Cayetana. Imagino que ya sabes que su hijo nació justo después de acudir al homenaje a Agustín Lara.

—Tengo muchas ganas de verla —señaló Margot—. Con mis problemas de salud, tampoco la he ido a visitar y no conozco al pequeño Jacobo. Suerte que sabe por lo que he pasado. Hoy la llamo sin falta.

Las dos se despidieron deseándose un buen verano. Margot cogió de su mesa la pipa que perteneció a su padre y comenzó a fumar. Lo necesitaba. Después de lanzar dos o tres volutas al aire, decidió llamar primero a Casares para pedir una cita. Hizo de tripas corazón para hablar con él. Los malos tragos prefería pasarlos cuanto antes. Como imaginaba, la hizo esperar al teléfono. Nada más oír su voz, sintió un pellizco en el estómago. Era una especie de repulsión hacia su persona que iba más allá de lo meramente racional. Se trataba de algo inexplicable. Tomó aire y habló:

—Quería pedirle disculpas, pero ayer me encontraba muy mal. No fui consciente del regalo que me quería hacer. Lo siento mucho.

—Ya habrá más ocasiones —dijo en su tono seco y antipático.

—No, por favor, me gustaría quedar cuanto antes para que me tome medidas de nuevo. Además, Aline me ha invitado a la fiesta del final del verano y puede ser una oportunidad de lucir su diseño.

El modisto se quedó pensativo al otro lado del teléfono.

—Está bien... La llamaré cuando tenga un hueco libre.

—Espero que sea pronto —insistió la joven.

—No se preocupe. Me gusta acabar todo aquello que empiezo —recalcó—. Le debo un vestido.

—Muchas gracias.

Margot había adelgazado mucho durante su estancia en el hospital. La joven pensó que era lógico que alguien como Casares, que buscaba tanto la perfección, deseara que el nuevo vestido le quedara como un guante. La teoría de que la ropa no tiene que estorbar, sino favorecer, resultaba evidente en su caso.

Margot miró su reloj y comprobó que se le había echado encima la hora de la comida. Aun así, pensó en llamar a Cayetana para pedirle unas primeras fotos de ella con su nuevo bebé para la revista *Siluetas*. El nuevo vástago llevaba el nombre de su abuelo, que había fallecido en la Navidad pasada. Un reportaje a doble página sería una forma espléndida de rendir homenaje al hombre que había promovido el estudio de la casa de Alba y ampliado las colecciones de arte de los distintos palacios. También fue un político que había desempeñado todo tipo de cargos: ministro de Instrucción Pública y ministro de Estado, embajador de España en el Reino Unido, diputado a Cortes y procurador. Era quince veces grande de España. Mientras vivió, su figura se convirtió en la dignidad nobiliaria más importante del país. Tenía todos los ingredientes para elaborar un gran artículo.

Cuando la periodista se lo contó a Cayetana, esta le agradeció que, al escribir sobre su tercer hijo, Jacobo, en realidad homenajeara a su padre. Se pusieron también al día de sus respectivos estados de salud y quedaron en verse dos semanas después. El director de *Siluetas*, Justino Ochoa, cuando se enteró, celebró mucho que volviera a trabajar.

—Empezaste hablando de Cayetana y su embarazo. Ahora, después del susto que has tenido y el artículo que tanta controversia ha suscitado, vuelves a la actividad periodística hablando de ella. Me parece estupendo —confesó su jefe.

Ese día, Margot comió «como un pajarito», como le dijo Sátur. Estaba pálida y Camila le sugirió que se echara en la cama, ya que descansar sería más beneficioso para ella que comer. No tuvo que insistir en su razonamiento. Le hizo caso y se fue a su cuarto. Se tumbó sin mucho convencimiento y, después de mirar el techo durante un rato, cerró los ojos. En cuestión de segundos regresaron a su cabeza las últimas palabras de Casares: «Me gusta acabar todo aquello que empiezo». Se preguntaba qué había querido decir exactamente. ¿Qué es lo que tenía que acabar? Su mente de repente desconectó, se quedó completamente en blanco.

44

Meditar más que dormir

Margot necesitaba que ese dolor que sentía en la base del cráneo y que aparecía en los momentos más inesperados se mitigara. Media hora después de estar tumbada, aunque no se le quitó del todo, se hizo soportable. Aprovechó la soledad del momento para repasar mentalmente una a una todas las pistas que tenían hasta el momento. Cuando ya se le hizo insoportable seguir en la misma posición, abrió los ojos, se levantó bruscamente de la cama y se fue al despacho. Al pasar por el salón, Sátur se dirigió a ella.

—Menos mal que ha dormido un ratito.

—Bueno, sabes que yo no duermo del todo, más bien medito.

Camila, al oírla, sonrió. Esa era una de sus frases favoritas, la de meditar en lugar de dormir. Pidió un té y se fue a su despacho a llamar por teléfono a Parker. Cuando el experto en seguridad contestó, fue directamente al grano.

—Harry, tengo el nombre de la madre de Casares: Isabel Navas del Río. No es un apellido muy común. A lo mejor no es tan complicado dar con su rastro.

—Hablaré con todos mis contactos. De todas formas, no sería extraño que ya no viviera.

—Lo sé. No perdemos nada por intentarlo.

Si Margot tenía una cualidad especial, esa era la perseverancia. El jefe de seguridad y ella quedaron una hora más tarde para ir a la brigada.

Con puntualidad británica, sesenta minutos después ya caminaban por la Gran Vía en dirección a la Puerta del Sol. Parker le sugirió que hiciera un repaso mental de los instantes previos al golpe que recibió en la cabeza.

—Intenta recordar qué pasó justo antes de perder el conocimiento.

—Me acababa de vestir para la fiesta y me estaba dando los últimos retoques de maquillaje. Me miré al espejo y sentí un ruido.

—¿Qué clase de ruido?

—Como si alguien caminara por la habitación. De hecho, salí inmediatamente. Pero de pronto todo se hizo oscuro.

—Busca algo más en tu cerebro. Una sombra, una palabra, un sonido... Está ahí y tiene que regresar. Debes repasar una y otra vez lo que ocurrió. Y piensa que la huella parcial en el almirez es de Juan Palomeque. ¿Por qué no pudo ser el autor en lugar del cómplice?

—No lo veo con iniciativa, salvo que quisiera borrar las huellas del cura, al que todos señalan como el verdadero asesino.

—Pero la relación de Palomeque con el cura es a través de Casares, ¿no? —Margot asintió con la cabeza—. ¿Le crees capaz de hacer algo tan grave por su cuenta sin que lo sepa su jefe?

—Ya no sé nada...

Margot caminaba pensativa mientras Parker hablaba sin parar. Una vez que llegaron a la Puerta del Sol, el jefe de seguridad saludó a toda la brigada. El comisario comunicó que el juicio al sacerdote tendría lugar en dos semanas. Les dijo a todos: «Como no haya una prueba objetiva que le incrimine directamente, estoy convencido de que saldrá en libertad». O le «darían cuartel», como decían en el argot policial.

Esa noche, al volver a casa, la periodista repasó de nuevo sus apuntes. La marca en el cuello de todas las víctimas. Las piedras preciosas. Los dedos amputados. Y entonces... Margot se dio cuenta de que todas iban vestidas con diseños de Casares en el momento de su muerte. La última víctima, sin embargo, echaba por tierra la investigación anterior. Una joven de veinticinco años que quería residir en París después de unos meses viviendo allí. Hija de los duques de Mesena. La muerte la había sorprendido de noche. No llevaba ningún diseño de Casares, no le seccionaron el dedo anular, pero sí llevaba la piedra azul que gustaba a los egipcios para pasar al otro mundo. Sin embargo, cuando la encontraron, tenía la misma marca en el cuello que el resto de las víctimas. ¿Qué fallaba en todo esto?, se preguntaba.

Al día siguiente, Margot pidió a Benito Poveda volver a entrar en el piso de la última víctima y registrar minuciosamente su habitación. Tan pronto como el juez les dio permiso, acudió con el comisario. Antes charlaron con los padres de la chica, que estaban muy afectados por lo ocurrido. No podían imaginar quién podría querer tan mal a su hija. Margot tuvo una intuición.

—Ustedes estaban en el homenaje a Agustín Lara, ¿verdad?

—¡Sí! ¡En qué hora nos invitaron! Si no hubiéramos ido, a lo mejor nuestra hija viviría —decía la madre, compungida.

—Ninguno de nosotros sabe lo que le depara el destino —decía el comisario.

—Perdone que le moleste con una pregunta más: ¿su hija se había hecho recientemente algún diseño con Pedro Casares?

—Ella no, pero yo sí. Precisamente esa noche me trajeron el vestido nuevo que estrené. —Se echó a llorar.

—¿Recuerda quién fue la persona que se lo trajo?

—Sí, porque lo recibí yo. Fue su ayudante.

—¿Recuerda la hora?

—Serían las siete de la tarde. Antes de las nueve ya nos despedimos de nuestra hija. Esa noche, María prefirió quedarse en casa. Estaba cansada del ajetreo de San Sebastián, a donde pensábamos volver para la entrega de los premios del festival.

—¿No había nadie del servicio?

—Lo tenemos en San Sebastián. Tan solo contamos en vacaciones con una señora que viene por las mañanas a echarnos una mano, cuando aparecemos por Madrid.

Margot preguntó al comisario en voz baja si la autopsia había señalado la hora de su muerte. Le contestó que sí: «A las once de la noche». Ella siguió preguntando a la madre:

—¿Hicieron algún comentario al ayudante de Casares sobre que se quedaría sola porque se encontraba muy cansada?

—No me acuerdo, supongo que lo comentaríamos entre nosotras y él nos escuchó. ¿Por qué me lo pregunta?

—Los detalles, los pequeños detalles que ayudan a resolver los casos. —Siempre tenía presente al personaje de Sherlock Holmes, que basaba sus deducciones en las cosas aparentemente más nimias.

—¿Su hija estaba comprometida? —siguió recabando información.

—No. Era una mujer libre, dentro de lo libres que podemos ser las mujeres. Me pareció muy bien su decisión de residir en París, con lo que le gustaba la pintura impresionista. Su ilusión era estudiar algo relacionado con el arte.

El comisario y Margot pidieron permiso para volver a entrar en su dormitorio. Lo revisaron todo de nuevo. Había postales de los viajes que había realizado por el mundo y muchos libros de pintura sobre Claude Monet, Degas, Renoir y sobre todo Van Gogh, su preferido.

—Confiaba en que mi hija pudiera hacer realidad el sueño de las dos. Yo pinto como afición, pero ella estaba dotada para el arte. Era un ángel. —Se echó a llorar de nuevo. No tenía consuelo.

El comisario hizo un aparte con el duque para poder seguir haciéndole preguntas sin que les escuchara su mujer. El padre de la joven estaba convencido de que no se trataba de un nuevo caso del asesino de las damas. Pensaba que habían entrado en su casa a robar y que seguramente, al encontrar a su hija, en lugar de salir huyendo, decidieron matarla para que no los pudiera reconocer. «Un caso de mala suerte», repetía. Don Eugenio Benito Poveda no quiso quitarle la razón, puesto que ese asesinato no seguía los parámetros de las víctimas anteriores. Le escuchó con atención.

Margot no encontró nada en el nuevo reconocimiento y así se lo hizo saber al comisario. Este se despidió del matrimonio, que estaba más abatido que cuando llegaron. Al salir, ambos comentaron el dato más importante que les proporcionó la madre de la víctima: Juan Palomeque estuvo en el domicilio para entregar el vestido que lució la duquesa en el homenaje a Agustín Lara.

—Otra vez Palomeque en el escenario del crimen —comentó el avispado maestro de policías.

—Si sabe que se va a quedar sola, ¿se queda merodeando hasta tener la certeza de que nadie acudirá en su auxilio? Seguro que llamó a la puerta de nuevo y, al verlo por la mirilla, la joven le abrió confiada. A partir de ahí, el final que todos sabemos —elucubró Margot.

—Creo que este asesinato fue para despistarnos. El caso es que la víctima sí tenía la misma marca en el cuello que el resto, incluida usted.

Margot se paró en seco y se tocó la cabeza en un signo evidente de dolor.

—¡Váyase a casa! —dijo el comisario.

—Sí, será lo mejor. Mañana estaré por la tarde en la brigada. Me retiro a casa porque sigo mareada. No he logrado tener un día sin dolor de cabeza.

Margot volvió a acostarse sin cenar. Era la única forma de que se mitigara la presión que sentía sobre el cráneo.

Al día siguiente, Harry Parker la ayudó a olvidarse del dolor. La sacó de casa para invitarla a comer en el restaurante Casa Botín, en el número 17 de la calle Cuchilleros. Tenía fama de que por allí uno podía encontrarse con actores norteamericanos e intelectuales de todas las nacionalidades. Una de las mesas siempre estaba reservada para el escritor Ernest Hemingway, que se había enamorado de España tanto como el jefe de seguridad.

—Si no hubiera sido por mi madre —decía Parker—, yo no estaría hoy aquí. Podía haber tirado por el lado inglés de mi sangre, los Parker, pero pudieron más los genes españoles. La vida es un verdadero cúmulo de casualidades.

—Sin embargo, tu físico y tu acento tiran más del lado inglés.

—Bueno, nadie es perfecto —bromeó—. Tengo algo para ti.

—¿Y te lo has callado hasta ahora? ¿Qué es?

—La madre de Casares vive. Y no está muy lejos de aquí. Todo este tiempo ha residido en Toledo —contó—. Tuvo otro hijo con el hombre con el que se fugó y que posteriormente la abandonó. El hijo llevaba los apellidos de ella, Miguel Navas del Río. Murió de tuberculosis hace dos años. Madre e hijo estaban muy unidos. Hoy se encuentra en una residencia de monjas, que se hicieron cargo de ella.

—¡Vive su madre! ¿Cómo reaccionará cuando se lo diga?

—Será mejor que no estés sola cuando eso ocurra.

45

El juicio al sacerdote

Los días siguientes fueron frenéticos en la brigada y en el Juzgado de Instrucción. La presión social ante el caso del asesino de las damas y la necesidad de las autoridades de tener entre rejas definitivamente al culpable hicieron que se celebrase el juicio a principios de agosto.

El primer día de la vista pública, la sala estaba abarrotada de curiosos y de periodistas que querían asistir a uno de los juicios con más interés mediático, político y social en muchos años. También estaban presentes los tíos de Margot, recién llegados de Londres, en compañía de Harry Parker.

El presidente del Tribunal inició la sesión preguntando con claridad y precisión al acusado cómo se declaraba ante el delito por el que iba a ser juzgado. Con voz rotunda y clara manifestó su inocencia.

—Señoría, soy inocente.

El fiscal tomó la palabra en primer lugar y habló como responsable de la acción penal pública. Sus argumentos señalaban directamente al sacerdote como culpable.

Los abogados de la acusación que representaban a las mujeres víctimas del asesino fundamentaron sus acusaciones en supuestos y conjeturas. No presentaron ninguna prueba consistente y objetiva, salvo que el sacerdote las conocía a todas. El letrado de la última mujer asesinada, María Benavente, la hija de los duques de Mesena, lo tuvo todavía más difícil, puesto que el sacerdote no era su consejero espiritual y, cuando la asesinaron, se encontraba en la enfermería de la cárcel de Carabanchel. Quedó acreditado que ni tan siquiera la conocía.

El último abogado de la acusación en intervenir fue don Daniel de los Santos, contratado por la familia de Margot para que la representara en el juicio. Fue llamada a declarar y se sentó en la silla que ocuparon previamente los testigos, peritos y familiares.

—¿Tiene la certeza de que el sacerdote, don Javier Cuadrado, la agredió? —preguntó el juez.

—No. Ciertamente, no. A partir de recibir el golpe, no recuerdo nada.

—Los letrados pueden comenzar con las preguntas.

Nadie quiso hacerlo salvo su abogado, aunque sus preguntas, al basarse en conjeturas, fueron inadmitidas por el juez. Por su parte, don Damián Aguirre, el afamado letrado que contrató el obispado de Madrid para defender a don Javier Cuadrado, expuso toda la jurisprudencia que conocía sobre otros casos similares en los que los sacerdotes acusados habían sido absueltos. Todas las sentencias que presentó hacían mención del secreto de confesión.

—El sigilo sacramental es sagrado en la Iglesia católica —dijo en la sala—. Mi defendido no puede, en ninguna circunstancia, contar lo que escucha durante la confesión de ninguno de sus fieles. Aunque uno de ellos fuera el asesino de las damas.

Hubo un revuelo en la sala y el juez mandó que guardaran silencio bajo la amenaza de expulsar al público si volvía a escuchar un murmullo. Finalmente, pidió al sacerdote que compareciera.

—¿Se ratifica en su inocencia? —preguntó el juez.

—Se está cometiendo un error execrable conmigo. No me canso de decir desde el primer día que soy inocente.

—¿Cuál era su vínculo con todas las mujeres asesinadas?

—Era su consejero espiritual, excepto de la última víctima, a la que no conocía. Acompaño en el sentimiento a todas las familias, porque me puedo hacer cargo del momento que están viviendo.

Volvió a escucharse un murmullo provocado por las familias, que lo consideraban un farsante. Y el juez se enfadó todavía más que en la ocasión anterior. «No habrá una tercera vez», advirtió.

—¿Perdonaría al que mata sin ser en defensa propia? —El juez hizo una pregunta que a todos sorprendió.

—El que mata me parece un demonio, una persona que solo merece el infierno para la eternidad, que es la peor de las condenas. Sin embargo, como vicario de Cristo, mi obligación es dar la absolución a quien llega arrepentido. Dios siempre está dispuesto a tender una mano, hasta a la más oscura de las bestias.

—¿Sabe usted quién es el asesino? —preguntó.

El sacerdote se quedó callado y el abogado le dijo al juez que su defendido no podía contestar, bajo pena de excomunión.

—¿Usted conoce al asesino? —insistió el juez.

El sacerdote siguió sin contestar al juez, que dio por concluido el interrogatorio.

Después de la exposición de las conclusiones de todas las partes, el juicio quedó visto para sentencia. Todos tenían la sensación de que el párroco de San José quedaría en libertad al no haber pruebas concluyentes contra él. Hubo que esperar muy pocos días para confirmarlo.

Don Javier Cuadrado salió de la enfermería de la cárcel y recuperó su libertad. El obispado debía replantearse si regresaba a la iglesia de San José como párroco o lo trasladaba a otro destino donde nadie conociera ese episodio de su vida. Sobre todo después de que la prensa y la sociedad entera le hubieran condenado de antemano.

El comisario jefe refunfuñó al intuir que esto podía ocurrir. Sin embargo, se le notaba más relajado que días atrás, ya que dejó de sentir el aliento de la jefatura de la Iglesia sobre su cogote. Se dirigió al comisario Benito Poveda en cuanto se vieron en la brigada.

—Al final yo tenía razón. Ahora le pido que afine el tiro, porque las cosas se están poniendo muy difíciles.

—Afortunadamente tenemos entre rejas a Juan Palomeque. Su huella parcial estaba en el almirez de la finca Pascualete, el arma que utilizaron contra la inspectora Peters. ¿Fue el que atentó contra ella y estuvo a punto de matarla? Ahora pensamos que sí. Antes creíamos que estaba ayudando al sacerdote a borrar sus huellas. Solo nos falta la motivación.

—A veces los asesinos matan sin fundamento alguno —contestó el comisario jefe—, por el placer de matar.

Margot intentaba recuperarse de la ansiedad que sintió durante el juicio y de los mareos, que no habían cesado desde que salió del hospital.

Afortunadamente, Parker la invitó a cenar la noche siguiente. Iba a tener la oportunidad de olvidarlo todo en una de esas veladas de luna llena que tanto le gustaban al jefe de seguridad.

—Será una de esas lunas que te hacen pensar en lo pequeño que es el ser humano. Mañana contemplaremos una superluna azul, Margot. Este fenómeno hará que podamos observarla en su máximo tamaño y brillantez. Será impresionante. Una rareza que va más allá del color.

—¿A qué te refieres?

—Va a traer a nuestras vidas una energía que nos va a motivar para realizar lo que deseamos, pero que siempre posponemos. Mañana comenzarás a hacer todo aquello con lo que sueñas.

—¡Será estupendo! ¡Quiero que este asunto tan duro del asesino de las damas acabe de una vez!

—Así será. Ya verás. —Se rieron los dos hablando medio en serio medio en broma.

Al llegar a casa, Sátur le dio un recado del atelier de Casares. El modisto la convocaba al día siguiente, a las nueve de la noche.

—¿No es muy tarde? ¿No te habrás equivocado, Sátur? A lo mejor han querido decir a las nueve de la mañana.

—No, lo he apuntado. Nueve de la noche. Estará muy ocupado… —comentó la mujer con más sensatez natural que había conocido nunca. Lo cierto es que Sátur siempre daba en el clavo y tenía remedios y respuestas para todo.

—Está bien, aprovecharé la salida y después me iré con Parker a cenar.

—Me encanto ver que salir tanto con Parker. —Camila intentaba defenderse en español con mucho acento inglés.

Al oírla, Frances y Julián se sorprendieron. Entendieron el esfuerzo que había hecho durante esos meses para intentar comunicarse en otro idioma. Su persona de confianza nunca los defraudaba.

—¿Quieres decir que Margot se ve mucho con Harry? —preguntó Frances.

—Sí, *yes* —dijo mirando a Margot por el rabillo del ojo.

—¡Qué calladito te lo tenías! —comentó su tía con una sonrisa.

—Deja a la chiquilla que se divierta. Se lo merece. Ha vivido una experiencia muy dura —salió al paso su tío.

—En realidad, me viene bien salir y perder el miedo a caerme redonda al suelo y golpearme de nuevo la cabeza —confesó la joven.

Todos entendieron la situación por la que estaba atravesando y no quisieron decir nada más. Su tío y ella decidieron sentarse en el sofá para fumar en pipa. Era ese momento familiar que los dos añoraban. Las volutas de humo de tabaco comenzaron a volar hacia el techo.

—Las mejores son las mías —decía retadora Margot.

—Ni hablar, las perfectas, las más redondas son las mías. Pero tengo que reconocer que aprendes rápido, sobrina. En eso eres como tu tía.

Intentaba distraerla, y el hecho de que quedara de nuevo con su amigo Parker significaba que cada vez se sentía mejor. Esa noche se acostó pronto. En cuanto cerró los ojos, apareció en su cabeza el único detenido que permanecía entre rejas. Con ese pensamiento se durmió.

Al día siguiente, Margot salió pronto de casa para acudir a entrenar su puntería en la sala de tiro de la Escuela de la Policía. Cometió pocos fallos y los profesores le dieron la enhorabuena, máxime siento la única mujer que iba por allí. El comisario siempre le insistía en que la pistola debería formar parte de su vida: «Se trata de un órgano más de nuestro cuerpo. Por ninguna circunstancia te la quites cuando estés de servicio». Ahora se preguntaba qué hacer esa noche, cuando fuera al estudio de Casares. Aunque no estaría trabajando, decidió llevarla. Llamó por teléfono a Parker y le pidió que acudiera a buscarla a la calle Ayala para después ir a cenar.

—Quedamos a las nueve y media. Si ves que no salgo del atelier, ven a por mí. No me fío de Casares.

—¿Y por qué no subo contigo? —propuso él.

—No, quiero contarle lo de su madre y creo que es mejor que esté yo sola. Pienso que se abrirá más. También le quiero sonsacar su opinión sobre el juicio y la puesta en libertad de Javier Cuadrado, mientras que Palomeque sigue entre rejas.

—Está bien. A las nueve y media estaré en el portal. Te daré un margen de cinco minutos; si no, subiré.

—De acuerdo.

Mientras en la brigada toda la investigación se centraba en Palomeque, Margot seguía dando vueltas en su cabeza a los dibujos de los niños y a las cartas de los padres dirigidas al sacerdote. Leía una, otra, y otra más. Estaba casi segura de reconocer la que redactó el padre de Casares y cuál era el dibujo del modisto cuando era un niño. El padre hablaba del abandono de su esposa y de la imposibilidad de poder hacerse cargo del pequeño. Fue un doble abandono, pensó, y, sin embargo, todo el odio lo volcaba contra la madre. En la foto que tenía Casares guardada, aparecía una mujer agraciada, de pelo rubio, delgada... De pronto lo vio claro. ¡Como las víctimas del asesino de las damas! ¡Como ella misma!, pensó. Por eso dedujo que Palomeque se ensañaba con mujeres similares a la madre de su jefe y amante. Se preguntaba si sería por granjearse su afecto incondicional. Entonces ¿Casares estaba al corriente? ¿Cuadraba todo el puzle o seguía quedando una pieza suelta? Sintió un escalofrío que no sabía definir. Hizo caso a Parker e intentó recordar algo del día de su agresión, pero no le venía nada a la cabeza. Absolutamente nada.

Las manecillas del reloj parecía que no se movían. Estaba deseando encontrarse cara a cara con el modisto. Se quedó dormida pensando en él y en ese trauma que lo había perseguido desde niño: el abandono de su madre. Lo inaudito era que Palomeque hubiera ido más allá del odio que sentía Casares por las mujeres que se salían de la moral establecida o no eran fieles a sus promesas de amor eterno. ¿Por eso las asesinaba y cortaba a todas el dedo anular, donde llevaban su anillo de compromiso? ¿Cometería esas atrocidades por un servilismo desmedido, una prueba de lealtad hacia su jefe? En su cabeza se agolpaban preguntas y más preguntas. No acababa de entender que la admiración llevara a la represalia desmedida. ¿Y la piedra preciosa que aparecía en todas las víctimas? Intentaba encajar todas las piezas sueltas. Recordó la conversación con el joyero Ramiro García Ansorena y la importancia del número siete en el ordenamiento de las energías: «La luz se descompone en siete colores, la música en siete notas, la semana en siete días, los sentidos son siete, los sabores, los olores...». Le dijo que igual ocurría con las gemas y, de momento, el asesino había dejado una por cada víctima mortal. Cuatro mujeres asesinadas, aunque la última no respondía al patrón, y cuatro piedras. Cuatro... «Así pues —pensó Margot—, faltan otras tres mujeres para lograr la hazaña del número siete». ¡Quería matar a tres más, y una era ella!, se dijo a sí misma.

Dejó de elucubrar. A las siete de la tarde se fue a la iglesia de San José, porque había decidido visitar a don Javier Cuadrado. Esperó a que diera comienzo la misa. Cuando el sacerdote salió para el oficio religioso, comprobó que no era él. De todas formas, esperó a ver si se encontraba en el confesionario atendiendo a los feligreses, pero allí vio a un religioso muy joven. No lo dudó y se trasladó a la casa que había registrado hasta la extenuación con la brigada. Tras tocar el timbre, abrió su tía.

—¿Está don Javier? —preguntó Margot.

—No quiere recibir a nadie.

—¿Le puede decir que soy la joven que resultó herida en la cabeza? Él sabe quién soy.

Se fue de nuevo caminando muy despacio y, al cabo de los diez minutos, el sacerdote salió de su cuarto.

—Venía a pedirle disculpas —dijo la joven— por pensar que era usted el culpable de tantos asesinatos.

—Gracias, se lo agradezco mucho. Este asunto ha acabado con mi vida en esta parroquia. Estoy pendiente de que me trasladen a otro lugar —se lamentaba el sacerdote—. Será lo mejor para todos.

Margot comprendió de pronto lo que había ocurrido. Fue como si se le cayera el velo de la cara. ¿Y si, en lugar de Palomeque, el verdadero culpable fuera Casares?, se preguntó a sí misma. Tenía sentido que se confesara con él tras cada crimen, esperando su perdón. Todas las mujeres que escogió como víctimas acudían a la iglesia y se confesaban igualmente con su mentor. Palomeque, seguía elucubrando, le parecía un pobre diablo que intentaba borrar las huellas de los crímenes de su jefe. Eso lo convertía en encubridor y en cómplice. Aprovechando que estaba frente a frente con el cura, intentó ponerlo a prueba.

—Siento mucho lo que ha tenido usted que padecer —dijo mientras lo miraba a los ojos—. Además, he comprendido durante el juicio que Casares es el asesino. Quedó claro, aunque no lo pudiera decir usted porque se lo contó en secreto de confesión.

Don Javier Cuadrado la miró fijamente a los ojos y se desvaneció. Realmente se le veía agotado y consumido. Estaba tan delicado que un mal viento podía ser mortal.

—¡Ayuda! —dijo Margot en voz alta.

Su tía acudió tan pronto como pudo. Al ver a su sobrino en el suelo, le pidió que se fuera.

—Señorita, será mejor que se vaya —insistió.

—No la voy a dejar a usted sola con don Javier en el suelo.

Le dio unos golpecitos en la cara y el sacerdote abrió los ojos. No pareció reconocerla, a pesar de que habían hablado segundos antes.

—Tranquilo, don Javier. Tranquilo. Será mejor que llame a una ambulancia —dijo la anciana.

Minutos más tarde, llegaba el vehículo de urgencias con un sonido intermitente y chillón que alarmó a todos. Le hicieron unos primeros auxilios, pero decidieron trasladarlo al hospital Clínico San Carlos.

Margot regresó a su casa y allí espero a que llegara la hora de acudir al taller de Casares. No se podía quitar de la cabeza lo que acababa de suceder. Estaba nerviosa ante lo que, intuía, era la resolución del caso. Examinó su pistola y la cargó. Dio varias vueltas por el despacho mientras fumaba en su pipa. Eso la calmaba. Presentía que iba a ser una noche difícil y comprometida. Repasó una y mil veces lo que haría cuando estuviera frente a frente con Casares. Miró por la ventana y, mientras contemplaba la puesta de sol, sintió que el momento que tanto ansiaba había llegado. La superluna azul aparecía desafiante y majestuosa. De pronto, el miedo desapareció. Se le fue de golpe. Hasta ahora, la incertidumbre había sido lo que más tensión le generaba, pero se acabó.

46

El desenlace

Sus tíos animaron a Margot a vestirse de forma elegante para la cita con Harry Parker. La joven les hizo caso y se puso una falda acampanada de satén color champán y una blusa del mismo tono, acompañadas de un gran cinturón y una chaqueta blanca corta estilo Chanel. Camila y Sátur le dijeron que hacía calor para ir tan abrigada, pero, en realidad, era la única manera de camuflar la pistola que había colocado a su espalda.

Antes de la cena, tenía el encuentro con el modisto. Todos la despidieron en casa con una sonrisa. Pensó que, si supieran lo que intuía respecto a Casares, se les borraría de repente el optimismo que desbordaban. Tampoco descartaba que pudiera estar equivocada. Nada de lo que estaba sucediendo parecía real y la duda se apoderó de ella. Pasaba de la certeza a la incertidumbre en cuestión de segundos.

Quince minutos antes de la hora, se fue hacia el taller de Casares conduciendo su coche descapotable. Sacó la mano por la ventanilla para sentir el aire en la piel. Al aparcar y caminar por la acera, comprobó que había mucha gente en la calle aprovechando el fresco. Tocó el timbre de la puerta del atelier y escuchó unos pasos. Esta vez no salió el ama de llaves, sino el propio Casares. Pensó que se lo había puesto muy fácil estando solos los dos.

—Ya estoy aquí. Tengo poco tiempo, ya que me ha surgido una cena.

—Parece nerviosa —observó él con total serenidad.

—Bueno, yo siempre estoy nerviosa, es mi estado natural...

Pasó al probador y se quitó la chaqueta que llevaba con el fin de esconder la pistola bajo la prenda. Dejó el bolso en la silla. Cuando salió, Casares cogió la cinta métrica y, al tomarle medidas del pecho, Margot se quedó paralizada. No podía moverse.

—¿Le ocurre algo? —preguntó de forma retórica mientras seguía aparentemente tomando medidas.

Fue al rodearle el cuello con la cinta métrica cuando Margot recordó. Sintió un fogonazo, un destello de lo ocurrido en la finca Pascualete. Con el golpe perdió el conocimiento, pero al volver en sí, segundos después, vio claramente la imagen de una cinta métrica ciñéndose fuerte sobre su cuello, hasta que perdió de nuevo el conocimiento. Margot miró a Casares y abrió los ojos.

—¡Fue usted! Eso es..., ¡fue usted!

—¿Acaba de recordar? Como le dije, me gusta acabar aquello que empiezo.

Tiró de la cinta métrica y comenzó a apretarle tan fuerte la garganta que la inspectora no lograba quitársela con las manos. En una fracción de segundos, pensó Margot que esa debía ser la última imagen de todas las víctimas antes de morir: Casares asfixiándolas con su instrumento de trabajo.

Entonces recordó los consejos de autodefensa de Parker. Le dio un pisotón con tanta fuerza que tuvo que aflojar las manos. Después le clavó el codo en todo el esternón. Se zafó de él y corrió hasta el probador para defenderse con la pistola que había dejado escondida bajo su chaqueta.

—No se mueva, ¡hijo de perra!

—No será capaz de dispararme.

—No me ponga a prueba.

—Les he dejado tantas pistas que no entiendo cómo han tardado tanto —se burló el modisto.

—Porque a los cobardes los pasamos por alto. Tantos traumas provocados por el abandono de su madre que no nos parecía el asesino que buscábamos.

—¡No mencione a mi madre! Ni se le ocurra volver a hacerlo. ¿Me ha oído?

Parecía un animal que se revolvía contra ella. Margot no se percató de que llevaba unas tijeras en el bolsillo de su chaqueta y, cuando se acercó a él encañonándole, se giró y se las clavó con todas sus fuerzas en el brazo. Se le cayó la pistola y Casares aprovechó para salir corriendo del piso.

—¡Mierda! —dijo ella mientras intentaba sujetar las tijeras. Salió como pudo a la escalera. Lo único que se le ocurrió fue gritar.

—¡Su madre está viva! Isabel Navas del Río vive... —insistió con todas sus fuerzas—. ¡Vive su madre!

Al escucharla mientras bajaba las escaleras a toda prisa, Casares se quedó petrificado. Incluso aminoró la marcha. No imaginaba que su madre viviese. La mujer que no quiso saber nada de él ni de su padre durante tantos años existía.

—¡Queda usted detenido, señor Casares! —dijo Harry

Parker saliendo a su encuentro, mientras le apuntaba con su pistola en el descansillo del portal—. ¡No se mueva o disparo!

Margot cogió la pistola del suelo y bajó las escaleras como pudo. Le brotaba sangre del brazo.

—¡Sal a la calle y pide ayuda! —dijo Parker—. No puedo dejar de apuntarle. Sabe que estoy dispuesto a disparar, pero no quiero que mueva ni una pestaña.

Margot salió a la puerta de la calle y pidió auxilio a algunos transeúntes que, inmediatamente, llamaron a la policía y a una ambulancia. Regresó con Parker mientras Casares la miraba con una sonrisa maliciosa.

—¡Ya veremos quién ríe más de nosotros! —comentó Margot—. ¿Por qué mató a la hija de los duques de Mesena? No se parecía en nada a su madre. ¿Fue por exculpar a Cuadrado?

—¿Y usted qué cree? Uno tiene que ser agradecido. Yo no olvido a la única persona que me tendió la mano siendo un niño.

—El licántropo hoy se tendrá que conformar con ver la luna desde el furgón de la policía —dijo Parker, rabioso por su actitud.

Cuando escucharon el sonido de la sirena de la policía, respiraron tranquilos. No tardaron en aparecer por allí el comisario y los inspectores de la brigada.

—¡Está herida! —dijo el comisario al ver la sangre y las tijeras en su brazo—. Ni se le ocurra quitárselas. ¡Un médico! ¿Hay aquí un médico? —pidió el comisario a gritos mientras no llegaba la ambulancia.

Entre el público que se arremolinó alrededor del furgón de la policía, se identificó un doctor. Obligó a Margot a sentarse en el capó de un coche y le quitó las tijeras. Inmediatamente, le hizo un torniquete para frenar la hemorragia con las mangas que arrancó de su propia camisa. A los pocos minutos, la ambulancia llegó y la trasladó al hospital. Había perdido mucha sangre. Parker no la quiso dejar sola y la acompañó. Su presencia fue de gran utilidad en el hospital, ya que, al tener el mismo grupo sanguíneo que la joven, se ofreció a donar sangre para la primera transfusión que necesitó.

—Ya será imposible que te libres de mí —le dijo a Margot, provocando en esa delicada situación algo parecido a una sonrisa.

Por su parte, Casares, una vez trasladado a comisaría, pasó al calabozo. Las pesquisas de Margot habían hecho que todas las piezas del puzle encajaran. El comisario explicó a la prensa que Juan Palomeque conocía al detalle lo que hacía su jefe, convirtiéndose en su cómplice e informador. Al realizar las entregas, comprobaba qué damas estaban solas y las circunstancias que las rodeaban. El sacerdote, en cambio, se convirtió en un héroe al guardar el secreto de confesión, cuando todos lo habían condenado de antemano.

Fue una auténtica conmoción en la alta sociedad que el modisto de la aristocracia, uno de los más influyentes, fuera el asesino múltiple que buscaba la policía. Los titulares en prensa salieron al día siguiente a cinco columnas. Se convirtió en la noticia del verano.

Los tíos de Margot no podían creer lo sucedido. La noticia de que su sobrina había desenmascarado al asesino los convirtió en los personajes más buscados del momento. Los dos comisarios, junto con Parker, atendieron a los medios de comunicación en una rueda de prensa.

—¿Pueden decirnos qué les hizo pensar que el asesino era Casares y no Palomeque? —preguntó José María de Vega, el compañero de Margot en *El Caso*.

—Fue la inspectora Peters la que, con su obsesión por los pequeños detalles, al ver una foto del modisto de niño junto a su madre, le relacionó con el caso. La mujer de la fotografía se parecía a las cuatro víctimas mortales y a ella misma: rubia, delgada y bien parecida —contestó Parker, el jefe de seguridad de la embajada española en Londres, que detuvo al asesino.

—¿Qué le ocurrió a Casares de niño para estar tan traumatizado? —preguntaba un redactor del diario *ABC*.

—Que su madre lo abandonó y él jamás se lo perdonó. Su padre dejó su educación a cargo del sacerdote, don Javier Cuadrado. De todas formas, no todos los asesinos matan porque tengan un trauma. A veces el clic lo provoca la cosa más nimia y liviana que ustedes puedan imaginar —comentó don Eugenio Benito Poveda.

El comisario jefe, que había dejado que los verdaderos artífices de la resolución del caso hablaran en primer lugar, aportó detalles que se desconocían hasta el momento. Habló de las piedras preciosas que se encontraron en el puño izquierdo de todas las víctimas.

—Señores, el asesino intentaba cumplir con su teoría del siete. Había matado a cuatro personas, aunque lo intentó con cinco, contando con Margot Sanz Peters. Su intención era seguir matando hasta alcanzar esa cifra: ¡siete! Hemos encontrado en casa de Casares el símbolo geométrico conocido como la «semilla de la vida». Hace referencia también al número siete: los seis días de la creación del libro del Génesis y el séptimo en el que Dios descansó. Él pensaba matar a la inspectora y acabar lo que ya había empezado, como así le dijo. Le hubieran faltado otras dos víctimas más para culminar la venganza contra su madre. Nos estuvo poniendo a prueba constantemente.

Un periodista de *Siluetas* aprovechó para tomar la palabra y preguntar.

—¿Y por qué mató a la hija de los duques de Mesena, si no se parecía al patrón de mujer que perseguía?

—Por exculpar a su mentor. María Benavente estaba sola en casa la noche en que Casares necesitaba matar a otra joven. Hemos capturado a un asesino que se creía entre Dios y un licántropo. Imagino que los teóricos de la mente lo estudiarán —añadió Benito Poveda.

—Una más para el diario *Ya* —se apresuró a preguntar otro periodista—. ¿Juan Palomeque será juzgado como cómplice nada más?

—Igualmente será un juez quien dictamine su grado de implicación en este caso. Todo apunta a que conocía las intenciones de su jefe y le guardaba las espaldas para que no lo descubriera la policía. También le informaba de los horarios de sus clientas y posibles víctimas. Es decir, tiraba la piedra y escondía la mano. La huella parcial encontrada en el almirez, con el que agredieron a la inspectora, le une directamente al caso. Intentó borrar las huellas de Casares, pero dejó parcialmente la suya —habló de nuevo don Eugenio.

—De todas formas —continuó Parker—, el derecho penal en cualquier país impone penas muy graves a quien se demuestre que es cómplice de un asesino. Les aseguro que pasará muchos años en la cárcel. Su delito es también muy grave.

—Si querían saber si va a ser puesto en libertad a la espera de juicio, la respuesta es negativa —concluyó tajante Jacinto Velarde—. Nada más. Muchas gracias, señores, por acudir a la convocatoria.

Cuando al día siguiente Margot leyó los periódicos, convaleciente en casa por la nueva lesión, sonrió. Lo habían conseguido.

—Estoy deseando que los juzguen y los condenen. Hoy, desde luego, las mujeres estamos más seguras que ayer —comentó Margot a sus tíos y a sus «guardianas», Camila y Sátur.

Sin embargo, la peor condena que tuvo el modisto fue otra. Parker hizo que trajeran a Madrid a su anciana madre. En su traslado del calabozo a la cárcel de Carabanchel, quiso que la viera. Fue su venganza por haber estado a punto de matar a Margot.

—Señor Casares, esta señora ha venido desde Toledo a verle. Es su madre —dijo mientras la señalaba.

El modisto iba con las manos esposadas. La observó de frente. Intentó ver algún rasgo de aquella mujer de la foto que no había roto. Pero solo vio a una viejecita que no paraba de llorar. La miró una última vez y, sin dirigirle una sola palabra, siguió andando tras el policía que lo conducía hasta el furgón que lo trasladaría a la cárcel.

Parker dio las gracias a Isabel Navas del Río. Ella, humildemente, le dijo que se sentía culpable de los hechos cometidos por su hijo. «Ese odio a las mujeres se lo he provocado yo. Lo siento, lo siento», se lamentaba. El jefe de seguridad no supo qué decirle y la volvió a meter en un coche que la trasladó hasta Toledo. Dos semanas después supo que la anciana había muerto.

Madre e hijo no llegaron a hablar, pero al menos se miraron sin reprocharse nada. A veces sobraban las palabras, pensó Parker.

La investigación concluyó rápidamente y los comisarios fueron felicitados por las altas instancias del Ministerio de la Gobernación y por la sociedad en general. No había ya ningún cabo suelto, pensaba el comisario: con su cinta métrica, Casares había matado a todas las víctimas excepto a Margot, a quien intentó asesinar dos veces. La marca plana y roja que mostraban todas las mujeres se debía a esa cinta que siempre le colgaba del cuello. «El arma que siempre tenía cerca y a la vista», decía don Eugenio con rabia. Nunca imaginaron que ese elemento tan cotidiano de los sastres fuera el arma utilizada para asesinar a la marquesa de Torquemada en el servicio, durante el baile de máscaras. Vestido de arlequín, puso fin a su vida con la excusa de colocarle bien el collar que le había prestado. Ese día de luna roja fue el principio del fin de Casares, porque encontró placer al matar. Habían localizado en su joyero no solo las alianzas de sus víctimas, también el collar de diamantes y zafiros que prestó a Genoveva. De los dedos diseccionados nunca se supo nada.

La hija soltera de los condes de Romelinos, Casilda, tuvo la mala suerte de cruzarse en su camino cuando había aprendido a matar. La joven se iba a casar en dos semanas con un prestigioso cardiólogo, pero el modisto no le perdonó que siguiera viéndose con su primer novio, como ella le confesó. Castigando a Casilda, castigaba a su madre, esa mujer menuda y anciana que no paró de llorar al ver a su hijo. A todas les recomendaba que se confesaran con su mentor, Javier Cuadrado, ya que, según su parecer, conseguirían encontrar la paz espiritual que tanto ansiaban.

Su tercera luna la celebró con su tercer asesinato. Mató a la hija única del conde de Montesquinza, Selena. La extraordinaria bailarina de ballet que, vestida con un traje confeccionado por él mismo, no llegó a salir de la habitación del hotel. Todas le abrían la puerta y a todas las mataba por la espalda con la cinta métrica. Su particular forma de expiar sus monstruosidades era dejándoles una piedra preciosa en la mano.

La cuarta fue Margot, que logró salvar la vida de milagro en la finca Pascualete, gracias a la rápida intervención de Harry Parker. Sin embargo, Casares volvió a intentarlo precisamente antes de que la propia joven lograra desenmascararlo. Y la quinta fue María, la hija de los duques de Mesena, de veinticinco años, que no se parecía en nada al patrón de mujeres a las que asesinaba. Llamó a la puerta y la joven le abrió mientras sus padres acudían al homenaje a Agustín Lara. En realidad, fue una muerte improvisada. Su ayudante le dio la mejor de las informaciones al decirle que esa noche estaría sola. Fue un asesinato para despistar a la policía y ayudar a su mentor, que se encontraba en la enfermería de la cárcel.

Durante toda esta reflexión, Benito Poveda pensó en la madre de Casares y comprendió que era la sexta víctima. Cuando Parker propició su encuentro, se la quedó mirando con frialdad y no le dedicó una sola palabra. La ignoró. Fue el mayor desprecio hacia su progenitora. Tampoco había mayor dolor para una madre. No le extrañó que, al poco, muriera en la residencia de monjas donde vivía.

Benito Poveda daba el caso por cerrado. Pretendía poner en orden su cabeza con unos días de descanso y se despidió de Parker efusivamente cuando este acudió a la comisaría.

—No deje de llamarme cada vez que venga a España.

—¡Hecho!

Antes de que concluyera el mes de septiembre y antes también de que el verano llegara a su fin, Aline Griffith celebró la fiesta de despedida del verano. Ninguna de las asistentes se atrevió a llevar puesto un vestido de Casares. Decidieron olvidar su nombre e ignorar su trabajo. Parker acompañó a Margot antes de regresar a Londres, una vez concluida su misión en Madrid. La joven todavía llevaba el brazo vendado, lo que no le impidió lucir un vestido de noche blanco y negro con *paillettes* que le regaló su tía Frances. En cuanto hizo su entrada en el salón de baile, recibió un cálido aplauso que la emocionó. Cayetana y Aline fueron las primeras en felicitarla: «¡Enhorabuena! ¡Jamás olvidaremos este verano de 1954!».

—Yo tampoco —reconoció—. Como diría Françoise Sagan, «ya nada será como antes».

El comisario se acercó a la celebración y la animó a seguir adelante con sus dotes para resolver casos como ese.

—Mis tíos no ven con buenos ojos que estudie en la Escuela de la Policía, y les he dado mi palabra.

—¿Y si se prepara para detective? Podría contar con su colaboración igualmente. No la quiero perder.

—Bueno... Me parece interesante su propuesta. Además, no faltaría a mi palabra.

—No se hable más. La espero, detective Peters.

—Suena bien. ¡Detective Peters! —exclamó satisfecha.

Parker se disculpó ante el comisario y sacó a bailar a Margot. Pensó que, por fin, podría olvidar durante unos segundos lo que había ocurrido días atrás. Sin embargo, ella siguió dándole vueltas.

—Si parafraseara a la protagonista de la novela *Bonjour*

tristesse, que me impactó tanto, podría decir: cuando estoy en la cama, al amanecer, sin más ruido que el tráfico..., a veces me traiciona la memoria y vuelve el verano con todos sus recuerdos. Cuando oigo el nombre de... Casares, y lo repito durante mucho rato en la oscuridad, entonces algo sube en mi interior y me atrevo a llamarlo por su nombre con los ojos cerrados: ¡Buenos días, tristeza! —dijo Margot del tirón.

—Ya que has modificado la cita, cambia el final. Es cuestión de creer en ello. Estás aquí y ahora. Has logrado sobrevivir al hombre lobo. Yo más bien diría la frase de Elvis que tanto nos gustó: «*That's all right*». Todo está bien, Margot. ¡Disfruta de la vida!

—Está bien... *That's all right*. Tienes razón. —Margot se acercó a él, tal y como hizo en el hospital cuando perdió la memoria, y le besó—. Hay cosas que empiezo a recordar... y me gustan.

Parker no supo reaccionar y continuó moviéndose al ritmo de la música. Se preguntaba si, durante todo el tiempo desde que salió del hospital, había recordado aquellos besos que se dieron y que él no había podido olvidar. No le dijo nada, pero sonrió. Siguieron bailando hasta el final de la fiesta, en aquel colofón estival.

En el comienzo de la actividad tras el verano, nadie fue capaz de olvidar la muerte de tantas mujeres de familias conocidas, pero dejaron de mencionarlas. Margot continuó con sus dolores de cabeza, que, aunque lo intentara, le impedían borrar de su mente a Pedro Casares. Cada luna llena se quedaba en casa. Otra secuela de aquel verano de 1954.

Cuando los recuerdos regresaban, Margot procuraba encerrarse en su despacho y encender la pipa de su padre. Fumar durante largo rato, lanzando volutas de humo en dirección al techo, la tranquilizaba. Era el momento en el que le surgían las grandes preguntas. ¿Cómo sería su futuro? ¿Estaba preparada para afrontarlo?

Inesperadamente, sonó el teléfono. Era el comisario, que reclamaba verla cuanto antes. Tan solo la informó de que había «desaparecido una joven». Todo volvía a empezar...

Agradecimientos

A los lectores que siguen con lealtad todas las temáticas diferentes que abordo en mis libros, millones de gracias. *Luna roja* pienso que abre camino a una saga de novelas con la inspectora Peters como protagonista.

A los tres escritores y amigos que escriben bajo el seudónimo de Carmen Mola. En realidad fueron ellos quienes me animaron a este reto.

A mi amiga y editora de Ediciones B, Carmen Romero, por decirme que había llegado el momento de volver a la ficción, como en el inicio de mi carrera como escritora. He hecho caso a todos sus consejos, porque tengo claro que, si alguien sabe de esto, es ella. Eso sí, no me he querido separar del periodo de tiempo que tanto me gusta retratar en mis libros: los años cuarenta y cincuenta. En este caso, la trama se desarrolla a finales del año 1953 y comienzos del 1954.

A Ana María Caballero, por trabajar codo con codo conmigo en este libro y convertirse en mi gasolina y en mi faro. Y a Celia Santos, por su abnegación y minuciosidad. Ambas cosas imprescindibles para llevar a término esta novela.

A Paco Pérez Abellán, que me dejó tanto poso como periodista y me incitó a matricularme en su máster en Criminología en la Universidad Camilo José Cela. Gracias a estas clases conocí a Paco Pérez hijo, a Carmen Balfagón y a Miguel Ángel Almodóvar, con los que compartí muchas horas de clase y de charlas sobre crímenes sin resolver.

A José María Benito, portavoz de la Unión Federal de la Policía e inspector de policía, por darme luz en las dudas que tenía en relación con las huellas dactilares.

A Manolo Jiménez, por contarme asuntos del día a día de la policía y, en concreto, de su compañera Margarita Landi, con la que trabajó en televisión durante muchos años.

A Eugenio Suárez, fundador y primer director del semanario *El Caso*, con el que hablé en varias ocasiones antes de morir sobre la incorporación de la mujer al periodismo de sucesos.

A Conchita Pérez, perito poligráfico forense y empresaria, por proporcionarme datos muy interesantes sobre la historia del polígrafo que están incluidos en la novela.

A José Luis Martín Ovejero, máster en Comunicación no verbal, experto en análisis de conducta. Me ayudó a perfilar cómo es la comunicación no verbal de un psicópata y su interacción con el entorno.

A José Luis Ávila, por ponerme en contacto con Jean Pierre Bourguignon, gran experto en armas que me ayudó a resolver cuestiones muy técnicas en este libro.

A la emprendedora Lola Pérez Juana y al diseñador Alejandro de Miguel, por asesorarme en ese mundo tan difícil de la moda y la confección.

A mi librero de cabecera, Juanjo Asenjo, de la librería La Felipa, por hacer equipo conmigo, y a Raúl Villar, por encontrar libros y documentos imprescindibles para escribir la novela.

A mi familia de Onda Madrid, por alentarme a acabar este libro y entender que escribir es para mí tan imprescindible como ponerme al micrófono de *Madrid Directo* cada día.

A mi amigo Constantino Mediavilla, que nos dejó antes de ver la luz este libro y al que siempre echaré de menos. Fueron muchas las horas que me escuchó hablándole de la trama de esta historia. Siempre le estaré agradecida por su apoyo incondicional.

A mi padre, por ser el primero que puso una novela policiaca en mis manos cuando era una adolescente. Fue la semilla que germinó el interés por un género al que jamás me había asomado como escritora.

A mi familia y en concreto a mi marido, Guillermo, por contagiarme su obsesión por el thriller y el género negro. Y a mis hijas, Blanca y Ana, por su comprensión por las muchas horas de ordenador y de encierro total para poder escribir este libro.

Y dejo para el final a los inspiradores de este libro, Margarita Landi, a la que tuve la suerte de conocer y admirar, por facilitarnos el camino a las generaciones de periodistas que llegamos por detrás. Llevo más de diez años estudiándola y leyendo archivos. Y al comisario Eugenio Benito Poveda, cuyo nombre, aunque he ficcionado todo lo que le ocurre en la trama, he querido conservar por su vocación docente y sus libros sobre la lucha contra el crimen, que han sido para mí una verdadera guía. Pero insisto, nada de este libro, salvo los acontecimientos históricos, tienen que ver con la realidad. Espero que la protagonista del libro, Margot Sanz Peters, se encuentre desde hoy entre los personajes favoritos de mi familia de lectores.

Índice